시문학파의 문학세계 연구

이대흠

1967년 전남 장흥군 장동면 만수리 생, 서울예술대학 문창과를 졸업하고, 조선대를 거쳐 목포대 국문과에서 문학박사학위를 취득했다. 1994년 ≪창작과 비평≫을 통해 작품 활동을 시작했다. 시집으로 『당신은 북천에서 온 사람』, 『귀가 서럽다』, 『물 속의 불』, 『상처가 나를 살린다』, 『눈물 속에는 고래가 산다』가 있고, 시 쓰기 교재로 『시톡』 3권이 있다. 산문집으로 『탐진강 추억 한 사발 삼천 원』, 『이름만 이쁘면 머한다요』, 『그리운 사람은 기차를 타고 온다』가 있으며, 장편소설 『청앵』, 장편동화 『열세 살 동학대장 최동린』이 있다. 논문으로 「시문학파의 문학세계 연구」, 「김영랑시의 음악성 연구」 등이 있다. 〈조태일문학상〉, 〈육사시문학상 젊은시인상〉, 〈불교문예작품상〉, 〈전남문화상〉 등을 수상했다.

시문학파의 문학세계 연구

초판 1쇄 인쇄 2020년 12월 2일
초판 1쇄 발행 2020년 12월 10일

지 은 이 이대흠
펴 낸 이 이대현
펴 낸 곳 도서출판 역락

책임편집 임애정
편   집 이태곤 권분옥 문선희 강윤경 김선예
디 자 인 안혜진 최선주
마 케 팅 박태훈 안현진

펴 낸 곳 도서출판 역락/서울시 서초구 동광로46길 6-6 문창빌딩 2층(우06589)
전   화 02-3409-2058 FAX 02-3409-2059
이 메 일 youkrack@hanmail.net
홈페이지 www.youkrackbooks.com
등   록 1999년 4월 19일 제303-2002-000014호

ISBN 979-11-6244-599-0 93810

*정가는 뒤표지에 있습니다.

이 책은 전라남도, (재)전라남도문화재단의 후원을 받아 발간되었습니다.

시문학파의
문학세계 연구

이대흠

역락

머리말

영랑의 시를 처음 보았던 것은 '오매 단풍 들겄네'로 널리 알려진 「누이의 마음아 나를 보아라」였다. 그 시는 어린 내게 충격을 주었다. 시인이나 소설가 등은 아주 먼 곳의 사람인줄 알았는데, 내 고향의 이웃인 강진에서도 시인이 나왔다는 게 신기하였고, 사투리를 시어로 썼다는 것도 놀라운 일이었다. 그러나 그것은 약과에 불과하였다.

조금씩 시 읽기를 하면서 만난 영랑의 시는 '오매'라는 감탄사에만 머물고 있지 않았다. 특히 '돌담에 소색이는 햇발가치/풀아래 우슴짓는 샘물가치'라는 시구를 만나고는 언어의 마술 같은 그 맛에 빠지고 말았다. 또 '바람에 나붓기는 깔잎'이 주는 언어의 감칠맛은 문득문득 영랑을 떠올리게 하였고, '뉘 눈결에 쏘이었오/왼통 수집어진 저 하늘빛'이라는 구절에 쏘이어 나의 시적 감수성이 퉁퉁 부풀어 오르기도 하였으며, '물 보면 흐르고/별 보면 또렷한/마음이 어이면 늙으뇨' 같은 구절에 영감의 더듬이를 촉촉이 적실 수 있었다.

영랑시와의 이런 만남이 있었으니, 석사 논문으로 『김영랑 시의 음악성 연구』를 쓴 것에 이어, 박사논문으로 『시문학파의 문학세계 연구』를 하게 된 것도 우연이 아니다. 거기다가 내 뿌리의 한 줄기인 어머니의 고향이 강진이라서 영랑에 대해서는 어떤 친연성(親緣性) 같은 게 있었다. 그러나 영랑시를 연구하고자 한 결정적인 이유는, 영랑과 고향이 같은 김선태 교수의 지도 덕분이었다.

참고로 강진은 필자의 고향인 장흥과는 한 덩어리라고 보아야 할 만큼 가깝다. 풍토나 사람들의 기질도 그렇거니와 아예 혼인관계로 얽힌 경우가 많아서 하나의 생활권이고, 하나의 문화권이라 해야 한다. 거기다가 필자의 시에 나타나는 이른바 남도 서정이라는 것도 따지고 보면 그 연원이 영랑에 닿을 수밖에 없으니, 영랑은 필자가 피할 수 없는 시의 조상이다. 그런 이유를 들먹이지 않아도 남도 서정의 빛나는 경지에 이르렀던 영랑시를 깊이 있게 살피지 않고서 어떻게 문학적 뿌리가 굳건해지길 바랄 수 있겠는가.

이러한 연유로 필자는 영랑의 시를 다시 읽게 되었고, 영랑을 공부하면서 '토정(土精: 영랑의 표현)'이라고 할밖에 달리 규정할 수 없는 남도 서정의 깊이에 닿을 수 있었다.

이 기회를 빌려 김선태 교수님께 감사하다는 말씀을 다시 올린다. 그는 지도교수 이상으로 많은 관심과 애정을 보여 주었으며, 어르고 채찍질 해 주었다. 또한 날카로운 시각으로 논문의 부족한 점을 꼬집어 주었던 이훈 교수님, 항상 따뜻한 조용호 교수님의 지도에도 힘입은 바 크다.

김동근 교수님(전남대)의 세심한 지도로 인해 많은 공부가 되었다. 잊지 못할 것이다. 필자는 그에게서 학자로서의 성실성과 자기 글에 최선을 다하는 자세를 배우게 되었다. 지금은 정년하신 신덕룡 교수님(광주대)의 지지 덕분에 많은 용기를 내었다는 점도 밝힌다.

무엇보다 가족들의 도움이 컸다. 아빠가 논문을 쓰는 동안 '얼음 땡'(오래전 딸의 표현)이 되었다는 가족들의 배려가 없었다면 논문 쓰는 것을 포기했을지도 모른다. 수백 편의 자료를 찾아주고, 배달해 주는 일을 마다하지 않았던, 성은정 사서(아내)의 도움은 참으로 각별했다. 절 한다. 딸 찬비에게도 고맙다는 말을 남긴다.

2020년 늦가을 '에서의 산책'에서 이대흠

차 례

2부 김영랑 시의 음악성 연구

−유성음 효과를 중심으로

● 표 차례

1부
시문학파의
문학세계 연구

— 동인의 성격과 그 지향성을 중심으로

제1장

왜 시문학파인가

1. 연구사 검토

우리의 근대문학사는 서양에서 몇 백 년에 걸쳐 형성·유지·소멸되었던 여러 문예사조가 짧은 기간 동안 한꺼번에 밀려 들어와 형성되다가 사라지기를 반복하였다. 이를테면 1920년대의 계몽주의, 퇴폐적 낭만주의, 사회주의 리얼리즘, 낭만주의, 상징주의 등이 그랬다. 이렇듯 급격한 변화를 거듭하였던 한국근대시의 흐름 속에서 1930년대 초 동인지『시문학』을 중심으로 벌어진 순수시운동은 우리의 근대시가 비로소 진정한 현대시로서의 모습을 갖추고 미학적 성공을 거두었다는 점에서 커다란 시사적 의미가 있다.

『시문학』은 1930년 3월 창간하여 1931년 10월 3호 발간을 끝으로 폐간된 시 전문 동인지이다.『시문학』을 중심으로 형성된 시문학파는 1920년대 KAPF가 전개한 프로문학의 정치적 우위성과 문학적 도식성에 반발하여 이데올로기를 배제한 순수서정시 운동을 전개하였다. 이는 한국현대시사에서 현대적 특성을 갖춘 시의 출현을 알리는 시발점이었다.[1]

또한 시문학파는 뒤를 이어 등장하는 모더니즘의 길을 본격적으로 연 것으로 평가되고 있다.[2] 이는 『시문학』 동인으로 참여하였던 정지용과 신석정이 1920년대 중후반부터 모더니즘 운동에 참여하였고, 그중 정지용이 대표적인 모더니스트로 인정받았기에 가능한 평가이다. 시문학파는 이후 모더니즘에 반발하면서 인간의 생명력과 정감 등을 중요하게 여기는 일군의 시인들에게 영향을 미쳤다.[3]

그러나 이러한 문학사적 평가에도 불구하고, 지금껏 시문학파에 대한 연구는 작품 분석에 치우치거나, 특정 시어를 중심으로 한 내면의식 고찰이나 음악성에 대한 논의가 대부분이었다. 또한 개별적 동인의 성분에 대한 검토 없이 『시문학』에 작품을 다수 발표한 시인들에 논의를 집중함으로써 나머지 동인들을 포함한 연구가 결여되었으며, 특히 시문학파가 표방한 문학적 지향성을 개별 시인들이 얼마만큼 구현했는지에 대한 분석은 거의 이루어지지 않았다.

지금까지 이루어진 시문학파에 대한 연구는 크게 두 갈래로 나누어 볼 수 있다. 하나는 시문학파의 시사적 위상에 대해서이고, 다른 하나는 시문학파 동인의 문학적 지향성에 관해서이다.

먼저 시문학파의 문학사적 위상에 대한 연구는 다시 몇 가지로 나눌

---

1) 김용직 외, 『한국현대시사연구』, 일지사, 1983.
2) 백철, 『백철문학전집4-신문학사조사』, 신구문화사, 1968.
   조연현, 『한국현대문학사』, 성문각, 1985.
   조지훈, 「현대시의 계보」, ≪월간문학≫ 창간호, 1968.11.
   서정주, 「현대조선시약사」, 『현대조선명시선』, 온문사, 1950.
   박철석, 『한국현대문학사론』, 민지사, 1990.
3) 김용직 외, 앞의 책, 239쪽.

수 있다. 먼저 시문학파를 1930년대를 전후하여 순수시 운동을 벌인 일 개 유파로 보고 특별한 의미를 부여하지 않는 관점과 정지용과 김영랑 의 작품 세계와 박용철의 순수시론만으로 시문학파의 시사적 의미를 평가한 관점으로 나눌 수 있다. 시문학파에 대해 부정적인 평가에 해당 하는 전자의 연구자로는 조동일·김명인 등이 있고, 시문학파에 대한 긍정적인 견해를 견지한 연구자로는 백철, 조지훈, 조연현, 김용직, 서 정주, 김윤식, 장무익 등이 있다. 그리고 유윤식, 진찬영, 조영식 등은 시문학파에 대해 비교적 자세한 분석과 종합적 고찰을 통해 그들의 역 할에 의미부여를 하였다.

조동일은 시문학파의 현실인식에 대해 부정적 평가를 하였다. 그는 "현실 문제 인식과 시를 시답게 쓰는 것이 서로 용납할 수 없는 관계에 있다면 둘 가운데 하나라도 살리기 위해 다른 하나를 버리지 않을 수 없게 된다. 그러나 이치가 그렇지 않아, 현실 인식이 개제되어야 비로소 시가 긴장되고 진실될 수 있다면 선택의 고민이 해소된다. 현실문제에 대한 깊고 넓은 인식을 시가 지연스럽게 우러나올 수 있을 만큼 절실하 게 다진 시인은 어느 한 쪽에 매달릴 필요가 없었다. 한용운이나 이상 화는 그런 경지에 들어선 시인의 모습을 보여주었다."고 하였다.4) 김명 인은 주로 박용철의 순수시론을 중심으로 그의 시론이 수용되는 문학 적 현실의 모습과 그와 주변 시인들과의 상호 영향관계를 살피고 나서 시문학파라는 하나의 문학유파의 성립에 부정적인 결론을 제시하였 다.5)

반면 백철은 "해외문학파의 문학 활동은 시문학파와 문예월간 양자 를 통해서 그 업적이 보장된 것이었다."고 하면서 시문학파를 해외문학

---

4) 조동일, 『한국문학통사 5』, 지식산업사, 1998.
5) 김명인, 『1930년대 시의 구조 연구』, 고려대학교 대학원 박사학위논문, 1985.

파의 연장에서 보았다.[6] 조연현은 순수문학의 문학적 '基地' 역할을 한 것이 시문학파이고, 순수시를 확대·발전시킨 것이 구인회와 시인부락 이며, 이들을 보좌하는 역할을 한 것이 세칭 해외문학파였다며, 1930년 대의 순수시 운동을 정리하였다.[7] 조지훈은 1930년대 시문학파가 한국 현대시의 분수령을 이루었다고 높게 평가하고, 그들이 "시의 조탁, 각 도의 참신, 형식의 세련 등 종래의 시를 일변(一變)시켰다는 것은 중론이 일치"[8]한다고 주장하였다. 또한 김용직은 시문학파의 순수성에 대해 비유적 표현을 써서 정리하였다. 그에 따르면 "詩와 예술적 젖줄을 이 루어 온 강줄기가 있다. 또한 거기에는 끊임없이 우리를 살찌게 하는 목초지가 있고 果園과 또 다른 경작지가 포함되어 있는 것이다."라고 하였다. 그리고 시문학파에 이르러서야 "非詩的 態度는 不純한 것"으로 단정되었고, "시적인 것, 시 본연의 자세가 추구"되기 시작했고, 1930년 대에 이르러서야 한국 시는 이전의 미성숙을 극복하였다고 주장하였 다.[9]

한편 오세영은 시문학파의 순수시 개념과 그 특성을 다음과 같이 언 급하였다. "순수시의 범주를 살필 경우 대체로 두 가지의 관점이 성립 될 수 있으리라 생각한다. 넓은 의미의 순수시와 좁은 의미의 순수시가 그것이다. 전자는 20년대적 성격에 대응하여 30년대 시가 갖는 일반적 성격을 가리키는 말이며, 후자는 30년대 시 가운데서도 특별한 한 유파 를 가리키는 말이라 할 수 있다. (중략) 좁은 의미의 순수시란 그 중에 서도 '시문학파'로 대변되는 한 특정된 시 유파를 지칭하는 이름이다. 따라서 이 경우 순수시는 모더니즘의 시, 생명파의 시, 혹은 청록파의

---

6) 백철, 앞의 책.
7) 조연현, 앞의 책.
8) 조지훈, 앞의 글.
9) 김용직, 『한국현대시사 1』, 한국문연, 1996.

시와 구별된다. 그러한 구별은 어떻게 가능할까. 첫째는 순수 서정을 노래하고 있다는 점이다. 이들의 서정은 투명하고 자연발생적이었다. 특정된 감정(예컨대 恨이나 悲哀나 虛無 등)에 편향성을 띄지 않는다. 모더니즘의 도시적 쎈티멘탈리즘이나, 생명파류의 생의 맹목 의지적 감정이나, 청록파류의 자연 향수와 같이 집중되면서도 일관된 감정과는 질이 전혀 다르다."10)고 하였다. 오세영의 견해에 따르면, 모더니즘이나 생명파 및 청록파와도 구별되는 시문학파만의 '순수성'이 무엇인지가 분명해진다. 즉 시문학파는 의도된 감정이나 목적의식을 지닌 정서를 노래한 것이 아니라, 인간이 본래 지닌 자연발생적 감정을 표현했다는 의미이다. 이를 문학사의 흐름에서 본다면, 시문학파는 카프가 표방한 경향시의 반대 축에서 문학 자체의 순수성을 내세웠다. 특히 모더니즘류의 도시적 센티멘털리즘과도 질이 전혀 다르다는 말은 주목할 필요가 있다.

또한 조병춘은 시문학파가 언어의 탐구에 집중한 사실을 주목하면서 그들에 이르러 한국시가 현대시의 본격적인 모습을 갖추었다며 백철이나 김용직 등과 비슷한 견해를 폈다. 그는 "잘 알려진 바와 같이 정치적·사회적 목적의식에 사로잡혔던 종래의 시, 특히 '카프'의 것과 같은 시를 배격하고, 시 본연의 예술성을 추구했던 시인들의 유파를 지칭한다. 이들에게 있어서 시는 곧 언어의 탐구였다. 언어야말로 다른 어느 것보다 시의 제1차적인 과제였다. 말하자면 이들에게 있어서 시란 언어의 발견이요 창조이며, 언어를 떠난 곳에서 시가 존립할 이유가 없었던 것이다. 따라서 그들의 시어는 재치와 다양성, 빛나는 영롱성, 현란한 색채 효과를 획득하게 되었다. 한국시는 그들에게 이르러서 마침내 현대시의 본격적 모습을 갖추었던 것이다."11)라고 그 위상을 높이 평가했다.

---

10) 오세영, 『20세기 한국시 연구』, 새문사, 1990.
11) 조병춘, 『한국현대시평설』, 태학사, 1995, 177쪽.

그 외에도 몇몇 단편적 연구가 있다. 이는 다시 세 가지로 나누어 볼수 있다. 그 하나는 동인들의 시에 나타난 모더니즘적 특성을 중심에 놓고 시문학파에 와서 한국시가 현대성을 갖추었다는 데 주목하는 관점, 두 번째는 시문학파의 문학적 지향성을 모더니즘과의 차이에 두고 그들이 지향한 '순수시'에 의미를 부여하는 관점, 세 번째는 시문학파의 문학적 지향성을 '순수시 운동'으로 보지만 모더니즘과의 관련성에 대해서는 유보하는 관점이 그것이다.

첫째 시문학파의 성격을 모더니즘과의 관계 속에서 파악한 견해이다. 장도준은 1920년대와 1930년대로 연결되는 상황 속에서 시문학파의 특징을 언급하면서 시문학파 동인 중 한 사람인 정지용은 시문학파의 핵심일 뿐만 아니라, 모더니스트적 감각을 겸비함으로써 시문학파를 더욱 빛낸 현대시의 주도자라고 주장한다.[12] 진창영은 시문학파에 대한 기존 논의가 단편성과 편협성에서 벗어나지 못하고 있다는 지적과 함께 시문학파의 사적 의의를 복원코자 한다면서 시문학파의 특성을 모더니즘적 요소인 '변혁성'과 이전 시대의 시적 특징을 수용하는 '지속성'으로 나누어 고찰하였다.[13] 장도준과 진창영은 시문학파가 이룬 문학적 업적에는 동의하고 있으나 시문학파가 지향한 문학적 지향성을 시문학파의 전통지향성과 모더니즘적 요소에만 관심을 두어, 시문학파 본래의 문학적 지향성과는 거리를 두었다.

그러나 이러한 견해는 시문학파와 모더니스트 사이의 구별이 모호해서 유파로서의 시문학파를 규정하기에는 불분명한 입장이라고 할 수 있다. 시문학파 이후의 모더니즘과의 관계에 지나치게 의미부여를 한 나머지 모더니즘을 시문학파의 문학적 지향성으로 규정하면 시문학파

---

12) 장도준, 『정지용시연구』, 태학사, 1994, 2쪽.
13) 진창영, 『시문학파 연구』, 동아대학교대학원 박사학위논문, 1993.

본래의 문학적 지향점이 흐려지기 때문이다.

두 번째는 첫 번째와는 달리 모더니즘과의 구분을 통해 시문학파의 문학적 지향성을 고찰한 경우이다. 대표적인 연구자로 김현과 김선태를 들 수 있다. 이들은 시문학파의 문학적 지향성을 모더니즘과의 차이를 통해 고찰한 후, 김영랑·박용철·김현구를 묶어 '강진시파'라 별칭하였다. 하지만 김현의 글은 이들 세 사람을 묶은 공동시집에 대한 짧은 해설이라는 데 한계가 있고,14) 김선태의 글은 시문학파 전체에 대한 성분 분석은 하였으나, 김현구와 김영랑을 중심에 둔 연구 논문이어서 미흡한 점이 있다.15)

세 번째는 시문학파의 순수시운동과 모더니즘과의 관련성에 대해서 유보하는 관점이다. 김재홍은 시문학파를 김영랑, 박용철 중심으로 시의 순수성을 옹호하고 미적 자율성을 강조하는 일군의 시인들이라는 유파적 성격을 기술하였을 뿐, 정지용이 그 유파에 속하는지에 대해서는 언급을 하지 않았다.16) 유윤식은 시문학파의 문학적 지향성을 순수시 운동, 언어의 조탁 및 시적 기교를 통한 현대시적 구조 창출, 외래성과 전통성의 조화 등으로 그 성격을 분명히 하였으나, '≪시문학≫지 동인'과 '유파로서의 ≪시문학파≫'에 대한 구분이 없어서 온전한 성분 분석에는 이르지 못했다고 볼 수 있다. 오히려 그는 시문학파의 중심 동인을 정지용, 김영랑, 박용철, 신석정으로 설정하고, 그들의 정신적 기반으로 '유교적 세계관'을 들었다.

이상의 연구사를 정리하면, 시문학파가 지향했던 문학 세계인 순수한 서정의 세계에 대해 명확한 합의에 이르지 못했음이 드러난다. 즉

---

14) 김현, 「찬란한 슬픔의 봄」, 『한국현대시문학대계·7』, 지식산업사, 1981.
15) 김선태, 『김현구 시 연구-김영랑 시와의 대비를 중심으로』, 원광대학교대학원 박사학위논문, 1996.
16) 김윤식·김재홍, 『한국현대시사연구』, 시학, 2007, 38~49쪽.

조연현, 조지훈, 김용직, 김현, 오세영, 유윤식, 김선태, 김재홍 등은 시
문학파만의 순수성이 있었다고 주장하는 반면 조동일, 김명인, 진창영,
장도준 등은 모더니즘적 요소에 방점을 찍고, 정지용 중심의 모더니즘
적 경향이 포함된 세계를 시문학파의 순수성으로 인식하고 있다. 그리
고 김재홍, 유윤식 등은 시문학파의 문학적 지향성을 분명히 규정하고
모더니즘과 구별하고는 있지만, 시문학파 동인이면서 모더니스트인 정
지용에 대해서는 모호한 입장을 보이고 있다.

2. 문제 제기 및 연구목적

연구사 검토를 통해 살펴보았듯이, 시문학파 동인의 범주나 그들의
문학적 지향성에 대해서는 연구자에 따라 상이한 견해가 상존하고 있
다. 이 연구의 문제의식은 여기에서 비롯된다.

첫째, 시문학파를 하나의 문학 유파로 볼 수 있느냐의 문제이다. 이
는 시문학파 동인으로 분류되는 시인들의 작품이 하나의 유파로서 규
정될 수 있을 만한 문학적 지향성이 있느냐는 것이다. 시문학파를 하나
의 유파로 본다면 1920년대의 낭만주의, 경향파, 국민문학파, 해외문학
파 등과 시문학파 이후의 유파인 모더니즘, 생명파, 청록파 등과의 변별
성 및 인접성에 대한 검토가 필요하다. 즉 어떠한 문학적 유파도 그것
이 단독적인 것은 아니므로 다른 유파와의 관계 정립을 통해 성격이 분
명해진다.

둘째, 시문학파를 하나의 유파로 볼 수 있다면 그들이 지향한 문학적
지향성은 무엇인가에 대한 질문이 필요하다. 다른 문학 유파와 구분 가
능한 문학적 지향성이 없다면 하나의 뚜렷한 유파로 보기 어렵다. 그리

고 하나의 유파로 볼 수 있는 문학적 지향성이 있다고 하더라도 그에 맞는 문학적 성과가 있었는지도 검토해야 한다. 구호만 있고, 작품이 따르지 않았다면 그것은 문학의 한 흐름으로 볼 수가 없다.

셋째, 시문학파 동인의 범주를 어디까지 할 것이냐의 문제이다. 이는 '시문학파'의 범주와 용어에 대한 문제 제기이다. 즉 1930년대 초 김영랑·박용철이 주도하여 창간했던 『시문학』을 중심으로 순수시 운동을 벌인 시인들을 묶어 '시문학파'라고 할 것인지, 『시문학』지에 작품을 발표 하였다고 하더라도 속칭 '시문학파'로 말할 수 있는 유파의 성격과 일치하는 문학적 지향성을 보인 시인들만 ≪시문학파≫라고 할 것인지, 『시문학』에 참여하지는 않았지만 그들이 추구했던 문학적 지향성과 일치하는 문학세계를 보인 모든 시인을 여기에 포함시킬 것인지에 대한 문제를 해결해야 한다.

넷째, 이는 세 번째 문제의식과도 관련된다. 즉 시문학파의 문학적 지향성을 구현한 시인의 범주에는 누가 해당되는지를 살펴야 한다. 『시문학』지에 이름을 올린 모든 시인들이 문학적 지향성이 일치하는가? 그렇지 않다. 따라서 하나의 유파로서의 ≪시문학파≫와 『시문학』지에 작품을 발표한 ≪시문학 동인≫과는 구별이 요구된다. 이는 '시문학 동인' 중 시문학파의 문학적 지향성을 제대로 구현한 시인은 어느 동인이었는지의 문제와 함께 검토해야 한다. 이는 『시문학』 동인의 성분 검증을 통해 유파로서의 시문학파에 어느 시인들이 해당되는지에 대한 검증이다.

다섯째, 시문학파 동인으로 분류되는 개별 시인들의 작품은 어떠한 문학적 지향성을 가지고 있었는지에 대한 검토도 필요하다. 개별 동인들의 작품 분석을 통해 그들의 문학적 지향성에서 공통분모를 발견할 수 있는가라는 문제와 직결된다.

여섯째, 시문학파 동인 모두를 아우르는 뚜렷한 문학적 지향성이 과

연 있는가의 문제이다. 그러한 공통분모가 있다면, 이것이 한 유파로서의 ≪시문학파≫를 규정할 논거가 된다.

따라서 이 연구는 위에서 제기한 문제의식을 토대로『시문학』동인17) 의 문학세계를 고찰하기 위해 그들이『시문학』지에 작품을 발표했던 시기의 작품을 분석하고, 개별 시인들의 문학적 지향성과 그 구현 양상을 살피는 데 목적을 둔다. 이를 통해 시문학파의 문학적 지향성을 명확히 규명하고, 구성원의 범주를 분명히 할 것이다. 그리하여 하나의 유파로서 '시문학파'의 시사적 의의를 밝히고자 한다.

3. 연구 대상 및 연구 방법

시문학파의 범주에 대한 명확한 합의가 이루어지지 않았기 때문에, 이전의 논의에서 어떤 견해가 있었는가에 대해 먼저 살펴볼 필요가 있다.『시문학』동인과 구별되는 ≪시문학파≫에 대해서는 몇 가지 견해가 있다.

먼저 조연현은『시문학』이 발간되기 이전의『해외문학』과『시문학』이 나오고 난 이후의『문예월간』,『문학』을 포함한『시원』(1935, 오일도 발간)에 작품 발표를 한 시인들까지 시문학파로 보고 있으나,18) 이는 시문학파 동인 구성원들이『시문학』발간 전후에 다른 잡지에서도 활동한 경우가 있었기 때문에 구성원이 참여한 잡지들까지 포괄적으로 묶어서 말한 것으로 보인다.

---

17) '시문학 동인'은 1930년에 발행된『시문학』창간호부터 1931년에 발행된『시문학』 3호까지에 작품을 발표한 시인들을 가리킨다.
18) 조연현, 앞의 책.

시문학파를『시문학』을 통해 작품 발표를 한 시인들로 한정해서 봐야 한다는 논의도 있다. 가장 먼저 그 문제를 제기했던 사람은 김학동이다. 그는 1977년에 펴낸『한국현대시인 연구』의『玄鳩 金炫耉論』[19] 序에서 시문학동인으로 분류되는 지용이나 위당, 수주, 석정, 연포 등은 엄밀한 의미로 그들의 시적 출발이『시문학』이 아니었기 때문에 논의하지 않았다면서, 시문학동인에 대한 연구가 너무 지용, 영랑, 용아로 치우친 점을 비판하였다.

다른 견해도 있다. 1981년에 ≪지식산업사≫에서 시문학파를 대표하는 영랑·용아·현구 세 사람을 묶어『한국현대시문학대계·7』[20]을 펴낸 바 있는데, 여기서 김현은「찬란한 슬픔의 봄」이라는 제목으로 해설을 붙이면서 영랑·용아·현구 세 사람을 따로 구분하여 '강진시파'[21]라는 새로운 이름을 부여했다. 이 견해에 대해 김선태도 그의 박사학위 논문를 통해 동의하였다.

그리고 시문학파의 활동시기에 대한 논의도 있었다. 김용직은『시문학』(1930.3~1931.10) 1~3권에 참여한 문학인을 중심으로,『시문학』은 물론

---

19) 김학동,「玄鳩 金炫耉論」,『한국현대시인연구』, 민음사, 1977.
20) 김현,「찬란한 슬픔의 봄」,『한국현대시문학대계·7』, 지식산업사, 1981.
21) 김선태,『김현구 시 연구』,『김현구 시 전집』, 태학사, 2005, 214쪽. 김선태는 강진시파라 한 김현의 견해에 동의하면서 김현이 그렇게 말한 것은 지역분파주의를 조장하기 위한 것이 아니었을 것이라고 조심스럽게 접근한다. 김선태에 의하면 시문학파의 시적 무대는 크게 보면 전라도, 좁게 보면 강진이랄 수 있기에 '강진시파'로 부르는 게 무리가 없을 것이라 보았다. 그 이유로 몇 가지를 들고 있는데, 그들 세 사람 중 영랑과 현구는 강진 출신인데다가 강진에서 살고 있었고, 용아의 고향은 송정리이긴 하지만 그다지 원거리가 아니라는 점, 둘째로 시문학파 문제를 논의할 때는 주로 강진의 영랑의 집이 주된 장소였다는 점, 셋째로 시문학파 동인들 중 이들 셋만이 참가 당시에 무명이었고, 끝까지 시문학파로서 충실했다는 점, 넷째로 용아가 순수시운동을 주도하였고, 용아의 그런 이론을 가장 적극적으로 수용하고 이를 시로써 제대로 구현한 이들이 영랑과 현구라는 점을 들었다. 필자도 이들의 견해에 동의한다.(김현, 앞의 글, 167쪽 참조)

이고, 총 4권의『문예월간』(1931.11~1932.3), 총 3권의『문학』(1933.12~1934.4)
이 간행된 시기까지를 시문학파 활동 기간으로 국한하고 있다.[22] 이는
박용철이 주관하여 펴낸『시문학』,『문예월간』,『문학』의 경우에는 문
학적 지향성이 일정하게 제시되어 있고 구성원도 거의 일정하지만,『해
외문학』이나『시원』까지 범위를 넓히면 문학적 지향성이나 그 구성원
이 많이 다르다고 보았기 때문일 것이다.

  본 연구에서는 김용직의 견해가 가장 타당하다고 보고 여기에 따르
고자 한다. 하지만 그 범주에 속하는 동인 모두를 '시문학파'라고 보는
결론은 유보한다. '시문학 동인'과 '시문학파'를 용어상 구분할 필요가
있다고 보기 때문이다. 그러나 원활한 논의 전개를 위해 편의상 '시문
학 동인'을 '시문학파 동인' 혹은 '시문학파'로 지칭하고자 한다.

  따라서 이 연구의 대상 시인은『시문학』에 참여한 동인으로 한정한
다. 즉『시문학』에 시를 발표한 시인들을 '시문학 동인'으로 보고, 그들
이『문예월간』이나『문학』에 발표한 작품까지를 연구대상으로 한다.
하지만『문예월간』이나『문학』에 시를 발표한 시인이라 하더라도,『시
문학』에 참여하지 않았던 경우에는 동인 구성원에 포함시키지 않는다.
왜냐하면『문예월간』의 경우, 문인들의 동인지 성격보다는 대중을 향한
문예종합지 성격을 띠고 있으며, 거기에 작품을 발표한 이들도 동인으
로 참여한 것이 아니라, 그저 작품을 발표한 지면으로 활용했기 때문이다.

  이에 따라 '시문학 동인'의 범주 및 연구 대상 작품을 정리하면 다음
과 같다. 먼저 '시문학 동인'은『시문학』1, 2, 3호에 작품을 발표한 김
영랑, 김현구, 박용철, 정지용, 신석정, 허보, 변영로, 이하윤, 정인보 등
9명으로 한다. 그리고 연구 대상 시기는『시문학』창간 시기(1930.3)부터
『문학』폐간 시기(1934.4)까지로 한정한다. 왜냐하면『문학』폐간 이후에

---

22) 김용직, 앞의 책.

는 대부분의 동인들이 작품 성향이 달라졌거나, 작품 발표를 하지 않아 '시문학 동인'으로서의 역할이 끝났다.

이 연구는 위의 세 잡지에 발표된 동인들의 작품을 전반적으로 살피고, 나머지 자료를 부분적으로 활용하고자 한다. 따라서 김영랑, 김현구, 박용철, 정지용이 주 대상이 되고, 나머지 동인의 작품은 제한적으로 살필 것이다. 왜냐하면 김영랑과 박용철은 시문학 동인을 형성시킨 핵심 인물이기에 그들의 시와 시론을 주된 연구대상으로 한 것이고, 김현구의 경우에는 비록 창간호에는 참여하지 않았지만 2호부터 참여하여 활발하게 활동한 점, 그의 시세계가 비교적『시문학』동인이 표방한 문학적 지향성 구현에 충실한 점, 그가『시문학』과『시문학』의 연장선상에 있는『문예월간』이나『문학』외에는 작품 발표를 하지 않았기 때문에 그를 시문학 동인의 중심 시인으로 판단하였다. 또한 정지용은『시문학』창간호에 참여하였을 뿐만 아니라,『시문학』과 그 인접잡지에 발표한 시의 편수가 상당하였고, 그의 첫 시집인『정지용시집』이 시문학사에서 발간된 점 등을 볼 때『시문학』지의 중심 동인으로 보았다.

위의 4명의 시인 외에 5명의 시인이 시문학 동인에 포함되지만 신석정, 변영로, 이하윤, 정인보의 경우에는 이미 문단 활동이 상당했던 기성문인이라는 점과 창작시 발표 편수를 볼 때 '시문학 동인'으로서의 활동이 미미했다는 점에서 개괄적이고 부분적으로 다룰 뿐 작품 분석의 중심에 포함시키지는 않는다. 그리고 허보의 경우는 비록『시문학』으로 등단한 것은 아니지만,『시문학』지에 작품 발표를 할 당시 신인이나 다름없었기에 충분히 시문학파 동인으로 포함할 수 있다. 그러나 그의 작품 세계가 ≪시문학파≫가 지향하는 문학적 지향성과는 상당한 괴리감이 있고, 작품의 성취도도 낮아 중심 시인으로 다루지 않는다.

따라서 이 연구는『시문학』동인 9명 중 김영랑, 김현구, 박용철, 정

지용을 중심으로 그들이 『시문학』1~3호, 『문예월간』1~4호, 『문학』1~3
호에 발표한 시와 산문 등을 연구 대상으로 삼아 원전 중심으로 살핀
다. 또한 『시문학』이 창간된 1930년부터 『문학』이 폐간된 1934년까지
이들이 여타의 잡지나 신문 등에 발표한 작품과 개인 시집도 연구 대상
에 포함시키지만, 『시문학』 동인으로 활동한 시기의 작품을 주 대상으
로 하고, 논의 전개상 언급할 필요가 있을 때만 동인 활동 시기 외의 작
품도 대상으로 삼는다. 또한 시문학파의 유파적 성격을 보다 분명히 하
기 위해 '경향파'나 '모더니즘 계열'의 작품도 인용할 수 있다.

  시집들은 원본과의 대조 및 확인을 위해 이 시기 작품들을 재수록하
고 있는 것을 참고 자료로 삼는다. 『원본 김영랑 시집』 『영랑시집』, 『영
랑시선』, 『영랑을 만나다』, 『정지용 전집』, 『정지용 시 126편 다시읽기』,
『박용철 전집·1』, 『박용철 전집·2』, 『촛불』, 『신석정 시선』, 『이하윤
시선』, 『수주 변영로 시전집』 등이 그것이다.[23]

  시문학파가 하나의 유파로서 성립이 가능하다면, 어떤 시인들에 의
해 그 유파의 문학적 지향성이 구현되었는가 하는 점은 중요하다. 시문
학파는 문학적 지향성을 처음부터 명확하게 선언하고 나선 유파가 아
니기 때문에 그들의 문학적 지향성은 그들이 남긴 자료에서 찾아낼 수

---

23) 허인회 편, 『원본 김영랑시집』, 깊은샘, 2007.
    김윤식, 『영랑시선』, 정음사, 1956.
    서정주 편, 『영랑시선』, 중앙문화사, 1949.
    이숭원, 『영랑을 만나다』, 태학사, 2009.
    정지용, 『정지용 전집·1』, 민음사, 1988.
    권영민 편, 『정지용 시 126편 다시 읽기』, 민음사, 2004.
    박용철, 『박용철전집·1』, 깊은샘, 2004.
    박용철, 『박용철전집·2』, 깊은샘, 2004.
    신석정 『촛불』, 인문사, 1939. 『촛불』, 대지사, 1952.
    권선영 편, 『신석정시선』, 지식을만드는지식, 2013.
    고봉준 편, 『이하윤시선』, 지식을만드는지식, 2012.
    민충환 편, 『수주 변영로시전집』, 부천문화원, 2010.

밖에 없다. 따라서 이 연구는 『시문학』1~3호, 『문예월간』1~4호, 『문학』
1~3호에 나타난 그들의 주장(편집후기, 기고규정 등)과 동인이나 개인의 문
학적 지향점을 드러낸 개인의 시론, 동인지 문제를 논한 동인들 간의
서신 등을 분석하여 시문학파의 문학적 지향성을 파악하고자 한다. 여
기에는 단평이나 개인의 일기 등도 포함된다.

그리하여 시문학파의 문학적 지향성을 바탕으로 동인들의 성분 분석
및 개별 작품 분석을 한다. 이때 가장 중요한 연구 대상은 그들의 창작
시이다. 이는 그들이 창작을 통해 문학적 지향성을 구현하고자 했을 것
으로 판단하기 때문이다. 그렇다고 그들의 시론이나 회상록, 산문 등을
무시한다는 것은 아니다. 먼저 그들이 남긴 창작시 분석을 통해 동인
각자가 시문학파의 문학적 지향성에 동의하였는지, 그 지향성을 위해
작품의 질적 변화를 꾀하거나 그것의 완수를 위해 창의적 활동을 얼마
만큼 펼쳤는지 등을 점검하려 한다. 그리고 산문의 경우는 내용 분석을
바탕으로 그들의 창작시와의 연관관계를 밝히고, 그들이 공통으로 추구
한 문학적 지향점이 무엇인지를 밝힌다.

작품 인용은 원전 위주로 하고, 표기법 등도 원전 그대로 따르고자
한다. 다만 원전이 있는 시를 개작하여 시집에 실은 경우에도 원전 작
품을 분석대상으로 삼을 것이지만, 작품의 질적 수준에 차이가 있다고
판단되면, 보다 완성된 작품을 대상으로 한다. 그러나 완결성에서는 미
흡하지만 거론할 만한 새로움을 내재한 작품이라면 다소 작품성이 떨
어져도 원전 작품을 분석대상으로 한다. 그러나 시인 본인이 직접 고친
것이거나 원전 중에 명확한 오식으로 드러난 작품이 있다면, 고친 것을
텍스트로 삼는다. 이때는 반드시 그 이유를 제시한다. 원전 위주로 작품
분석을 할 때는 텍스트 자체만을 대상으로 한다. 이때 익히 알려진 전
기적 사실이 있다고 하더라도 작품 해석상 특별히 필요한 경우가 아니

라면 작품 분석의 도구로 쓰지 않는다.

연구 방법에 있어서는 가급적 형식주의적 연구방법을 통하여 작품 자체의 내재적 가치를 고구하고자 한다. 시어의 음운·음성의 형식, 율격, 이미지 등을 기본적으로 분석하고, 시어의 상징성, 내포적 의미 등을 밝힐 것이다. 또한 시 작품을 시사적 맥락에서 살피고, 미학적 가치 유무에 대해서도 면밀히 검토한다. 전기적 사실에 비춰 작품 내용을 추론하는 방법이나 수용자 중심의 작품 분석 이론 등은 이 연구에서는 적용하지 않는다. 또한 시사적 흐름을 설명하거나 불가피할 경우를 제외하고는 작품 창작 당시의 시대상황도 고려하지 않는다. 다만 시문학파가 지향한 순수서정시가 역사 현실에 직접적 관심을 보이지 않았기에, 역설적으로 현실 인식의 문제와 거리를 두고 있었다는 점을 보다 명확히 할 때는 역사적·전기적 방법을 원용한다.

*
**
제2장

동인 구성과 문학적 지향성

1. 당대의 시단 배경

≪시문학파≫가 형성된 1930년은 일본제국주의가 문화통치에서 군국주의적 무단통치로 방법을 바꾸었던 전환기였다. 1920년대의 문화통치가 우리 민족의 독립의식을 약화시키는 정책이었다면, 1930년대의 군국주의적 무단통치는 세계대전을 위한 전시체제의 확립기라고 할 수 있다. 문학사적으로 보면, 1920년대를 장악하였던 카프파의 검거로 카프파의 활동이 위축되는 시기였다.

1930년대 ≪시문학파≫가 태동되기까지의 과정을 개략적으로 살펴볼 필요가 있다. 모든 문학조류는 전 시대의 그것에서 영향을 받을 수밖에 없고, 그것의 긍정적 계승 혹은 부정적 계승을 통해 지속하거나 변화한다.

전통의 계승은 반드시 긍정적 계승만은 아니고, 부정적인 계승일 수도 있다. 긍정적인 계승에서는 변화보다는 지속성이 두드러지게 나타나고, 부정적인 계승에서는 지속성보다 변화가 두드러지게 나타난다. (……) 부정적 계승은 앞 시대 문학의 작용을 논쟁과 극복의 대상으로 인식하는 점에서, 전통의 퇴화를 초래하는 앞 시대 문학의 작용에 대한 무관심과는 구별된다.[1]

우리의 근대시문학사를 살피기 위해서는 개화기의 시가부터 살펴볼 필요가 있다. 19세기 말에 가해진 서구의 충격은 문학에도 막대한 영향을 미쳤다. 당시 우리에게는 크게 두 가지의 과제가 있었는데, 그 하나는 서구 열강과 일본의 침략야욕을 배제하고, 자주독립 체제를 확립하는 것이었고, 다른 하나는 개화를 통해 전근대적, 봉건적 체제를 극복하는 것이었다. 개화기 시가는 이러한 배경을 토대로 발생하였다. 이 시기에는 고전 시가의 형식에 개화의지를 담은 개화 가사와 7·5조를 주조로 한 창가가 나왔다. 그리고 1900년대에 이르러 형식적으로 달라진 시가가 나왔는데, 그것이 이른바 신체시이다. 신체시는 일정 부분 정해진 틀에서 벗어나기는 하였지만, 온전히 자유로운 형식을 이뤘다고 보기에는 어렵다. 따라서 준정형시라 할 수 있다. 신체시의 선두주자는 육당 최남선이다. 신체시는 형식적으로는 자유시에 가까웠으나, 내용상으로는 개화의지를 담고 있었다는 한계를 지닌다.

신체시의 뒤를 이어 우리 근대시사에 의미 있는 변화를 꾀한 이들은 『창조』, 『폐허』, 『백조』 등의 동인들이었다. 이들의 공통된 경향은 '퇴폐적 낭만주의'라고 볼 수 있다. 서구에서 발생하였던 세기말 사조인 상징주의와 낭만주의의 퇴폐적 경향이 유입되었는데, 1919년 만세운동의 실패와 맞물려 그러한 사조가 유행하게 되었다. 이들이 주로 활동했던 시기는 1920년대 초부터 1920년대 중반까지라 볼 수 있다. 그때의

---

1) 조동일, 『문학연구방법』, ㈜지식산업사, 1980, 238쪽.

시대상황은 일제의 강점이 노골화 되었고, 조선총독부의 수탈로 인해 민족 전체가 시달리고 있었다. 그래서였는지 퇴폐적 낭만주의자들의 작품에는 패배 의식과 도피 의식이 팽배해 있었고, 퇴폐성이 만연되어 있었다. 그들 작품에는 삶에 대한 긍정도 없었고, 식민지 상황에 대한 현실 인식도 미미했다. 따라서 그들이 추구한 비건강성은 지양되어야 할 세계였다.

> 이 시기에 우리 민족은 일제총독부의 압제, 수탈 정책에 크게 시달렸다. 그런 상황에서 영탄과 몽환의 세계를 헤맨『폐허』와『백조』동인들의 시와 문학은 당연히 지양, 극복되어야 했다. 이 당면의 과제에 부응하여 형성된 것이 신경향파였다.[2]

이 당시 카프가 지향한 문학세계는 프롤레타리아의 해방을 위한 문학으로, 그것은 마르크스주의적인 세계관에 기초하고 있다. 마르크스주의적 세계인식의 기본 전제는 상부구조와 하부구조의 이론이다. 여기에서 상부구조란 정치, 경제, 사상, 문학, 철학, 예술 등 정신문화의 범주에 드는 개념이고, 하부구조는 물적 토대, 즉 경제적 여건을 의미한다. 마르크스주의에서는 상부구조의 변화는 반드시 물적 토대인 하부구조에 의해 결정되는 것으로 본다. 따라서 상부구조에 해당되는 문학작품도 하부구조인 경제적 토대를 그 기반으로 할 수밖에 없다.

이러한 마르크스주의를 바탕으로 한 '카프'의 역할은 긍정적인 면이 있었다. 그들의 문학작품은 분명한 현실인식을 바탕으로 하였고, 미래에 대한 전망도 뚜렷했다. 또한 피지배층을 옹호한다는 점에서 식민지 상태였던 민족적 상황과 맞물려 민족 해방문학으로 인식되기도 하였다.

---

2) 김용직, 「시문학파의 형성 전개와 용아 박용철-그 문학사적 의의를 중심으로」, 용아박용철기념사업회, 『순수와 변용』, 심미안, 2015, 198쪽.

그러나 그들에게는 두 가지 근본 문제가 있었다. 그 하나는 그들이 토대로 한 이론과의 자기모순이다. 마르크스주의에 따르면 하부구조의 변화가 선행된 후 상부구조의 변화가 일어난다. 그런데 카프는 물적 토대라는 받침의 흔들림도 없었는데, 상부구조의 변화를 꾀했다. 또 하나는 지배/피지배 관계를 너무 도식적으로 파악했다. 부르주아와 프롤레타리아 간의 지배/피지배 관계는 계급모순이고, 식민지 상황은 민족모순의 문제이기 때문에 갈등의 구조도 다르고, 문제의 원인도 같을 수가 없다. 그런데 이 두 가지 문제를 오로지 '지배/피지배'의 관계로 설정하여 적용했다. 따라서 계급모순의 문제해결 방법을 가지고 민족문제를 해결할 수 없다는 근본적 한계를 내재하고 있었다. 당시의 시대상황을 개괄적으로 살펴보면 다음과 같다.

① 문화정치의 실상…경찰기구의 강화・친일파 양성・참정권과 지방
   자치・문화운동과 자치론.
② 침략전쟁기의 수난…식민지 팟쇼체제・민족말살정책・인력의 강
   제 수탈.
③ 간도・연해주에서의 독립전쟁…경독립전쟁 기지 건설・청산리의
   승리・삼부(三府)의 성립.
④ 사회주의 운동…노동운동・농민운동・공산당 운동
⑤ 민족 유일당 운동…해외 유일당 운동・신간회 운동
⑥ 항일 문화 운동의 전개…반식민사학론의 발전・국어학의 발달・
   항일문학의 맥락[3]

위의 예문에서 보다시피 카프가 활동했던 시기에는 독립 투쟁에 어려움이 많았던 시기였다. 특히 파쇼체제의 성립과 민족말살 정책이 진행되면서 국내에서의 활동은 상당히 위축될 수밖에 없었다. 즉 한반도

---

3) 강만길, 『한국현대사』, 창작과비평사, 1984, '차례'에서.

내에서 직접적인 투쟁을 하는 데에 어려움이 있었기에 ④⑤⑥에서 예시된 바와 같이 국내에서는 문화운동만이 가능했다. 그렇게 내외적 여건이 살벌한 시기였기에 강력한 독립 운동을 전개하는 것은 어려웠다. 그 시기에 벌어진 활동으로는 크게 두 가지가 있다. 해외에서는 '해외 유일당 운동'이 벌어졌고, 국내에서는 '신간회'를 중심으로 한 활동이 그것이었다. 그런데 정치 투쟁이 '신간회' 중심으로 벌어진 것과는 달리, 문학계 내부에서는 이념의 차이로 인하여 두 갈래로 방향이 나뉜다. 그 중 하나가 카프파를 중심으로 한 '프로문학'이요, 다른 하나는 민족 제일주의의 '민족문학파'이다. 이는 '신간회'의 지도층 대부분이 민족진영의 인사라는 데 반발하여, '카프(KAPF)'가 1927년 9월 1일에 맹원총회를 개최하고, 제1차 방향전환을 시도하였기 때문이다.[4]

'카프(KAPF)', 이른바 '신경향파'는 '신간회' 중심의 운동만으로는 한계가 있다는 점을 분명히 했다. 그래서 이들은 '예술을 위한 예술'을 배격하고, '인생을 위한 예술'을 주창했다. 여기에서 말하는 '인생'은 '무산 계급인 민중의 삶'이라서 문학적 지향점으로 사회주의 노선을 분명히 했다. 그러나 그들은 곧 한계에 부딪혔는데, 계급문학을 표방하고 나선 카프의 시나 소설은 그들이 지지한 민중들에게조차 외면당했다. 새로운 사상으로 무장을 하고, 새로운 담론을 형성하는 데까지는 성공을 하였으나, 현실에서 호응을 얻지 못한 것이다. 거기다가 검거사건까지 겹치면서 카프의 활동은 타격을 받는다. 그럼에도 카프 내부의 방향전환으로 새로운 활동이 전개되는 듯했으나, 1934년 제2차 검거사건을 겪으면서 신경향파는 퇴조하게 된다. 이때 구카프계의 핵심이었던 박영희가 낸 전향성명 중 한 구절은 카프의 한계를 담은 말로도 유명하다. "다

---

4) '카프(KAPF)'는 '염군사(1922)'와 'PASKYULA(1923)'을 기초로 1925년에 결성되었는데, 1927년 맹원총회를 통해 방향전환을 시도하고, 박영희를 회장으로 뽑았다.

만 얻은 것은 이데오로기며 상실한 것은 예술자신이였다"[5]는 발언이 그것이다.

반면 민족주의 문학은 하나의 단체나 동인을 중심으로 결성된 것이 아니었다. 카프 계열이 아니었던 문학가들의 의미 있는 활동을 후에 정리한 것이 이른바 '민족주의 문학'이다. 따라서 민족주의 문학은 카프처럼 그 지향점이 분명하지 않다. 계급주의 문학에 직접 참여하지 않는 문인들을 통칭해서 민족주의라고 부르는 것인데, 이러한 민족주의파를 정인섭은 다음과 같이 기술한 바 있다. ① 순수예술지상주의자 김동인 ② 통속적모더니스트 최독견 ③ 심리해부적 리얼리스트 염상섭 ④ 민족적 인도주의자 이광수 등으로 구분하여 반 카프계열의 작가들을 정리하였다.[6]

이러한 '민족주의파'와 결을 달리하며, 의미 있는 주장을 했던 이들도 있다. 사실 카프파의 계급주의에 반발해서, '국민문학론'을 들고 나온 이는 최남선이었다. 최남선은 「조선국민문학으로서의 시조」에서 다음과 같이 발언한다. "조선의 시는, 조선인의 시는 아무것보다도 먼저, 무엇보다도 더 조선인의 사상, 감정·고뇌·희원·미추·애락을 정직하게, 명백하게 영탄 상미한 것이라야 하며, 그런데 그 제일조건, 근본조건으로 무엇이든지 '조선스러움'이라야 할 것이다."[7]라면서 조선심을 운율로 표현한 양식이 시조이며 민족정신을 되살리려면 시조를 부흥해야 한다고 주장했다. 그 뒤 이병기·김억·심훈·정인섭 등은 시조를 부흥하되 내용과 형식을 새롭게 해야 한다고 했다. 그리고 이들은 시조

---

5) 박영희, 「최근 문예이론의 신전개와 그 경향(3)-사회사적 급(及) 문학사적 고찰」, ≪동아일보≫, 1934.1.4.
6) 정인섭, 「조선문단에 호소함」, ≪조선일보≫ 19311.1~15
7) 최남선, 「조선국민문학으로서의 시조」, 『조선문단』16호, 1926.5.
   최남선, 「조선국민문학으로서의 시조」, 이어령·김윤식·김우창 외, 『評論』, 삼성출판사, 1993, 20쪽.

부흥 운동과 함께 우리말과 우리 국토, 우리 문학의 고유양식 및 문체에 대해서도 관심을 가졌다.[8]

그러나 일명 '국민문학파'나 최남선을 비롯하여 소위 '시조부흥운동'에 참여한 이들의 주장은 다음과 같은 비판을 넘어서지 못한다. 조연현은 이들의 주장에 대해 "주관적인 감정은 보이되 과학적인 방법이 전혀 결여되어 있었다."[9]고 지적하였고, 김윤식은 "문학을 논하는 마당에서는 실로 소박한, 소인적 견해"[10]에 지나지 않는다고 밝혔다.

이러한 소박한 문학논의를 넘어서서 우리 문학사에 문학 논의가 근본적으로 질적 성장을 하게 된 것은 ≪해외문학파≫에 의해서이다.

'해외문학파'에서 순수문학론을 들고 나온 것이다. '해외문학파'에서 비롯된 순수문학운동은 '시문학파'에서 구체화 되고, '구인회'와 모더니스트, 그리고 '시원'과 '시인부락'으로 이어지면서 1930년대 한국현대문학으로 전개된 것이다.[11]

이처럼 ≪해외문학파≫의 활동은 문학 논의의 질적 향상을 불러왔다는 점에서 문학사적으로 간과할 수 없고, 시문학파 형성에 기여했다는 점에서도 의미가 있다. 즉 카프로 대표되는 신경향파 문인들의 과도한 정치성에 대한 반발, 국민문학파와 민요파의 문학적 한계, 해외문학파에 의한 새로운 문예사조의 도입 등이 시문학파의 형성 배경이 되었다.

---

8) 김용직, 앞의 책.
9) 조연현, 앞의 책.
10) 김윤식, 『한국문예비평사연구』, 일지사, 1976.
11) 유윤식, 『시문학파 연구』, 한양대학교대학원, 박사학위논문, 1990.

2. 동인 구성 과정

현대시사에서 하나의 문학유파로 인정받으려면, 동인을 결성하고 동인지를 발간한다고 해서 가능한 일이 아니다. 동인을 구성하고 동인지를 냈다고 하더라도, 그들만의 문학적 지향성이 있어야 하고, 그것을 작품으로 구현해 내야한다는 전제조건이 따른다. 설령 문학적 선언이나 작품으로 구현을 했다고 하더라도 그 동인을 하나의 유파로 인정할 수 있는지의 문제에는 세밀한 검증이 필요하다. 즉 그들 동인이 추구하는 문학 세계가 하나의 유파로서 다른 동인들과 변별력을 지니고 있는지, 그것이 문학사적으로 중요한 의미가 있는지 등도 검증되어야 한다.

시문학파에 대해서도 사정은 마찬가지이다. 따라서 본 연구에서는 당대의 시단 배경을 통해 그들이 극복하고 계승해야 할 문학 조류들에 대해서 살핀 바 있다. 이제 시문학파의 동인구성 과정과 그 성격을 알아본 후, 시문학파의 문학적 지향성까지 자세히 검토하여 시문학파가 문학사적으로 의미가 있음을 밝히고자 한다.

『시문학』 동인 결성에 처음으로 뜻을 합친 시인은 용아 박용철과 영랑 김윤식이었다. 처음에는 이공계통의 학도가 되려 하였던 박용철은 김영랑을 만나면서 문학에 물들게 된다. 그들은 고향이 비슷하였고, 학교가 같았기에 자주 어울렸던 것이다.[12] 박용철은 김영랑을 만나면 "문학에로 문학에로 물들어간다고 나를 오입시키지 말라"고 했다. 그러나 마침내는 문학의 길로 들어서게 되었고, "내가 '시문학'을 하게 된 것은 영랑 때문이여"라고 고백하게 되었던 것이다."[13] 용아가 뒤늦게 문학에

---

12) 영랑 김윤식의 고향은 전남 강진이고 용아 박용철의 고향은 광산군 송정리(현 광주광역시 광산구 송정리)였으며, 이 둘은 일본 도쿄에 있는 청산학원중학부에 같이 다녔다.

13) 유승우, 「시문학파의 문학적 방향」, 용아박용철기면사업회, 용아박용철기념사업회,

관심을 갖게 된 데에 반해 영랑은 훨씬 이전부터 습작을 해온 것으로
보인다.

동인활동 또한 용아는 처음으로 한 것이지만, 영랑은 1920년대 초반
에 이미 강진에서 『靑丘』 동인을 결성하였고, 상당 기간 김현구 등과
함께 사행시를 썼다.

> 강진문화원장 이형희씨의 증언에 따르면, 현구의 시에 대한 관심은
> 배재학당 재학시절로 거슬러 올라간다. 그 다음 현구는 1920년경부터
> 약 4개월간 '靑丘'라는 문학모임을 결성, 마을 뒷산에 모여 시대적 아픔
> 을 문학열로 다스린다. 이들은 당시 차부진씨의 친구가 근무하는 읍사
> 무소에서 프린트로 작품을 등사하여 돌려보곤 했다고 한다. 이때부터
> 영랑의 경우 이미 4행시라는 것을 써서 보여주곤 했다는 증언을 감안
> 한다면 영랑이나 현구의 시는 4행시가 주류를 이루는데 이때부터 이미
> 이들의 4행시에 대한 관심은 싹터 있었으며, 영랑이 용아를 자극하여 『시
> 문학』 창간을 실제적으로 주도했음을 감안할 때 1930년대 초의 『시문
> 학』의 문학적 출발은 어쩌면 이 '靑丘'라는 문학모임이 그 발판이 됐다
> 고도 볼 수 있겠다.[14]

위의 인용문에 따르면, 영랑은 이미 1920년대 초반부터 사행시를 쓰
기 시작했고, 나중에 『시문학』 동인으로 참여하게 되는 김현구와 더불
어 '청구' 동인으로 활동했음을 알 수 있다. 또한 영랑과 현구가 한 집
안 사람인데다가 같은 강진지역에 살고 있었으므로 그들의 친분관계는
오래된 것으로 볼 수 있다. 거기에 영랑이 일본 유학시절 만난 용아가
함께하게 되었다. 그러나 현구는 『시문학』 창간호에 작품을 싣지 않고,
2호부터 참여하게 된다.

한편 시문학파의 동인 결성은 용아가 주로 나서게 된다. 그러나 처음

『순수와 변용』, 심미안, 2015, 158쪽.
14) 김선태, 「金玄鳩 詩 硏究」, 『김현구 시 전집』, 태학사, 2005, 227쪽.

부터 이들의 동인 결성이 순조로웠던 것은 아니다. 1920년대 말까지 용아는 순수문학보다는 카프 계열의 프로문학에 경도되어 있었다. 1927년 9월 영랑과 용아는 함께 금강산에 갔다가 유점사에서 개잔령을 넘어올 무렵 싸운 일이 있다. "그때 세계를 풍미하던 사조에 벗도 사로 잡혔었다."[15]고 영랑은 술회한다. 영랑이 말한 '세계를 풍미하던 사조'는 카프 계열이 추구하였던 '사회주의 리얼리즘'이다. 하지만 이후 용아는 집안 사정으로 인해 시골생활을 하게 되고, 그때부터 창작과 외국시 번역에 매진한다. 영랑의 말에 의하면, 이후 용아가 "훌륭한 시인"[16]으로 변신하였다. 여기에서 '훌륭한 시인'이란 영랑이 추구하고 있었던 '순수 서정시를 쓰는 시인'을 뜻한다.

프로문학에 경도되어 있었던 용아가 순수시 쪽으로 돌아선 것은 영랑과의 다툼도 원인이 되었지만, 가정 내부의 일도 크게 작용했다. "소화 3년 1월 11일은 가정적 충돌의 한 정점을 이루었다. 월말(1928년 1월. 필자 주)부터 새방을 거처하였다."[17]는 일기의 내용과 "…다시 들어안저 공부를 하는데 이혼한단 말도 없고 외입도 아니하여…"[18]라는 부친의 진술에서 알 수 있듯이, 용아는 새 거처에 틀어박혀 문학 창작과 외국 문학 작품의 번역에 몰두한 것으로 보인다.

> 二月 十五日 康津을 가서 一週日 만에 돌아왔다 永郞君은 建設委員長이라는 弄談을 할만큼 店建에 골몰하였다.
> 그 사이에 三部詩篇等에 着手하였다.
> 二月十日(正月初二日)[19]이었다 詩雜誌의 出版等의 決定的의론을 하고

---

15) 김영랑, 「인간 박용철」, 『조광』 5권 12호, 1939.12, 318쪽.
16) 김영랑, 위의 책, 같은 쪽.
17) 『박용철전집2』, 앞의 책, 368쪽, 이하 '전집2'라고만 씀.
18) 전집2, 368쪽.
19) 소화 4년, 즉 1929년의 일기이다. 필자 주.

三月下旬의上京을 約하였다.[20)

용아와 영랑이 동인 결성에 관해 오랜 시간 숙의를 했다는 것은 용아
의 일기나 서로 간에 주고받은 편지가 증명한다. 구체적인 시잡지 출판
등의 문제에 대해 의논하고 결정한 것이 1929년 3월의 일이었다. 따라
서 일기에 나오는 3월 말 상경은 출판 관련 업무와 동인 포섭을 염두에
둔 것이다.

> 梁株東君의 文藝公論[21)을 平壤서 發刊한다고 말하면 이에 妨害가 될
> 듯싶네 그러나 通俗 僞主일 게고 敎授 品位를 發揮할 모양인가 보니 길
> 이 다르이[22)

시 잡지를 준비하고 있었던 그들에게 양주동이 『문예공론』을 창간한
다는 소식은 새로운 동인지의 동인 확보와도 관련이 있다. 그들은 무명
이었고, 영향력도 없었기에 기성 시인들 중 이름 있는 시인을 동인으로
가입케 하는 것이 쉬운 일은 아니었다. 그러나 양주동이 발간할 잡지를
'통속 위주'로 보고 자신들과는 '길이 다르다'고 한 것으로 보아 『시문
학』의 문학적 지향성이 통속과는 거리가 먼 것이었다는 게 드러난다.

> 지난번 時調의 評과 修政도 자네 意見에 따르네 再現設과 情緖를 푹
> 삭후라는 것도 알아드렀네 나는 이즘 와서야 그것들을 차츰 깨달아 가
> 네 좀 늦었지만 어쩔 수 없지 느끼는 것이 없이 생각해 理解 할랴니까 그
> 前에는 詩를(뿐만 아니라 아무 글이나) 짖는 技巧(골씨)만 있으면 거저 지
> 을 셈 잡었단 말이야 그것을 이새 와서야 속에 덩어리가 있어야 나오는
> 것을 깨달었으니 내 깜냥에 큰 發見이나 한 듯 可笑![23) (띄어쓰기 필자)

---

20) 전집2, 일기부분, 368~369쪽.
21) 양주동이 주관하여 1929년 5월 창간한 잡지.
22) 전집2, 319쪽.

용아의 편지 내용에 나오는 '재현설과 정서를 푹 삭후는 것'은 일종의 시상의 발효과정으로 볼 수 있다. 또 "느끼는 것이 없이 생각해 이해할랴니까"라는 말은 이전까지 용아가 시를 접하는 태도, 즉 이전의 문학관이랄 수 있다. 이론적 무장만 한 채로 시를 이해하려 했다는 뜻이다. 그러다 보니 한계에 부딪혔고, "짓는 기교만 있으면 거저 지을 셈 잡았다"는 말은 기교주의에 빠져 있었다는 고백이다. 하지만 영랑과의 다툼이 있고난 후, 용아는 새로운 시에 대한 눈이 열린 것이다. 즉 시라는 것은 '속에 덩어리가 있어야 나오는 것'이라는 인식을 하게 되었다는 것인데, 이는 박용철 순수시론의 핵심이라 할 만하다. 용아가 순수시에 관심을 가지게 되고, 순수시 쪽으로 기울어지자, 영랑은 비로소 용아에게 동인 구성 및 동인지 발간에 대한 이야기를 꺼냈을 것으로 보인다. 김선태는 이 상황에 대해 "시문학파의 모든 문학적 지향성은 이미 오래 전부터 영랑의 머릿속에서 정해져 있었다고 보아도 좋을 것 같다"[24]고 밝힌 바 있다. 이후 두 사람은 동인 결성을 위해 자주 만나거나 편지를 교환하였다.

何如間 之溶 樹州 中 得基一이면 始作하지 劉玄德이가 伏龍鳳雛에 得基一이면 天下可定이라더니 나는 之溶이가 좋으이 文藝公論과 特別한 關係나 맺지 않았는지 몰르지 서울거름은 해보아야 알지[25] (띄어쓰기 필자)

위의 인용문을 보면, 용아와 영랑이 수주와 지용에게 특별한 관심을 보이고 있음을 알 수 있다. 수주에게 관심을 보인 것은 영랑과 용아가

---

23) 전집2, 326쪽.
24) 김선태, 앞의 책, 254쪽.
25) 전집2, 319쪽. 이 편지는 1929년 3월 26일자의 것이다. 지용이나 수주는 이미 문명을 떨치고 있었기 때문에 용아는 지용이 『문예공론』의 편집에 참여하지는 않을까 염려를 한 것이다.

가지고 있던 순수시론을 수주도 가지고 있었다는 점26)에서였을 것이고, 지용을 높게 본 이유는 이미 명성을 얻은 지용시의 새로운 감각과 모더니티에 관심을 가진 것으로 보인다. 또한 '지용이 더 좋으이'라는 말에서 볼 수 있듯이 용아에겐 새로운 시에 대한 욕망이 속에 덩어리지고 있었다는 것을 알 수 있다. 더구나 용아나 영랑은 그때까지 문학잡지에 글을 발표한 적이 없었기 때문에 명성을 얻은 기성문인의 협조가 절실하게 필요했다.27)

내 요새 누구를 만났더니 鄭之溶이 이 가을28)부터 서울 徽文에 와서 있으리라고 하데, 서울 가거든 한번 만나 보게 詩誌에 대한 計劃은 나는 아직 抛棄하지 않네29) (띄어쓰기 필자)

용아와 영랑의 잡지 발행 및 『시문학』 동인 결성은 정지용을 만난 후에 본격적인 궤도에 오르게 된다. "1929년 10월 25일 뉴욕주식시장이 폭락한 다음날 김영랑의 소개로 박용철은 정지용을 만났다."30) 동인지 창간에 대한 합의는 바로 그날 이루어졌다. 하지만 창간호가 발행되려면 몇 가지 해결해야 할 문제가 있었다.

---

26) 수주 변영로는 『조선의 마음』(평문관, 1924)이란 시집에서 「봄비」, 「논개」 등 낭만주의적 순수시의 세계를 보여주었고, 상당한 호응을 얻은 바 있었다. 또한 시집 부록에 실린 「상징적으로 살자」(61쪽), 「시인・예술가・철학자여」(106쪽), 「'쉘리'란 누구인가」 등의 산문을 통해 낭만주의적 순수시관을 피력했다.

27) 김선태, 「김현구 시 연구」 앞의 책, 256쪽, 이에 의하면 김영랑과 박용철은 모두 무명의 시인이었지만, 박용철은 연희전문 시절 변영로, 정인보와 인연이 있었으며, 김영랑은 정지용과 휘문의숙 1년 선후배라는 인연이 있었다. 이러한 인연들을 바탕으로 동인을 구성할 수 있었다.

28) 이 인용문에서 이 가을은 1929년 9월을 가리킨다. 이 편지가 1929년 9월 15일에 보낸 것이기 때문이다.

29) 전집2, 328쪽.

30) 최동호, 「시문학파의 문학사적 의미망과 정지용」, 『한국시학연구』 제34호, 한국시학회, 2012.8.15, 285쪽.

雜志의 일은 수얼스럽게 되는 듯도 하였으나 詩文學이라는 命名을 하였을 뿐 二十七日 第一蹉 期日로 定해 보았으나 實行할 아모 재조도 없었다.[31] (띄어쓰기 필자)

더 많은 동인 확보와 잡지 발행에 들어갈 비용이 문제였다. 그러나 문제는 해결되는 듯했다. 잡지 발행 비용은 용아 박용철이 책임을 졌다. 동인으로도 몇 사람이 더 추가되었다. 그럼에도 원고 수집은 수월하지 않았다.

允植과 나는 이밖에 京城을 떠나 집으로 돌아왔다. 詩文學의 일은 原稿 關係도 있거니와 明春으로 밀우고, 이것이 在京五十日의 所得이다.[32] (띄어쓰기 필자)

용아와 영랑은 『시문학』 창간호를 1929년 내에 내려고 했다. 그러나 재정 사정도 문제가 있을 수 있었겠지만, 원고 모집에 더 어려움을 겪었다. 이러한 원고 모집의 어려움은 잡지에 처음 시를 발표하는 용아와 영랑을 제외하고는 이렇다 할 창작시를 구하지 못했기 때문으로 보인다. 해가 바뀌어 나온 『시문학』 창간호에는 용아와 영랑의 창작시 외에 이하윤의 시가 두 편 실렸을 뿐, 지용이 발표한 4편의 시는 신작시가 아니었다. 따라서 동인 구성원으로 사람을 끌어들이고, 신작시를 받아 잡지를 내고자 했던 용아와 영랑의 계획은 뜻대로 되지 못했다. 그러므로 용아와 영랑이 50일간이나 서울에 머물면서 겪었을 좌절감은 상당히 컸을 것으로 보인다.

마침내 1930년 3월 『시문학』 1호가 탄생했다. 그것이 우리 시문학사에서 진정한 현대시의 출발을 알리는 신호탄이었다는 것을 그 당시에

---

31) 전집2, 372쪽.
32) 전집2, 373쪽. 이 일기는 1929년 12월 23일의 일기이다.

는 누구도 몰랐다. 창간호에는 김윤식, 정지용, 이하윤, 박용철, 정인보 등 5인의 창작시 및 번역시가 실려 있는데, 박용철이 「시문학 창간에 대하야(조선일보, 1930.3.2)」[33)]에서 밝힌 것을 보면 변영로까지 이미 동인으로 합세해 있었음을 알 수 있다. 따라서 창간호를 낼 당시의 『시문학』동인은 6명인 셈이다. 창간호의 목차를 살펴보면 다음과 같다.

동백닙에 빗나는 마음(詩十三編) ·· 金允植
일은 봄 아츰(詩四編) ··· 鄭芝溶
물네방아(詩二編) ··· 李河潤
써나가는 배(詩五編) ··· 朴龍喆
外國詩集
木蘭詩 ·· 鄭寅普譯
폴·포-르(佛)二題 ·· 李河潤譯
헥토-르의 이별(獨실레르) ··· 龍兒譯
미뇬의 노래(獨괴테) ··· 龍兒譯
編輯後記 ···
投稿規正 ···

그렇다면 6인의 시문학파는 어떤 과정을 거쳐 결성되었을까. 용아와 영랑은 처음부터 동인지를 만들고자 주동했던 인물들이고, 지용과 수주 또한 동인 결성 계획 단계부터 포섭 대상이었다는 것은 앞에서 기술한 바가 있다. 문제는 정인보와 이하윤이다. "위당 정인보 선생과 수주 변영로 선배를 『시문학』의 동인으로 추대한 것은 그가 연희에 있을 때 맺어진 인연의 소이로 짐작된다."[34)]는 이하윤의 술회와 "용아의 문학은 시조로 시작되었다함이 정당할 것이다. 위당의 영향으로 인하여서도 벗은 시조와 한 시대에 같이 하여 왔는데…"[35)]라는 영랑의 말을 근거로

33) 박용철, 「시문학 창간에 대하야」, ≪조선일보≫, 1930.3.2.
34) 이하윤, 「박용철의 면모」, 『현대문학』, 1962.12, 231쪽.

보면, 용아와 위당 정인보의 인연은 용아의 연희전문 시절 맺어졌다. 용아는 연희전문 시절의 인연을 바탕으로 1929년 12월 10일 위당 정인보와 수주 변영로를 만난다. 그날 위당과 수주의 동인 가입은 결정되었을 것으로 보인다. 그런데 위당 정인보는 용아의 스승이며, 시조시인이었다. 새로운 자유시와 순수시를 지향한 시문학파에서 무엇 때문에 위당을 추대했는지 의문이 생긴다. 하지만 ≪시문학파≫ 동인 구성이 전통지향성을 지닌 시인들과 외래 지향성을 지닌 시인들을 두루 아울렀다는 점을 상기하면 이해가 된다. 위당은 시조시인이었을 뿐만 아니라, 한학에도 조예가 있었고, 「오천년간 조선의 얼」이라는 글을 통해 '얼사관'을 정립한 민족주의자였다. 용아는 『시문학』이 어느 한쪽으로만 치우치는 것을 경계했던 것 같다. 그래서 외국시 번역에서도 독일시와 프랑스시를 실었으며, 서양으로 편향되는 것을 막기 위해 한시번역도 실었다. 동서의 조화와 균형을 꾀하기 위해서는 한시번역에도 능한 시인이 필요했다. 거기에는 위당 정인보가 마땅한 사람이었다.

이와 같은 맥락에서 이하윤도 동인으로 포섭했다고 봐야 한다. 이하윤은 '해외문학파'의 주역으로 편집 실무를 맡아왔다. 또 프랑스어를 전공하여 프랑스시 번역에도 능한 인재였다. 편집과 프랑스시 번역을 동시에 맡길 수 있는 인물이 이하윤이었다. 즉 결과물을 놓고 보았을 때, 용아가 생각한 『시문학』은 영랑과 지용의 창작시, 정인보의 한시, 수주와 지용과 영랑의 영시, 이하윤의 프랑스시, 박용철의 독일시 등이 두루 어우러진 모양이었다.

용아(龍兒) 박용철은 다정하고 자상하고 또 침착한 청년이었다. 그리고 창의성이 풍부한 재사(才士), 사업욕이 왕성한 투사, 이러한 동지를

---

35) 영랑, 「인간 박용철」, 『조광』 5권, 1939.12.

얻어 친분이 두터워진 나는 참으로 행운이었다. 내가 청년시인 용아를 처음 만난 것은 1930년 봄으로 기억한다. 그때 내가 근무하던 중외일보사 학예부로 그는 나를 찾았다. 옛 학우와 같이 친밀한 인상을 주었다. 그는 아직 한 편도 세상에 발표한 일이 없는 자기와 영랑(永郎)의 시고(詩稿) 뭉치를 펼치면서 ≪시문학≫ 창간의 계획을 차곡차곡 말해 가는 것이었다.[36]

그렇게 6명의 동인이 결성되어 창간호가 나오게 되었다. 이후 『시문학』 2호에 김현구가 새 동인으로 참여하게 되고, 『시문학』 3호에는 신석정과 허보가 새 동인으로 들어와서 전체적인 '시문학 동인'은 9인으로 형성된다.

이제 창간호 이후에 가담한 동인들이 어떻게 해서 가담하게 되었는지 살펴볼 필요가 있다.

먼저 김현구의 경우에는 순수한 투고에 의해 가담했다. "이번에 현구 씨의 작품을 처음 실게 된 것은 대단한 깃븜으로 녁입니다"라는 「편집후기」에 나오는 한 문장 외에는 어떤 경위로 현구가 『시문학』지에 작품을 싣게 되었는지에 대한 설명이 없다. 이후의 다른 동인들의 기록이나 현구 자신의 기록에도 시문학파에 가담하게 된 경위는 나타나지 않는다. 따라서 김현구가 『시문학』지에 작품을 투고한 것으로 보고, 「시문학」지 1~3호의 「편집후기」나 「기고 규정」을 통해 김현구의 동인 가입 과정을 짐작할 수밖에 없다.

　원고 채택에 대하야 자동계산기와 가튼 공평을 기할 수 업는 이상 수업시 편집동인의 눈이라는 조그마한 문턱을 넘게 됩니다. 우리 동인들의 의향까지는 될 수 있는 대로 편벽된 개인의 취미에 기우러지지 안으려 힘쓰나 그것은 차차로 편집의 실제에서 증명하겠습니다.[37]

---

36) 이하윤, 「박용철의 면모」, 앞의 책, 231쪽.

우리의 지면은 공개되어 편집동인 회의에서 추천되는 작품을 발표한
다 그러나 작품의 이름을 보기 전에 작품을 몬저 읽는 것이 우리의 관
습이다.38)

위의 인용문들을 살펴보았을 때, 『시문학』지는 문호를 개방해 두고
있었다. 그리고 그들이 새로운 동인을 뽑을 때 기준으로 삼은 것은 오
직 '작품성'이었다. 이름을 보기 전에 작품을 읽는다는 태도에서 그 점
을 엿볼 수 있다.

그런데 3호 제작을 할 때 문제가 생겼다. 용아가 영랑에게 보낸 편지
에 "시문학 탈났네, 지용은 시가 못 나오네. 어떻든 3호는 쉽게 엮어 놔
버리고, 명년부터는 진용을 달리하지"39)라는 구절이 나오는 것으로 보
아, 창작시 난을 채울 작품이 부족했던 것으로 보인다. 그 중 지용의 신
작이 나오지 않은 게 잡지 발행 계획에도 영향을 미쳤다. 때문에 이들
은 신석정과 허보를 새 동인으로 맞으며 그들에게 기대를 걸었다.

그러나 『시문학』은 1931년 10월 3호 발간을 끝으로 그 시대를 마감
한다. 잡지 발행 출판사가 <시문학사>에서 <문예월간사>로 바뀐 것도
『시문학』 3호부터이다. 이후 박용철은 『문예월간』에만 매달린다.

그런데 한 가지 주목할 점이 있다. 『문예월간』제2권2호40)에 『시문학』
4호에 대한 광고가 실려 있다. 아예 '1932년 3월 15일 발행'이라고 표기
되어 있는 것으로 보면, 『시문학』 발행을 멈출 의도는 없었던 것으로 보
인다. 즉 잡지의 편집이 끝났고, 인쇄 및 배포의 문제만 남아 있었던 게
아닐까. 광고에 함께 실린 <謝告>41)를 보면 다음과 같은 내용이 나온다.

---

37) 「기고규정」, 『시문학』 창간호, 40쪽. 『시문학』 2호, 48쪽.
38) 박용철, 「시문학 창간에 대하야」, 전집2, 143쪽.
39) 전집2, 앞의 책, 347쪽.
40) 대부분의 연구에서는 4호라 칭한다.
41) <謝告>, 『문예월간』 제2권 제2호, 문예월간사, 1932.3.1, 목차 및 광고면 4쪽.

詩文學第四號는 본시 一月에發行豫定이엇스나 同人間의여러가지事情으로 發行이이가치 遲延되어 一般讀者와 詩文學會員諸位의아페慚愧咸이업지안슴니다

위 인용문으로 보아 『시문학』은 복간될 수 있었고, 새로운 동인의 유입으로 발행이 지속될 수 있었다. 그러나 『시문학』 4호는 빛을 보지 못했다. 한 가지 주목해야 할 점은 광고에 나온 『시문학』 4호의 목차와 『문학』 창간호(1934.1)의 목차가 겹치는 게 많다는 점이다. 이는 『시문학』 4호와 『문학』 창간호의 친연성을 보여주며, 『문학』 창간호는 『시문학』 4호의 발전된 형태임을 입증한다. 다만 『문학』 창간호에는 수필 부문이 추가되었다는 점이 눈에 띄는데, 이는 동인지의 명칭이 『시문학』에서 『문학』으로 바뀐 것과도 관련이 있는 것으로 보인다. 참고로 『시문학』 4호와 『문학』 창간호의 목차를 옮겨보면 다음과 같다.

<시문학 4호 목차>
내 마음이 사는 곳(詩五篇) ·· 玄鳩
물 보면 흐르고(詩七篇) ·· 永郞
너는 비들기를 부러워하드라 ··· 夕汀
봄ㅅ들의 誘感(詩二篇) ·· 片石村
希望과 絶望의 사이를(詩三篇) ··· 龍喆
고요한 밤 ·· 林學洙
누나 무덤 ·· 林春吉
佛詩譯 ·· 李軒求
李河潤
獨詩譯 ·· 徐恒錫
쓰라우닝 二章 ··· 鄭之溶
꿈나라의 장미 外 二篇 ·· 龍喆譯
詩文學會員第一回發表 ···

<문학 창간호 목차>

위에 인용된 내용을 비교 검토 하였을 때, 표면적으로 편집의 유사성이 보인다. 창작시를 싣고, 거기에 외국시를 번역하여 싣고, 외국 시 이론을 번역해서 편집한 것은『시문학』편집의 특징이다. 광고에 나온『시문학』4호의 목차는 이전의 시문학 편집 형태와 같고, 1934년 1월에 발행된『문학』창간호도 이와 유사하다. 다른 점이 있다면『문학』에 수필, 외국 소설 번역 작품 등 산문이 추가 되었다.

구체적인 내용으로 들어가면 두 잡지의 근친성은 두드러진다.『문학』목차에는 시의 제목이 표기되어 있지 않지만, 본문에서는 발표시의 제목을 볼 수 있는데,『시문학』4호에 실릴 예정이었던 시작품 다수가『문학』창간호에 실려 있다. 현구의「내 마음이 사는 곳」, 석정의「너는 비들기를 부러워 하드구나」,[42] 등의 작품은 제목이 같다. 영랑과 김기림(『시

---

42) 신석정,「너는 비들기를 부러워 하드구나」,『문학』창간호, 시문학사, 1933.12,
   16~17쪽. 이 시는「시문학」4호 광고에는「너는 비들기를 부러워하드라」로 나와

문학』 4호 광고에 나오는 시인 편석촌은 김기림의 필명이다. 필자 주)은 다른 작품을 발표 하였지만, 필진은 바뀌지 않았다. 발표 작품이 바뀐 것은 두 잡지의 시간적 편차가 2년에 가까운 점을 감안한다면 충분히 납득이 되는 문제이다. (작품 발표가 활발한 시인이 완성한 시를 2년 정도 갖고 있는 경우는 드물다.) 박용철의 번역시 「쑴나라의 장미」도 같다.

한 가지 더 주목해야 할 점이 있다. 『시문학』 3호를 발간하였을 때, 출판사 이름이 <문예월간사>로 바뀐 후, 『문예월간』이 발행되었는데, 미발간된 『시문학』 4호 및 『문학』 1~3호의 간행사는 <시문학사>를 회복했다. 이런 점들에 근거하여 보았을 때, 『문학』은 『시문학』의 연장이며, 동인 구성이 확대 발전하여 만든 동인지 성격의 잡지라는 게 분명하다. 그러나 『시문학』 동인이 구체적인 활동 흔적을 남긴 것은 미발간된 『시문학』 4호가 마지막이다.

3. 문학적 지향성

앞 절에서 살펴본 바와 같이 시문학파는 구성 과정에서 특별한 문학적 지향성을 먼저 내세운 것이 아니다. 또한 그들이 문학적 지향성에 대해 합의를 하였다는 기록도 없다. 문학적 지향성이 동일한 시인들이 모여 일치된 지향점을 내세우고 동인 활동을 시작한 것이 아니라, 용아와 영랑이 먼저 합의를 한 후에 동인들을 포섭해 가는 방식으로 동인 구성이 이뤄졌다. 시문학파의 문학적 지향성이 명시된 것은 「시문학」 창간호가 발간되면서부터이다.

시문학파의 문학적 지향성은 먼저 동인 구성 시 주동 문인인 용아의

있는데, 『문학』에 실릴 때는 제목이 바뀌었다.

순수시론이나, 영랑의 작품 세계 분석을 통해서 유추해 봐야 한다. 또한 가지 방법으로는 시문학파에 가담한 개별 시인들의 작품 세계를 종합하여 고찰한 후 거기에서 공통분모를 찾아내는 것이다. 그리고 선행 연구자들의 분류도 중요한 참고사항이다.[43]

---

43) 시문학파의 문학적 지향성이나 문학적 순수성에 오세영, 김선태, 유승우 등의 선행연구자들의 연구 결과가 있다. 그 핵심 내용을 옮겨보면 아래와 같다.

1. 오세영, 「왜 시문학파인가?」, 『시문학파의 표층과 심층』, 강진군 시문학파기념관, 2012, 19쪽.

(시문학파의 문학적 순수성에 대한 이상의 논의를 정리하면 다음과 같다.

첫째, 그것은 1920년대 목적문학에 대한 대타개념이다.

둘째, 단지 목적 문학을 거부하는데 그치지 않고 역사와 현실에 대해 일정한 거리를 두었다. 물론 예외적으로 김영랑의 「독을 차고」라든가 박용철의 「떠나가는 배」 등과 같은 작품들이 없었던 것은 아니나 그들의 시에서도 현실은 어느 정도 추상화 되어 있다.

셋째, 결국 둘째 항과 관련되는 것이지만 예술성의 탐닉이다. 이는 자연스럽게 언어의식의 고양, 기교의 세련미, 형식상의 실험을 수반하게 된다. 프로 비평가를 대표하는 임화가 1930년대 순수시를 기교파라고 비판했던 이유의 일단도 여기에 있었다.

넷째, 1930년대 순수문학은 조연현이 지적한대로 대중문학과 구분되는 의미에서 순수문학이다.)

2. 김선태, 「김현구 시 연구」, 『김현구시전집』, 앞의 책, 272쪽.

(시문학파가 지향한 문학적 방향을 크게 세 가지로 나누어 살펴보았다. 그것은 ④① 낭만주의적 순수 서정시의 추구, ②작품 자체의 예술성과 음악성 추구, ③ 전통성과 모더니티의 조화 추구였다.)

3. 유승우, 「시문학파의 문학적 방향」, 용아박용철기면사업회, 용아박용철기념사업회, 『순수와 변용』, 심미안, 2015, 171쪽.

(그들이 건설한 독창적 시세계는 다음과 같다.

첫째, 1920년대의 이데올로기적 문학의 근본적 결함을 극복하고 문학의 자율성을 확립하였다. 이것은 그들에게 있어 순수 서정시의 창작으로 구체화되었다.

둘째, 시어, 이미지, 제재, 비유들이 긴밀하게 조화되면서 심미적 기능을 다하는 시적 구조를 창조했다. 이것은 한국시를 현대시로 보다 더 접근시키는 계기가 되었다고 할 수 있다.

셋째, 그들이 창조한 새로운 시적 구조는 외래성과 전통성의 조화에 의해 이루어진 것이다. 이것은 그들의 시가 자기화 혹은 주체화된 독창적 시형태라는 것을 의미한다.

시문학파가 지향한 세계가 문학적 순수성이라는 데는 이견이 없을 것이다. 여기에서 문학적 순수성이라는 말은, 시문학파를 논하는 자리에서는 '순수 서정시'라는 말로도 치환 가능하다. 그러나 일상에서나 詩史에서도 자주 사용하는 용어가 '순수'이기 때문에 자칫하면 본 연구에서 사용하는 '순수' 혹은 '순수성'이라는 말이 곡해될 수도 있다. 따라서 '문학적 순수성'이라는 말의 의미를 짚고 넘어가고자 한다.

시문학파가 추구한 문학적 순수성은 크게 두 가지로 설명할 수 있다. 그 중 하나는 정치·경제·사회·사상 등으로부터 독립된 것이라는 의미로서의 순수성이고, 다른 하나는 시 자체의 예술성을 추구했다는 의미로서의 순수성이다.

전자의 순수성은 역사나 사회 현실·사상 등에 종속되지 않는 문학을 지향한다. 문학이 스스로 서서 문학 외의 모든 것을 거부한다. 이는 시문학파가 카프의 대척점에 서서 정치의 속박으로부터 구해낸 문학적 순수성이다. 정치·경제·사상의 포로였던 문학을 감옥에서 꺼내 자유의 옷을 입힌 순수성이다. 카프의 문학은 정치의 하위 개념으로서의 문학이었고, 정치에 예속된 문학이었기에 정치성으로부터 독립된 문학적 순수성은 카프 문학의 극복으로서의 문학적 순수성이다.

후자는 문학작품의 미적 완결성을 위한 순수성이다. 이는 시 자체의 예술성이라는 말로 바꿀 수 있다. 오로지 세련된 시적 기교·정밀한 시어 직조 능력·감각적 언어 구사·언어를 통한 음악성 실현·천재성을 바탕으로 세련된 이미지 창출 등을 수반하는 개념으로 시예술의 극점을 지향하는 순수성이며, 오직 예술적 완성도만을 꾀하는 순수성이다. 언어 예술 전문가로서의 순수성이다. 대중문학과 구별되는 의미에서의

이상의 세 항목은 '시문학파가 내세운 문학적 방향임과 동시에 1930년대의 한국 문학이 나아가야 할 방향이다.)

문학적 순수성이다.

시문학파의 첫 번째 문학적 지향성 '순수서정시'라는 말은 위에서 서술한 전자의 '문학적 순수성'과 관계가 된다. 이것은 정치·경제·사회·사상 등으로부터 독립된 것으로서의 문학을 뜻한다. 즉 카프파의 문학이 정치에 예속된 것에 반해 시문학파는 정치·사회 현실 등으로부터 독립된 문학을 꿈꾸었다.

> 예술을 위한 예술이라는 표어가 프랑스의 젊은 보헤미안 시인이나 화가들 집단에서 일반화되어 있던 1830년대에는 예술의 자율성이라는 관념이 결코 새로운 것이 아니었다. 예술이 자율적 활동이라는 견해는 이미 반 세기 이전에 칸트에 의해 옹호된 바 있었다. 그는 「판단력 비판」(1790)에서 예술의 "목적 없는 합목적성"에 대한 자신의 역설적인 개념을 정식화했으며 예술의 근본적인 무관심성 disinterestedness에 대해 단언하였다.44)

위의 인용문을 보면, 예술은 '목적 없는 합목적성'을 지닌다. 그것은 외부 조건들에 대한 '근본적 무관심성'이고, 예술 자체의 순수성이다. 이는 낭만주의자들의 예술관과 유사하다. 낭만주의자들은 "모든 제약에서 해방되고 모든 이론에서 독립된"45) 예술을 꿈꾸었다. 따라서 여기에서의 '순수서정시'는 정치나 사회 현실에 종속되지 않는 독립된 의미의 문학이기에 외적 요소들과의 관계에서의 순수성이다. 이는 가라타니 고진이 말한 '단독성'46)의 등가물로 볼 수 있다. 말하자면 시문학파는

---

44) M. 칼리니스쿠 지음/ 이영욱·백한울·오무석·백지숙 옮김, 『모더니티의 다섯 얼굴』, 시각과 언어, 1994, 57쪽.
45) 필리쁘 방 띠겡 저, 鄭然豊 역, 『프랑스 낭만주의』, 탐구당, 1983, 110쪽.
46) 가라타니 고진, 이경훈 역, 『유머로서의 유물론』, 문화과학사, 2002, 14~28쪽. 여기에서의 단독성이란, 어떤 존재가 그 유(類) 중 하나인 것이 아니라, 다른 것과 교환될 수 없고, '다른 것이 될 수 없는 이것'을 뜻한다.(필자 주)

단독자로서의 순수시를 지향한 것이다. 이것은 1920년대 목적문학에 대한 대타 개념으로 이해할 수 있다. 이는 역사와 현실에 일정한 거리를 둔 시세계로 구현되는데, 어떤 주의나 주장과도 거리가 먼 것이었다. 바꾸어 말하면 시문학파는 외부적 조건에 종속된 문학이 아니라, 문학 자체에 존재 의미를 부여하였다.

당시는 프로문학이 유행했던 때였고, 카프파에 의한 문학의 도구화, 목적성에 사로 잡혀 문학 자체의 미학을 잃어버린 문학, 문학의 자율성을 중심에 두지 않고, 정치적 목적성에 함몰되어 있는 문학이 그 당시의 문단 현상이었다. 그리고 이러한 카프파의 반대편에 국민문학파가 자리해 있었지만, 그들도 주의 주장만 내세웠지, 현대 문학이 가야할 방향 제시를 못하고 있는 상태였다. 국민문학파가 내세운 것은 시조 부흥이었는데, 그것의 형식적 변형이나 내용적 측면에서의 현대성 확보에 목적을 두었을 뿐, 세계 문학이 이룬 성취에 견줄만한 현대성을 찾기는 어려웠다.

문학이 정치적 목적성에 예속되거나 그 반대편에 서서 주장과 주의만 난무했던 1920년대 말의 상황에서, 시문학파가 문학의 자율성과 순수성을 주장하고 나선 것은, 문학을 다른 사회적 현상과 분리해서 보았던 그들로서는 마땅한 일이었다. 그리고 그러한 세계가 그들이 지향하고자 했던 현대시이자 순수시의 세계였던 것이다.

J.아이작스는 현대성이란 무엇인가? 라는 질문을 던져 놓고, "수많은 모순점이 내포되어 있는 것이다."고 밝히면서 "순수시가 있는가 하면, 그 반대의 시 예를 들자면, 사회시나 정치시 등도 있다, 현대시는 그 바탕으로 볼 때 미묘한 색조를 이루고 있는 시가 되고 있기는 하나, 구성은 긴장과 갈등의 균형으로 이루어지고 있다. 최악의 경우에 있어서는 조각조각으로 된 단편(斷片)의 집합체라고도 할 수 있으며, 최선의 경우

에 있어서는 영원한 백색 광선을 채색하고 있는 색체가 아름다운 착색 유리의 누각(樓閣)이기도 하다."[47]고 말하였다. 이어서 J.아이작스는 순수 시에 대해 다음과 같이 설명한다.

　　순수시(純粹詩)의 개념부터 조사해 보자. 이 생각은 두 개의 파도가 되어 우리들에게 밀려온다. 첫 번째 파도는 낭만주의적 개념이며, 18세기 중엽의 낭만파 전기에 속하고 있으며, 마치 현대 예술이 고대 조각이나 아프리카의 조각물 가운데서 그것의 영감을 찾았던 것과 마찬가지로 원시적인 시나 고대의 시, 또는 발라드나 까마득한 옛날의 책 속에서 탐구했던 것이다. 두 번째 파도는 19세기 말의 상징파 운동(象徵派運動) 가운데 나타나 있다. 이 두 개의 파도에다 이름을 붙이고 싶다면 오시안Ossian[48] 파도와 말라르메 파도라고 부를 수도 있겠다. 양자는 다 같이 단순한 성명을 넘어서 어떤 독특한 효과를 거두려고 애쓰는 하나의 노력을 찾아볼 수 있다. 전자의 운동은 뭔가에 반대하는 운동이었다. 후자의 운동은 뭔가를 달성하려고 하는 운동이었으나, 그 결과는 다만 시 속의 도덕적인 것, 즉 교훈적인 것에 반대하는 것이 되었을 따름이다.[49]

위의 인용문에 나오는 오시안(Ossian)은 아일랜드 및 스코틀랜드 고원 지방의 3세기경의 전설적 인물이었으며, 그의 시의 번역이라고 일컬을 수 있는 것이 James Macpherson에 의해 1760~3년 사이에 발표되자, 이 것이 낭만파 시인들에게 커다란 영향을 미쳤다. 그리고 말라르메(Stéphane Mallarmé)는 19세기 후반 프랑스를 대표하는 상징파 시인으로 언어의 마

---

47) J.아이작스, 이경식 역, 「현대성이란 무엇인가」, 『현대영시의 배경』, 학문사, 1986, 27쪽.
48) Ossian은 아일랜드 및 스코틀랜드 고원 지방의 3세기경의 전설적 인물이었으며, 그의 시의 번역이라고 일컬을 수 있는 것이 James Macpherson에 의해 1760~3년 사이에 발표되자, 이것이 낭만파 시인들에게 커다란 영향을 미쳤다.
49) J.아이작스, 앞의 책, 27~28쪽.

술적 사용자라는 평가를 받았다.

정치시나 사회시를 제외한 현대시는 순수시이며, 이 순수시는 "뭔가 반대하는 운동으로 나타난 낭만주의적 순수시"이자, '도덕적인 것'이나 '교훈적인 것'에 반대되는 것으로서의 순수시이다. 우리가 현대시를 이전의 시와 구분지어 말할 수 있는 것은 이러한 순수시적 개념이며, 시문학파는 아이작스가 말한 낭만적 순수시를 지향한 것이다.

> 미의 추구…… 우리의 감각에 너릿너릿한 깃븜을 이르키게 하는 자극을 전하는 미, 우리의 심회에 빈틈없이 폭 드러안기는 감상, 우리가 이러한 시를 추구하는 것은 현대에 잇어 힌 거품 몰려와 부듸치는 바 희 우의 고성에서 서 잇는 감이 잇습니다. 우리는 조용히 거러 이 나라를 차저볼까 합니다[50]

위의 글에서 '우리의 감각에 너릿너릿한 깃븜을 이르키게 하는 자극'이나 '우리의 심회에 빈틈없이 폭 드러안기는 감상' 같은 것은 서구 낭만주의자들이 들여다 본 내면의 정서와 유사하며, 시문학파가 표현하고자 했던, '감각'이나 '기쁨', '심회(마음)', '감상'같은 것도 서구 낭만주의자들이 지향했던 그것과 같다.[51] 이들이 추구하는 바가 보다 분명히 보이는 것은『시문학』의 중요한 편집 방향 중 하나인 외국시인 소개란이다.『시문학』을 보면 '외국시집'에 선정된 시인들은 모두 탐미주의나 낭만주의적 순수시의 대가들이었다.[52] 또한『시문학』3호에는 아예 '시인의 말'이란 난을 만들어, 구르몽과 셀리의 순수시적 발언을 소개하기

---

50)「편집후기」,『시문학』3호, 32쪽.
51) 池明烈,『獨逸浪漫主義研究』, 一志社, 1975, 29~52쪽 참조.
52)『시문학』1호에는 '폴-포르(불. 후기 상징파), 실레르(독. 독일고전주의 혹은 낭만주의), 괴테(독), 2호에는 '블레이크(영), 예-트츠(영), 사맹(불), 하이네(독), 3호에는 쟈므(불), 구-르몽(불. 상징주의), 하이네(독. 낭만파) 등의 시를 번역 소개했다.

도 했다. 이들은 문학적 자율성에 입각한 문학을 위한 문학, 즉 순수문학의 세계를 지향한 것이다.

문학적 순수성의 두 가지 의미, 즉 정치·경제 등의 구속으로부터 독립된 문학의 순수성과 시 자체의 예술성 추구로서의 순수성은 엄격하게 분리할 수 있는 개념이 아니다. 그러나 정치시나 사회시와의 모순개념으로 보는 순수시와 시 자체의 예술성을 뜻하는 후자의 문학적 순수성은 엄격한 의미에서 차원을 달리한다. 후자의 순수성은 예술작품으로서의 미적 가치를 중심에 둔 표현이며, 문학이 문학과 모순관계에 있는 것들의 종속에서 벗어나 독립한 상태에서 '스스로의 아름다움을 찾는 것'을 의미한다. 즉 종속에서 벗어난 자체를 뜻하는 순수성과 종속에서 벗어난 뒤 스스로의 아름다움을 찾는 과정으로서의 순수성은 굳이 선후관계가 아니라 하더라도 의미의 차이가 크다.

시문학파의 두 번째 문학적 지향성인 '시 자체의 예술성 추구' 항목은 앞에서 말한 '스스로의 아름다움을 찾는 순수성'이다. 다른 말로 한다면 예술적 순수성이다. 이는 '그것 홀로의 미적 완결성'을 요구한다. 그렇다면 시문학파가 지향한 시의 예술성은 어떤 세계인가. 시문학파가 서구 낭만주의나 상징주의의 영향을 받은 것은 분명한 사실이지만, 이들이 추구하는 시는 서구의 그것과 달랐고, 우리 詩史에서 1920년대에 유행했던 속칭 퇴폐적 낭만주의자들의 세계와도 달랐다. 1920년대 낭만주의자들이 그린 세계가 다소 이국적이며 퇴폐적이었다면, 시문학파의 낭만성에서는 퇴폐와 이국적 풍경·정서가 사라졌다. 거기에 서구 낭만주의자들이 중요시 여겼던 개인의 감정도 그 노출이 극히 절제되어 있다. 이러한 변별점이 '시문학파'를 우리 시사의 다른 유파들과 엄격히 구분 짓게 하는 요소이며, 시문학파를 섣불리 '낭만주의'나 '낭만파'라고 명명하기 어려운 이유이다. 시문학파는 그들만을 따로 불러야 할 미적 지향점이 있었고, 그것을 작품에서 구현하였다. 아마추어리즘에 빠진 대중문학 종사자들과 그들의 차원이 달랐던 것도 이 점 때문이다.

시문학파는 고고한 예술성 구현을 목적으로 하였기에 대중문학과는 일정한 거리를 둘 수밖에 없었다. 즉 대중 독자에 끌려가는 문학이 아니라, 언어 예술의 완성으로서의 시문학을 지향했다. 즉 그들은 시 자체의 예술적 완결성을 꿈꾸었고, 대중문학과 구분되는 의미에서의 순수문학을 추구했다.

시는 언어를 사용하는 문학예술이며, 다른 어떤 문학 장르에 비해서도 언어에 대한 자각이 필요한 예술이다. 시어는 산문언어와는 엄격히 구분되며, 언어에 대한 정밀한 세공 및 그것의 유기체적인 조화가 긴밀히 요구되는 언어예술이다.

> 임의 일가의 품격을 이루어 가지고도 또 이루엇슴으로 작품의 발표를 쩌리는 시인이 어덴지 여러분이 있을 듯십다. 우리의 동인 가운대도 자기의 시를 처음 인쇄에 부치는 이삼인이 잇다. 우리는 모든 겸허를 준비하야 새로운 동인들을 마지하려한나.[53]

위의 인용문에서 '일가의 품격'을 이룬 시인이라는 것은 시 쓰기의 전문가로서의 시인을 뜻한다. 또한 동인 가운데도 처음 작품을 인쇄하는 몇 사람이 있다는 것은 미등단 시인을 뜻하는 것인데, 이를 앞의 인용문과 연관하여 풀이하자면, 기성 문인이건 신인이건 작품이 좋으면 지면을 내어 주겠다는 태도이다.

이는 『시문학』지의 「기고규정」에도 반영되어 있는 의식이다. 원고 채택을 할 때, 자동계산기와 같은 공평을 기할 수는 없다고 하더라도, "우리 동인들의 의향까지는 될 수 있는데서 편벽된 개인의 취미에 기우

---

53) 「후기」, 『시문학』창간호, 앞의 책.

러지지"[54] 않으려 한다고 밝힌 것을 보면, 개인적 친분이나 알음알이에
의한 작품 채택을 하지 않겠다는 뜻을 분명히 하고 있다.

> 시라는 것은 시인으로 말미암아 창조된 한낱 존재이다. 조각과 회화
> 가 한 개의 존재인 것과 꼭 같이 시나 음악도 한낱 존재이다 우리가 거
> 기에서 받는 인상은 혹은 비애, 환희, 우수, 혹은 평온, 명정(明淨), 혹은
> 격렬, 숭엄 등 진실로 추상적 형용사로는 다 형용할 수 없는 그 자체수
> 대로의 무한수일 것이다. 그러나 그것이 어떠한 방향이든 시란 한낱 고
> 처(高處)이다. 물론 높은 데서 낮은 데로 흘러 나려온다. 시의 심경(心境)
> 은 우리 일상생활의 수평 정서보다 더 숭고하거나 우아하거나 더 섬세
> 하거나 더 장대하거나 더 격월(激越)하거나 어떻든 '더'를 요구한다. 거
> 기서 우리에게까지 '무엇'이 흘러 '내려와'야만 한다.[55]

위의 인용문에서 말하는 시는 존재론적 시, 단독자로서의 그것이다.
'비애, 환희, 우수'나 '명정', '경렬' 등은 개인의 감정이다. 문학사에서
개인의 감정이 시의 주 대상이 된 것은 낭만주의에 이르러서부터인데,
이러한 개인의 감정을 시적으로 표현할 때 중요시 했던 게 '숭고미'이
다.[56] 그러나 박용철이 '숭고미'와 '우아미'를 동시에 말한 것을 보면,
그가 하나의 사조에 함몰되지 않았다는 것을 증명한다. 따라서 시문학
파가 지향한 순수시를 어떤 유파로 한정하는 것은 합당하지 않다. 시문
학파의 순수시는 '장대'하거나 '격월(激越)'한 어떤 아름다움이며, 시 자
체의 미를 '더' 높은 경지에서 획득하고자 하는 예술 자체에 대한 열정

---

54) 「기고 규정」, 『시문학』1-3호.
55) 박용철, 「『시문학』 창간에 대하야」, 전집2, 143쪽.
56) "칸트는 아름다움에만 치우치지 않고 숭고미를 분석함으로써 미학의 새로운 경지
　　를 개척하고 있다. 우아미에 대조되는 숭고미는 고전주의의 전아한 미에 대해서
　　낭만주의에서 본격화되는 그로테스크의 도입, 광대무변한 자연에의 찬미, 열정의
　　노출 등을 미학적으로 뒷받침하는 이론적 관점을 제공해 준 의의가 있다." 최유찬,
　　『문예사조의 이해』, 실천문학사, 1995, 117쪽에서 인용.

의 소산이다.

> 단순한 애독자라는 것과 '문학을 한다'는 것과의 사이에는 약간의 상
> 이가 잇는 것 같다. 애독자라는 것이 망각이라는 인체의 교묘한 기구를
> 가지고 남의 주는 자극에 응하여 단(單)히 수용적으로 동일한 경험과
> 흥분의 테바퀴 속에 맴돌기를 즐기는 경향이 잇는데 반하야 '문학을 한
> 다'는 것은 이 피동적 경험을 분석하는 방법적 정신에서 출발하야 유사
> 가운데의 상이의 발견에 오히려 힘을 쓰게 되고, 미답의 광야에 탐구의
> 대담한 발길을 내놓게까지 되는 것이다. 여기서 대중의 문학과 소수 문
> 학하는 이들의 문학이 분화하기에까지 이를 수 잇는 것이다.[57]

위 글을 보면, '문학을 한다는 것'과 '애독자'를 엄격하게 구분해 놓
았음을 알 수 있다. 또한 '대중의 문학'과 '소수의 문학'이 분화하기에
이를 수 있다고 밝히고 있다. 이때의 '대중 문학'은 '애독자'일 것이고,
'소수의 문학'은 '문학을 하는 자의 문학'일 것이다. 따라서 전문 창작
자와 문학수용자의 차이가 있고, 그들이 상이하다는 점을 분명히 하고
있는 셈이다. 1920년대는 '문학을 한나는 이'가 따로 없었다. 오히려 카
프계열에서는 문학 공부를 전문적으로 하지 않았던 노동자와 농민이
하는 문학에 더 의미를 두기도 하였다. 그들은 문학이 전문 예술가의
참여로 이루어지는 장르가 아니라, 누구나 할 수 있는 일로 보았다.

그러나 시문학파에 이르러서는 문학예술을 창작하는 주체가 전문가
이어야 함을 밝히고 있다. 즉 문학생산 주체의 변화를 꾀하고 있는 것
이며, 자신들이 전문적인 문학 생산자임을 자부하고 있다. 이는 이들이
언어예술가로서의 장인의식을 가지고 있었다는 표현이며, 시인으로서
의 전문성을 자각했다는 의미를 담고 있다. 이는 시문학파에 이르러
'도구로써의 문학'이 '예술로서의 문학'으로 전환되었다는 의미를 아울

---

57) 「편집여언」, 『문학』2호, 앞의 책, 37쪽.

러 담고 있다. 우리 현대시사에서 시문학파 이전에는 이렇게 전문 문학
인, 혹은 전문 작가를 일반 습작생들과 구분지은 예는 없었다. 조연현은
이를 두고 "습작문단에서 문단작가로의 전환", 혹은 "근대문학적 성격
에서 현대문학적 성격에로의 전환"58)이라고 표현한 바 있다.

더불어 시 자체의 예술성에 관심이 많았던 이들은 자연스럽게 시의
음악성에도 치중하는 경향을 보였다. 즉 언어예술 자체에 관심이 있었
기에 시어가 가지는 성분이나 시어들의 감각적, 음성적 차이에도 민감
하여, 유성음의 빈번한 사용을 통한 호음조 형성, 사행시를 기본으로 한
새로운 시형 실험 등 음악성을 증대하는 쪽으로 시작품을 생산하였다.
이는 서구 상징주의와도 관계가 있다.

　　음악이 상징주의자들이 찾고 있던 바로 그 암시성을 소유하고 있고,
　단어들이 예외없이 지니고 있으며 상징주의자들은 억제시키고 싶은 정
　확성의 요소를 음악은 결핍하고 있었기 때문이다.59)

즉 시문학파는 시 자체의 미적 완결성을 강구하기 위해 언어에 고도
의 음악성을 가미하였고, 그 궁극적 미학 실현을 위해 노력했다.

　　우리의 시는 열 번 스무 번 되씹어 읽고 외여지기를 바랄쑨 가슴에
　늣김이 잇슬 째 절로 읇허 나오고 늣김이 이러나야만 한다 한 말로 우
　리의 시는 외여지기를 구한다.60)

시에서의 음악성은 현대시에서는 중요한 문제로 여기지 않는 경향이
있다. 그러나 현대시에서의 음악성은 오히려 더 중요하다. 음악이 드러

---

58) 조연현, 『한국현대문학사』, 앞의 책, 446~449쪽.
59) Charles Chadwick 저, 朴熙鎭 역, 『象徵主義』, 서울대학교출판부, 1979, 9쪽.
60) 「후기」, 『시문학』창간호, 앞의 책, 39쪽.

나지 않고 안으로 숨었기 때문이다. 음보나 형식의 틀을 벗어난 자유시에서 음악성을 살리기 위해서는 형식적인 규칙이 이전의 것과는 달라져야 한다. 시에서의 운율은 산문과 달리 언제든 노래로 불릴 수 있다. 그렇지만 내용 전달을 목적으로 쓰인 대부분의 현대시는 노래로부터 멀어지고, 눈으로 읽히는 데에 치중하기 마련인데, 이들은 '외여지기'를 바란다는 말에서 알 수 있듯이 노래지향성을 가지고 있었다. 이들의 시가 그 당시의 다른 유파의 시에 비해 음악성을 더 추구할 수 있었던 것은, 주지주의적 경향이나 모더니즘 시가 지니는 문명 비판, 경향시가 내보였던 현실비판과는 거리를 두었기 때문이다. 문학의 정치성, 사회 비판이나 문명에 대한 비판 의식 대신 시어의 운용을 통한 음악성을 가미한 것이다. 이는 자연스럽게 모국어의 조탁에 관심을 갖는 계기가 되었을 것이다.[61]

세 번째 시문학파의 문학적 지향성은 '모국어의 조탁을 통한 민족 언어의 완성' 추구이다. 시문학파가 우리의 시사에 끼친 영향은 다양한 것이지만, 무엇보다도 언어의 조탁에 심혈을 기울였다는 점은 다른 유파와 비교했을 때 돋보이는 특장이다. 모국어의 조탁을 통한 민족어의 완성, 이것이 시문학파 구성원을 가장 시인답게 만든 문학적 지향성이었다. 이는 시가 언어예술의 기본이자 극점이라는 것을 자각한 결과물이었다.

특히 영랑의 시에서 두드러진 것이기는 하지만, 이들은 언어선택에 있어서 병적일 정도로 치밀함과 정밀함을 보였다. 모국어의 조탁에 뛰

---

61) 영국낭만주의의 선언서라고 할 만한 워즈워드의 『抒情的譚詩集』 서문, 코울리지의 『文學評傳』 및 셸리의 『시의 옹호』의 공통점은, '시에 대한 고귀한 개념, 상상력의 가능성을 긍정한 것, 詩語에 대한 관심, 현실적인 것과 관념적인 것 간의 관계에 대한 관심 등이다. (Lilian R. Furst 저, 이상옥 역, 『浪漫主義』, 서울대학교출판부, 1983, 67쪽. 참조) 이는 시문학파의 문학적 지향성과 관련된다.

어났다는 것은 그들이 시 자체의 예술성에 관심이 많았다는 점과 연결
지을 수 있다. 이는 민족 언어의 완성을 꿈꾸었던 그들의 문학적 지향
성과도 일치한다. 다시 말해서 그들은 '모국어의 조탁을 통한 민족 언
어의 완성'을 꾀하였다.

> 한 민족의 언어가 발달의 어느 정도에 이르면 구어로서의 존재에 만
> 족하지 않고 문학의 형태를 요구한다. 그리고 그 문학의 성립은 그 민
> 족의 언어를 완성식히는 길이다.[62]

위의 발언에서 보듯이 시문학파의 문학적 지향성 중 하나는 '민족 언
어의 완성'에 있었다.

> 이 잡지에는 조선말로 쓰인 글을 실른다. 그러니 이치대로 하면 삼천
> 만인을 독자로 대상삼아야 하겠으나 우리는 그러한 외람된 생각까지는
> 못하고 다만 수백수천의 동지가 이 잡지를 기쁨으로 읽어줄 것을 믿는
> 다.[63]

시문학파는 그 유파가 발생한 때가 일제 강점기였고, 그 당시 일제의
통치 방법이 문화통치에서 군국주의적 무단통치로 전환되고 있었던 시
기였음에도 불구하고, 조선말로 시를 쓴다는 것은 분명히 하고 있다. 이
는 물론 해외문학파나 이중국어를 사용하여 시를 쓰는 이들이 상당수
있었기에 그들과 변별력을 갖추기 위한 방법으로 선택한 것일 수도 있
지만, 조선말로 쓴 시를 싣겠다는 당당함은 문학의 형태를 통해 민족어
의 완성을 꿈꾸었던 그들의 이상과 들어맞는다.

---

62) 「후기」, 『시문학』창간호, 앞의 책, 39쪽.
63) 박용철, 「『시문학』 창간에 대하야」, 『박용철 전집』2권, 142쪽.

그 나라 말을 이해할 수 있는 사람이라면 다 감격할 수 있는 작품이 있다면 누가 그 앞에 이마를 숙이지 않으랴. 그러한 작품을 알아보는 눈이 있다면 누가 그에게 경의를 표하지 않으랴. 허나 예술의 끼치는 힘을 과대시하는 것은 의심스러운 일이다.[64]

언어의 발달이 문학의 형태를 요구하고, 문학의 성립은 민족어의 완성을 목표로 한다는 이들의 발언은, 민족어의 완성을 구현한 시인의 출현을 기대한 것이라 보아도 좋을 것이다. 그 나라의 말을 이해하는 사람이라면, 모두 감동할 수 있는 시를 쓰는 시인. 그런 시인의 출현이 있고 나서야 그 나라의 민족어는 완성되었다고 할 수 있을 것이니, 한 나라 언어는, 최고 언어예술인 시를 통해 이루어질 것이고, 그 시는 분명히 시인에 의해 쓰일 것이니, 그런 시인의 출현을 기대하는 것은 당연하다.

시의 미적 가치를 고양시키기 위해서도 그러하였겠지만, 시문학파는 언어의 조탁을 통해 모국어의 숨어 있는 맛과 가락을 살려내는데 성공함으로써 민족어의 완성이라는 시의 성진에 수많은 벽돌을 쌓았다. 또한 그것은 시문학파의 두 번째 문학적 지향성과 궤를 같이하여, 비로소 한국시사에 전문 문학인의 존재 이유를 드러냈다. 즉 대중독자와 구별되면서도 고도의 기술력을 가진, '언어 세공사'들이 등장했다.

시문학파가 추구한 네 번째 문학적 지향성은 '전통지향성과 모더니티의 조화 추구'이다. 1920년대에 있었던 국민문학 운동 및 민요파의 성과 중 긍정적인 면을 수용하고 서구에서 들어온 현대문학 사조인 모더니즘과의 길항관계 속에서 현대시로서의 품격을 지닌 작품을 생산했다는 의미이다.

즉 시문학파는 1920년대 시사를 단순 부정한 것이 아니라, 그것의 극

---

64) 박용철, 위의 글, 같은 쪽.

복 및 새로운 현대시의 완성을 추구했다. 우리의 근대시는 서구가 준 외래적 충격을 받으면서 시작되었고, 그것이 시의 내용과 형식에 전반적인 영향을 미쳤다.

김윤식은 1930년대의 시사적 전개에 대해, '시조 부활 운동'과 '민요시파'[65]의 등장은 '전통지향성'이며, 카프파의 문학은 '모더니티 지향성'인데, 이에 대한 반동으로 나타난 것이 1930년에 창간된『시문학』이라고 보았다. 그리고 그는 시문학파가 추구하는 문학적 방향을 전통지향성과 모더니티 지향성의 융합으로 규정하였다.[66]

문학적 계승은 긍정적 계승과 부정적 계승으로 구분할 수 있고,[67] 새로운 문학의 유파는 이전의 유파를 계승한다는 것은 자명한 사실이다. 따라서 시문학파는 '시조 부흥 운동', '민요시파', '카프파'가 이룬 토양에 '전통'과 '외래'의 변증법적 결합을 통해 새로운 시세계를 창출 했다. 즉 1920년대의 문학 조류가 지닌 전근대성 및 정치에 함몰된 문학으로부터 빠져나와 진정한 현대시의 길을 열었다. 이들은 이전 유파의 성과를 긍정적으로 계승하는 한편, 서구 문학의 수혈에만 의존했던 기존의 유파들과는 달리 한국적 순수 서정을 바탕으로 서구에서 유입된 문학적 성과까지 주체화했다.

시문학파가 추구한 순수 서정시는 시 자체의 완결성을 목적으로 하며, 시가 정치나 사회 현실에 예속되지 않는 독립된 것임을 분명히 한다. 이는 시문학파로 활동하는 시기에는 동인 누구도 정치 문제나 사회 현실 문제에 대한 발언을 하지 않았다는 점에서도 분명히 드러난다. 그

---

65) 여기에서의 '민요시파'는 시조부흥운동을 주도했던 국민문학파를 지칭하지는 않는다. 이는 오세영이 주장했던 민요시파로 頌兒 朱耀翰, 岸曙 金億, 素月 金廷湜, 露雀 洪思容, 巴人 金東煥 등을 가리킨다. (吳世榮,『韓國浪漫主義詩研究』, 일지사, 1980. 참조)

66) 김윤식,『한국현대시론비판』, 일지사, 1999, 244쪽.

67) 조동일,『문학연구방법』, 앞의 책, 234~239쪽.

러나 그것보다는 시 예술의 독립성을 확립했다는 점이 중요하다. 그런
점에서 시문학파는 한국 현대시의 진정한 출발이었다고 할 수 있다. 그
러나 그것을 작품화 하는 데에 있어서는 동인들 간의 차이가 있다.

「오— 매 단풍들겄내」
장광에 골불은 감닙 날러오아
누이는 놀란 듯이 치어다보며
「오— 매 단풍들겄내」
　　　　　　　　－김영랑, 「누이의 마음아 나를 보아라」[68] 부분

헤여진 성ㅅ돌에 떨든 해ㅅ살도 사라지고
밤비치 어슴어슴 들우에 깔니여 갑니다.
홋홋달른 이 얼골 식여줄 바람도 업는 것을
님이여 가이업는 나의 마음을 알으십니까
　　　　　　　　－김현구, 「님이여 강물이 몹시도 퍼럿습니다」[69]

큰 어둠 가운대 홀로 밝은 불 혀
고 인저 있으면 모도 쌔잇기는 듯
한 외로움
한포기 산꼿이라도 잇으면 얼마
나한 위로이랴
　　　　　　　　－박용철, 「싸늘한 이마」[70] 부분

고래가 이제 橫斷 한뒤
海峽이 天幕처럼 퍼덕이오.
········흰 물결 피여오르는 알에로 바둑돌 작고작고 나려가고,
銀방울 날니듯 써오르는 바다종달새···········

---

68) 김영랑, 『시문학』 창간호, 앞의 책, 6쪽.
69) 김현구, 『시문학』 2호, 앞의 책, 25쪽.
70) 박용철, 『전집』 1, 앞의 책, 12~13쪽.

한나잘 노려보오 움켜잡어 고 뻘간 살 빼스랴고,

　　　　※

미억닙새 향기한 바위틈에

　　　　　　　　　　　　　　　-정지용, 「바다」[71) 부분

거문밤이도라와
念處업시넘든山을거닐든뜰을
다시한번조심그럽게더드머거러감니다

한생각에눌리웟든마음에
鎭定할수업는무엇이떠올라
適確한表現의길을차즈러
다시한번조심스럽게더듬어거러감니다

　　　　　　　　　　　　　　　-허보, 「거문밤」[72) 부분

가벼운 가을ㅅ비 선듯개인 한울에는
가고오는 힌구름 그 거름조차 빠르고
夕陽에 상없이 머언江이 실낫같이 빛날 때
맑게 퍼지는 山가마귀 소리도 곱게 들립니다

　너는 노―란 은행닢을 무척 사랑하드구나!
　나와함씌 고요한 저―숲길을 거니러볼거나?
　　　　　　　　　-신석정, 「너는 비들기를 부러워 하드구나」[73) 부분

　　　　※

비끄테 개인하늘 물들듯이 푸른비츨
나무닙 겨르며도 제철일너 수집은 듯
얼부어 더을지튼채 더욱고화뵈더라

---

71) 정지용, 『시문학』 2호, 앞의 책, 4쪽.
72) 허보, 『시문학』 3호, 앞의 책, 20쪽.
73) 신석정, 『문학』 창간호, 앞의 책, 16쪽.

※
뫼빗도 곱거니와 엷은안개 더고화라
고달퍼만 거름쓰랴 빨리거러 무삼하리
늘잡다 올길늣기로 탓할줄이잇스랴
※

-변영로,「고흔 산길」[74] 부분

　인용한 작품은 작품 전체가 아님에도 불구하고 그들의 시적 특질이
잘 드러나 있다. 영랑은 구어체 활용을 통해 한국적인 정감을 역동적으
로 그리고 있다. 또한 유성음 활용이 돋보이며, 음악성에 도움이 될 만
한 방언을 선택적으로 사용하고 있다. 현구는 시각적이며 구체적인 강
물의 모습을 감각적으로 그리고 있다. 이 작품에서도 일면이 보이는데
현구의 시는 색채 이미지에 있어서 수준급이다. 용아는 그가 지향했던
세계를 이론적으로는 확고히 정립하였으나, 위에 예를 든 작품에서는
시상 전개가 단조롭다. 지용은 모더니즘 기법을 잘 활용하고 있다. 문자
언어를 통한 이미지 직조에 능했을 뿐만 아니라, 이 작품에서는 상형시
라 해야 할 만큼 이미지즘에 치중하고 있다. 허보는 낯선 한자어를 직
조하여 사용하고 있으며, 관념의 세계를 지향한다. 또한 '適確한表現의
길을차즈러'라는 구절에서 보이듯, 표현 방법에 대한 탐구를 하고 있음
을 알 수 있다. 석정은 회화적 이미지를 바탕에 두고, 정서를 감각화하
고 있으며, 감상적인 면도 엿보인다. 변영로는 시조인데, 옛말을 살려
쓴 점이 돋보인다. 또한 '얼부어'[75), '늘잡다' 등의 신조어를 의도적으로

74) 변영로,『시문학』2호, 앞의 책, 12쪽. 이 시의 1연 3행에 나오는 '더을지튼채'의
　'더을'은 '더욱'의 오기로 보인다. 필자 주.
75) 얼부어 : (기본형) 얼붓다. '조금 붓다. 어설피 붓다'의 뜻을 지닌 형용사. 필자 주.
　민충환편,『수주변영로詩전집』(부천문화원 향토연구소, 2010, 62쪽)에는 '얼부어'
　를 '열 부어'로 표기해 놓았는데, 문맥상 해석에 문제가 생긴다.

사용하고 있다. 낯설고 예스러워 보인다. 하지만 이들의 공통점도 찾을 수 있다. 아래 인용문을 보자.

> 한국현대시의 자각은 방법론에서 시작되었고 그것은 언어기교를 기점으로 한다고 볼 때 시적 이미저리를 작품 속에 구사한 시문학파는 이미 최소한 현대시를 제작했다는 요건은 확보한 셈이다.[76]

한국의 현대시가 시문학파 이전과 이후로 나뉠 수 있는 것은 그들이 구성했던 시어가 단순한 시의 질료에 머무르지 않았다는 점이다. 즉 시문학파의 시어는 그 구조를 이루는 질료(matarial)를 넘어 심미적 기능을 다하는 내포성(connotation)을 지녔다.

> '의도적 오류'의 개념에 담겨 있는 주장은 작품 속의 말들의 의미는 사회적 지식의 문제이고, 그렇게 보아야 한다는 것인데, 이는 말의 사전적 정의(외연)라는 면에서는 전적으로 예외가 없는 것 같다. 그러나 이는 또한 말들이 지니고 있는 보다 넓은 연상작용(내포)을 설명할 때는 훨씬 더 복잡한 문제이다. 신비평가들은 이렇게 보다 넓은 연상작용이 문학적 의미의 근본이고, 적어도 원숙한 독자들에게는, 어떤 연상작용이 어떤 말들에 일어나는가에 대해 상당한 합의가 이루어져 있다고 주장했다.[77]

이처럼 시문학파는 개인의 정서를 감상적 토로에 그치지 않게 표현했다는 점, 시어의 내포성이 강조되었다는 점, 애독자와 전문 문인을 구분 했다는 점 등 1920년대까지의 시인들이 이루었던 문학세계와 다른 것이었다.

그러나 개별 시인들의 문학적 지향성에 차이가 있어서 시문학파의

---

76) 안동주, 「시문학파의 시어고찰」, 『논문집』5, 호남대학, 1985.5, 141쪽.
77) 데이비드 로비, 「영미신비평」, 『현대문학이론』, 한신문화사, 1995.

문학적 지향성을 명확하게 제시하는 것은 어렵다. 시문학파의 문학적 지향성을 보다 정밀하게 규정하기 위해서는 각 동인의 성분 분석이 선행되어야 한다.

이러한 성분 분석은 먼저 시문학파 형성 당시 각 동인의 문단에서의 위치, 즉 등단 유무 등을 통해 구분하고, 동인지의 문학적 지향성에 대한 개별 시인들의 충실도 및 성취도를 살펴야 한다. 또한 동인 구성 전후의 개인적 친분 관계 등도 참조사항이다.

다른 하나는 『시문학』에 참여 정도를 통해 가능하다. 먼저 시문학파가 형성될 때의 구성원 성분은 등단동인과 비등단동인으로 구분이 가능하다. 그리고 그들의 작품 발표 빈도를 통해 『시문학』 동인으로서의 활동의 적극성 정도를 살펴볼 수 있다.

문단 경력에 따라 시문학파 구성원의 성분을 분석하면, 영랑, 용아, 현구, 허보는 비등단동인이고, 지용, 석정, 이하윤, 변영로, 정인보는 등단 경력이 있는 동인이다. 주목할 점은 비등단동인의 경우에는 이전의 경력이 없는 것이 오히려 장점으로 작용했다. 반면 등단동인들은 이전의 문학 세계에서 이룬 것이 있었기에 시문학파의 문학적 지향성을 구현하는 데 있어서는 그것이 오히려 장애가 되었다.

영랑, 용아, 현구, 허보는 문단 경력이 없거나 거의 없는 상태에서 동인에 가담했다. 따라서 이들은 시문학파의 문학적 지향성에 동의하는 게 쉬웠을 것이고, 또한 그러한 동의 하에 동인에 가담했을 것이다. 그 중 용아가 내세운 이론을 작품으로 구현한 이는 영랑이다. 어쩌면 용아의 시론이 영랑의 작품을 따라갔다고 보는 편이 옳을 지도 모른다. 영랑은 시문학파가 가장 중요시 여긴 문학적 순수성과 언어의 조탁을 통한 민족어의 완성이라는 과제를 가장 충실하고도 뛰어나게 작품으로 구현 했다.

현구는 영랑의 장점과 지용의 장점을 모두 받아들이려는 자세를 취했다. 따라서 언어의 조탁에서도 빼어난 점이 있었고, 자기만의 색채 이미지를 통한 작품의 완성도도 높았다. 용아는 이론적으로 무장을 했지만, 작품으로서의 구현에는 다소 수준에 못 미쳤다. 몇몇 작품의 빼어난 서정성이 돋보이기는 하지만 시문학파의 문학적 지향성 구현이라는 측면에서는 아쉬움이 남는다. 허보는 그가 지향한 순수세계가 시문학파의 지향점과는 거리가 있었다. 그는 관념 속으로 들어가 거기에서 순수의 굴을 팠다. 그리고 상당수의 작품을 발표하기는 하였지만 수작을 남기지는 못했다.

『시문학』 동인 중 동인 활동 이전에 문단활동을 했던 이들 대부분은 『시문학』 동인으로 이름만 올려놓는 데 그친 경우가 많다. 정인보는 한 편의 신작시도 발표하지 않았고, 수주 변영로는 『시문학』 2호에 단 한 편의 신작시만 발표한다. 이하윤은 2편의 신작을 발표하지만, 더 이상의 창작시를 발표하지는 않고, 『문예월간』이 창간된 후에는 잡지 편집과 해외시 번역에만 몰두했다. 따라서 그의 시가 "언어에 대한 자의식이나 감각의 세련화라는 시문학파의 시적 성과와 일정한 거리를 두고 있다.[78]"는 지적은 타당하다.

기성 문인이면서 동인에 가담한 시인 중, 작품 발표 편수에서 상당한 이가 정지용이다. 그러나 그가 『시문학』에 발표한 작품은 대부분 일본어로 썼던 시이건 조선어로 썼던 시이건 발표했던 작품을 재수록 한 것이었다. 그리고 지용은 시문학파에 가담하기 이전부터 세련된 언어를 구사하는 데 일가를 이뤘던 시인이라서 시문학파에 가입하고 나서도 그 재능은 십분 발휘된다. 그러나 지용이 지향하는 세계는 시문학파가

---

78) 신덕룡, 「연포 이하윤의 생애와 문학」, 『풍경과 시선』, 문학들, 2017, 144쪽.

지향하는 순수서정시와는 다소 차이가 있다. 그는 외래 사조인 모더니즘에 깊이 천착하고 있었고, 모국어에 대한 깊이 있는 애정 보다는 모든 언어를 시적인 수준으로 올리는 데에 관심이 있었다. 그리고 그의 시는 일본어로 먼저 발표된 후 우리말로 역번역하여 발표된 경우가 많았다. 따라서 지용이 탁월한 시인임에는 분명하지만, 시문학파가 지향했던 순수 세계와는 구분되는 지점에 있다.

『시문학』 동인 중 가장 작품 활동이 활발했던 이들은 영랑과 용아이다. 그것은 창작시만 놓고 보더라도 수치로 드러난다. 영랑이 『시문학』에 발표한 시는 29편이며, 용아는 16편이다. 나머지 두 잡지를 합치면, 영랑은 37편에 이르고, 용아는 29편을 발표했다.

현구는 『시문학』 2호부터 작품 발표를 시작하여 『시문학』에 8편을 발표하고 나머지 두 잡지를 합해 12편의 신작을 발표한다.

지용은 창간호 때는 다소 거리를 둔 것으로 보인다. 창간호에 발표한 작품 4편 중 신작이 한 편도 없다. 하지만 『시문학』 2호에는 신작 3편과 기발표작 3편을 올린다. 또 『시문학』 3호에도 신작 2편과 기발표작 2편을 싣는다. 이후 『문예월간』에 발표한 3편까지 더하면, 편수로는 18편에 이르지만, 이 중 신작시는 8편이다. 그는 무슨 이유 때문인지 『문학』에는 아예 발표를 하지 않아 『문예월간』을 끝으로 동인 활동을 접었다.

허보는 『시문학』 3호에 2편의 시를 발표하며 동인에 참여한 후 『문예월간』에 2편, 『문학』에 5편을 발표한다. 뒤늦게 합류하여 작품 발표에는 적극성을 보였지만, 문학성은 다소 떨어진다.

변영로나 정인보는 시문학파에 가입하기 이전에 이름을 얻었던 시인들이다. 특히 정인보는 용아의 스승으로서 이름만 얹은 것으로 보인다. 번역시 1편 외에 『시문학』에 발표한 원고가 없다. 변영로 또한 이름만 동인이었다. 『시문학』 2호에 1편을 발표하고는 이후로는 아예 작품 발표가 없다.

이하윤도 작품 발표는 소극적이었다. 『시문학』 창간호에 2편을 싣고는 이후 창작시는 보이지 않는다. 오히려 외국시 번역에 치중해서 7편의 번역시를 3개의 시문학파 관련지에 발표한다.

신석정은 『시문학』 3호에 1편을 발표한 후, 『문예월간』 3호에 1편을 발표한다. 그렇게 소극적으로 발표하다가 『문학』에는 잇따라 작품을 발표한다. 전체 발표 편수는 6편에 이르지만, 앞서 말했다시피 『시문학』에 작품을 발표하다가 『문학』에 작품 발표를 하는 것은 시문학파로서의 활동 연장으로 볼 수 있으나, 애초의 동인지인 『시문학』지에 등한시하다가 나중에야 『문학』에 작품 발표를 한 것을 놓고 동인 활동에 적극적이었다고 말하기는 어렵다. 주지하다시피 『문학』이 발간될 때는 정지용이 떠난 후였고, 동인이라고 할 만한 이들이 거의 없는 상태였다. 더군다나 『문학』은 동인지가 아니라서 『시문학』 동인 말고도 여러 문인들이 활동하고 있었다. 전체 작품 편수만 놓고 시문학파로서의 작품 활동에 적극적이었다고 보기 어려운 이유이다.

이상의 고찰로서 다음과 같은 사실을 정리할 수 있다.

서구에서 들어온 문예사조의 영향으로 시작된 한국의 근대문학은 그것의 직접적인 영향 하에 놓이고, 짧은 기간 동안 많은 유파가 생멸한다. 특히 1920년대 후반에 들어온 사회주의 리얼리즘은 문학을 정치나 사상에 종속시킨다. 반면 카프에 반대해서 일어난 국민문학파는 현대성을 담보하지 못하고, 전통성에 함몰된다. 이러한 문학 조류의 흐름 속에 출발한 '시문학파'는 '① 순수서정시의 추구 ② 시 자체의 예술성 추구 ③ 모국어의 조탁을 통한 민족어의 완성 추구 ④ 전통지향성과 모더니티의 조화 추구'라는 문학적 지향성을 내세우며, 시의 현대성을 확보한다.

문제는 이러한 '시문학파'의 문학적 지향성'을 개별 시인들이 어느 정도 실현했느냐는 것이다. 어떠한 문학적 지향성도 구체적 작품으로 드러나지 않는다면 의의를 부여하기 어렵다. 따라서 제3장에서는『시문학』동인들의 작품 분석을 통해 '시문학파의 문학적 지향성'이 어떻게 실현되었는지 실상을 고찰하고자 한다.

제3장

문학적 지향성 구현 양상

1. 순수서정시 추구

1930년에 시작된 시문학派가 출발부터 문학석 순수성을 지향하고 있었다는 점은『시문학』창간호의 편집후기를 보면 잘 알 수 있다.

> 우리는 조금도 바시대지 아니하고 늘진한 걸음을 뚜벅거려 나가려 한다. 허세를 펴서 우리의 존재를 인정받으려 하지 아니하고 엄연한 존재로서 우리의 존재를 전취(戰取)하려 한다.[1]

위의 인용문에서 '조금도 바시대지' 않겠다거나, '허세를 펴서 우리의 존재를 인정받으려 하지 아니'하겠다는 것은 다분히 카프파를 겨눈 발언으로 보인다. 이전 시대의 유파이면서 동시에 시문학파가 결성되었

---

1) 「후기」,『시문학』창간호, 시문학사, 1930, 39쪽.

을 때도 활발히 활동하고 있었던 카프파는 정치적 목적을 위해 문학을 수단화 했으며, 문학의 사회 참여 지지 및 노동자 농민의 억압받는 현실을 고발하는 문학을 지향하였다. 나아가 그들은 프롤레타리아가 문학의 주체가 되어야 하고, 피억압 계급의 사람들이 읽을 수 있는 그들의 문학 작품을 생산해야 한다고 주장했다. 이에 시문학파는 그런 카프의 문학과 대척되는 지점에서 출발하면서, '허세를 펴지' 않고, '엄연한 존재로서 우리의 존재를 전취'하려 한다고 선언한다. 여기서 말한 '엄연한 존재로서 우리의 존재'는 정치나 사회 현실에 매이지 않는 문학 자체로서의 문학을 뜻한다.

> 문학이라는 예술은 예술 가운데서도 다른 사회적 현상·정치, 도덕, 철학 등과 가장 혼선되기 쉬운 형태이다. 더구나 현재와 같이 전연 새로운 문화의 생성을 앞둔 혼돈기에 있어서 우리가 문학에 대한 인식을 분명히 해두지 아니하면 우리는 창작에 있어서나 감상에 있어서나 오류와 혼란 이외의 아모 진전도 가지지 못할 것이다.
> 문학은 우리를 어떻게 맨드러 주는가. 왜 우리는 문학을 좋아하는가. 왜 특별히 우리는 문학을 쓰는가. 문학은 다른 사회적 현상과 어떤 공통 또 相異되는가. 우리는 여기에 대해서 쉬지 않고 반성할 기회를 갖지 아니하면 아니 된다.[2]

위의 인용문에서 드러나듯이 시문학파는 사회적 현상과는 거리를 두었고, 정치·도덕·철학 등과 혼선되지 않는 문학 세계를 지향하였다.

1) 내면적 순수 세계

영랑의 시에 대한 순수성, 문학에 대한 열정은 순정적인 것이었다.

---

2) 박용철, 「편집여언」, 『문학』 2호, 시문학사, 1934, 37쪽.

그는 문학이 정치의 도구가 되는 것을 경계하였고, 시조 형식에 자신의
시가 갇히는 것도 경계하였다. 외국시의 모방시에 가까운 시들은 아예
멀리 하였다. 아래의 인용문에서 보이듯이 영랑은 문학적 순수성을 지
향했던 『시문학』지와 『문학』지에는 적극 참여하고, 작품 발표도 활발
하게 했던 반면, 다소 대중적인 잡지였던 『문예월간』에는 단 한 편의
시도 발표하지 않았다. 영랑과 쌍벽을 이루다시피 하였던 지용이 『문예
월간』에 참여하고, 『문학』지에는 전혀 작품을 내지 않았던 것과는 대조
를 이룬다.

> 벗은 異兄과 문예월간을 시작하여 그 첫 호가 나왔을 때 나는 벗을
> 어찌나 공격하였던고 1·2·3호 이렇게 나올 때마다 내 공격 때문에 벗은
> 딱한 듯하였었다. 순정과 양심으로 시작한 시문학 바로 뒤에 영합과 타
> 협이 보이는 편집방침은 세상을 모르는 내가 벗을 공격하였음도 지당
> 한 일이였다. 그 다음에 나온 문학은 그래도 깨끗하고 당차지 않았는
> 가. 지금 생각해 보아도 문예월간은 문예지로서 二流 이하의 편집밖에
> 더 될 게 없다. 벗은 시조를 쓰시던 버릇과 문예월간을 하던 것을 나는
> 참으로 조히 역이지 않았었다.[3]

영랑이 비판하였던, 용아가 시조를 쓰는 일과 二流[4] 잡지인 『문예월
간』을 발간한 것은 동시에 일어난 일이었다. 용아는 이하윤과 함께 『문
예월간』을 창간하였고, 거기에 자유시나 비평글도 썼지만, 상당히 많은
수의 시조를 발표한다.[5] 영랑은 이미 낭만적순수시의 세계를 이루었고,
또한 그것이 어떤 세계인지 명확하게 자각하고 있었던 것으로 보인다.
반면 용아가 썼던 시조는 시문학파가 지향했던 순수시의 세계가 아니

---

3) 김영랑, 「인간 박용철」, 『조광』, 1939.12. 『한국 현대시의 연구』, 민음사, 1977, 13쪽.
4) 여기에서 二流 잡지라 함은 영랑의 표현을 그대로 옮겨 썼을 뿐 필자의 견해가 개
　입된 것은 아님.
5) 용아는 『문예월간』1호에 시조 6편, 3호에 시조 5편을 발표한다.

었다. 용아와는 달리 영랑이 생각하는 현대시의 개념과 이상적인 작품은 따로 있었다.

> 벗은 시조와 시를 한 시대에 가치하여 왔었는데 나는 그것을 볼 때 속이 상해서 못 견듸었다. 조케 충고를 해왔었다. 시조를 쓰고 그 격조를 익쿠어놓으면 우리가 이상하는 자유시서정시는 완성할 수 없다고 요새 謀 시조선생6)이 어느 책에 시조와 시를 동일한 것가치 쓰시었지만은 그럴 수가 없다. 排句도 시와는 물론 갓질 안코 더구나 시조는 셋 중에 시와 가장 멀다고 할 것이다. 時調末章의 격조를 모르고는 시조를 못 쓸 것이요 시조로서의 末章의 존재는 항상 '시'를 재앙할 수 있으닛가 시를 힘쓰는 동안은 결코 시조는 손대지 말 것이다.7)

영랑이 시조를 쓰는 것 자체가 시를 쓰는 데는 재앙일 수 있다고까지 말한 것은 현대적 순수서정시는 전통적 정형성에 갇혀서는 이룰 수 없는 세계라 본 것이다. 시조가 지니는 排句법과 시조의 종장이 가지고 있는 결구법 등은 현대시가 지향하는 '탁선적인 리듬'8) 의 세계와는 다른 것이며, 특히 현대시가 지향하는 이미지 구현에 제약이 될 수 있다. 이것은 시의 음악성과도 관련이 있지만, 시문학파가 지향하고자 했던 순수시의 근본 문제와도 직결된다. 현대시는 외형률의 틀에 갇히지 않는다.

그런 점에서 시문학파의 문학적 지향성을 분명하게 인지하고 있었던 이는 영랑이었다. 철저한 언어의식을 통한 민족어의 완성 추구, 시에서의 음악성 추구, 감성의 옹호, 시 자체의 예술성 추구 등은 시문학파가

---

6) 여기에서 모 시조선생은 가람 이병기를 말한다.

7) 김영랑, 「인간 박용철」, 앞의 글.

8) 노스럽 프라이, 임철규 역, 『비평의 해부』, 한길사, 2000, 517쪽. "낭만주의 운동과 함께 '감정의 참된 목소리'는 리듬에서 불규칙적이며, 예상하기 힘들다는 생각이 강해지기 시작했다. 포의 『시의 원리』가 주장하는 바는, 시는 본질적으로 탁선적이고 비연속적이라는 것, 시적인 것은 서정적이라는 것, 운문 에포스는 실은 운율로 된 산문과 결합된 서정시의 단편들로 이루어진다는 것이다."

지향한 문학적 지향성이었으며, 결과적으로 그것을 작품으로 보여준 이
도 영랑이었다. 따라서 「동백닢에 빗나는 마음」이나 「내 마음 고요히
고흔 봄길 우에」, 「어덕에 바로누어」를 비롯하여 영랑이『시문학』에 발
표한 모든 시는 순수시를 지향한 것이라 볼 수 있다.

　서구 낭만주의가 관심을 가졌던 것은 개인의 감정이다. 따라서 그들
은 개인의 내면세계를 그려내려 하였고, 그 중심에 '마음'이 있었다. 이
러한 마음은 그들이 꿈꾸었던 완전한 자연의 세계를 지향하였는데, 이
때의 자연은 영원한 시간의 처소였지만 현실에서는 찾을 수 없는 세계
였다. 그들은 상상력의 눈을 통해 '표면적 현실을 넘어서는 내면적 이
상'[9]을 보고자 하였는데, 그 내면적 이상이 마음의 풍경이었다. 영랑 또
한 그 '마음'을 그렸다.

> 돌담에 소색이는 햇발가치
> 풀아래 우슴짓는 샘물가치
> 내마음 고요히 고흔봄 길우에
> 오날하로 하늘을 우러르고십나.
>
> 새악시볼에 떠오는 붓그럼가치
> 詩의가슴을 살프시 젓는 물결가치
> 보드레한 에메랄드 얕게 흐르는
> 실비단 하날을 바라보고십다
> 　　　　－김영랑, 「내 마음 고요히 고흔 봄길 우에」[10] 전문

　영랑은 '하늘'과 '물'과 '마음'의 시인이다. 영랑이 때 묻지 않는 세계
로 그린 대상이 바로 그것들이며, 영랑은 그 세계가 침해되는 것에 모

---

9) Lilian R. Furst 저, 이상옥 역, 앞의 책, 55쪽.
10) 김영랑, 『시문학』 2호, 앞의 책, 13쪽.

멸감을 느꼈다. 이는 『시문학』 동인으로서의 활동이 끝난 뒤에 쓴 시, 「毒을 차고」[11] 같은 작품을 보면 그러하다. 「毒을 차고」의 마지막 연은 이렇게 끝난다. "나는 독을 품고 선선히 가리라,/마금날 내 깨끗한 마음 건지기 위하야." 그가 죽을 때까지 버릴 수 없고, 잃을 수 없었던 것은 '마음'으로 표상되는 세계였고, 그것은 순수한 시의 세계였다.[12]

왜냐하면 위의 시에서 보이듯 영랑이 바라는 세계는 '하늘'인데, 그 하늘을 바라보는 내 마음의 자세가 중요하다. 위 시는 1연과 2연 모두 한 문장으로 이루어져 있다. 생략된 주어는 '나'이기에 주어를 넣어서 문장을 완성해보면, '나는 오늘 하루 하늘을 우러르고 싶다'와 '나는 실비단 하늘을 바라보고 싶다'로 정리된다. 그런데 내가 하늘을 바라보는 자세가, '돌담에 소색이는 햇발가치' '풀아래 우슴짓는 샘물가치' '새악시볼에 떠오는 붓그럼가치' '詩의가슴을 살프시 젓는 물결가치'라는 관형절에 잘 들어 있다. 직유법 4번을 사용해 이토록 깔끔한 시상전개를 하고, 선명한 이미지 및 부드러운 율격을 획득한 예는 이 시 말고는 찾기가 어렵다. 하지만 이 네 개의 이미지를 구분해 볼 필요가 있다. 햇발과 물결은 돌담과 시의 가슴을 향해서 가는 주체이고, 샘물은 스스로 웃는 주체이며, 붓그럼은 어떤 대상에서 흘러나온다. 이 작품은 이런 대상들의 작용에도 변화를 주어 단조로운 시에서 벗어났다.

중요한 것은 이 작품 어디에도 정치성이나 사회적 발언이 없다는 점이고, 오직 순수한 서정으로만 작품이 완결되었다. 이러한 세계가 영랑시와 시문학파가 정치 참여시와의 대척점에서 지향했던 '순수서정시'였다.

---

11) 김영랑, 「毒을 차고」, 『문장』 1권 10호, 1939.11.
12) 김선태, 「중기시의 현실인식과 저항성-김영랑론」, 『진정성의 시학』, 태학사, 2012, 169~191쪽 참조.

내마음의 어뒨 듯 한편에 긋업는 강물이 흐르내
도처오르는 아츰날빗이 쌘질한 은결을 도도내
가슴엔듯 눈엔듯 쏘 피ㅅ줄엔듯
마음이 도른도른 숨어있는곳
내마음의 어뒨 듯 한편에 긋업는 강물이 흐르내
　　　　　　　　-김영랑, 「동백닙에 빗나는 마음」[13] 전문

　영랑이 공식적으로 처음 시를 발표했던 『시문학』지 창간호에 실린 첫 작품이다. 영랑의 작품으로서도 첫 작품이고, 전체 동인들의 작품에서도 첫 작품이다. 이하윤도 있었고, 이미 시인으로서 온전한 대접을 받고 있었던 지용이 있었음에도 편집과정에서 신인인 영랑에게 첫 자리를 내어 주었다는 것은 이 작품을 비롯한 영랑의 시 13편이 그만큼 완성도가 높았고, 시문학파가 지향하는 세계를 응축적으로 표현하고 있다는 판단에서였을 것이다. 따라서 이 작품은 시문학파의 얼굴임과 동시에 1930년대 순수시의 눈이 될 수밖에 없는 운명을 지닌 셈이다.

　작품의 제목은 「동백닙에 빗나는 마음」이다. 하지만 시 내용에서는 '동백닙'이 전혀 나오지 않고, 동백잎을 연상할 만한 구절도 나오지 않는다. 유성음과 유음이 모든 행마다 깔려 있어 감미로운 호음조를 이룬다. 이 시에도 물론 정치성이나 사회 참여 의식은 없다. 사상이나 관념도 없다. 영랑의 초기시 대부분이 그렇듯 이 시기 영랑의 사상은 '순수시 사상'이라 할 만하다. 1920년대 '퇴폐적 낭만주의자'들의 시에 흔히 보이는 절망의식이나 퇴폐의식도 없다. 세기말적인 불안의식도 없다. 맑고 경쾌하고 밝다. 시행에서는 자유시를 지향하여 정형화 된 틀에 갇히지 않았지만, 행의 구분에 정밀함이 보인다. 불규칙하면서도 규칙이 있다. 어쩌면 영랑의 이런 작품이 있었기에 '순수시 운동'이 가능했는

---

13) 김영랑, 「동백닙에 빗나는 마음」, 『시문학』 1호, 앞의 책, 4쪽.

지도 모른다.

이 시는 해석을 깊이 있게 해볼 필요가 있다. 수능 교재에도 더러 실려 있는데, 해석이 저마다 차이가 있다. 특히 '가슴엔듯 눈엔듯 또 피스줄엔 듯/마음이 도른도른 숨어있는곳'을 해석하는 데 있어서 오류를 보이는 교재가 더러 있다. 즉 '마음이 도른도른 숨어 있는 곳'을 강물로 분석해 놓은 경우가 있다. 이렇게 해석하는 데에는 시의 제목이 '동백 닢에 빛나는 마음'에서 '끝없는 강물이 흐르네'로 바뀐 데서 오는 오류일 수도 있다. 하지만 내 마음 속의 한 편에 흘렀던 강물에 내 마음이 역으로 들어간다는 것은 시 해석의 오류로 봐야 한다. 시인은 내면 풍경을 그리고 있고, 그 내면 풍경은 실제 세계와는 차이가 있다. 우리는 시인이 보여준 언어 세계를 상상력을 통해 접근해야 한다. 이 작품에서 '내 마음'은 하나의 우주이다. 그 마음의 한 편으로 끝없는 강물이 흐른다. 하지만 그 마음이 '가슴엔 듯 눈엔 듯 또 핏줄엔 듯' 숨어 있으니 문제가 된다. 어마어마하게 큰마음이 갑자기 축소된 듯한 느낌이다. 세부적으로 살펴보자.

제목과 내용을 분리해서 내용만을 보았을 때는, 1행을 '내 마음의 어딘 듯 한 편에 끝없는 강물이 흐르'는 것으로 볼 수 있다. 2행은 그 강물에 '돋쳐 오르는 아침 날빛이 있고, 그 아침 햇빛이 빤질빤질한 은결을 돋운다'[14]로 해석이 가능하다. 그리고 3, 4, 5행을 이어서 해석해 보면, 그런 '내 마음이 숨어 있는 곳'이라는 구체적인 장소가 나온다. 과연 '마음이 도르도른 숨어 있는 곳'은 어디일까? 강물일까? 그렇게 보기에는 어려움이 있다. 1행과 5행에서 강물은 분명히 내 마음 안에 있었기 때문이다. 마음이 어디 숨어 있는지는 분명하지 않다. 여기에서 긴장 (tention)이 발생한다. 내 마음이 숨은 곳은 가슴일 수도 있고, 눈일 수도

---

14) 필자 해석. '빤질하다'는 전라도 방언으로 '매끄럽고 반질반질하다'의 뜻이다.

있고, 핏줄일 수도 있다. 그러나 이 세 곳은 아니다. 분명히 직유법을 사용하여, 어딘지 다른 장소를 원관념으로 두었기 때문이다. 이는 현대 시의 특징 중 하나라고 볼 수 있는 애매성(ambiguity)이다. 제목을 떠올려 보면, 무언가 실마리가 잡힌다. 제목은 '동백닙에 빗나는 마음'이다. 즉 내 마음은 아침 햇빛을 받아 빤질하게 빛나는 동백 잎에 빛나고 있다. 시퍼런 동백 잎에 아침 햇빛이 닿으면 하얗게 반짝인다. 영랑이 이른 아침 햇살 받아 반짝이는 동백 잎을 보고 시를 착상했을 지도 모른다. 원래의 제목대로 한다면, 아침 햇빛에 반짝이는 동백 잎에 내 마음이 빛났기에 현실 세계에서도 내 마음이 있는 곳을 알 수 있지만, 제목을 '끝없는 강물이 흐르네'로 바꾸었을 때는, 오로지 내면적 이미지로 숨어 버렸다. 원작에서는 내면적 풍경과 현실적 풍경의 합일을 꿈꾸는 것이 되지만, 제목을 바꾸었을 때는 오직 '내면적 이미지에만 충실한 시'가 된다는 의미이다. 그러나 어떤 식으로 해석해도 영랑의 마음이 '내면적 순수한 이미지'인 것만은 분명하다.

김현구는『시문학』2호로 작품 발표를 시작하였고,『시문학』지의 연장이랄 수 있는『문학』지를 끝으로 작품 발표를 마감한 시인이다. 이로써 그가 오로지 시문학파로서만 활동을 하였고, 그 외에는 전혀 작품 활동을 하지 않았다는 것을 알 수 있으며, 그의 작품세계도 시문학파와 문학적 지향성을 같이 한다.『시문학』동인의 순수도를 따진다면 현구 만한 이는 없다. 김현구는 100% 시문학파이다.

한숨에도 불녀갈듯 보-하니 떠잇는
은ㅅ빗 아지랑이 깨여흐른 머언 산ㅅ둘네
구비구비 노인길은 하얏케 빗납니다
님이여 강물이 몹시도 퍼럿슴니다

헤여진 성ㅅ돌에 떨든 햇살도 사라지고
밤비치 어슴어슴 들우에 깔니여 갑니다
훗훗달른 이얼골 식여줄 바람도 업는것을
님이여 가이업는 나의마음을 아르심니까
          -김현구, 「님이여 강물이 몹시도 퍼럿습니다」[15) 전문

　현구의 등단작인 위의 시를 보면, 어떤 정치성이나 사상성이 없다.
사회 현실에 대한 발언도 없다. '은ㅅ빗 아지랑이 깨여흐른 머언 산ㅅ
둘네'에 길은 굽이굽이 놓였고, 길은 희고 강물을 퍼렇다. 푸른색과 하
얀색의 이미지가 뚜렷하다. 시인의 눈은 놀랍게도 '헤여진 성ㅅ돌에 떨
든 햇살'까지도 발견한다. '구비구비', '어슴어슴', '훗훗달은'과 같은 음
성상징어로 시적 감각을 더했다. 오직 순수한 마음만 있는 작품이다. 현
구는 '마음'에 대해 여러 편의 시에서 노래했다. 시에 나오는 마음이,
현구가 지향한 순수의 세계로 보인다. 이 작품에서는 '가이업는' 마음
이라 했는데, 이는 낭만주의자들이 찾았던 마음의 진실과도 닿아 있
다.[16)

유리ㅅ 바람이 소을소을 부러오고
실조름 가튼 아지랑이 서리여있는
그밧게 향기로운 바다가 넘실거리고
내마음 늘 사심한 섬둘레 힌모래를
푸른 물결이 끄닐새업시 씻고 있다

발근 날빛에 바다가 은ㅅ결가치 반짜기고
머언곧 하날이 나지 내려와 속살대며
사랑 어우르는 갈매기떼 어지러히 흐터나르고

---

15) 김현구, 「님이여 강물이 몹시도 퍼럿습니다」, 『시문학』 2호, 앞의 책, 25쪽.
16) 필리쁘 방 띠껭 저, 鄭然豊 역, 앞의 책, 30쪽.

춤추는 물결에 은 비늘고기 꼬리쳐 굼실거리며
물새와 고기들이 서로 즐기는 곧

그곧에 푸른빗 기쁨이 꼿머그머 있느니
그곧에 빗나는 보람이 멀리 얼신거리느니
슬픔이 거리에 뜨고 한숨소리 집마다 노플 때
넉시는 괴로운 가슴과 수심에저즌 잠ㅅ자리를 고이떠나
새 나르듯 근심마음을 포르르 나라너머서
늘봄의 물결사이에 기쁨을 노래하느니

江南제비 도라오는길 아득한바다
그곳이 내마음 사라있는 곧
파초열매 무르노근 향기가 가득 떠돌고
닭알처럼 히고 예쁜 배가 날마다 돗달고가며
새노래와 고기뛰염 끄니지않는 바닷물결에
내 마음은 물오리가치 잠방거리고 있다
-김현구, 「내 마음 사는 곧」[17] 전문

이 작품은 '시문학파'가 지향했던 순수서정시 작품으로서 상당히 격이 높은 작품이다. 몇 군데 관념어투의 남발만 없었다면, 수작으로 뽑힐 수 있었을 것이다. 예를 들면 '푸른빗 기쁨'과 '빗나는 보람'이나 '슬픔이 거리에 뜨고' 같은 감정의 추상어를 통한 노출, '넉시는 괴로운 가슴'이나 '수심에저즌 잠ㅅ자리'에서처럼 직접적인 관념어를 관형절로 사용하여 현대시가 지향하는 구체성 획득에 다소 미흡했다는 점 말고는 흠 잡을 데가 별로 없다.

섬이 갖는 속성은 모태와 유사하다. 아늑하고 부드러운 물속에 있으면서 외부와는 단절된 장소이다. 따라서 '섬'이 주는 상징은 이상향임

---

17) 김현구, 「내 마음이 사는 곧」, 『문학』 창간호, 시문학사, 1934.1, 15~16쪽.

과 동시에 감옥의 이미지다. 『문학의 상징·주제 사전』[18]에서는 섬이 '강제적 유기에서부터 요구된 유기까지'를 의미하고, 또한 '유토피아'를 상징한다고 말한다. R.L.스티븐슨 『보물섬』을 예로 들면서, "그것은 마치 정원과도 같이 막혀 있는 즐거움의 공간이 되는 것이다. 어른들은 문명을 다시 찾고자 한다고 아이들은 말한다. 그러나 <방청이 금지된> 그 안에서 어른들은 퇴행적으로 행동한다."[19]고 서술하였다.

> 파란안개 자욱히 덮인 고요한 길,
> 나무닢 소복싸여 사람기척 없는 길,
> 아렴풋한 달빛아래 후젓이 조으는 길,
> 아! 마음속 그윽히 뻗은길 숨어잇는 길!
>
> 날마다 밤마다 때없이 그 길우에 노닐며
> 슬퍼하고 기뻐하며 또 눈을 감노니……
> 기쁨과 슬픔에 때로 맑고 흐리우는
> 넋이만이 다니는 길, 마음속 빛나는 길!
>
> ─김현구, 「길」[20] 전문

이 시에서도 '마음'이 나오지만, 내 마음은 사람이 다니지 않는 호젓한 '길'로 향한다. 「내마음 사는 곧」에서 '섬'에 있는 마음과 같다. 마음이 놀거나 사는 곳으로 '길'과 '섬'을 상정하였지만, 그 길과 섬은 사람이 없는 곳이거나, 사람들의 애욕 같은 것을 느낄 수 없는 외부와 차단된 장소이다. 자기의 내면정서만 숨 쉬는 공간인 것이다. 순수를 넘어 고립되고 고독한 순수시의 영토이다.

---

18) 아지자·올리비에리·스크릭스 공저, 장영수 역, 『문학의 상징·주제 사전』, 청하, 1989.
19) 아지자·올리비에리·스크릭스 공저, 앞의 책, 192쪽.
20) 김현구, 「길」, 『문학』 2호, 시문학사, 1934.2, 17~18쪽.

박용철은 무엇보다도 시문학파의 문학적 지향성을 분명하게 제시하였고, 『시문학』 제작에 사비를 털어 참여 하였을 뿐만 아니라, 편집까지 도맡아 한 점만 보더라도 '시문학파'의 핵심 인물이라 보아야 한다. 비록 작품에서는 높은 성취를 이루지 못하였다고는 하지만 용아가 없는 시문학파는 상상할 수도 없고, 이루어지지도 않았을 것이다. 용아의 이론이 있었기에 그들이 이룬 낱낱의 성과물은 하나로 이어진다. 아무리 영랑이나 현구의 수준 높은 '순수시' 작품이 있었다고는 하더라도 용아라는 바구니가 있지 않았다면 그들의 문학 작품은 유파가 되지 못하고 파편이 되었을 것이다. 영랑과 현구 등이 시문학파의 순수성으로 익은 과일이라면 용아는 그런 과일들을 담는 대바구니다.

> 靈感이 우리에게 와서 詩를 孕胎시키고는 受胎를 告知하고 떠난다. 우리는 處女와 같이 이것을 敬虔히 받들어 길러야 한다. 조금이라도 마음을 놓기만 하면 消散해 버리는 이것은 鬼胎이기도 하다. 完全한 成熟이 이르렀을 때, 胎盤이 회동그란이 돌아 떨어지며 새로운 創造物, 새로운 個體는 탄생한다.[21]

위의 인용문은 박용철이 작고하기 전 해인 1938년에 1월 『삼천리문학』 창간호에 실은 글이다. 이 글로써 박용철의 시론은 완성이 된 것으로 보인다. 또한 그는 이러한 이론을 바탕으로 실제 작품의 창작에도 매진했음이 드러난다. 그의 유작인 『박용철 전집』에는 발표한 작품보다 발표되지 않았거나, 발표지를 확인할 수 없는 작품 수가 훨씬 많다. 박용철이 『시문학』 동인으로 활동하던 시기(1930년~1935년)에 발표한 작품 수는 33편이고, 그 이후 발표한 시는 2편이다. 그런데 전집에는 총 74편이 실려 있으며, 이 74편은 여러 편의 시조를 한 제목으로 해둔 것이 많

---

21) 박용철, 「시적 변용에 대하야」, 『전집』2, 앞의 책, 8쪽.

으므로 정확한 편수는 훨씬 늘어날 것이다. 특히 발표작 중 「斷片」[22]같은 작품은 전집 편집에서 빠져 있다.[23] 전집에 실린 시 중에서 절반 이상의 작품이 미발표작이며, 그 중 상당한 수준에 오른 작품이나 새로운 실험을 보여주는 「비」[24]와 같은 작품이 있다. 이런 점을 감안해 보면, 그가 시론을 완성한 후에 훨씬 완성도가 높은 시 작품을 보여줬을 가능성이 높았다고 본다.

박용철의 시론, 「시적 변용에 대하야」가 독일문학의 영향을 받은 것이라는 주장이 있는데, 그것은 마땅히 그러했을 것으로 본다. 학습을 통해 이전의 것을 충분히 익히지 않고, 새로운 것이 나올 수는 없다. 모든 문학 장르가 다 그러할 것이고, 논리적 사고가 요구되는 비평에서는 그런 영향관계가 더욱 클 것이다. 박용철의 시론을 더 깊이 있게 이해하기 위해 그 내용의 일부를 인용한다.

원래 '變容(verkärung)'이라는 말은 당시 일본의 독문학자들에게는 널

---

22) 박용철, 「斷片」, 『詩苑』 창간호, 1935.2, 3쪽. 「斷片」 전문은 다음과 같다.
"이 길은 어드메로 다는 길이오/저기 구름은 어느발로 넘는다오/해는 누볏누볏 산마루에 걸리는데/하날에는 집없는 새들만 가득이 날아드오//곺은날개를 너는 헐되히 나래질 치나니/푸른 하날은 다흘길없어라/꿈속의길은 히미하여라/곺은날개를 너는 힘없이 나래질치나니//더높아져라 닿을길없이 높아지거라/머언 하늘 푸른사리 그윽히 빛나거라/맘은 맑은샘에 네 얼굴 잠기나니/별같은 차신님을 그려봄만 자랑이리" 전집에 실린 「「곺은날개」篇」이라는 작품은, 「斷片」의 총 3연 중 마지막 3연을 빼고, 앞의 2연에 새로이 7연의 시를 붙여 놓았다. 그리고 수록한 작품 끝에 '未完'이라는 메모가 붙어 있다.
23) 남진숙, 「'박용철 시전집'에 대한 재검토」, 『한국문학이론과 비평』, 한국문학이론과 비평학회, 2009.12, 154~157쪽. 남진숙은 박용철의 시 「시원」의 일부 구절을 인용한 「곺은 날개」라는 작품이 전집에 실려 있기는 하지만, 작품 끝에 '미완성'이라는 말이 붙어 있고, 「곺은 날개」의 경우에는 시의 내용이나 시상 전개가 한 작품으로 보기 어렵기에 이 두 작품을 동일 작품으로 보기 어렵다고 하였다. 필자는 이 견해에 동의한다.
24) 박용철의 「비」, 『전집』1, 앞의 책, 18쪽.

리 알려져 있음직한 역어 개념으로서, '훤히 참모습을 드러내는 것', '미화(美化)', 또는 '정화(淨化)'라는 일반적 의미와 '신의 빛나는 '현현(顯現)'이라는 특수의 미를 아울러 지니고 있다.[25)]

　박용철이 그의 시론의 완성이랄 수 있는 「시적변용에 대하야」를 발표한 것은 1938년에 이르러서이지만, 그는 그 전에도 시문학파의 문학 방향을 밝히는 글을 충분히 발표하였다는 것을 앞에서 서술한 바 있다. 용아는 이러한 이론을 바탕으로 그것을 작품으로 보여주고자 노력하였고, 일정 부분 성공을 거두었다. 그러한 예로 들 수 있는 작품이 『시문학』 창간호에 발표한 「나두야 간다」와 같은 작품이다.

　　나 두 야 간다
　　나의 이 젊은 나이를
　　눈물로야 보낼거냐
　　나 두 야 가련다

　　안윽한 이 힝구-ㄴ들 손쉽게야 버릴거냐
　　안개가치 물어린 눈에도 비최나니
　　골짜기마다 발에 익은 뫼ㅅ부리모양
　　주름쌀도 눈에 익은 아- 사랑하든 사람들

　　버리고 가는 이도 못 닛는마음
　　쫏겨가는 마음인들 무어 다를거냐
　　도라다보는 구름에는 바람이 희살짓네
　　압대일 어덕인들 마련이나 잇슬거냐

　　나 두 야 가련다
　　나의 이 젊은 나이를

---

25) 안삼환, 「박용철 시인의 독문학 수용」, 『비교문학』, 한국비교문학회, 2006년, 137쪽.

눈물로야 보낼거냐
나 두 야 간다

-「써나가는 배」26) 전문

'쫓겨가는 마음'을 한 퍼스나는 어딘가로 떠나야 해서 항구에 있다. 항구는 퍼스나의 유일한 안식처이자, '주름쌀도 눈에 익은' 사랑하는 사람들을 마지막으로 돌아다 볼 수 있는 공간이다. 쫓기는 신세이지만 '압대일 어덕'도 마련하지 못하였다. 지독한 절망감과 상실감이 느껴진다. 하지만 정치성이나 사회비판 의식은 없다. 개인적인 정서만 노출되어 있을 뿐이다. 유일하게 퍼스나의 주변 환경을 엿볼 수 있는 것은 '쫓겨가는 마음'과 '압대일 어덕'도 마련하지 못했다는 진술이다.

김용직은 영랑과 용아, 지용을 함께 비교 검토하면서, 영랑은 '음악적 해조가 강한 서정소곡을 썼고,' 지용은 '성공적인 시에서 심상을 제시하는 데 온 정력을 기울었다.'고 하면서 용아는 두 사람의 성공적인 시인, 영랑이나 지용과 다른 시를 쓰려 했을 것이라면서, '수재의 호칭을 들어온 박용철은 정지용과 김영랑과 자신을 차별화 시키지 않을 수 없었다.'면서 그런 제3의 길을 택한 결과로 나타난 시가 「떠나가는 배」와 「고향」이라고 주장하였다.27)

> 박용철의 「떠나가는 배」나 「고향」은 이들의 시와 크게 다르다. 이들 작품은 말들이 대체로 진술 형태로 사용되어 있다. 뿐만 아니라 그 문장 형태도 초논리적이 아니라 연속적이다. 이것은 서구의 표준으로 볼 때 박용철의 시가 근대시의 정석인 낭만주의의 연속적 세계관에 입각한 것임을 뜻한다.28)

---

26) 박용철, 『시문학』 창간호, 앞의 책, 22~23쪽.
27) 김용직, 「순수시의 상호작용·김영랑과 박용철」, 『한국시학연구』 10집, 한국시학회, 2004.

초기 낭만주의는 연속적 세계관에 입각해 있었지만, 후에는 변화를 겪는다. 하지만 낭만주의가 근대시의 출발점으로써 가지고 있었던 시관은 순수시의 그것이었다. 따라서 위의 인용문에서도 지적하였듯이 용아는 낭만주의적 순수시를 지향하였고, 그것을 작품으로 표현하였다. 따라서 용아는 이론적으로나 시작품을 통해서나 순수시를 구현했다고 볼 수 있다.

미발표작의 하나인 다음 작품을 보면, 순수시 지향의 일면이 하나의 풍경으로 보인다. 영랑과 현구의 작품이 그러했듯 용아의 이 작품에는 개인의 정서 외에는 다른 것이 개입할 여지가 없다.

> 하이한 모래
> 가이 없고
>
> 적은 구름 우에
> 노래는 숨었다
>
> 아즈랑이 같이 아른대는
> 너의 그림자
>
> 그리움에
> 홀로 여위어 간다
>
>   -박용철, 「너의 그림자」[29] 전문

이 작품에서 그가 그리워한 것이 사람에 대한 것이 아니라, '현현한 시'의 세계로 볼 수 있다. 용아는 이론으로나 시 작품에서나 '순수서정시'를 구현하는 데 가장 앞장 선 선봉장이었다.

---

28) 김용직, 위의 논문, 29쪽.
29) 박용철, 「너의 그림자」, 전집1, 앞의 책, 112쪽.

2) 공간적 순수 세계

정지용의 시는 순수시와 모더니즘이라는 두 축으로 살펴볼 수 있다. 그러나 지용의 경우 그의 순수시는 『시문학』 동인으로 활동하기 이전에 형성된 것이고, 그의 모더니즘적 작품 또한 『시문학』으로 활동하기 전에 이미 문단 안팎의 인정을 받을 만큼 성과를 거두었다. 다만 『시문학』 동인으로 활동하기 직전에 발표한 「유리창1」과 『시문학』 동인으로 활동한 이후에 발표한 「유리창2」를 보면 퍼스나가 있는 안과 대상이 있는 밖이 차단되어 있음을 알 수 있다.

> 琉璃에 차고 슬픈 것이 어린거린다.
> 열없이 붙어서서 입김을 흐리우니
> 길들은양 언날개를 파다거린다.
> 지우고 보고 지우고 보아도
> 새까만 밤이 밀려나가고 밀려와 부디치고,
> 물먹은 별이, 반짝, 寶石처럼 박힌다.
> 밤에 홀로 琉璃를 닦는 것은
> 외로운 황홀한 심사이어니,
> 고흔 肺血管이 찢어진 채로
> 아아, 늬는 山ㅅ새처럼 날아갔구나!
>
> —정지용, 「琉璃廠1」[30] 전문

지용의 「유리창1」과 「유리창2」의 작품은 현실세계에 개입하지 않거나 못하거나 간에 현실 세계와 거리를 두고 있다는 점에서는 시문학파의 문학적 지향성과 일치한다. 그러나 이 작품은 '시어의 조탁과 음악

---

30) 정지용, 「유리창1」, 『정지용시집』, 시문학사, 1935, 15쪽. 이 작품은 「조선지광」에 처음 발표(1930.1)할 때는 시에 번호가 없었으나, 나중에 『정지용 시집』에 실릴 때는 번호를 달았다.

성'을 기반으로 한 순수시라기보다는, 시각적이며 회화적인 이미지즘과 감정의 절제라는 주지주의에 바탕을 둔 '모더니즘적 작품'이라 봐야 한다. 따라서 시문학파의 문학적 지향성의 하나인 '순수서정시'가 카프의 대척점에 선 것만을 강조해서 본다면 지용의 시도 이에 해당되겠지만, 1930년대의 다른 유파인 모더니즘과의 관계에서 본다면, 당연히 모더니즘 계열의 작품이다.

「유리창1」에서는 퍼스나의 감정이 지극히 절제되어 있다. 감정의 직적 노출이 보이지 않는다. 퍼스나의 심리상태를 짐작할 수 있는 구절은 마지막에 나온다. '고흔 폐혈관이 찢어'졌다는 말과 '아아, 늬는 산새처럼 날아갔구나!'라는 구절로 미루어 누군가가 죽었다. 죽은 그 대상(전기적 관점에서는 일찍 죽은 어린 아들)은 여린 존재이다. 어린아이일 가능성이 높다. 그렇지 않으면 어린아이처럼 여린 여자이다.

퍼스나는 죽은 그를 그리워하고 있다. 유리창을 본다. 유리창에 무언가 와 '언 날개'를 파닥인다. 퍼스나는 다가간다. 하지만 다가간 퍼스나의 눈에는 새까만 밤만 밀려왔다가 밀려간다. 날개를 가진 그 대상이 날아갔으리라 여긴 퍼스나의 시선이 하늘로 향한다. 그리워했던 대상은 보이지 않고, 별이 반짝이는데 '물 먹은 별'이다. 밖에서 어른거리던 것이 '언 날개'를 할 정도로 차가운 날씨인데, 별이 물을 먹었을 리는 없다. 퍼스나의 눈에서 눈물이 나서, 언 별마저 '물먹은 별'이다.

퍼스나는 다시 유리를 닦는다. 그토록 그리워하는 대상이 행여 보일지나 않을까 하는 기대가 있다. 하지만 그는 오지 않는다. 유리창에 막혀 밖으로 갈 수도 없다. 외로움에 유리를 닦는다. 그러나 퍼스나의 정서가 외로움에만 머물지는 않는다. 얼핏 보았지만 그가 다가와 날개를 퍼덕였던 것을 보여준 것이 유리창이었으니, 어떤 황홀감이 발생한다. 모순되는 감정이다. 여기에서 '외로운 황홀'이라는 역설이 발생한다. 그

리고 말을 더 잇지 못하고, 퍼스나의 감정이 극도로 집약된 '아아'라는
감탄사를 뱉는다.

이 작품은 현대시의 미덕이라고 할 만한 요소를 대부분 갖추고 있다.
무엇보다도 그림이 선명하게 그려지는 회화성이 뛰어나다. 또한 퍼스나
의 감정이 극도로 절제되어 있다. 매개체인 유리창은 단절과 소통의 성
격을 동시에 지닌다. 단절은 서로 왕래할 수 없게 안과 밖을 유리창이
가로막기 때문이고, 소통은 퍼스나가 갈 수 없는 밖에서 다가와 언 날
개의 파닥임을 보여준 것이 유리창이며, 밖에 있는 대상의 움직임을 볼
수 있는 것도 유리창이기 때문이다.

> 내어다 보니
> 아주 캄캄한 밤,
> 어험스런 뜰앞 잣나무가 자꼬 커올라간다.
> 돌아서서 자리로 갔다.
> 나는 목이 마르다.
> 또, 가까히 가
> 유리를 입으로 쫏다.
> 아아, 항안에 든 금붕어처럼 갑갑하다.
> 별도 없다, 물도 없다, 쉬파람 부는 밤.
> 小蒸氣船처럼 흔들리는 窓.
> 透明한 보라스빛 누뤼알 아,
> 이 알몸을 끄집어내라, 때려라, 부릇내라.
> 나는 熱이 오른다.
> 뺨은 차라리 戀情스러이
> 유리에 부빈다, 차디찬 입마춤을 마신다.
> 쓰라리, 알연히, 그싯는 音響―
> 머언 꽃!
> 都會에는 고흔 火災가 오른다.
>
> ―정지용, 「유리창2」[31] 전문

동일한 제목을 하고는 있지만, 「유리창1」과 「유리창2」가 지니고 있는 내용은 전혀 다르다. 「유리창1」이 죽은 누군가를 그리워하고 있는 작품이었다면 「유리창2」는 갇혀 있는 퍼스나의 정서가 주된 내용이다. 더 명확하게 말한다면 알 속에 갇힌 자아의 알 밖으로 나가기 위한 몸부림을 담고 있는 작품이다.

밖은 깜깜한 밤이다. 이 시에서 밤은 부정적 이미지이다. 그 깜깜함 속에 어험스런(텅 빈 굴처럼 우중충하고 덩치가 큰) 잣나무의 키가 자꾸 자란다. 잣나무는 퍼스나에게 부정적 대상이다. 잣나무는 퍼스나가 유리창 밖으로 나가는 선택을 할 수 없게 한 대상의 상징이다. 시의 시작이 '내어다 보니'로 되어 있다. 퍼스나는 어떤 기대를 가지고 밖을 바라본 것이다. 그러나 퍼스나의 기대는 무너진다. 어둠 속 잣나무의 키가 더욱 자라고 있기 때문이다. 그래서 '돌아서서 자리로' 간다. 여기서의 '자리'도 내포하는 의미가 있다. 퍼스나가 견디기 힘든 자리이다. 즉 마지못해 자리로 삼고 있지만, 언제든지 벗어나고 싶은 자리이다. 그래서 퍼스나는 목이 마르다. 다시 밖의 상황을 살피러 밖을 내다본다. 밖의 풍경은 여전하다. 어둡고, 잣나무의 키는 여전히 자라고 있다. 새처럼 입으로 유리창을 쪼아본다. 계란으로 바위치기다. 더욱 갑갑하고 목이 말랐을 것이다. 그래서 퍼스나의 정서가 극도로 집약된 '아아'라는 감탄사를 사용한 것이다. 언어로 표현할 수 없을 때 사람은 감탄사를 내뱉는다. 말로 표현할 수 없이 갑갑하다. 마치 '항 안에 든 금붕어'같다. 거기다가 유리에 비치는 풍경 속에는 '별도 없다.' 여전히 목이 마르다. '물도 없다.' 밖에는 바람이 씽씽 휘파람 소리를 내며 분다. 유리창이 소증기선처럼 흔들린다. 주지하다시피 물 위에 뜬 배는 어머니의 모태를 상징한다. 퍼스나는 밖으로 나가고 싶다. 그러나 그렇지 않아도 어두운 밤이

---

31) 정지용, 「유리창 2」, 『정지용 시집』, 앞의 책, 16~17쪽.

었는데 우박마저 떨어진다. 부화를 꿈꾸는 자아에게 필요한 것은 바깥에서 주어지는 열기이다. 하지만 우박은 차갑다. 퍼스나의 욕망과는 다르게 밖에서는 온갖 부정적 상황이 이어지고 있다. 어떤 선택을 할 수가 없다. 안에 있는 것도 견딜 수 없지만, 밖의 상황은 더 험하다. 퍼스나는 알 속에 든 생명체인 것이다. 그래서 옷을 입고 있을 리가 없다. '이 알몸을 끄집어내라, 때려라, 부릇내라.'라고 소리를 지른다.' 줄탁동시(啐啄同時)를 바라고 있는 것이다. 아무리 바깥이 춥고 어두워도 '나는 열이 오른다.' 부화될 가능성이 커지고 있다. 그래서 유리에 뺨을 비빈다. 그러나 밖에서는 조응이 없다. 그래서 내가 유리를 입술로 쪼는 행위는 차디찬 입맞춤이 된다. 쓰라리다. 그때 아련히 누군가가 무언가로 유리 바깥, 즉 알의 바깥을 '그싯는 음향—'이 들린다. 기다리던 소리이다. 이제 밖으로 나갈 일만 남았다. 꽃이 비볐을까? 도회에서 고흔 화재가 오른다. 다시 말해 아주 멀리서나마 열기가 더해진다.

따라서 이 작품은 퍼스나의 내면적 자아를 알 속에 든 생명체로 설정하고 시전개가 이루어졌다. 그 알은 유리창이며, 현실적 자아의 모습으로 돌아왔을 때는 유리창이지만, 내면적 자아(설정한 자아)가 보았을 때의 유리창은 알껍질이다. 이 작품을 해석하는데 있어서 대부분 '고흔 화재'를 멀리 보이는 도시의 불빛으로 보는데, 그렇게 해서는 '깜깜한 밤' '잣나무' '항 안에 든 금붕어' '소증기선처럼 흔들리는 창' '알몸' '끄집어내라, 때려라, 부릇내라' '열' '차디찬 입맞춤' '고흔 화재' 등의 시어 해석에 미진함이 남는다. 알 속에 갇힌 자아의 알 밖으로 나가려는 몸부림으로 해석을 해야 시어들의 해석에 막힘이 없으며, '고흔 화재'라는 시어의 의미 전달이 명확해진다.

이 시 속의 내면적 자아처럼 시인 정지용은 그 당시의 시대상황 속에서 이러지도 못하고 저러지도 못한 채 몸부림을 치고 있었는지도 모른다.

『시문학』동인들의 정치적 색채는 시문학파로 활동하는 시기에는 거의 드러나지 않았다. 그것은 작품에서도 마찬가지이고, 작품 외의 사회 활동에서도 동일한 것이었다. 그들 중 어느 누구도 친일을 하지 않았다는 점은 그들이 모국어의 조탁을 통해 민족어의 완성을 꾀했다는 점과 함께 생각해 볼 때 의미가 있다. 이는 시문학파의 주축이랄 수 있는, 영랑·현구·용아·지용뿐만 아니라,『시문학』지에 작품 발표를 거의 하지 않았던 나머지 동인들에게도 해당된다.

군이 그들의 정치색을 분류한다면, 친일은커녕 저항시에 가까운 작품을 남겼다는 점에 주목해야 한다. 신석정은『시문학』동인으로 활동하는 시기는 물론이고, 이후 1940년대의 암흑기가 닥쳤을 때도 창씨개명을 하지 않아 고초를 겪을 만큼 지사적인 면모가 있는 시인이었고, 허보는『시문학』동인으로 활동하는 시기에나 그 이후나 개인적인 관념을 직접적으로 토로하는 시를 썼으나, 시 이외의 문제에는 관심을 보였다는 기록이 없을 뿐만 아니라, 나중에는 행방마저도 묘연해진 시인이다. 변영로는『시문학』동인으로 활동하기 이전부터「논개」등의 시가 실린『조선의 마음』을 낸 저항시인이었으나,『시문학』동인으로 활동한 시기에는 공교롭게도 미국으로 유학을 떠나서 정치나 사회 문제 등에 관여하지 않았다. 따라서 수주가『시문학』동인으로 활동하던 시기의 그를 저항시, 즉 사회 참여시를 쓴 시인으로 기록할 수는 없다. 또한 그는『시문학』지에 단 한 편의 작품만 발표했을 뿐 동인으로서 활동에 매우 미온적이었다. 이하윤에 대해서는 그의 작품이 저항시냐 아니냐를 두고 일본에서 한 때 논란이 있었다.[32] 이하윤의 작품 전체를 놓

---

32) 김윤식,「이하윤은 저항시인」, ≪동아일보≫, 1982.11.16. 김윤식은 이 글에서 이하윤이 50년대 중엽 유명한 '藤間世大-金素雲 論爭'을 불러일으킬 만큼 일본에서는 저항시로 평가되었다는 사실을 공개했다. 문제가 되었던 작품은, 1926년 발표된 이하윤의 <잃어진 무덤>이란 제목의 시였는데, 56년 당시 일본의 저명한 사

고 본다면 그의 작품을 '저항시'로 읽을 수도 있다고 본다. 하지만 그는 「시문학」지에 2편의 작품만 발표 하였고, 이후에는 용아를 도와 잡지 편집과 외국시 번역에 열중하였다. 따라서 그를 시문학파의 중심에 놓기에는 어렵다. 다만 그가 시문학파로 활동하던 시기의 심사가 담긴 것으로 보이는 「비운」의 내용을 보면 외부 세계와 동떨어진 곳에 서 있는 한 지식인의 모습이 보인다.

> 書室은 이 罪囚의 終身監
> 붓과 종이를 주며
> 이 몸을 매질하누나
>
> —이하윤, 「비운」[33]

이 시의 전반부에서 "내/몇 번이나 붓대를 꺽고/호미를 잡으랴 뜻하였으랴/내/몇 번이나 책장을 덮고/밭으로 나가랴 뜻하였으랴"라고 하였던 퍼스나는 작품 후반부에 와서는 서실을 감옥으로 설정한 후, 거기에서 종신형을 살아야 한다고 말하고 있다. 그것은 어떤 외부 조건에 의한 것일 수도 있지만, 오히려 서실을 감옥 삼아 책읽기와 글쓰기에 매진하는 지식인의 고뇌를 노래하고 있는 것으로 봐야 한다. '내 생명은 이 붓 끝에 붙었스매/이 눈은 책장을 떠날 날이 업스리'라고 이어지는 구절이 있기 때문이다.

학자 토마 세이타(藤間世大) 교수는 일본에서 발간되는 [일본문학]이란 잡지에서 한국 지식인의 전형적인 저항 정신을 엿볼 수 있다고 주장하였고, 이하윤의 시를 일본에 머물면서 번역 소개했던 김소운이 '한두 토막의 시를 가지고 그 시인의 전부를 안다고 주장하지 말라.'고 반박하면서 논쟁에 불이 붙었다는 것이다. 결국은 세이타 교수가, '한 토막의 시가 됐든 시는 시인의 깊은 내면의 세계를 나타내는 것이기 때문에 한 토막의 시를 통해서도 시인 전부를 알 수 있다.'고 주장하고 '일본 사람도 아닌 한국인 김소운이 왜 이하윤의 시를 저항시가 아니라고 우기는지 모르겠다.'고 푸념해서 논쟁은 일단락되었다고 설명했다.

33) 이하윤, 고봉준 편, 『이하윤 시선』, 지식을만드는지식, 2012. 43쪽.

이 작품은 서실을 종신감옥으로 인식한 그 직관이 돋보이며, 감옥을 의인화하여 감옥이 붓과 종이를 주며 매질한다는 비유법이 빼어나다. 또한 이 시에 드러난 퍼스나는 1930년대의 시인의 모습과 매우 흡사한 점을 볼 때, 이 작품의 내용은 다소 자전적 심경토로로 볼 수 있다. 이 점에서 이하윤이 운명처럼 외부 세계로 나아가지 않고, '시'와 '노래 가사'에만 매진하는 모습을 그려볼 수 있다.

2. 시 자체의 예술성 추구

시문학파가 지향한 순수시의 세계는 정치·사회·이데올로기에 예속되지 않는 문학 자체의 세계를 의미하기도 하지만, 문학작품의 예술성을 극도로 끌어올린 미학적 완성의 세계를 은유하기도 한다. 이는 묶여 있다가 풀려난 문학이 스스로 갈 길을 정하고 스스로 아름다워지는 과정이다. 시문학파 이전의 문학예술은 계몽의 옷을 입었거나 민족주의의 멍에를 썼거나, 고향을 상실한 채 도시 뒷골목을 배회하는 탕자였다. 그러나 시문학파에 와서 문학은 스스로의 아름다움을 발견하고 그것을 더욱 고양시켜 나간다. 이른바 자존감의 회복 시대가 온 것이다. 비로소 자기를 보게 된 문학은 자기를 더욱 자기답게 하기 위해 운동을 하고 명상을 하고 꿈을 꾼다.

시문학파 시에서는 위에서 의인화한 문학처럼 자기 발견을 하고, 자기를 위해 애쓰고, 자존감을 찾고, 자기의 행복을 위하는 문학의 얼굴을 만날 수 있다. 예속된 노예는 아무 것도 자발적으로 할 수 없다. 하지만 예속의 기간이 길어지면 막상 풀어 주어도 아무 것도 하지 못한다. 어린 코끼리의 발에 족쇄를 채워두면, 그 코끼리는 어른 코끼리가 되었을 때도 없는 족쇄에 계속 묶여 있는 것과 같은 이치다. 시문학파 이전의 문학은 없는 족쇄에 발이 묶인 코끼리 같은 모습이었거나 스스로 그 족쇄에 발을 집어넣은 것과 같은 모습을 보였다.

그러나 시문학파는 달랐다. 그들은 그들의 언어로 그들의 마음을 한껏 표현해 냈다. 근본적으로 묶인 적인 없는 코끼리의 등장이었던 것이다. 처음부터 자유를 선택하였기에 시문학학파는 언어 사용에 제약을 둘 필요가 없었다. 지시하는 자도 없었고, 전달할 전언도 없었다. 오직 자기가 되어 자기 말만 하면 되었다.

시문학파의 작품에서 유독 언어의 조탁이 돋보이는 것은 묶인 적이 없는 자들의 언어이기 때문이다. 구속을 받지 않는 자는 자기가 좋아하는 일을 찾아 골똘히 그 일을 수행할 수 있고, 거기에서 즐거움을 얻을 수 있다. 그리고 세월이 지나면 그들은 무언가의 전문가가 되어 나타난다. 시문학파가 그러했다. 그들은 골똘히 언어를 세공하였고, 어느 날 갑자기 언어 세공사가 되어 나타났다. 자유로웠던 그들의 허리에는 음악이 나오는 기기가 있었다. 보헤미안과도 같은 시인들의 등장이다. 오직 그들이 목적으로 하는 것은 언어를 갈고 닦아 언어의 핵을 보여주거나, 가장 내밀한 언어의 속살을 보여주는 것이었다. 그리고 그들은 아무렇게나 일상 속에 뒹굴던 언어를 주워, 그것을 오랫동안 세공하여 전혀 상상하지 못했던 언어의 보석으로 만들었다. 보고 있으면 알 수 없는 음악이 발생하는 언어의 보석이 처음으로 노출된 사태, 그것이 시문학파의 출현이었다.

서구 낭만주의의가 개발한 영원한 시간과 활자 속의 음악, 상징주의자들이 개발한 암시적인 음악.[34] 혹은 음악을 통한 암시성. 그리고 시 자체의 예술성에 매달리는 장인 정신. 그런 전문가적 시인들이 이 땅에

---

34) Charles Chadwick 저, 朴熙鎭 역, 『象徵主義』, 서울대학교출판부, 1979, 9~11쪽.

처음 등장했다.

> 우리는 시를 살로 색이고 피로 쓰듯 쓰고야 만다. 우리의 시는 우리
> 의 살과 피의 매침이다. 그럼으로 우리의 시는 시라는 거름에 슬적 읽
> 어치워지기를 바라지 못하고, 우리의 시는 열 번 스무 번 되십어 읽고
> 외여지기를 바랄뿐, 가슴에 늣김이 있을 때 절로 읊어나오고 읊으면 늣
> 김이 이러나야 한다. 한말로 우리의 시는 외여지기를 구한다. 이것이
> 오즉 하나 우리의 오만한 선언이다. (……) 한 민족의 언어가 발달의 어
> 느 정도에 이르면 구어로서의 존재에 만족하지 않고 문학의 형태를 요
> 구한다. 그리고 그 문학의 성립은 그 민족의 언어를 완성식히는 길이
> 다.[35]

이는 시문학파의 언어관인 동시에 문학관이다. 언어가 사람과 사람
사이의 직접적 소통으로서의 효용성만 있다면, 구어만으로도 충분하다.
하지만 위에서 적시한대로 한 민족 언어의 완성은 그 언어가 예술성을
확보할 때 가능하다. 여기에서 언어의 예술성은 문학작품의 창작이고,
그 극점이 시문학임은 두말할 필요가 없다. 따라서 시문학파는 민족 언
어의 완성을 위해 시를 쓰는 것이며, 그 시는 언어 자체의 유기적 결합
이 미적으로 가장 수준 높은 것이어야 한다.

> 이들은 시어에 대한 자각을 구체화하게 되었다. 이들은 시가 마땅히
> 표현해야 할 것이 무엇인가를 생각하기 시작했으며 가장 적당한 표현
> 은 어떠해야 하는가를 탐구하기 시작하였다. 주어진 주제에의 종속에
> 서 해방되어 시인들은 폭넓은 자유 속에서 시적 작업을 계속할 수 있
> 었다. 그들은 시적 언어를 다시 가다듬어야 했으며 이것이 '시문학파'
> 의 과제였으며, 또한 큰 공헌이었다. 이때부터 한국어는 현대시의 요구
> 에 응하면서 본격적인 시어가 되기 시작했던 것이다. 이 점이 '시문학

---

35) 「후기」, 『시문학』 창간호, 앞의 책, 39쪽.

파'가 지닌 특성이며 현대적 성격이라 할 수 있다.[36]

J.아이작스에 의하면, "포우는 ≪시의 원리≫ 속에서 도덕적이며 교훈적인 것과 상치하는 것으로서 <순수시>의 교의를 발견"[37]했으며, "≪시작이론≫ 속에서 시적 영감과 상치되는 것으로서 의식적인 시적조작의 이념을 발견"[38]했다. "포우는 <암시적이며 몽롱한 가락>이야말로, 진실로 음악적인 시의 필요불가결한 하나의 요소라고 진술하고 있다."[39]면서, "포우는, 시에 있어서의 공상(空想)과 상상력(想像力)의 차이는 그의 소위 신비적인 것 가운데 존재한다"[40]고 하면서 "신비적이라는 말은 ……[41] 투명한 상층의 흐름 밑에 하층의, 즉 암시적인 의미가 숨어 있을 법한 종류의 작품을 가리키기 위해서 그들이 사용했던 용어이다"[42]고 하였다. 나아가 '암시적이며 몽롱한 가락이야말로, 진실로 음악적인 시의 필요불가결한 하나의 요소'[43]라고 포우의 말을 인용하여 진술하고 있다.

김준오에 의하면, "율격은 이미 정해져 있는 기계적 형식이다. 이것은 운과 더불어 리듬을 형성하기 위한 부수적인 요소에 지나지 않는다. 반면 리듬은 전통율격을 파괴하여 소리와 의미에 충격을 주는 '형성적' 원리이다."[44] 따라서 포우가 말한 '암시적이며 몽롱한 가락'은 율격이 아니라, 리듬이다.

---

36) 정한모, 「한국현대시개관」, 앞의 책, 14쪽.
37) J.아이작스, 「현대성이란 무엇인가」, 앞의 책, 30쪽.
38) J.아이작스, 위의 책, 30쪽.
39) J.아이작스, 위의 책, 31쪽.
40) J.아이작스, 위의 책, 32쪽.
41) 내용 생략 및 말줄임표는 필자.
42) J.아이작스, 위의 책, 32쪽.
43) J.아이작스, 위의 책, 31쪽.
44) 김준오, 『시론』, 삼지원, 2002, 149~150쪽.

엄격하게 정치시나 사회시를 배제하였던 유파가 '시문학파'였으므로, 그들의 '시를 위한 시', '예술을 위한 예술'로서의 순수시는 당연히 음악성을 담보하고자 한다. 시어가 단순히 의미 전달에만 머무르려 하지 않기 때문이다. 서구 낭만주의나 상징주의에서 시의 중요한 요소로 취급되던 것도 음악성이었다. "19세기 중엽에는, 월터 페이터는 비평가로서, 스윈번과 보들레에르는 시인으로서 「모든 예술은 음악의 상태를 향하여 동경한다.」라고 선언했었다."45)

영랑을 비롯한 현구, 용아, 지용 등은 음악성을 중요시하는 이러한 낭만주의의 영향을 받았다. 하지만 시에서의 음악성이라는 것이 우리가 관념적으로 생각하는 음악, 즉 듣는 음악에만 머무는 것은 아니다. 노스럽 프라이46)는 『비평의 해부』에서 서정시에서의 음악은 두 가지가 있다고 하였다. 그 하나는 멜로스(음악적인 것)이고, 다른 하나는 옵시스(회화적인 것)이다. 서정시는 음(音)과 이미지의 내적인 모방이며, 그 반대를 이루는 것이 외적인 모방, 즉 음과 이미지의 표면적 재현인 극이다. 또 규칙적으로 정확하게 고동치는 운율은 전통적으로 운문과 산문을 구별시켜 준다. 이때의 운율은 에포스이다. 에포스를 다른 말로 한다면, '구술(口述)'이라 할 수 있는데, 시인이 직접 청중에게 말하는 방식을 말한다. 일종의 '음유시'인 것이다. 프라이는 작가와 청중 그리고 그가 설정한 네 개의 장르(극, 에포스, 픽션, 서정시)의 기본적인 여러 형식 사이의 관계를 스케치하면서 각 장르가 가지고 있는 모방적인 형식과 두드러진 리듬을 열거하였는데, 이때 서정시는 모방의 형식에서는 내적인 모방, 즉

---

45) J.아이작스, 앞의 책, 32쪽. Pater의 Renaissance의 The School of Giorgione를 참조할 것.

46) 노스럽 프라이, 『비평의 해부』, 앞의 책, 476쪽. 노스럽 프라이는 아리스토텔레스가 열거한 시의 여섯 가지 요소, 즉 뮈토스, 에토스, 다아노이아, 멜로스(melos, 선율), 렉시스(lexis, 언사 [言辭]), 옵시스(opsis, 영상[spectacle])

'음과 이미지의 내적인 재현'이고, 서정시의 리듬은 탁선적(託宣的)인 리
듬, 즉 연상의 리듬이라고 하였다.[47] 이때 "운율은 반복적인 한 측면이
며, 반복적인 계기를 나타내는 두 가지 말인 리듬과 패턴은 계기가 모
든 예술의 구성 원리임을 보여준다."[48]

　서정시에만 제한하여 본다면, 고전시의 음의 패턴, 즉 음의 장단이나
압운은 반복적인 것이었고, 따라서 멜로스의 일부였지만, 현대에서는
옵시스의 일부가 되고 있다는 점이다. 다시 서술하면 멜로스는 음악이
며, 옵시스는 눈에 보이는 배경과 음악이다. 이것이 현대시가 지니는 음
악성에 대한 것인데, 이것이 중요한 것은, 시문학파의 경우 고전적 시의

---

47) 프라이가 말하는 네 가지 장르에 따르는 작가와 청중의 관계, 모방의 형식, 각 장
르의 리듬을 도표화하면 다음과 같다. 『비평의 해부』 476쪽에서 인용.

	극	에포스	픽션	서정시
기본적인 제시형식	가상적인 인물들에 의해서 연행됨	구술(口述)	책 또는 인쇄된 페이지	나·너의 관계의 가설적인 형식
작자 또는 시인	시인은 청중의 눈으로부터 숨겨져 있음	시인이 직접 청중에게 말을 함	시인은 독자로부터 숨겨져 있음	시인은 자기 자신, 신, 뮤즈 등에게 말을 함
청중	집단으로서의 관객 또는 청중	집단으로서의 청중	개인으로서의 독자	시인은 청중에게 등을 돌리지만 청중은 '엿듣는다'
모방적 형식	외적인 모방(음과 이미지의 표면적인 재현)	직접 전달의 모방	논술적인 문장의 모방	내적인 모방 '음과 이미지의 내적인 재현'
리듬	데코럼의 리듬 : 어울림의 리듬	운율적인 리듬 : 계기의 리듬	문법적인 (semantic) 리듬 :지속의 리듬	탁선적(託宣的)인 리듬 : 연상의 리듬

48) 프라이, 위의 책, 466~477쪽.

리듬인 '멜로스'를 넘어, '옵시스'의 음악성을 획득했기 때문이다. 즉 규칙적인 반복과 패턴이 아니라 정밀한 회화적 묘사와 긴 장식적인 직유 등으로 음악성이 표현되는 것이 현대시가 말하는 연상의 리듬, 즉 옵시스이다. 이에 대해 프라이는 재미있는 비유를 들어 설명한다.

> 서정시에서는 멜로스와 옵시스의 기반을 형성하고 있는 것은 두 요소의 잠재의식의 연상인데, 그 각 요소에는 한 번도 명칭이 주어지지 않았다. 당당한 명칭은 아니지만 우리는 그것들을 '허튼소리'와 '낙서'라고 불러도 좋다. 허튼소리에서는 각운, 유사운, 두운, 동음이의 등의 말장난이 음의 연상에서 발전한다. 이 연상과정에 형태를 주는 것을 우리는 리듬 동인이라고 불러왔지만, 자유시에서 그것은 도리어 일정한 범위 내에서 리듬이 변동한다는 감각일 수 있으며, 이 감각이 점차 포괄적인 형식으로서 명확하게 되어가는 것이다.[49)]

대개 시의 음악성을 말할 때는 음보나 음수 등의 규칙성부터 따지고 든다. 하지만 그런 형식적인 규칙성은 오히려 음악적 효과를 떨어뜨리는 측면이 있다. 그것은 그러한 형식에 문제가 있다는 것이 아니라, 안정된 형식이 오히려 반복된 노래를 계속 듣는 듯한 지겨움을 주기 때문이다. 따라서 갇힌 형식의 시에 내용마저 판에 박힌 것이라면, 그것은 공장에서 생산되어 나오는 식은 두부 같은 게 된다. 형식이 갇혔다면 내용이 들끓어야 비로소 생동감이 생기고, 거기에서 형식적 안정과 내용의 불안정 사이에 화학 작용이 일어난다. 시가 유기체라는 것은 그런 생동감이 있는 독립체라는 말이다.

---

49) 프라이, 앞의 책, 522쪽.

1) 음악성을 통한 미의 극대화[50]

영랑은 자신이 쓴 시를 암송하고 다녔으며, 반복하여 읊어본 후 걸리는 부분이 있으면 고치곤 했다는 사실이 가족들의 증언에 의해 밝혀진 바 있다.[51] 이러한 전기적 사실을 바탕으로 본다면 영랑이 생각하는 시의 음악성은 모더니즘에 와서 중요시 여긴 회화성이 아니라, 정형률적인 어떤 음악성을 떠올릴 수 있을지도 모른다. 그러나 전후 사정을 살피면 그렇지 않다. "그 무엇보다도 음악으로부터"라 했던 베를렌느 「詩法」의 시작처럼, 김억은 상징주의를 소개하면서 "다시 말하면 平仄라든가, 押韻이라든가를 重視치안이ᄒ고 모든 制約, 有形的 律格을 바리고 美妙한 「言語의 音樂」으로 直接, 詩人의 內部生命을 表現하랴ᄒ는 散文詩다."[52]라고 하였다. 영랑 또한 상징주의에서 말하는 음악성에 대해 숙지하고 있었을 것으로 보인다. 그래서 용아에게 시조에 빠지지 말라고 하였을 것이다.

영랑시에서의 음악성은 최근의 리듬론과도 상통한다. 박슬기는 '상실된 기원을 반복적으로 호출하고자하는 주체가 구성하는 글쓰기행위(writing) 그 자체를 리듬으로 지칭한다'는 필립 라꾸라바르의 이론을 바탕으로 리듬을 세 가지 차원에서 설명한다. 그 하나는 텍스트 차원의 문자적 리듬이며, 두 번째가 인식론적 차원의 리듬이고, 마지막이 이념적 차원의 리듬이다. 이중 두 번째 차원의 리듬은 경험의 차원에 존재하는 리듬이라 볼 수 있는데, "리듬이 존재하므로 그것을 경험하는 것

---

50) 본 연구의 '음악성을 통한 미의 극대화' 단락 중, 김영랑에 대한 내용은 필자의 석사학위 논문인 『김영랑 시의 음악성 연구』에서 상당부분 발췌하였거나, 발전적 검토를 하였다.

51) 김선태, 앞의 석사학위논문.

52) 김억, 「쯔랑스詩壇」, ≪태서문예신보≫, 11집, 1918.12.24.

이 아니라 경험되었으므로 본래 있는 것으로 추정되는 것에 해당되는 것"[53]이라고 서술한다. 영랑이 자신의 시를 끊임없이 암송했다는 것은 여기에서 말한 경험적 차원의 리듬과 관련이 있다. 이는 곧 "1873년에 출간된 죠르죠네(Giorgione)에 관한 글에서 페이터(Walter pater)가 「모든 예술은 음악의 경지를 탐구한다」라고 말했듯이 음악이 상징주의자들이 찾고 있던 바로 그 암시성"[54]에서 말하는 암시성과 연결된다. "리듬은 기원적 음악 그 자체가 아니라 그를 지향하되 끊임없이 실패하는, 음악에 대한 알레고리로서 존재하게 된다."[55]는 설명처럼, 자유시에 내재한 음악성은 외형률의 반대 개념으로써 설명되는 것이 아니라, 그 자체의 미학적 원리로써 해명되는 것이다. 따라서 영랑은 정형적으로 굳어버린 시조에서 운율을 찾는 것이 아니라, 자신이 경험하였으면서 어떤 기원적인 성격의 음악을 찾기 위해 암송했던 것으로 보인다. 이러한 것은 이화중선과 이중선의 소리를 즐겨 듣고, 소리를 듣기 위해 "진도에 갈 때면 눈두렁 몇 개가 사라졌다"[56]는 증언에서도 드러나듯이 우리 소리를 충분히 익혔던 그는 '경험되었으므로 본래 있는 것으로 추정되는 것'을 찾기 위해 노력한 것이다.

쓸쓸한 뫼아페 후젓이 안즈면
마음은 갈안즌 양금줄가치
무덤의 잔디에 얼골을 부비면
넉시는 해맑은 女玉像가치

산골로 가노라 산골로 가노라

---

53) 박슬기, 『한국 근대시의 형성과 율(律)의 이념』, 서울대학교대학원, 박사학위논문, 2011.
54) 필리쁘 방 띠겜 저, 鄭然豊 역, 앞의 책, 9쪽.
55) 박슬기, 위의 논문, 50쪽.
56) 목포대학교 김선태 교수의 증언. 그는 영랑과 같은 강진 출신으로 오랫동안 영랑과 현구에 대해 연구를 해왔다.

무덤이 그리워 산골로 가노라

-김영랑, 「쓸슬한 뫼 아페」[57] 전문

위 시는 영랑의 시 중에서 비교적 정형성이 돋보이는 작품이다. 사행 시 형식으로 1연을 마쳤고, 2연은 후렴구처럼 달았다. 2연의 '산골로 가 노라'의 반복은 음악성을 고려한 결과로 볼 수 있다. 특히 '안즈면', '부 비면'의 반복과 '양금줄가치', '女玉像가치'의 반복은 유사 압운 효과를 노린 것으로 보인다. 하지만 이런 규칙성만 있는 것은 아니다. 서술어가 없는 1연의 구조를 보면 영랑이 이 작품에서 정형성이 주는 답답함을 경계한 것으로 보인다. 퍼스나는 죽은 여인의 무덤 앞에 호젓하게 앉아 있다. 그러자 마음이 양금 줄처럼 가라앉는다. 죽은 여인이 그리워 무덤 에 얼굴을 비빈다. 그러자 죽은 여인의 넋이 女玉像처럼 맑고 깨끗하고 단단하게 그려진다. 하지만 이 시의 퍼스나는 무덤 앞에 있지 않다. 즉 1연은 무덤 앞에 앉으면 그러할 것이라는 가정 하에 쓰인 것이다. 따라 서 죽은 여인이 그리워 그 여인의 무덤이 있는 산골로 간 것은 퍼스나 의 내면세계이다.

하지만 영랑시의 음악적 특징을 분석하기 위해서는 문자화된 시어도 중요하겠지만, 실제 음송하였을 때의 언어를 살피는 것도 필요하다고 볼 수 있다. 특히 한국어는 다양한 음소들의 결합으로 이루어져 있고, 그런 음소들이 결합할 때 음운적으로 많은 변화를 수반한다. 그의 시어 를 분석함에 있어서 음운론적인 고찰과 아울러 음절 단위의 분석이 반 드시 필요한 것은 이 때문이다. 이는 그의 시에서 유성음 효과를 밝히 는 데에도 매우 유효하고 정밀한 분석 방법이라고 할 수 있다. 그의 시 어들이 실제로 어떻게 발음되느냐의 문제가 음악성과 직결되기 때문이다.

---

57) 김영랑, 『시문학』창간호, 앞의 책, 10~11쪽. 이 작품의 제목은 원문에 「쓸슬한 뫼 아페」로 되어 있어서 그대로 따른다.

앞에서 말했다시피 현대시에서의 음악성은 규칙적인 율격에 머무는 것이 아니라, 탁선적인 리듬이다. 풀어서 말하면, 정밀한 회화적 묘사와 긴 장식적인 직유 등으로 음악성이 표현되는 것이 현대시가 말하는 연상의 리듬이다. 이는 김현이 말한 영랑시의 음악성과 상통한다. "영랑에 이르면 김억의 단조로운 7·5조와 김소월의 7·5조의 변형이 극복되어진다. 그 극복을 산문리듬의 과감한 도입, 늘어진 박자와 줄어든 박자의 도입" 등에 의해 서구 낭만주의에서 획득하였던 리듬의 개념을 작품화했다. 흔히 「끝없는 강물이 흐르네」라는 제목으로 널리 알려진 영랑의 등단작 「동백닙에 빗나는 마음」은 프라이가 말한 옵시스로서의 음악성을 획득하고 있는 좋은 예라고 볼 수 있다. 즉 이 작품은 전통적인 운율에 회화적인 이미지를 더했다. 듣는 음악 너머, '보이는 음악'을 구현한 셈이다.

> 내 마음의 어딘 듯 한 편에 끝업는 강물이 흐르내
> 도처오르는 아츰날빗이 쌘질한 은결을 도도내
> 가슴엔 듯 눈엔 듯 쏘피ㅅ줄엔 듯
> 마음이 도른도른 숨어잇는곳
> 내마음의 어듸듯 한편에 끝업는 강물이 흐르내
> 　　　　　　　　 -김영랑, 「동백닙에 빗나는 마음」[58] 전문

영랑의 등단작인 「동백닙에 빗나는 마음」만 살펴보아도 영랑이 음보를 의식하고 시를 썼다는 것을 알 수 있다. 하지만 영랑의 음보 감각은 정형화된 틀에 갇혀 있지 않다. 즉 이전의 개화 가사나 시조가 4음보의 율격에서 벗어나지 않는 것과는 달리 영랑의 시에서는 3,4음보가 혼재되어 있는 경우가 많고, 3음보 혹은 4음보의 시이더라도 변형된 형태를

---

58) 김영랑, 『시문학』 창간호, 앞의 책, 4쪽.

지닌 것이 어렵지 않게 발견된다.

(가)[59]
내마음의 어된 듯 한편에 끝없는 강물이 흐르네
도처오르는 아침날빛이 빤질한 은결을 도도내
가슴엔듯 눈엔듯 또 피ㅅ줄엔듯
마음이 도른도른 숨어있는곳
내마음의 어된 듯 한편에 끝없는 강물이 흐르내

(나)[60]
내마음의 어된듯 한편에 끗업는
강물이 흐르네
도처오르는 아츰날빗이 빤질한
은결을 도도네
가슴엔 듯 눈엔 듯 또 피ㅅ줄엔 듯
마음이 도른도른 숨어잇는곳
내마음의 어된 듯 한편에 끗업는
강물이 흐르네

위의 작품을 3음보로 읽을 것인지, 4음보로 읽은 것인지, 혹은 3음보 변형으로 보아야 할 것인지는 논의의 여지가 있다. 조동일의 경우에는 이 작품을 3음보격으로 보고, 행의 구분이 3음보와 맞아 떨어지지 않은 점이 있기에 3음보 변형으로 본다.[61]

---

59) 시문학 창간호에 『동백닙에 빗나는 마음』으로 발표된 작품.
60) 『영랑시집』에 번호만 달아 '1'번으로 발표된 작품. 표기는 홍용희가 엮은 앞의 책의 표기를 따랐다.
61) 조동일, 『현대시에 나타난, 전통적 율격의 계승』, 김대행 편, 『운율』, 문학과 지성사, 1984, 139쪽.

(나)-1
내마음의 / 어딘듯 / 한편에
끗업는 / 강물이 / 흐르네
도처오르는 / 아츰 / 날빗이
빤질한 / 은결을 / 도도네
가슴엔듯 / 눈엔듯 / 또피ㅅ줄엔듯
마음이 / 도른도른 / 숨어잇는곳
내마음의 / 어딘듯 / 한편에
끗업는 / 강물이 / 흐르네[62]

즉, (나)-1과 같이 행의 배치를 달리한 다음에 3음보격으로 읽는다. 다시 말해서 영랑이 구분한 시행이 의미상 완전하지 않기에 위와 같이 음보 구분에 따라 시행을 나누어 읽자는 것이다. 즉 (나)의 1, 3, 7행의 끝에 나오는 '끗없는'이나 '빤질한', '끗없는' 등의 말이 의미상 완결된 것이 아니고, 다음에 나오는 말을 수식하는 관형어에 불과하기 때문에 3음보격으로 시를 읽어야 한다는 주장이다.

하지만 이 작품은 4음보의 변형으로 읽을 수 있는 여지가 있다. 성기옥에 의하면, 우리 시가에서 음보를 구성하는 음절의 수는 3, 4, 5음절이 보통이고, 특히 3음절과 4음절이 대다수를 차지한다.[63] 그래서 성기옥은 음절차를 보완할 수 있는 보상적 자질이 필요하다고 보고, '장음(長音)'과 '휴음(休音)' 개념을 도입하였다. 즉, '달달 무슨 달 // 쟁반같이 둥근달 // 어디어디 떴나 // 남산위에 떴지'를 읽을 때, '달-달- 무슨달 ∨ // 쟁반같이 둥근달∨ // 어디어디 떴-나∨ //남산위에 떴-지∨'[64]로 읽는다면, 율독이 자연스럽다는 것이다. 이러한 주장이 설득력을 지니

---

62) 음보 구분 '/'표시는 필자가 이해를 돕기 위해 한 것임.
63) 성기옥, 「한국시가율격의 기층체계」, 김대행 편, 『운율』, 문학과 지성사, 1984, 90
~99쪽.
64) 장음 '-', 휴음 '∨' 표시는 필자.

는 것은 실제로 시를 읽었을 때와 유사한 음보를 찾을 수 있을 것으로 보이기 때문이다.

이러한 견해를 바탕으로 영랑의 시 「동백닢에 빛나는 마음」를 소리 내어 읽어보면, 4음보로 읽어도 큰 문제가 없어 보인다.

> 내마음의 / 어틴 듯- / 한편에- / 끝없는- / (강물이- / 흐르네∨)
> 도처오르는 / 아침-∨ / 날빛이- / 빤질한- / (은결을- / 도도네∨)
> 가슴엔듯 / 눈엔듯- / 또-∨∨ / 피ㅅ줄엔듯
> 마음이- / 도른도른 / 숨어있는 / 곳-∨∨
> 내마음의 / 어틴 듯- / 한편에- / 끝없는- / (강물이- / 흐르네∨)[65]

이 시가 노래로 불린다고 보았을 때도, 별 무리가 없어 보이고, 호흡법과 연관지어도 오히려 자연스러운 점이 있다. 3행의 '또'와 4행의 '곳'이 1음절이기는 하지만, 그 뒤에 장음과 휴음이 뒤따른다면, 4음보격으로 읽을 수 있다.

또한 괄호 부분은 '강물이 흐르네'가 들어가도 되고, '은결을 도도네'가 들어가도 무리 없이 독해가 되는 부분이다. 제목이 '끝없는 강물이 흐르네'이기 때문에 시를 읽을 때, 행의 끝에 제목을 갖다 붙여 읽어도 된다. 즉,

> 내마음의 / 어틴 듯- / 한편에- / 끝없는- / ( )
> 도처오르는 / 아침-∨ / 날빛이- / 빤질한- / ( )
> 가슴엔듯 / 눈엔듯- / 또-∨∨ / 피ㅅ줄엔듯 / ( )
> 마음이- / 도른도른 / 숨어있는 / 곳-∨∨ / ( )
> 내마음의 / 어틴 듯- / 한편에- / 끝없는- / ( )

---

65) 장음, 휴음 표시와 괄호는 필자.

위의 괄호 부분에 '강물이 흐르네'를 반복하여 넣어 읽어도 시상의 흐름에는 아무 지장이 없다. 영랑의 이 작품은 주지하다시피 '설명을 배제한 느낌으로 이루어져 있고, 말을 하면서도 말하지 않으려 하는 시이다. 이런 시를 쓰고자 하는 경우에는 음성 상징적인 효과와 함께 율격이 시의 핵심으로 등장한다.'[66] 따라서 부사어 '또'와 명사어 '곳' 뒤에 휴음을 한 번 더 주어도 될 듯하다.

더구나 이 작품은 '끝없이 강물이 흐른다'는 것을 형상화 하고자 한 작품이다. 영랑은 '끝없는', '빤질한', '피ㅅ줄엔 듯', '곳', '끝없는' 등의 불완전한 시어를 선택하여, 뒤에 무언가 이어붙이지 않고는 견딜 수 없게 만들어, '끝없는' 강물의 흐름을 읽는 이로 하여금 느끼게 하고 싶었던 것은 아니었을까? 즉 단절이 주는 효과가 있다. 이어져야만 할 때 끊음으로써 그 여백의 효과는 두드러지고, 그 단절점이 마무리가 되지 않음으로써 이어질 수밖에 없다는 것을 나타낸다. 이러한 관점에서 보면 '강물이 흐르네'와 '은결이 도도네'는 의미의 완결을 위한 구절이지 시 전체의 운율에서는 벗어난 시행이 된다. 즉 4음보격의 변형 구절로 볼수 있다.

또한 이 작품에서 눈여겨보아야 할 것은, '네', '네', '네'와 '는', '한', '는' 및 '듯', '곳'을 통하여 유사 각운 효과를 노렸다는 점이다. 영랑은 영시의 압운 효과를 고려하여, 우리말에도 그와 같은 효과가 가능할 지를 실험한 것으로 보인다. 이러한 유사 압운 효과는 시에 운율감을 형성하고, 양성모음과 'ㄴ', 'ㄹ'음의 반복은 유포니 효과를 얻는 데 기여하고 있다.

하지만 "우리말은 첨가어이기 때문에 체언과 용언에 조사나 어미가 붙어서 한 어절이 대개 3음절 내지 4음절로 이루어지고 있"[67]어서 음수

---

66) 조동일, 앞의 논문, 139쪽.

율은 대체로 정착될 수 있었으나, 압운에 있어서는 성공을 거두었다고
보기 어려운데, 그 점에 대해서는 아래 인용문에 잘 나타나 있다.

> 압운은 대체로 음절의식이 강한 언어체계에서 주로 사용되어 온 기
> 교이기 때문에 우리의 경우 이런 음절의식이 철저하지 못한 점, 우리
> 말이 부착어이기 때문에 문절·어절·어휘 등의 반복이 음절의 반복보다
> 우세하게 사용되고 있는 점, 그리고 우리의 언어주조에서 한 문장이나
> 문절의 끝음절의 음상이 빈약하다는 점 등이 현대시는 물론 고전시가
> 에서도 압운이 실패하는 이유로 지적되고 있다.[68]

영랑은 일정한 음보율을 바탕에 두고, 병렬과 대구의 기법을 사용하
거나 유성음의 적절한 배치를 통해 시의 음악성을 확보하였다. 병렬과
대구에 있어서도 영랑시의 음악적 성취도는 매우 높다. 김대행[69]에 의
하면, 우리의 시가에서 병렬구조는 대개 의미론적인 병렬이 주를 이루
어왔다.

하지만 영랑시에 이르러서는 '의미론적 병렬'을 넘어 '음운론적 병
렬'로 음악성을 확보하기에 이른다. 즉, 영랑은 언어의 엄격하고 밀도
높은 조직을 통해, 언어 자체가 주는 리듬감을 살려 시로 썼다.

'김영랑의 작품에서 기조가 되고 있는 것은 유리반에 옥을 굴리는 듯
한 가락과 아름답기 그지없는 詩想이다. 그에 이와 같은 측면을 들어 서
정주 같은 분은 한국 서정시의 한 頂上이라고 한 적이 있다. 그런데 우
리에게 매우 궁금한 것이 영랑이 이런 시법을 어디서 배웠을까 하는 것
이다. 잘 알려진 바와 같이 그는 평소 시작에 골몰했을 뿐 시론 같은 것
에는 일체 손을 대지 않았다. 더욱이나 그의 시작과정을 밝혀 주는 산

---

67) 김준오, 『시론』, 앞의 책, 138쪽.
68) 김준오, 『시론』, 앞의 책, 137쪽.
69) 김대행, 『詩歌詩學硏究』, 이화여자대학교출판부, 1991, 393~396쪽.

문이 전혀 없는 형편이다. 그러므로 우리는 외적인 입장에서 그의 시를 말할 수 있는 증거를 포착할 길이 전혀 없다. 다만 어느 잡지의 앙케이트에 답한 그의 말이 이런 경우에 좋은 참고 자료가 된다.'70) 『시학』5집에 실린 이 조사에서 영랑은 따로 사숙하는 시인은 없고, 詩作 프로그램도 없노라고 분명히 밝히고 있다. 한 때, 폴·베르렌느를 私淑한 적이 있다고 하였는데, 그의 시집을 읽고 공부 하였다는 뜻으로 해석하면 될 듯하다.71) 그런데 위의 인용문에 잘 나타나 있듯이 영랑의 시는 가락도 빼어나지만, 시상 전개는 새롭고 흐트러짐이 없다.

> 내 마음의 어딘 듯 한 편에 쓸업는 강물이 흐르네
> 도처오르는 아츰날빗이 쌘질한 은결을 도도내

이 두 행을 음보 단위로만 본다면 상당히 유사한 구조로 대구를 이루고 있음을 알 수 있다. 그러나 시행의 중간쯤에 위치한 '쓸'과 '쌘'에서 갑자기 고음이 된다는 것도 알 수 있다. 즉 낮은 음의 연속이었다가 중긴 부분에서 솟아난다. 징음이 주는 효과일 섯인데, 이런 느낌을 그림으로 표현한다면, 물결 모양으로 출렁이는 보자기의 중심을 핀셋으로 끄

---

70) 정한모·김용직 공저, 『한국 현대시 요람』, 329쪽.
71) 정한모·김용직 공저, 위의 책, 329쪽에서 재인용.
　　<앙케이트>
　　1. 내가 私淑하는 詩人
　　2. 나의 시작 푸로그램
　　3. 詩評家에 대한 所望
　　<金永郞의 응답>
　　1. 폴·베르렌느를 私淑한 시절이 있었습니다.
　　2. 새 해고 묵은 해고 詩作 푸로그램이 없습니다.
　　3. 우리 詩壇에 어디 이렇다 할 批評家가 계십니까. 詩評을 쓰기가 여간 어려운 일
　　　이란 證左일지요. 貴誌 四輯 李秉玨氏의 「瓦斯燈」 評이 이룬 글이라 하겠습니
　　　다. 그러나 그것도 詩集評입니다.

집어 올린 것 같은 그림이 된다. 또 다른 요소도 있다. 1행의 처음과 끝은 '내'라는 유성음으로 이루어져 있지만, 2행의 처음과 끝은 장애음이 자리하고 있다. 따라서 유사한 구조를 보이는 것처럼 보이는 이 두 행은 각각의 리듬이 내재되어 있다. 이것은 마치 계속해서 밀려오는 파도와 같다. 매우 규칙적으로 밀려오는 파도가 실은 불규칙적으로 밀려온다는 점, 또 하나 파도마다 높은 부분이 있고, 낮은 부분이 있다는 점, 그것을 곡선으로 표시 했을 때 그 모양은 제각각 이라는 점, 그럼에도 불구하고 우리는 파도소리를 들으며 파도를 보고 있으면 편안함을 느낀다는 점을 생각해보면 될 것이다. 따라서 영랑시에서 느낄 수 있는 리듬은 파도가 주는 소리와 그것의 회화적인 음악까지 더해진 파도의 리듬, 보이는 음악이라 할 수 있다.

다음 시를 보자.

> 바람에 나붓기는 깔닢
> 여을에 희롱하는 깔닢
> 알만 모를만 숨쉬고 눈물 매즌
> 내 청춘의 어느날 서러운 손짓이여
>
> -김영랑, 「20」[72] 전문

앞의 두 행은 운율을 위해 유사한 통사구조를 병렬로 썼다. 하지만 같은 것은 아니다. 1행의 시작은 양성모음으로 하였고, 2행은 음성모음으로 시작하였다. 그리고 동일한 위치에 음성모음 '에'가 놓였고, 유성어 'ㄴ- ㅡ - ㄴ'을 대구를 이루게 한 뒤 두 행 모두 '깔닢'으로 마무리

---

72) 김영랑, 「바람에 나붓기는 깔닢」, 『시문학』 3호, 앞의 책, 18쪽. 이 작품은 발표 당시에는 「四行小曲五首」 라는 제목으로 발표된 사행시 5수 중 4번째의 작품이었고, 1935년 시문학사에서 발행된 『영랑시집』에서는 별도의 제목이 없이 숫자 「20」이었다. 편의상 제목으로 그 숫자를 쓰기로 한다.

하였다. 즉, '~에 ~는 깔닢'이 병렬과 대구를 이루고 있다. 거기다가 반복되는 음절은 모두 유성어이다. 만약 동일한 모음을 나열했다면 음악적인 효과가 현저히 줄어들었을 것이다. 하지만 영랑은 양성모음으로 이루어진 시어 '바람'과 음성모음으로 이루어진 시어 '여을'을 마주보게 놓았다. 의도적으로 변화를 주었다. 거기에 '나붓기는'과 '희롱하는'도 음상이 다른 시어이다. '나붓기는'을 발음해보면, '나붇끼는'이 되기에 장애음 'ㄷ'과 경음 'ㄲ'은 강한 톤으로 발음되는데, 거기에 대응하는 '희롱하는'은 양성모음과 유성음을 사용하여 밝고 부드러운 음감을 준다. 적절한 대비효과라 할 수 있다. 그리고 '깔'이라는 음절은 경음으로 시작하여 유성음으로 끝난다. 분명히 강조가 되면서 여운이 남는다. 반면 '닢'은 유성음으로 시작하여 장애음으로 끝나는 음절이다. 두 음절의 구조는 서로 상반되지만 뒤집으면 같은 구조다. 그리고 두 음절이 만나 이룬 시어 '깔닢'은 까칠까칠한 음감으로 시작되어 부드럽게 흘러가다가 장애음 'ㅂ'으로 마무리가 된다. 만약 '깔닢'이라는 시어가 놓인 위치에 유성음만으로 이루어진 시어가 들어갔거나 경음이나 장애음으로만 이루어진 시어가 들어갔다면 원본이 주는 맛과 전혀 다른 느낌을 주었을 것이다. 정확한 병렬 구조와 유성음의 적절한 사용으로 시어들이 읊조릴수록 더 생동감 있게 살아난다. '깔닢'[73]이라는 시어 하나만 보더라도 겉은 거칠지만 초식동물이 씹어 먹기에 좋은 부드러움을 지닌 깔닢의 촉감까지 느껴지는 듯하다. 이런 시어 하나 골라 쓰는 데에 있어서도 영랑은 무척 고심하고, 고르고, 다듬었다. 이런 언어 감각이 그의 전기시에서 두드러진다.

한 가지 더 살펴보아야 할 것이 병렬 구조이다. 영랑의 4행시에서는

---

73) 전라도 방언에서 '깔'은 '꼴'을 뜻한다. 그러므로 '깔닢'은 꼴로 쓰기 위해 밴 풀잎을 뜻하는 것으로 볼 수 있다. 이숭원은 '깔닢'을 '갈잎'이라고 보았으나, '여을에 희롱하는 깔닢'이라는 구절이 있는 것으로 보아 '깔'은 '꼴'의 방언일 가능성이 높다.

음악성을 높이는 병렬구조가 빈번하게 사용되었다. 즉 전기시는 어느 한 가지 점 때문에 음악성이 높게 보이는 것이 아니라 병렬구조, 대구, 유성음의 반복, 양성모음과 음성모음의 의도적 배치 등으로 인해 높은 음악성을 확보한다.

용아는 영랑의 사행시에 대해 천하일품이라고까지 극찬하면서, "美란 우리의 가슴에 저릿저릿한 기쁨을 일으키는 것(A thing of beauty is a joy for ever)이 美의 가장 협의적이요 적확한 정의라면 그의 시는 한 개의 표준으로 우리 앞에 설 것입니다."[74]라고 하였다. 즉 영랑의 시는 아름다움의 표본이고, 그 아름다움은 우리의 가슴에 저릿저릿한 기쁨을 일으키는 것이라는 의미이다.

용아의 지적을 바탕으로 보면, 영랑의 시는 유미주의적인 요소가 강하다. 특히 전기시에서는 그것이 두드러진다. 전기시 53편을 분석해보았을 때, 정형성을 지닌 작품이 44편으로서 무려 83%에 이른다. 이는 그가 우리의 전통시를 바탕으로 가장 음악성이 뛰어나다고 여긴 율격을 찾아냈고, 거기에 서구 낭만주의나 상징주의 시의 영향[75]을 받아 '운'에 대한 감각을 익힌 것으로 보인다.[76]

또한 영랑의 전기시의 특징 중 하나는 유독 유성음이 많다는 점이다. 영랑 4행시의 자음 분포표를 보면, 4행시에 쓰인 자음은 'ㄴ>ㅇ>ㄹ>ㄱ'순으로 쓰였다는 것을 알 수 있다. 이 중 'ㄱ'을 제외한 나머지가 유성음임을 감안할 때 그의 4행시에는 주로 유성음이 사용되었음을 알 수 있다.

---

74) 박용철, 「辛未詩壇의 回顧와 批判」, ≪중앙일보≫, 1931.12.1.
75) 남종현, 「영랑시 연구─영랑시에 미친 P. Verlaine의 영향」, 동국대학교 대학원 석사학위논문, 1984.
76) 강학구, 앞의 논문 참조.

〈표 1〉『영랑시집』에 실린 4행시의 자음 분포표

구분	ㄱ	ㄴ	ㄷ	ㄹ	ㅁ	ㅂ	ㅅ	ㅇ	ㅈ	ㅊ
초성	179	152	67	135	91	68	132	282	71	20
비율	13	11	5	10	6.5	5	9.5	20.5	5	1.5
종성	39	165	2	164	84	28	30	28	3	4
비율	7	30	0.5	29.5	15	5	5.5	5	0.5	0.5
전체	218	317	69	299	175	96	162	310	74	24
비율	11.5	16.5	3.5	15.5	9	5	8.5	16	4	1

구분	ㅋ	ㅌ	ㅍ	ㅎ	ㄲ	ㄸ	ㅃ	ㅆ	ㅉ	합
초성	7	5	17	79	26	15	5	10	12	1373
비율	0.5	0.3	1.2	5.7	1.8	1	0.3	0.7	0.8	
종성	-	4	1	-	-	-	-	-	-	553
비율	-	0.7	0.1	-	-	-	-	-	-	
전체	7	9	18	79	26	15	5	10	12	1926
비율	0.3	0.4	0.9	4.1	1.3	0.7	0.2	0.5	0.6	

그러나 유성음이나 각운의 효과 혹은 음보율에 의한 설명만으로는 영랑시의 음악성을 해명할 수 없다. 알다시피 낭만주의 이후 현대시가 발견한 운율은 멜로스가 아니라, 옵시스이고, 그것은 듣는 음악이 아니라 이미지로서의 운율이기 때문이다. 「내 마음 고요히 고흔 봄길 우에」[77]

를 예로 들어보자. 제목만 보아도 자음 'ㅎ'이 불규칙적으로 두 번 나오지만, 'ㅎ'은 시각적으로도 웃는 모습을 연상하게 한다. 그것은 우리말에서 웃음소리를 표현하는 자음 중 'ㅎ'이 차지하는 비중이 그만큼 높기 때문인지도 모른다. 이 시를 부분적으로만 살펴보자.

　　돌담에 소색이는 햇발가치
　　플아래 우슴짓는 샘물가치

구조는 유사해 보인다. 두 행은 모두 '가치'로 끝났다. 더군다나 대응관계에 있는 '돌'과 '플', '에'와 '래', '는'과 '는', '발'과 '물' 등이 같은 자음을 종성으로 썼거나 발음이 유사하다. 하지만 이 두 행에서는 시어의 음감이 주는 회화성에 주목해 볼 필요가 있다. '돌담에 소색이는 햇발같이'를 의미로만 해석한다면, 이 작품의 올바른 해석이라 할 수 없다. 세부적으로 살피면 '돌담'이라는 말을 음절 단위로 살피면, 둘 다 'ㄷ'이 초성에 있고, 중간에는 밝은 음상으로 다가오는 양성모음이 들어 있으며, 종성은 둘 다 '유성음'이 쓰였다. 따라서 이 시어를 발음해 보면, 'ㄷ'이 주는 장애음적 성격에 의해 음에 둔중함을 주고, 이어지는 양성모음과 유성음은 유포니를 형성한다.

거기다가 이 두 행을 소리 나는 대로 읽어보면 1행에서만 경음(돌땀, 해빨)이 두 번 나온다는 것을 알 수 있다. 즉 이 시도 앞에서 언급한 바 있는 '파도의 리듬, 보이는 음악'이라 할 수 있다.

영랑이 용아에게 시조에 빠지지 말라고 충고한 것도 정형시가 주는 멜로스적인 요소가 오히려 음악성에 제한을 준다는 것을 알고 했던 것 같다. "벗은 시조와 시를 한 시대에 같이하여 왔었는데 나는 그것을 볼

---

77) 김영랑, 「내 마음 고요히 고흔 봄길 우에」, 『시문학』2호, 앞의 책, 13쪽.

때 속이 상해서 못 견디었다. 좋게 충고를 해왔었다. 시조를 쓰고 그 격
조를 익혀 놓으면 우리가 이상하는 자유서정시는 완성할 수 없다고."78)
말해 줬다는 것이다. 얼핏 생각하면 현대시보다 시조 형식이 훨씬 더
노래에 가까운 것이 아닐까라고 생각할 수 있다. 그러나 그런 편견은
서구 낭만주의 시대에 무너진다. 형식의 틀과 규칙적인 운율은 오히려
시의 음악성을 가둘 수 있다는 것이 그들의 견해이기 때문이다. 비로소
시가 음악에 갇히지 않고 음악을 향해 날아가기 시작한 것이 그때부터
였다. 우리시사에서는 영랑으로부터 현대시적인 음악성이 이루어졌다.

현구 시의 언어 조탁 솜씨와 음악성은 영랑에 비길만하고, 시각적 이
미지 구현은 탁월하다. 특히 음성상징어나 방언, 신조어 사용을 통한 유
성음의 효과를 극대화하여, 현구의 시는 대부분 유포니(euphony) 효과를
거두고 있다. 다음 작품을 보자.

　　언덕에 실바람은 호리호리
　　먼산에 아지랑이 아롱아롱

　　휘파람 날리기도 흐들펐노니
　　지루한 봄날은 길기도 하다

　　햇빛은 누굴 누굴 졸음도 오락가락
　　아리랑 옛곡조나 불러볼거나

　　　　　　　　　　　　　　　　　　　－김현구, 「倦怠」79) 전문

현구시는 영랑시와 닮은 점이 많으면서도 개성이 뚜렷하다. 영랑시

---

78) 김영랑, 「인간 박용철」, 앞의 책.
79) 김현구, 「倦怠」, 김선태 편, 『김현구시전집』, 태학사, 2005, 79쪽.

가 시어의 어순 배치, 혹은 압운 효과를 노리는 듯한 시어 활용으로 음
악적 효과를 노리는 경향이 많다면, 현구는 그만의 음성 상징어를 통해
영랑시가 이룬 음악적 영토의 지경(地境)에 닿는다. '어덕에 실바람은 호
리호리/먼산에 아지랑이 아롱아롱' 같은 구절은 어느 정도의 경지에 다
다랐다는 시인도 얻기 어려운 표현이다. 흔히 바짝 마르고 키가 큰 사
람을 호리호리하다라고 한다. 현구의 위 싯구에서는 실바람의 가느다란
모습이 절묘하게 보이며, 거기에 인격까지 부여하였다. 이어지는 구절
은 평이해 보일 수도 있지만, 1행과 댓구를 통해 아지랑이의 아롱거리
는 모습을 호리호리한 실바람이 부추기고 있다는 인상을 준다. 가까운
언덕의 호리호리한 실바람과 먼 산의 아롱아롱한 아지랑이는 봄날의
나른한 풍경임과 동시에 퍼스나의 여유롭고 나른한 정서를 풍경으로
보여준다.

　마지막 연의 '햇빛은 누굴누굴 졸음도 오락가락'이라는 구절도 댓구
를 통해 시상을 전개하였는데, '누굴누굴한'[80] 것은 퍼스나 자신일 터
인데, 햇빛이 누굴누굴하다고 했으므로 주객전도가 일어났다.

　이런 현구에 대해서 이하윤은 "우리 시단에 드물게 보는 충실한 「뮤
-즈」의 使徒"[81]라고 평가하였다. 이하윤의 평가처럼 현구의 시는 이전
의 유파인 국민문학파의 고답적인 운율을 넘어서는 새로운 경지를 보
여준다. 틀에 갇힌 정형률을 가지고는 새로운 미학에 접근할 수 없다는
것을 인지하고 있었다.

　　두견이울며 두견이울며

---

80) 누굴누굴하다 : (강진, 장흥 지역 방언) ① 사람 몸이나 고체가 열을 받아 녹아 버
　　릴 듯이 뜨겁다. 예) 방바닥이 누굴누굴 하다. ② 열을 받은 고체가 녹을 듯이 쭈
　　글쭈글하다. 예) 비니류(비닐)가 누굴누굴 해져부렀다. 누굴누굴>노골노골. 필자 주.
81) 이하윤, 「1930년대의 문단」, 『別乾坤』 5권 11호, 1930.12.

이른봄을 밤새도록 바람이 불면
山에는 진달래 쏫이피엿네

어덕에 혼자서 어덕에 혼자서
푸른하날 한업시 바래보다가
나는 내서럼의 얼골을 맛낫다

-김현구, 「밤새도록」[82] 전문

　반복법을 통해 운율은 형성된다. '두견이 울며'를 두 번 반복함으로써 두견이 울음이 연속으로 들려오는 느낌도 준다. 먼저 1연을 살펴보면 두견이 울음에서 시작된 시상이 밤새도록 부는 바람으로 이어지고, '山에는 진달래 쏫이피엿네'로 끝을 맺는다. 아무런 인과관계가 없는 대상들이 이어지는데, 청각적 심상과 촉각적 심상을 거쳐 시각적 심상으로 끝을 맺고 있다. 1행과 2행을 거치면서 시간도 흘러 하룻밤을 지새운 것이다. 당연히 1연에서 부각되는 것은 '진달래꽃'의 이미지이다.

　같은 형태의 시형으로 이어진 2연에서는 푸른 하늘을 한없이 바라보다가 내 '서럼의 얼골'을 만났다는 내용이다. 산문투로 쓰면 시적인 발상 같은 게 거의 느껴지지 않는다. 1행의 반복법에 의한 음악적 효과야 고답적인 것이고, 특별히 언어의 함축 같은 것도 보이지 않는다. '서럼'의 정서도 현구시에 자주 등장한다.

　2연을 조금 더 깊이 있게 들여다 볼 필요가 있다. 먼저 현구의 시에서 퍼스나는 하늘을 좀처럼 보지 않는다. 즉 퍼스나의 시선은 매우 수평적이다. 그가 꿈꾸는 이상향마저도 하늘에는 없고, 수평적 시선이 닿을만한 곳, '섬'이나 '오솔길'에 있다. 대개의 현구시에서 퍼스나의 시선은 수평적인데, 이 작품에서는 '하늘'을 향했다. 그리고 거기에서, 오랜

---

82) 김현구, 『시문학』 3호, 앞의 책, 10~11쪽.

응시 끝에 '내 서름의 얼골'을 만난다. 설명하자면 '하늘'이 거울이 되었다. 이 시의 퍼스나는 하늘 거울을 오랫동안 들여다본 끝에 자기 본래의 모습인 '서름의 얼골'을 발견한다. 단순한 구절 반복으로만 여겨지는 시가, 내밀하게 조직되어 있음을 알 수 있다. 그런 내포적 의미가 단순한 구조의 시행을 튕긴다. 음악의 발생이다.

2) 율격의 규칙성과 이탈의 변증법

병렬과 대구에 있어서도 영랑시의 음악적 성취도는 매우 높다. 김대행에 의하면, 우리의 시가에서 병렬구조는 대개 의미론적인 병렬이 주를 이루어왔다.

> 노랫말을 노랫말이게 하는 자질 중에서 가장 중요한 것이 병렬(parallelism)이다. 병렬이란 의미론적 지향이 동일한 두 가지 이상의 동사 형식이 나란히 놓이는 방식을 말하는데, 음운론적 율격의 질서가 별로 뚜렷하지 못한 우리의 시가에서는 의미론적 병렬이 매우 중요한 시적 자질이 되어 왔다. 잘 알려진 바와 같이 율격이란 대립적 요소의 교체가 규칙적으로 반복됨으로써 형성되는 것인데, 우리말의 고저, 장단, 강약 등의 음성적 요소가 언어의 변별적 자질이 되지 못하고 있으며 특히 歌唱을 전제로 하여 형성된 장르인 경우는 이러한 음운론적인 요소가 강력하게 인식되지도 못하였음이 사실이다. 따라서 음운론적인 율격 대신 의미의 율격이 노랫말이 질서를 이루는 데 중요한 기여를 해왔던 것이다.[83]

이러한 병렬구조는 박용철의 시에서도 자주 나타난다. 상당히 긴 시에서 수미상관을 이루고 있는 싯귀는 "느릿한 나래질로 나는공중 떠다

---

83) 김대행, 『詩歌詩學硏究』, 이화여자대학교출판부, 1991, 393~396쪽.

닌다./끝업는 시냇물은 흘러흘러 나려간다."라는 구절이다. 2연을 이와 같이 해놓고, 마지막 연을 같은 구절로 끝을 맺었다. 수미상관이 구조적 완결성을 꾀하는 것이기도 하지만, 안정된 구조 속의 반복은 음악성을 유발한다.

또한 수미상관을 이루는 이 구절, '…느릿한 나래질로 나는 공중 써 다닌다.'라는 구절과 '…끝업는 시냇물은 흘러흘러 나려간다.'라는 구절 이 연이 바뀔 때마다 번갈아가며 후렴구를 형성한다. 따라서 시간의 흐 름을 느낄 수가 있고, 유사 어구의 반복을 통해 퍼스나의 외로운 심사 가 강조되며, 자연스럽게 운율이 발생한다.

> 눈물짓지마 눈물짓지마
> 꼿은 새해에 다시피러니-키-ㅌ-스
>
> 느릿한 나래질로 나는공중 떠다닌다.
> 끝업는 시냇물은 흘러흘러 나려간다.
>
> 절믄이야 가슴뛰여 하지마라.
> 저기파란 휘장드린 발근창이
> 반쯤만 열려젓슬 너를기달림이라고
> …느릿한 나래질로 나는 공중 써다닌다.
>
> 절믄이야 가슴죄여 하지마라
> 달을잠근 말근새암 가튼눈이
> 곤우슴 지어보냄 너를괴려함이라고
> …끝업는 시냇물은 흘러흘러 나려간다.
>
> > > -박용철, 「仙女의 노래」 부분[84]

---

84) 박용철, 『시문학』 3호, 앞의 책, 4~5쪽.

또한 음보상으로도 운율을 자각한 작품임을 알 수 있는 것이 1연은 2음보로, 2연은 3음보로, 3연은 3음보로 처리한 후, 3연의 마지막 줄인 4행만 4음보로 처리하였다. 특히 3연과 4연을 비교해 보았을 때, 압운 효과도 노렸음을 알 수 있다. 즉, 각 연의 1행이 '하지마라'라는 명령형으로 끝나는데, 동일하게 '라'를 각운으로 삼고 있다. 마찬가지로 각 연의 2행 끝이 '이'로 끝나고, 3행은 '고' 4행은 '다'라는 종결어미로 끝나는 것을 보았을 때, 이 시의 3연과 4연은 압운효과를 노렸다고 봐야 한다. 이를 양성모음과 음성모음을 구분하여 살펴보면 이 두 연은 '양성모음, 음성모음, 양성모음, 양성모음'의 동일한 구조임을 알 수 있다. 이를 양성모음을 ◎로 표기하고, 음성모음을 ●로 표기하여 살펴보면 다음과 같이 드러난다.

◎
절믄이야 가슴뛰여 하지마라.

●
저기파란 휘장드린 발근창이

◎
반쯤만 열려젓슬 너를기달림이라고

◎
…느릿한 나래질로 나는 공중 써다닌다.

◎
절믄이야 가슴죄여 하지마라

●
달을잠근 말근새암 가튼눈이

◎
곤우슴 지어보냄 너를괴려함이라고

◎

···끝업는 시냇물은 흘러흘러 나려간다.

이러한 압운효과와 아울러 이 작품에서 눈여겨보아야 할 것은 이 작품을 음절단위로 분석해 보았을 때, 종성에 유독 유성음이 많다는 점도 음악성을 고려한 것으로 보인다.

〈표 2〉「선녀의 노래」자음 분포표

구분	ㄱ	ㄴ	ㄷ	ㄹ	ㅁ	ㅂ	ㅅ	ㅇ	ㅈ	ㅊ
초성	41	66	28	66	25	8	25	65	34	5
비율	1.0	16	6.8	16.0	6.0	2.0	6.0	15.8	8.3	1.2
종성	2	64	1	48	15	7	18	12		1
비율	1.2	37.2	0.5	27.9	8.7	4.0	10.5	7.0		
전체	43	130	29	114	40	15	43	77	34	6
비율	7.4	22.3	5.0	19.5	6.9	2.6	7.4	13.2	5.8	1.0

구분	ㅋ	ㅌ	ㅍ	ㅎ	ㄲ	ㄸ	ㅃ	ㅆ	ㅉ	합
초성	1	2	4	28	7	5			1	411
비율	0.2	0.5	1.0	6.8	1.7	1.2				
종성		3	1							172
비율		1.7								
전체	1	5	5	28	7	5				583
비율		1.0	1.0	4.8	1.2	0.9				

위의 도표를 보았을 때, 「선녀의 노래」에서는 초성에서 'ㄴ', 'ㄹ', 'ㅇ'이 각각 16%, 16%, 15.8%의 분포도를 보이고, 종성에서는 'ㄴ', 'ㄹ'이 각각 37.2%, 27.9%의 분포도를 보이며 압도적으로 많이 사용되고 있음을 알 수 있다. 그리고 'ㅁ'을 포함하여 이 작품에서의 유성음 비율을

살펴보면, 'ㄴ'이 22.3%, 'ㄹ'이 19.5%, 'ㅁ'이 6.9%, 'ㅇ'이 13.2%를 차지하여 유성음 사용이 매우 활발하여 음악성에 기여할 수도 있었음을 알수 있다.

하지만 시에서 유성음 사용이 많다는 것만으로 그 작품이 호음조를이루어 음악성을 확보한다는 가설은 일정한 한계를 지닌다. 그것은 한국시에서 높은 음악적 성과를 이루었다는 영랑의 시 두 편과 비교해보면 알 수 있다. 영랑의 시 「돌담에 소색이는 햇발」은 대부분의 논자들이 음악성 높은 작품으로 꼽는데, 주저하지 않은 작품이다. 반면 그의후기시인 「독을 차고」는 음악성이 그리 높다고 말하기에는 어려운 작품이다. 이 두 작품이 주는 음악성 효과의 차이에 대해서는 필자가 논문으로 상세히 밝힌 바 있다.[85]

위에서 말한 영랑의 두 작품과 용아의 「선녀의 노래」를 함께 분석해보면, 세 작품 모두 유성음 사용이 두드러짐을 알 수 있다.[86] 그리고 이세 편의 시에 사용된 자음 중에서 유독 유성음 사용 비율이 높게 나타난다.

이는 세밀하게 살피기 위해서 영랑의 두 작품에 대한 자음분포도를참조할 필요가 있다.[87][88] 각주의 표를 보면 유성자음의 빈도수 못지않

---

85) 이대흠, 『김영랑 시의 음악성 연구』, 석사학위논문, 목포대학교, 2015.

86) 영랑의 「돌담에 소색이는 햇발」과 「독을 차고」를 용아의 「선녀의 노래」와 함께 비교했을 때, 세 작품 모두 유성음 사용도가 매우 높음을 알 수 있다. 영랑의 「돌담에 소색이는 햇발」의 유성자음 분포도는 68%, 「독을 차고」는 54.8%이며, 용아의 「선녀의 노래」는 61%에 이름을 알 수 있다.

87) 「돌담에 소색이는 햇발」 음절 단위로 본 자음 분포표

구분	ㄱ	ㄴ	ㄷ	ㄹ	ㅁ	ㅂ	ㅅ	ㅇ	ㅈ	ㅊ
횟수	14	17	7	25	10	8	17	21	2	-
비율	10	12	5	18	7	6	12	15	1.5	

구분	ㅋ	ㅌ	ㅍ	ㅎ	ㄲ	ㄸ	ㅃ	ㅆ	ㅉ	합
횟수	5	2	2	8	1	-	-	-	-	139
비율	3.5	1.5	1.5	6	1					100%

게 우리말에서 공명도[89])가 가장 크며, 그 음상이 가장 부드러운 자음인 '르'음의 활용도를 눈여겨 볼 필요가 있다. 이러한 점을 고려하였을 때, 용아의 「선녀의 노래」는 유성음 사용을 통한 음악성 획득에는 매우 성공적임을 알 수 있다.

또한 이 작품의 운율을 살펴볼 필요가 있다. 우리의 전통 시가의 형식을 음보 단위로 보았을 때, 크게 3음보격과 4음보격으로 나눌 수 있다. 민요는 3음보격과 4음보격이 다 나타나고, 고려속요과 경기체가는 3음보 격이다. 4음보격은 시조와 가사에서 나타난다. 3음보격이 선행하고 4음보격이 후에 나타나는 것은 외래에서 4음보격이 유입되었다고 볼 수도 있다.[90]) 문학사는 전통의 것과 외래의 것의 쟁투와 길항의 관계로 볼 수 있는 근거가 고전시가에도 있다. 이는 시문학파의 문학적 지향성을 보는 시각에도 도움을 준다. 시문학파도 전통의 것과 외래적

---

88) 「독을 차고」 자음 분포표

구분	ㄱ	ㄴ	ㄷ	ㄹ	ㅁ	ㅂ	ㅅ	ㅇ	ㅈ	ㅊ
횟수	34	35	23	34	30	12	25	60	12	6
비율	10.5	16.8	7	10.5	9	3.5	7.5	18.5	3.5	2

구분	ㅋ	ㅌ	ㅍ	ㅎ	ㄲ	ㄸ	ㅃ	ㅆ	ㅉ	합
횟수	1	3	2	21	2	2	1	2	1	326
비율	0.3	0.9	0.6	6.4	0.6	0.6	0.3	0.6	0.3	100%

89) Selkirk의 공명도 위계분류에 따라, 한국어의 자음과 모음을 공명도 위계에 따라 설정하면 다음과 같다.
  1단계 : 파열음 /ㅂ, ㅃ, ㅍ, ㄷ, ㄸ, ㅌ, ㄱ, ㄲ, ㅋ/
  2단계 : 마찰음/파찰음 /ㅅ, ㅆ, ㅎ, ㅈ, ㅉ, ㅊ/
  3단계 : 비음 /ㅁ, ㄴ, ㅇ/
  4단계 : 유음 /ㄹ/
  5단계 : 고모음 /ㅣ, ㅟ, ㅡ, ㅜ/
        중모음 /ㅔ, ㅚ, ㅓ, ㅗ/
        저모음 /ㅐ, ㅏ/
90) 정병욱, 김대행 편, 「고시가 운율론 서설」, 『운율』, 문학과지성사, 1984, 62쪽.

인 것의 조화를 추구했기 때문이다.

이러한 음보에 대한 인식이 얼마만큼 있었는지는 모르지만, 용아의 「선녀의 노래」에는 3음보격과 4음보격이 일정한 규칙을 가지고 혼재되어 있다. 주지하다시피 3음보격은 안정성이 떨어지고, 4음보격은 안정적이다. 3음보격이 균형을 깨뜨리는 변화를 꾀한다면, 4음보격은 보수적이다. 이를 조동일은 다음과 같이 말했다. "균등한 길이로 다시 나눌 수 없는 3음보격은 변화를 기조로 한 무용의 율격이라면, 2음보격으로 다시 나눌 수 있는 4음보격은 안정을 기조로 한 보행의 율격이라고 할 수 있다."91)

하지만 이런 규칙적인 음보나 유사어구에 의한 반복이 음악성을 획득하는 것은 사실이다. 그런데 이러한 운율은 실제의 음악과 가까울 수는 있겠지만, 현대시적인 요소는 아니다. 즉 이러한 멜로스는 주문(呪文)일 뿐이고, 자장가나 선동시에서나 쓰일 수 있다. 현대시에서 말하는 음악성은 '멜로스'가 아니다. '감정의 참된 목소리'는 규칙이 아니라, 불규칙적인 리듬에 담기는 '옵시스'이다. "서정시에서 옵시스의 기본형은 수수께끼이며, 그 특징은 감각과 반성을 융합하는 것, 즉 감각적 경험의 대상을 사용해서 그 대상과 관련이 있는 정신적 활동을 자극하는 것이다."92)라고 프라이의 서술하였다.

> 여위고 시컷다만 다름업는 그대심을
> 눈가머 숨거드니 주검이라 부른다냐
> 이가치 갓가운길이언 돌처다시 못오느냐
> (중략)

-박용철, 「哀詞中에서」93) 부분

---

91) 조동일, 김대행 편, 「현대시에 나타난, 전통적 율격의 계승」, 『운율』, 위의 책, 120쪽.
92) 노스럽 프라이, 앞의 책, 532쪽.
93) 박용철, 「哀詞中에서」, 『시문학』 3호, 앞의 책, 6쪽.

다시 말하면, 위의 시는 마술로 강제하려 하였지, 마술로 홀리는 데
는 실패했다. 이것은 김영랑의 다음과 같은 충고, "벗은 시조와 시를 한
시대에 같이하여 왔었는데 나는 그것을 볼 때 속이 상해서 못 견디었
다. 좋게 충고를 해왔었다. 시조를 쓰고 그 격조를 익혀 놓으면 우리가
이상하는 자유서정시는 완성할 수 없다고"[94] 했던 말을 마음 깊은 곳
까지 들이지 못했기 때문으로 보인다. 그것은 어쩌면 용아의 언어관이
자기 시를 가둔 것인지도 모른다.

용아는 "사물간의 관계(규칙성, 공통성, 복기성復起性 등이 있는)의 신발견은
새로운 개념언어를 성립시켜야 할 것이다. 언어적 詐欺術이 얼마나 많
은 것인지 정체 폭로가 필요한 노릇"[95]이라고 말한 적이 있다. 하지만
낭만주의가 추구하는 시는 마술이며, 그렇기 때문에 사기(詐欺)이다. 자
신이 자기를 속이는 게 사기이고, 자기가 속은 줄도 모르는 게 사기이
다. 마찬가지로 자기를 홀려야 남을 홀릴 수 있다. 시인은 등을 돌리고
있지만, 청중은 등 돌린 시인의 말을 엿듣는 것이 서정시인 것이며, 등
돌린 채 끊임없이 주문(呪文)을 외어 청중을 홀리는 게 시다.

詩는 언어로 시작되고 언어로써 끝난다. 바꿔 말하자면 詩도 일종의
言語表現·糧食에 불과하다. 그러나 詩는 근본적으로 逆說的인 언어이다.
왜냐하면 詩는 다름아니라 궁극적으로 말해서 언어를 통해서 언어로부
터 해방되려는, 언어를 씀으로써 언어를 쓰지 않는 언어가 되려는 불가
능하고 矛盾된 努力에 지나지 않는다. 따라서 詩的 언어는 非正常的인
'비틀린 언어'로 되게 마련이다.[96]

박용철이 이론적으로 위에 인용한 내용과 같은 것을 몰랐을 리는 없

---

94) 김영랑, 「인간 박용철」, 앞의 책.
95) 박용철, 「일기」, 『전집』2, 앞의 책, 370~371쪽.
96) 박이문, 『시와 과학』, 일조각, 1988, 122쪽.

다. 현대시가 요구하는 이런 언어적 감각을 알았기에 『시문학』지에 마지막으로 실은 작품인 「仙女의 노래」와 같은 작품을 통해, 형식 파괴, 파괴된 형식 속에 유사 어구의 반복을 통한 리듬을 확보하려 하였다. 하지만 용아는 이론적으로만 알았지 '비정상적인 비틀린 언어'에 몸을 실지는 못했다. 따라서 그의 야심작으로 보이는 「仙女의 노래」를 볼 때, 음악의 성을 점령하고자 했던 그의 꿈은 미수에 그치고 만다.

시 자체의 예술성 추구라는 시문학파의 문학적 지향성을 놓고 보았을 때 정인보는 시조시인이지만 『시문학』지에 창작시를 발표하지 않았고, 2편의 시를 발표한 허보의 시는 형태상 자유시였지만, 직접적인 감정의 토로, 시적언어로서는 밀도가 낮은 언어구사, 관념의 노출 등이 약점으로 드러났다. 그리고 신석정의 경우에는 자유시를 구사하였고, 작품으로서의 완성도도 상당한 경지에 다다랐으나, 『시문학』지에 발표한 것은 1편에 불과하다. 또한 신석정이 시문학파로서 역할을 그만큼 하였는가 하는 문제가 남는다. 지용의 시와 유사성을 보인 작품 한 편만 들여다보기로 하자.

蘭草는
얌전하게 뽑아올린듯 갸륵한 잎새가 어여쁘다

蘭草는
건드러지게 처진 淸秀한 잎새가 더 어여쁘다.

蘭草는
바위틈에서 자랏는지 그윽한 돌내음새가 난다

蘭草는

山에서 살든 놈이라 아모래도 산내음새가 난다

蘭草는
倪雲林보다도 高潔한 性品을 지니었다

蘭草는
陶淵明보다도 淸淡한 風貌를 가추었다

그러기에
사철 蘭草와 같이 살고싶다

-신석정, 「蘭草」[97] 전문

蘭草닢은
차라리 水墨色.

蘭草닢에
엷은 안개와 꿈이 오다.

蘭草닢은
한밤에 여는 담은 입술이 있다.

蘭草닢은
별빛에 눈떴다 돌아 눕다.

蘭草닢은
드러난 팔굽이를 어짜지 못한다.

蘭草닢에
적은 바람이 오다.

---

97) 신석정, 「난초」, 『조선문학』, 조선문학사, 1937.2. 137~138쪽.

蘭草닢은
칩다.

-정지용, 「蘭草」[98) 전문

　두 작품의 구조는 유사하다. 음악적 효과도 외형적인 면만을 살핀다면 큰 차이가 없다. 석정의 시에서는 마지막 연에 변형을 주어 동일한 어구의 반복이 박자화 되는 것을 피하고자 했다. 지용의 시에서도 동일 어구에 이어지는 시행을 짧게 처리해서 변화를 주었다. 하지만 내용을 들여다보면 두 작품에서 느낄 수 있는 음악적 효과는 차이가 난다. 석정의 시는 어구의 반복을 통해 시형식을 갖추었지만, 만약에 그런 장치마저 없었다면 산문투의 문장이 시적인 느낌을 거의 주지 못했을 것이다. 하지만 지용의 감각은 다르다. 난초를 보고, 그 이면을 들여다본다. 즉 석정의 시가 내포성을 결여한 것이라면, 지용의 시는 내포성이 강해서 이면의 풍경이 있다. 같은 이미지처럼 보이지만 이렇게 다르다. 음악성이 단순한 시어를 발음하는 데서만 오는 것은 아니라는 것을 증명해 준다.

　리처즈에 따르면, "너무 지나치게 단순한 리듬이나 너무 쉽게 '간파되는' 리듬은 최면 상태가 개입되지 않는 한, 바로 생기 없는 지루한 것이 되어 버린다. 원시적인 음악이나 춤이 대개 그러하고 운율도 흔히 이런 상태가 되는 때가 있다."[99) 이는 프라이가 말했던 멜로스의 한계점과도 같다. 너무 규칙적인 멜로스는 현대시에서 추구하는 음악성과는 어느 정도 거리가 있는 것이 되었다. 그 이유는 리처드가 했던 지적과도 같다. 프라이는 다음과 같이 말한다.

　멜로스의 기본형은 주문(呪文)이다. 이것은 최면적인 호소로서, 그 박

---

98) 정지용, 「蘭草」, 『신생』, 1932.1. 원전확인 불가.
99) I.A.리처즈, 이선주역, 『문학비평의 원리』, 동인, 2005, 168쪽.

동하는 춤의 리듬을 통해서 본의 아닌 육체적인 반응을 불러일으키며, 따라서 그것은 마법(자연을 강제하는 힘)의 느낌에 가까운 것이다. 주문은 어원을 볼 때 카르멘(carmen, 노래)에서 유래되었음을 주목해도 좋다. 여러 가지, 특히 자장가에서 민중문학은 원시의 주문의 성질을 모방하고 있다.[100]

이하윤은 시문학지에 2편의 창작시를 올렸다. 그 중 「물레방아」를 살펴보자.

> 싯업시 도라가는 물네방아 박휘에
> 한닙식 한닙식 이내 추억을 걸면
> 물속에 잠겻다 나왓다 돌 쌔,
> 한업시 뭇기억이 닙닙히 나붓네
>
> 박휘는 싯업시돌며 소래치는데
> 맘속은 녯날을 차저가,
> 눈물과 한숨만을 지여서 줍니다
> ……………………………
> 나만흔 방아직이 머리는 흰데,
> 힘업는 視線은 무엇을 찾는지!
> 확속에다 굉이소래 씨을적마다
> 요란히 소리내며 물은 흐른다
>
> —이하윤, 「물네방아」 전문[101]

이하윤의 작품 「물레방아」는 그의 대표작이라 불러도 좋을 만큼 일정한 수준에 다다라 있다. 이 작품은 4음보를 기본으로 하고 있고, 거기에 충실한 시행 배치를 하고 있다. 주지하다시피 4음보의 시는 보수적

---

100) 노스럽 프라이, 임철규 역, 앞의 책, 529쪽
101) 이하윤, 『시문학』창간호, 앞의 책, 19쪽.

이다. 한계도 분명해 보인다. 그것은 앞서 기술하였던 리처즈가 말한 '지나치게 단순한 리듬'이기 때문이고, 프라이가 말한 '멜로스'이기 때문이다. 따라서 이 작품을 읽는 일반 독자는 다소 편안함을 갖을 수 있고, '막연히 좋은', 인상주의적인 감회에 젖을 수는 있다. 하지만 그것은 이발소 그림이 주는 것 같은 정서적 안정성이지, 예술 작품이 주는 미의 충격과 거기서 유발되는 카타르시스와는 거리가 멀다. 빤한 반복은 신선함이 없다. 정형률에서 새로움을 획득하는 것은 그만큼 어렵다. 그 그릇 안이 끓지 않는 한 정형시는 실패한다. 정형의 틀에 용암을 던지지 않으면, 얼어붙은 강물만 남는다. 이하윤의 가사 풍의 시들이 고고함을 얻지 못한 이유가 규격화된 틀에 용암을 던지지 못했기 때문이다.

3) 회화적 이미지를 통한 미적 경지

정지용이 시문학지에 발표한 작품은 총 15편이다. 그 중 10편은 다른 지면에 이미 발표한 것을 재수록한 것이고, 나머지 5편이 신작시이다. 그의 시는 『시문학』 창간호에는 신작이 한 편도 실리지 않았고, 『시문학』 2호에 처음으로 신작 3편이 실려 있는데, 이 작품들이 한결같이 운율에 매우 신경을 쓰고 있는 작품들이라서 이채롭다. 주지하다시피 지용은 1920년대는 시조를 써서 전통적 율격에 매우 익숙한 시인이다. 하지만 지용의 작품 대다수는 정해진 율격에서 벗어나려는 모습을 보여주고 있는 것 또한 사실이다. 이러한 모순된 운율 의식을 지니고 있는 게 지용의 시라고 김대행은 밝힌 바 있다.

지용의 시가 갖는 운율의 체계를 검토하면 바로 그 같은 모와 순의 공존이 밝혀지기 때문이다[102]

　위의 인용문에서 말해졌듯이 지용시는 가장 자유로운 시행 구성을 보이는 것 같기도 하지만, 그 안에 일정한 정형성을 갖추고 있는 경우가 많다. 그러한 특징 중 하나가 우리의 정통 율격이 2음보형의 시이거나 두 행의 대구를 통해 운율 형성을 꾀하거나 하는 방법 등이다. 먼저 다음 작품을 살펴보자.

　　얼골 하나 야
　　손바닥 둘 로
　　폭 가리지 만,

　　보고 시픈 맘
　　湖水 만 하니
　　눈 감을 박게.

-정지용, 「호수1」[103] 전문

　먼저 이 작품은 모든 행이 다섯 자로 이루어져 있다는 것을 알 수 있다. 일정한 규칙을 통해 운율 효과를 노렸나. 하시만 띄어쓰기가 특이하게 되어 있다. 맞춤법에 맞게 띄어쓰기를 하면,

　　얼골 하나야
　　손바닥 둘로
　　폭 가리지만,

　　보고 싶은 맘
　　湖水만 하니
　　눈 감을 박게.

---

102) 김대행, 「정지용 시의 율격」, 『정지용 연구』, 새문사, 1988, 192~193쪽.
103) 정지용, 「시문학」 2호, 앞의 책, 11쪽.

이런 형태이다. 이 작품은 1연과 2연이 대응을 하고 있는 데서 운율이 형성되었고, 각 행은 2음보를 이루고 있다는 것으로 분석이 끝날 수 있다. 그런데 의도적인 띄어쓰기로 '낯설게 하기'를 시도했다. 따라서 시인의 의도대로 시를 낭송한다면,

얼골 / 하나 / 야 //
손바닥 / 둘 / 로 //
폭 / 가리지 / 만, //

보고 / 시픈 / 맘 //
湖水 / 만 / 하니 //
눈 / 감을 / 박게. //

이와 같은 호흡으로 읽어야 한다. 지용시에서는 이런 형태가 더 많이 나온다. 이를 두고 이승복은 "정지용 시의 율각 형성의 등장성을 지향하는 운율 의식과 그러한 정형성을 파괴하려고 하는 심미적 의식의 갈등상을 볼 수 있는 점이 매우 흥미롭다."[104]고 하였다. 같은 면에 실린 「호수2」의 경우도 유사하다. 표기된 대로 읽지 않고 띄어쓰기의 원칙에 따라 읽는다면, '오리/목아지는//호수를/감는다.//오리/목아지는//작고/간지러워//'로 읽을 수 있다. 두 연이 대구를 이루고 있고, 2음보, 2행연, 2연으로 이루어진 작품이다. 음보는 정형률이다.

오리 목아지 는
湖水 를 감는다.

오리 목아지 는

---

104) 이승복, 「정지용 시의 운율 연구」, 『인문과학논문집』, 대전대학교인문과학연구소, 2001, 177쪽.

작고 간지러워.

-정지용, 「호수2」[105] 전문

하지만 원전에 나온 대로라면 이야기가 달라진다. '오리/목아지/는//
호수/를/감는다//오리/목아지/는//작고/간지러워'의 형태가 된다. 의도된
시를 의도된 운율로 읽다보면, 2연의 2행만 어긋난다. 어쩌면 지용은 너
무 정형화 된 틀에 갇혀 시가 자유시적인 운율을 얻지 못하는 것에 불
만을 가졌을 수도 있다. 또한 너무 짧은 시가 틀에 갇혀 있으면, 시 읽
기에서 애매성 같은 게 사라져, 명징하기는 하지만 깊이는 없어 보이는
약점을 지닌다.

> 그의 시는 음악적 효과보다는 시각적 효과를, 언어 사용에 있어서 결
> 합관계적 연쇄보다는 계열관계적 중첩을, 주체의 정서적 상태성보다는
> 객관적 대상성을, 정서의 환기보다는 지성의 표출을 강화하고 있는 것
> 이다.[106]

인용문에서도 직접적 언급을 하였듯이 지용의 시에서는 형식적 음악
성을 지닌 작품이 많지 않다. 대부분 내재율이다. 그러나 음악성을 도외
시한 것은 아니다. 지용의 시는 정형률과 회화적 음악성을 동시에 가지
고 있다. 그 둘의 모순 속에서 어떨 때는 칼을 잡고 어떨 때는 방패를
잡기도 한 것이 지용의 시이다. 김준오는 그의 『시론』에서 "회화성은
30년대와 50년대의 우리 모더니즘 시론에서는 근대성(modernity)을 획득

---

105) 정지용, 『시문학』2호, 앞의 책, 11쪽. 발표 당시의 지면에는 동일한 제목인 「호수」
가 두 편이 실려 있으나, 논의의 편의를 위해 앞의 작품을 「호수1」, 뒤의 작품을
「호수2」로 하였던『정지용 시집』의 예를 따르기로 한다. 하지만 분석은『시문학』
2호에 실린 것을 대상으로 한다. 필자 주.
106) 김동근,『1930년대 시의 담론체계 연구-지용시와 영랑시에 대한 기호학적 담론
분석』, 전남대학교 대학원 국어국문학과, 박사학위논문, 1996, 91쪽.

하는 기준이었다."107)고 기술하였다. 「바다」와 같은 작품은 김준오가
말한 회화성을 통한 근대성 획득이라는 과제를 수행한 작품이다.

　　고래가 이제 橫斷 한뒤
　　海峽이 天幕처럼 퍼덕이오

　　………흰 물결 피여오르는 알에로 바둑돌 작고작고 나려가고,
　　銀방울 날니듯 써오르난 바다종달새……………

　　한나잘 노려보오 움켜잡어 고 뻴간 살 뻬스랴고,
　　　　　　　※
　　미억닙새 향기한 바위틈에

　　진달래꼿빛 조개가 해ㅅ살 쪼이고,
　　청제비 제날개에 밋그러저 도──네
　　유리판 가튼 한울에.
　　바다는── 속속디리 보이오.
　　청대ㅅ잎 처럼 푸른
　　바다
　　봄
　　　　　　※

　　　　　　　　　　　　　　　　　　　-정지용, 「바다」108) 부분

　상형시라고 불러도 좋을 만큼 온갖 기호가 등장한다. 길이를 종잡을
수 없는 말줄음표가 늘어져 있고, '──', '※' 나온다. '──'은 호흡을
길게 하라는 표시이고, '※'은 내용의 단절과 연결을 뜻하는 표시로 보
인다. 즉 연작시로 분리하기에는 어려울 만큼 친밀도가 높고, 한 편의

───────────

107) 김준오, 『詩論』, 삼지원, 2002, 159쪽.
108) 정지용, 「바다」, 『시문학』 2호, 앞의 책, 4~5쪽.

시라고 하기에는 무언가 따로 노는 것 같은 덩어리를 묶은 듯하다. 이러한 '고리어구'[109]는 이 작품만이 아니라 다른 작품에서도 더러 나온다. 그런데 이렇게 연 단위 이상의 단위를 묶어 끊어 놓음으로서 독특한 이미지가 발생한다. "이미지스트들은, 그들이 선택한 자유시의 시형은 규칙 바른 운율로부터 해방됨으로써 그들의 시에다 훨씬 더 미묘한 음악을 주었다고 주장하고 있다."[110] 시각적 효과를 극대화하기 위해 이미지스트들이 사용하는 방법이다.

> 다양한 부호와 숫자에 의한 연의 군집 현상은 정지용의 독특한 운율현상이며, 그의 시에서 드러나는 연의 성격과 시적 분위기를 조성하는 특징이기도 하다. 따라서 연의 군집화라는 이 현상은 간과할 수 없는 장치의 하나로 보아야 한다.[111]

지용시가 모더니즘을 중심에 놓고 있다는 것을 이와 같은 작품이 증명해 준다. 그의 초기작이자 대중적으로 인기를 얻고 있는 「향수」와 같은 작품에서도 '─그곳이 참하 꿈엔들 잊힐리야'라는 구절이 연과 연 사이에 하나의 독립된 연을 이루며 끼어져 있다. 수사적으로는 '후렴구(반복구, refrain)일 것이지만, 그 역할은 연과 연을 잇는 다리이다. 이런 동일한 어구의 반복이 「향수」나 그의 또 다른 작품인 「난초」 같은 시에서는 시의 형식에 규칙성을 주고 틀을 형성하지만, 앞에서 예로 든 「바다」와 같은 경우에는 반복성과 규칙성을 부여하기 보다는 둘 사이를 잇는 다리 역할에 머문다. 나머지는 이미지다.

---

109) 이승복, 앞의 논문, 28쪽.
110) J.아이작스, 앞의 책, 55쪽.
111) 이승복, 『정지용 시의 운율체계 연구』, 홍익대학교대학원, 1993, 26쪽.

3. 모국어의 조탁을 통한 민족어의 완성 추구

"모든 예술은 음악의 상태를 동경한다"[112]고 말한 이들은 낭만주의자들이었다. 마찬가지로 모든 문학은 시의 상태를 지향한다. 새삼스러운 말이 아니다. 시적인 소설, 시적인 산문, 시적인 문체 등의 말이 일상적으로 쓰이고 있는 것도 그것이 일반적이기 때문이다. 심지어 시적인 영화, 시적인 무용, 시적인 건물 등의 말도 일상어이다. 앞의 낭만주의자들의 말을 변주해 본다면, '세상의 모든 것은 시의 날개를 달고 싶어 한다.'라는 표현이 가능하다.

여기에서의 시는 세상의 모든 시를 말하지는 않는다. 시의 기본 의무는 모국어의 조탁에 있으며, 언어의 조탁을 통해 보다 고양된 문학어로 완성하려는 꿈을 버리지 않는 데에 있다. 시문학파의 시가 중요한 것도 바로 이 점 때문이며, 시문학파의 성과를 인정하는 것도 바로 이 지점에 있다. 시문학파는 모국어가 ≪맞춤법 통일안≫도 갖추지 못한 상태에서 결성되어 모국어의 조탁을 통해 모국어의 가치를 한층 드높였고, 모국어를 긍정적 방향으로 확장하는 데에 큰 기여를 하였다. 그들은 언어의 세공에 전문가적인 자세를 가졌고, 이로 인해 모국어가 문학어로써의 가치를 갖게 되는 빛나는 성지에 자리를 잡게 되었다.

"한 민족의 언어가 발달의 어느 정도에 이르면 구어로서의 존재에 만족하지 않고 문학의 형태를 요구한다. 그리고 그 문학의 성립은 그 민족의 언어를 완성식히는 길이다."[113]라고 시문학파는 발언했다. 이와 더불어 그들의 가치를 더욱 중요하게 한 다음과 같은 서술도 의미가 있다.

---

112) J.아이작스, 앞의 책, 32쪽. Pater의 Renaissance의 The School of Giorgione를 참조할 것.
113) 「후기」, 『시문학』 창간호, 앞의 책, 39쪽.

일상언어에서는 하나의 단어가 자동적으로 발음되어 "자동판매기에서 튀어나오는 초콜릿처럼 튀어나온다." 그러나 시의 효과는 언어를 "비스듬하고," "어렵고," "약화되고," "뒤틀리게" 만든다. 시에서는 일상언어가 낯설게 되고, 특히 단어 자체의 물리적 소리가 현저히 두드러지게 된다. 우리가 일상환경에서는 감지하지 못하는 단어의 이같은 낯설은 인식은 시가 갖는 형식적 원리의 결과이다.[114]

시문학파가 가졌던 언어에 대한 꿈도 이와 같다. 일상어는 문학어가 될 수 있지만, 모든 일상어가 문학어인 것은 아니다. 그리고 문학어로 성공한 일상어는 여전히 일상어로서도 가치를 지니지만, 문학어로 성공한 경우, 그 중에서 시어로 성공한 언어는 다른 차원의 층위를 하나 더 갖게 된다. 시적언어는 가장 정밀한 상태이며 일상적 방식의 소통 이상으로 꿈꾸는 언어이다. 시어는 드러난 의미 외에 내포된 의미가 있어서 언어의 의미 확장을 꾀하고, 그것들의 결합으로 인하여 이미지를 창출하고 음악성까지 담보한다. 시어는 시각적으로 보기에는 문자일 뿐이지만 언어 너머의 세계를 품고 있다.

1) 시어로써의 모국어 자각과 표현 형태

박용철만큼 미학에 관심이 많았고, 박용철만큼 모국어에 대한 자부심과 탐구심이 강했던 시인도 많지 않다. 박용철은 뒤늦게 뛰어든 문학의 길이었지만, 문학에 모든 것을 걸고, 사생결단을 하였던 숭고한 시인이다.

---

114) 앤 제퍼슨·데이비드 로비 공저, 송창섭·임옥희 역, 『현대문학이론』, 한신문화사, 1995, 33쪽.

白石氏의 시집 『사슴』 1권을 처음 대할 때에 작품 전체의 자태를 우리의 눈에서 가리어버리도록 크게 앞에 서는 것은 그 수정 없는 평안도 방언이다. 그러나 우리가 이 작품이 주는 바를 받아들이려는 호의를 가지고 이것을 숙독한 결과는 해득하기 어려운 약간의 어휘를 그냥 포함한 채로 그 전체를 감미하는 데 아무 지장이 없다는 모어의 위대한 힘을 깨닫게 되었다.[115)]

백석 시집을 읽고 자신이 잘 알지 못하는 평안도 방언을 놓고도 위대한 모어의 힘에 대해 말한 박용철. 그는 언어에 대한 탐구욕이 강했으며, 외국문학에 대해서도 조예가 깊었고, 그것들을 다 받아들여 우리 것으로 구축하려 하였다. 언어에 대한 호기심과 그것을 공부함에 있어서 이론적 바탕 위에 언어를 다루고 싶은 꿈이 있었을 것 같다. 마치 수학적으로 계산하여, 언어 운용의 원리를 캐기라도 하려 하였을까. 용아의 시는 계획성이 너무 치밀하여, 언어가 그 틀에 갇히곤 하는 것을 보여준다.

i
온전한 어둠가운대 사라저 버리는
　　한낫 촛불이여.
이눈보라 속에 그대보내고 도라서 오는
　　나의 가슴이여.
쓰린듯 부인듯 한데 쌕리는 눈은
　　드러 안겨서.
밤마다 밋그러지기 쉬운 거름은
　　자최 남겨서.
머지도 안은아피 그저 아득 하여라.

ii
밧글 내여다보려고(생각기에), 무척 애쓰는

---

115) 전집2, 앞의 책, 122쪽.

그대도 서르렷다.
유리창 검은밧게 제얼골만 비처 눈물은
　　그렁그렁 하렷다.
내방에 들면 구석구석이 숨겨진 그눈은
　　내게 우스렷다.
목소리 들리는 듯 성그리는 듯 내살은
　　부댓기렷다.
가는그대 보내는나 그저 아득 하여라.

　　　　iii
어러부튼 바다에 쇄빙선가치 어둠을
　　헤쳐 나가는 너.
약한정 후리처 쎄고 다만 밝음을
　　차저 가는 그대.
부서진다 놀래랴 두줄기 궤도를
　　타고 달리는 너.
죽엄이 무서우랴 힘잇게 사는길을
　　바로 닷는 그대.
시러가는 너 실려가는 그대 그저 아득 하여라.
　　　　　　　　　-박용철, 「밤기차에 그대를 보내고」[116] 부분

　총 4연으로 된 이 작품은 '밤기차'에 한 사람을 떠나보내고 돌아오는
길에서 느낀 슬픔의 정서를 절절하게 진술하고 있다. 본 연구에 인용되
지 않는 마지막 4연에 나오는 '나는 바라보자', '나는 기다리자', '나는
배화보자', '본 바더도보자'와 같은 다짐 끝에, '마츰내는 그를 따르는
사람이라도 되어 보리라.'라는 구절들은 너무 직설적이다. 하지만 본 연
구에 인용한 부분에서는 서정적 자아의 심리가 눈보라와 밤기차에 어
우러져 있다.

---

116) 박용철, 『시문학』 창간호, 앞의 책, 26~28쪽.

특히 짝수 행을 들여 쓰기를 통해 시각적 효과를 꾀했으며, '해'의 은유로 '촛불'을 사용한 점도 돋보인다. 또한,

> 쓰린듯 부인듯 한데 쌕리는 눈은
>   드러 안겨서.
> 밤마다 믿그러지기 쉬운 거름은
>   자최 남겨서.

라는 이 4행 두 문장을, 1연의 마지막 연, '가는그대 보내는나 그저 아득 하여라.'에 접목시키려 한 시도도 이 시가 1930년에 발표되었다는 점을 상기하면, 참신하다.

특히, '유리창 검은밧게 제얼골만 비처 눈물은/그렁그렁 하렷다./내방에 들면 구석구석이 숨겨진 그눈은/내게 우스렷다.'라는 구절은 시적으로 매우 높은 성취를 이뤘다. 퍼스나는 기차 밖에 서 있고, 퍼스나가 보내는 상대는 기차 속에 있다. 유리창을 사이에 두고 밝은 쪽에서 어두운 쪽은 보면, 창은 창이 아니라 거울이 되어 버린다. 퍼스나는 그렇게 떠나가는 상대의 마음을 읽고 있다. 하지만 퍼스나는 기차 안에 있는 그(혹은 그녀)를 바라보지 않는다. 그래서 짐작만 한다. '유리창 검은 밖'에 '제 얼굴만 비처' '눈물은 그렁그렁할 것이다'라고 생각한다. 왜냐하면, 그도 내 마음과 같을 것이기 때문이다. 이어지는 구절은 모국어가 성취한 미적 장면의 하나이다.

> 내방에 들면 구석구석이 숨겨진 그눈은
>   내게 우스렷다.

그대는 떠나긴 전에 내 방에 함께 있었다. 따라서 내 방에는 구석구

석 그대의 눈이 숨겨져 있다. 지금은 기차 안에서 울고 있을 그 눈의 주인공은 떠났다. 그러나 '내 방에 들면 구석구석이 숨겨진 그 눈은' 여전히 남아있을 것이다. 얼마나 떠나기 어려웠을까. 두 개의 눈도 아니고 구석구석에 눈을 두고 어떻게 떠났을까. 얼마나 보내기 어려웠을까. 그가 있던 자리마다 그의 눈이 남아있다. 그것도 웃으며 남아있다. 내 방 구석구석에 남은 떠난 그대의 눈이 '내게 웃을 것'이라는 인식, 이런 이별, 이런 정서적 숭고미를 모국어로 자아내는 솜씨가 용아에게는 있었다.

> 언어개념의 성립과정을 인식론과 언어학을 연결시켜서 발전과정대로 따라서 좀 캐어 보아야지 과학이란 과학적 언어개념의 구성이 될 듯하다. 사물간의 관계(규칙성, 공통성, 복기성復起性 등이 있는)의 신발견은 새로운 개념언어를 성립시켜야 할 것이다. 언어적 사기술詐欺術이 얼마나 많은 것인지 정체 폭로가 필요한 노릇[117]

위에서 살펴보았듯이 박용철은 끊임없이 이론 탐구를 하였고, 그것은 시문학파로 활동하기 이전이나 그 후에도 마찬가지였다. 그리고 자신이 체화한 이론을 작품 창작에서 구현하고 싶은 욕망은 컸을 것이다. 박용철의 작품 중에서 「싸늘한 이마」[118]와 같은 작품도 작품성을 따지

---

117) 박용철, 「일기」, 『전집』2, 앞의 책, 370~371쪽.
118) 박용철, 「싸늘한 이마」, 『시문학』창간호, 앞의 책, 24~25쪽. 필자는 이 작품이 편집상의 오류로 인해 시행이 갈렸다고 본다. 『시문학』지나 『전집』에 실려 있는 시 형태가 너무나 파격적이기 때문이다. 즉 행과 행의 나뉘지 않을 부분에서 나뉘었고, 각 행의 끝이 일정하게 배열되어 있는 것이 특이하며, 용아의 다른 시와 비교해 보아도 인위적으로 그렇게 행을 나눈 것으로는 보이지 않는다. 이 작품의 행이 이렇게 나뉜 것은 과도한 형식 실험의 결과이거나 편집상의 오류일 것인데, 필자는 편집상의 오류로 본다. 이 시를 편집상의 오류로 보고 고쳐보면, 다음과 같은 형태가 될 것이다.

> 큰 어둠 가운대 홀로 밝은 불 혀고 안저 있으면 모도 쎄앗기는 듯한 외로움
> 한포기 산꽃이라도 잇으면 얼마나한 위로이랴

면 성과를 거둔 것으로 보인다.

> 큰 어둠 가운대 홀로 밝은 불 혀
> 고 안저 있으면 모도 쌔앗기는 듯
> 한 외로움
> 한포기 산꽃이라도 잇으면 얼마
> 나한 위로이랴
>
> 모도 쌔앗기는듯 눈덥개 고이 나
> 리면 환한 왼몸은 새파란불부터
> 잇는 린광(燐光)
> 쌈안 귓도리하나라도 잇스면 얼마
> 나한 깃븜이랴
>
> 파란불에 몸을 사루면 싸늘한 이
> 마 맑게 트이여 기여가는 신경의
> 간지러움
> 기리는 별이라도맘에 잇다면 얼마
> 나한 질검이랴
>
> -박용철, 「싸늘한 이마」[119] 전문

> 모도 쌔앗기는 듯 눈덥개 고이 나리면 환한 왼몸은 새파란 불부터 잇는 린광(燐光) 쌈안 귓도리 하나라도 잇스면 얼마나한 깃븜이랴
>
> 파란불에 몸을 사루면 싸늘한 이마 맑게 트이여 기여가는 신경의 간지러움 기리는 별이라도 맘에 잇다면 얼마나한 질검이랴

-박용철 「싸늘한 이마」전문, 행갈이 및 띄어쓰기는 필자. 이런 문제점을 극복하기 위해 우리의 근현대 문학 작품도 원전확정을 서두를 필요가 있다고 본다. 특히 박용철의 경우에는 발표 당시의 작품과 전집에 실린 작품에 차이가 현격한 경우 가 많은데, 아무런 설명도 없이 실어 놓았다.

119) 박용철, 『시문학』창간호, 앞의 책, 24~25쪽.

박용철의 「싸늘한 이마」에 대해 고은은 다음과 같이 말했다. "널리 알려진 작품이야 「떠나는 배」이건만 나는 그것보다 차라리 「싸늘한 이마」를 내세운다. 어둠과 불빛이 있고 고독이 있다. 도쿄시절 키에르케고르에 심취되었는데 이 시도 그런 우수가 제법 서려있다."[120]고 하였다.

고은의 이러한 지적도 용아의 「서늘한 이마」가 이룬 미적 성취도를 인정하는 말일 것이다. 용아는 그런 '우수', 그런 '열정'으로 문학을 살았다. 결국 여러 잡지를 편찬한 편집자로, 많은 외국시와 이론을 번역한 번역가고, 용아는 한국문학이라는 거대한 기차를 두 어깨로 끌고 가려 한 것으로 보인다. 따라서 용아 박용철은 문학에 투신한 시인이었고, 평론가였고, 모국어의 사제였고, 순교자였다.

2) 시어 조탁과 현대성 구현

영랑시가 이룬 성과 중 가장 의미 있는 것은 모국어의 조탁에 있어서 누구보다도 심혈을 기울였고, 그것을 성공적으로 이뤘나는 점이다. 영랑 이전에도 언어 조탁에 신경을 쓴 이는 있었지만, 영랑만큼 언어 세공에 있어서 전문가적인 자세를 갖춘 이는 없었다. 따라서 영랑은 우리 시문학사상 최초로 '언어 세공사'라는 업종을 개발한 전문직 종사자이다.

> 「오— 매 단풍들것내」
> 장광에 골불은 감닙 날러오아
> 누이는 놀란 듯이 치어다보며
> 「오— 매 단풍들것내」
>
> 추석이 내일모래 기둘니리

---

120) 고은, 「시가 있는 아침」, ≪중앙일보≫, 1999.5.11.

> 바람이 자지어서 걱정이리
> 누이의 마음아 나를보아라
> 「오― 매 단풍들것내」
> —김영랑, 「누이의 마음아 나를 보아라」[121] 전문

구어를 시에 끌어 들였을 때는 비문학적인 요소가 강하게 느껴져서 그것이 성공적으로 이뤄지기는 쉽지 않다. '오― 매'는 전라도 지방에서 흔히 쓰이는 감탄사이다. 감탄사는 말하는 자의 감정이 집약되어 있기 때문에 퍼스나의 정서가 그 안에 다 들어가 버린다. 그런데 이어지는 구절이 '단풍 들것내'이다. 단풍이 들 것 같은 풍경을 보고 감탄사를 내질렀으니, 그 감수성을 높이 살만하다. 하지만 그 예민한 감수성의 소유자는 퍼스나 자신이 아니라, 그의 누이이다. 누이가 보고 놀랐던 대상은 장광에 날아온 감잎이다. 한번 더 누이가 말한다. '오― 매 단풍들것내' 이 시의 재미는 그 다음 대목이다. '추석이 내일 모래 기들리리/바람이 자지어서 걱정이리'라는 말은 퍼스나가 누이의 속을 헤아려 본 내용이다. 그런데 마지막으로 나온, 「오― 매 단풍들것내」의 의미 해석이 문제이다. 여러 각도의 해석이 있었기에 이 작품의 가치는 더 높아진다. 현대시가 지향하는 애매성의 미학을 성취했기 때문이다. 이 마지막 구절을 풀 열쇠는 바로 앞에 나오는 시구에 있다.

> 누이의 마음아 나를 보아라

퍼스나는 두 번이나 '오― 매 단풍들것내'를 외쳤던 누이를 향해 말한다. '누이의 마음아 나를 보아라'라고. 왜? '누이야 나를 보아라'라고 하지 않고, '누이의 마음아 나를 보아라'라고 하였을까? 그것은 누이의

---

121) 김영랑, 『시문학』 창간호, 앞의 책, 6쪽.

마음은 이미 단풍 들어 있었음을 알았기 때문이다. 누이는 퍼스나의 말에 동조해서 퍼스나를 바라보았을 것이다. 그새 누이는 시뻘겋게 물들었는지도 모른다. 하지만 이제 단풍 든 것은 누이만이 아니다. '단풍 든 마음의 누이가 나를 바라보니, 이제 그만 내가 단풍 들 것만 같다.' 그래서 퍼스나가 외친다. '오— 매 단풍들겻내'

이렇게 해석을 하고 보면, 시의 첫 구절에 나왔던, '오— 매 단풍들겻내'라고 했던 누이의 말이 감잎을 향한 것이 아니고, 자기 자신을 향했다는 해석도 가능해진다. 즉 마음은 실체보다 깊은 곳에 있다고 보는 것이 보통 사람의 관념이다. 따라서 마음속에 이미 단풍이 든 누이가, '오— 매 단풍들겻내'라고 외쳤던 것은, 자기 마음이 이미 단풍 들어서 자기가 온통 물들 것 같다는 고백으로도 읽힌다.

이 작품의 나오는 '장광'이나 '골붉은', '자지어서'라는 방언과 신조어가 나온다. '장광'은 '장독대'를 뜻하고, '자지어서'가 '잦아서'의 의미로 해석한다. '골붉은'도 방언인데, 이 말에 대한 해석은 다양하다.[122] 어떤 뜻으로 해석을 하더라도 '골붉은'이라는 말은 이 시에 빈번하게 나오는 유성음, 그 중에서도 공명도[123]가 가장 높은 자음 'ㄹ'과 어우러

---

122) 골붉다 : 대개 감 같은 것이 햇살 닿는 곳만 먼저 붉어진 것을 가리킬 때 쓰는 장흥·강진 지역의 방언이다. 과일의 특정 면이 연지처럼 붉어졌을 때를 가리킨다.(필자 주) 하지만 이 말에 대한 해석은 다양하다. '골붉은'은 '붉다'를 강조한 전라 방언으로 '짓붉은'의 뜻이라는 견해가 있고, (김재홍, 『시어 사전』, 고대출판부, 1997년). '골붉은'은 '고루 붉은'의 뜻이라는 견해도 있으며, (허형만, 『영랑 김윤식 연구』, 국학자료원 1996년). 과일이나 고추가 반쯤 익어 간 상태를 나타내는 전라도 방언이라 보기도 한다.(이승훈, 「대표시 20편 이렇게 읽는다」, 『문학사상』, 1986년 10월호). 또, '조금 붉은' 혹은 '반만 붉은' 정도의 뜻으로 보든지, 아니면 '살짝 붉은'(오홍일, 방언학자)이라고도 해석하기도 한다. (이기문·이상규 외, 『문학과 방언』, 역락, 2001, 239~242쪽 참조)

123) 공명도는 같은 세기, 높이, 길이로 내는 각각의 소리의 잘 들리는 정도. 예를 들면 'ㅏ'는 'ㅣ'보다 또 모음은 자음보다 잘 들리는데, 이는 각각 앞의 것이 뒤의 것보다 울림도가 높기 때문이다. 우리말의 공명도는, 저모음, 중모음, 고모음>유

져서 이 시의 유성음 효과를 더욱 뛰어나게 하였다.

또한 1연과 2연의 대구의 균형과 그 힘의 균열이 있어서 안정된 구조에서 변화가 일어나는 생동감이 있다. 그리고 각 행의 마지막 모음들이 주는 유사압운 효과도 이 시의 음악성에 기여하였기에 그 효과도 간과할 수 없다. 이 작품은 이런 수많은 요소들이 이어지고 서로를 보완해주면서 하나의 유기체가 되는데 성공하였다. 구어체가 시어로 쓰여서 이만한 성공을 거둔 작품을 우리 문학사에서 찾는다면, 황진이[124]의 다음과 같은 구절이다.

> 어져 내일이야 그릴 줄을 모로던가
> 이시라 하더면 가랴마는 제 구태여
> 보내고 그리는 정은 나도 몰라 하노라

지금 읽어보아도 500년여 전의 한 여인이 하는 탄식 소리가 생생하게 들려오는 듯하다. 영랑의 시 한 편을 더 보자.

> 모란이 피기까지는
> 나는 아즉 나의봄을 기둘리고 있을 테요
> 모란이 뚝뚝 떠러져버린날
> 나는 비로소 봄을여흰 서름에 잠길테요
> 五月어느 날 그 하로 무딥든날
> 떠러져 누운 꽃닢마저 시드러버리고는
> 천디에 모란은 자최도 없어지고
> 뻐쳐오르든 내보람 서운케 묻혀졌느니
> 모란이 지고말면그뿐 내 한해는 다가고말아

음>비음>마찰음/파찰음>파열음 순이다.

124) 황진이(黃眞伊, 1506년?~1567년?)는 조선 중기의 시인, 기녀, 작가, 서예가, 음악가, 무희이다. 중종·명종 때(16세기 초, 중순경) 활동했던 기생으로 시조에 능했다.

三百 예순 날 하냥 섭섭해 우옵내다.
모란이 피기까지는
나는 아즉 기둘리고 잇을 테요 찰난한슬픔의 봄을
　　　　　　　　-김영랑, 「모란이 피기까지는」[125) 전문

　영랑의 대표작으로 널리 알려진 이 작품은 영랑시가 사행시를 넘어 새롭게 시도한 시 형식을 담고 있어서 흥미롭다. 거기다가 퍼스나는 여성이어서, 모란이 지고난 뒤의 서러움을 더욱 절절하게 하고 있다. '하로'나 '자최' 등에서 보이는 의도적인 양성모음 사용을 통해 유포니 효과를 노렸다는 것도 간과할 수 없다. 방언인 '하냥'[126)도 유성음으로 이루어진 말이라, 음상이 부드러워 뒤따라 나오는 '섭섭히'이란 말의 어감을 더 절실하게 한다. 또한 방점을 찍은 부분에서 보이는 '행간초두자음'에 경음, 격음, 경음의 반복이 리듬을 형성하고, 그것들이 무질서한 듯 보이지만 일정한 질서를 이루고 있어서 일종의 유사 압운 효과도 노리고 있는 것으로 보인다. 부드러운 음상으로 시작된 시가, 2행에 이르리 갑자기 '뚝뚝'이라는 경음의 반복에 이어 나시 한 번 '떠'라는 성음이 이어지면서, 모란이 떨어지는 느낌을 강렬하게 하고, 그것을 넘어 음악적으로도 음이 뚝 끊어지는 것만 같은 느낌을 준다. 그리고 이어지는 3행은 유성음의 빈번한 사용으로 인해 음향이 한없이 부드러워진다. 강함과 약함의 불규칙한 반복 끝에 약함이 이어지다가 갑자기 산맥이 고개를 쳐들 듯, '떠', '꽃', '천', '최', '뼈', '케'로 이어진다. 원만한 산

---

125) 김영랑, 『문학』 3호, 시문학사, 1934.3, 10쪽.

126) 하냥 : '어쩌지 못하고 언제까지나'의 뜻을 지닌 장흥·강진 지역의 방언이며, 이 지역에서는 '같이'라는 의미로는 이 말을 쓰지 않았다. 하지만 이 단어에 대해서도 여러 가지 해석이 있다. 오세영은 '늘'의 뜻으로, 이승훈은 '한결같이' '똑같이'의 뜻으로, 권영민은 '함께 더불어' '같이 함께'의 뜻으로 해석하였다. (이기문·이상규 외, 『문학과 방언』, 역락, 2001, 112~116쪽, 235쪽, 267~277쪽 참조)

세로 이어지다가 갑자기 바위 절벽이 솟구친 형상 같다. 그러다 '모란이 지고 말면 그 뿐'이라는 싯구에의 '뿐'은 어떤 단호함, 어떤 결단을 엿볼 수 있게 한다. 그리고 마지막은 거센소리나 된소리가 지워지고 체념한 듯이 부드럽게 말한다. 하지만 이것은 부드러움이 아니라 울음을 다 울고 난 뒤에도 여전히 화기가 남아 있고, 슬픔이 남아있는 부드러움이다. 포기는 아니다. '찬란한 슬픔'이라는 놀라운 역설이다.

사실 언어를 부분적으로 다듬는 것도 중요하겠지만, 정서의 톤에 맞는 어휘의 배치가 중요하다. 영랑의 이 작품은 모란이 지고 난 뒤의 슬픔의 정서를 때론 부드럽게, 때론 강렬하게, 음악처럼 보여준 작품이다. 마음속으로 읽어봐도 한 바탕 소나기가 내린 듯, 태풍이 지나간 듯 강렬함이 남는데, 그 강렬함 끝에는 나비 날개에 묻어온 꽃향기와 같은 은은함과 애잔함도 남는다. 타악과 현악의 절묘한 어우러짐과도 같다. 이것은 음악이다. 모국어가 가장 높은 미학의 성에 깃발을 꽂은 몇 안되는 예가 된다.

현구의 시는 '서럼의 얼골'이다. 그가 쓴 시를 읽다보면, 시어들 사이에, 슬픔이나 설움 같은 단어가 책장 사이에 꽂힌 책갈피처럼 끼어 있다. 한숨은 아지랑이처럼 피어난다. 하지만 세속적 욕망 같은 것은 없다. 한탄은 하지만 세상을 탓하지는 않는다. 혼자서 한숨만 쉬는 내성적인 견자의 모습이다. 시각적 이미지가 많은 그의 시에서 느껴지는 것은 그래서 내성적 견자의 시선이다. 박용철은 "현구는 「黃昏」(시문학 3호)에서 그 장엄한 슬픔의 미에 잠기고, 「풀우에 누어」는 뜬구름같이 덧없는 그 생명을 恨歎합니다"[127]라고 했다. 한편 김학동은 현구의 시를 전체적으로 평가하면서 "慾情의 개입을 철저히 배제하고 남녘 바다의 온화

---

127) 박용철, 「신미시단의 회고와 비판」, 중앙일보, 1931.11.17.

한 海風 속에 핀 抒情의 꽃"128)이라고 표현했다. 이러한 평가 뒤에는 현구의 빼어난 언어감각이 깔려 있다.

해도 지리한 듯
머언 산꿋에 파리한 하품을 물고
모기쎄 가느―란소리 설리 앵앵거리면
풀쯧든 황소가 게을리 쇠리를치며
파아란 놀 으느―니 씨여 고요한 드을에
구슬픈 꿈ㅅ자락 아슴프라―니 쎠도는 여름저녁날
쑥풀 야릇한 내음새 슬적 지쳐오는
시내ㅅ가 보드라운 풀바테 누어
쏀얀 하날에 가늘게 피어오르는
나의 한숨이여!

아 ― 나그내ㅅ길 곤한다리 푸른 풀바테 펼치고
붉게 물드린 저녁구름 고요히 가는길 바라보면
가심에 발닥거리는 이저근 목숨이
쓴 구름가치 ㅇ지업슴 덧업슴!

겨을날에 눈덥혀 야워진 산이야 드을이야
해마다 새봄마저 다시도 푸르건만
외로운 나의삶은 이한날 풀에누어 한숨쉬다가
이모든생각 이고운들빗 다버리고
한번가면 자최도 남지안을 덧업는 나그네쑴

아아 쯧업는 이생각!
그름까치 헤여질날이 과연 오려나
멀고머언 옛날과 아득히 보이는뒷세상의
긴―ㄴ 세월을 타고흐르는 이쯧업는 마음ㅅ결조차

---

128) 김학동, 「현구 김현구론」, 『한국현대시인연구』, 민음사, 1977.

자최도 업이 아조 사라지려나 사라지려나
이고운 드을빗을 내눈에서 참으로 쌔아서가려나
-김현구, 「풀우에 누어」 전문129)

해도 서산에 걸려 있다. '하품을 물고'라고 했으니, 1차적으로는 의인법이다. 하지만 이 해는 퍼스나의 정서를 대신하고 있는 객관적 상관물이다. 이런 표현이 자연스럽게 나온다. 이어지는 구절은 모국어의 아름다움을 한껏 뽐내고 있다.

'모기쎄 가느-란소리 설리 앵앵거리면'이라 하였다. 모기떼가 앵앵거리는 소리야 어지간한 언어감각이면 구사할 수 있을 것이다. 하지만 '설리'130)라는 부사어를 잇는 것은 예사 솜씨가 아니다. 평범했을 모깃소리가 '설리'라는 시어 하나로 우리말의 높은 경지에 올랐다. '파아란 노을'은 시각적 이미지가 두드러지는 현구시의 특징을 반영한다. 파아란 놀이 은은히 끼어있는 고요한 들이다. 한가로움과 무기력함이 동시에 느껴진다. 그런데 풀우에 누어있는 퍼스나의 코에 쑥풀 내음새가 닿는다. 그냥 닿는 게 아니라, '슬적 지처'온다. 후에 이 구절은 미당의 '초록이 지처 단풍드는데'에 영향을 주었을지도 모른다. 여름날 저물무렵이라 풀냄새도 슬쩍 지쳐 있다. 감각적인 언어구사 능력이다. 2연에서는 노을 색이 바뀌었다. 세심한 관찰력이 아니면 놓칠 수 있는 이미지다.

마지막 연까지 끝없는 생각은 이어진다. 여름 해는 생각까지 태워버릴 듯 했나보다. 그런데 퍼스나의 머릿속에 가득 찬 생각은 연소되지 않는다. 이별에 대한 두려움이 여전히 남아있다. 해가 모든 것을 태운다면 아름다운 들빛도 사라질 것이다. 그리고 존재하고 있는 나와 그대는

---

129) 김현구, 『문예월간』 제1권 제1호, 문예월간사, 1931.11, 53~55쪽.
130) 설리 : '어설프게'를 뜻하는 전라도 방언. 필자 주.

불 태운 뒤에 남은 그을음 조각처럼 되어서 헤어질 것이다. '그름ㅅ족
가치 헤어질 날'이라니! 관념 속의 이별을 이토록 구체적으로 표현할
수 있는 힘을 가진 시인이 김현구다.

　앞장에서 본 연구는 현구시가 지니는 음악성에 대해서 다룬 바가 있
다. 현구 시의 뛰어난 언어감각은 효과적인 음성상징어를 사용할 때와
시각적 이미지를 표현할 때 두드러진다. 특히 의성어나 의태어 사용에
능한 면이 있었고, 개인이 만든 신조어도 두드러지게 사용을 하였다.[131]
몇 가지 예만 들어본다.

　　－ 밤비치 어슴어슴 들우에 깔니여 감니다
　　　　　　　　　－「님이여 강물이 몹시도 퍼럿습니다」에서

　　－ 훗훗달른 이얼골 식여줄 바람도 업는 것을
　　　　　　　　　－「님이여 강물이 몹시도 퍼럿습니다」에서

　　－ 비닭이 하얀털에 도글도글 밋글리는 저녁해ㅅ빗
　　　　　　　　　　　　　　　　　－「寂滅」에서

　　－ 실조름 아지랑이 서리여있는
　　　　　　　　　　　　－「내마음 사는 곧」에서

　　－ 새 나르듯 근심마음을 포르르 나라너머서
　　　　　　　　　　　　－「내마음 사는 곧」에서

　　－ 웃는봄ㅅ빗도 예서름을 자아내는 물레가됨니다
　　　　　　　　　　　　－「거륵한 봄과 슯흔 봄」에서

---

131) 현구시의 시어 분석은 김선태의 『김현구 시 연구』에 잘 되어 있다. 참고하면 될
　　 것이다.

위의 예에서만 보더라도 현구의 언어감각이 대단했다는 것을 알 수 있다. 한 가지만 더 예를 들어본다면 이런 구절도 있다.

버슨몸 쏘파우에 뒤궁구는 마음갓치
아편에 슬적취해 피ㅅ줄이 저림갓치

무엇을 노래했을까? 제목이 「월광」[132]이므로 '달빛'을 형상화했다. 보이는 달빛을 안 보이는 마음에 붙이고, 시각적인 달빛을 촉각적인 심상에 연결했다. 당연히 언어 간의 화학반응이 일어난다. 여기에서 어떤 감동을 하느냐는 독자의 시적 인식 능력에 따라 다르고, 개인의 경험치나 상상력의 폭에 따라 다르다. 그러나 언어의 이러한 접목으로 신종이 나타났다. 모국어의 아름다운 확장이다.

하날에 쇠북소리 맑고 향기롭게 굴니여가듯
비닭이 하얀털에 도글도글 밋글니는 저녁해ㅅ빗,
마음이 비최일 듯 환한 솟닙이 언덕에 고이지고
누리는 지금 빗나는서름에 저지워잇다

「누리의 아름다운 모든 것 그빗난목숨 짧아야
서러워하는사람 마음속에 기리 산다고」
때가 나즉한 소리로 노래부르고 지나가며
눈물가치 입부게 달닌꽃을 따가버린다

－김현구, 「寂滅」[133] 전문

하늘에 울리는 쇠북소리를 '굴려간다'라고 표현했다. 거기다가 굴리

132) 김선태 편, 『김현구 시 전집』, 앞의 책, 55쪽.
133) 김현구, 『시문학』 2호, 앞의 책, 28쪽. 이 작품의 내용 중 '빗나는서름'의 강조점
　　표시는 원전에 되어 있는 대로 표기한 것이다.

어가는 그것이 향기롭다. 공감각적표현이다. 그렇지만 다음 구절이 없었다면, 그저 표현력에 대해서만 말할 수 있었을 것이다. '굴리여가듯'이라 표현했으니, 쇠북소리는 보조관념에 불과하다. 말하고자 하는 것은 '비닭이 하얀털에 도글도글 밋글니는 저녁해ㅅ빗'이다. '도글도글'이라는 음성상징어는 '작고 단단한 물건이 굴러가는 모양'을 나타낸다. 단어의 뜻은 모양이지만, '도글도글'은 소리이다. 모양 안에 소리를 담았으니, 그것만으로도 공감각적 의미를 담은 부사어이다. 물론 작고 단단한 것의 원관념은 저녁 햇빛이다. 햇빛 알갱이들을 표현한 것이다. 그 작고 단단한 것들이 굴러갈 틈도 없이 미끄러진다. 미끄러지는 것은 햇빛이지만, 선명한 이미지로 다가오는 것은 그만큼 반질반질한 비둘기의 하얀 털이다. 3행에서는 꽃잎을 본다. 꽃잎이 환하다. 얼마나 환했으면 '마음이 비최일 듯 환'하다고 하였을까. '하늘 거울에서 서럼의 얼골'을 만났고, 환한 꽃잎에 마음을 비최는 게 현구시에서 만난 퍼스나의 모습이다. 깊은 명상을 끝낸 견자의 시선이다.

수주의 「고흔 산길」의 경우에도 언어 조탁에 힘을 쓴 흔적이 역력하게 보인다. 특히 우리말을 잇는 대목에서 솜씨가 두드러져 보이고, 옛말을 살려 씀으로써 우리말의 영역을 넓히고자 했다.

                ※
    비끄테 개인하늘 물들듯이 푸른비츨
    나무님 겨르며도 제철일너 수집은 듯
    얼부어 더을지튼채 더욱고화뵈더라
                ※
    뫼빗도 곱거니와 엷은안개 더고화라
    고달퍼만 거름쓰랴 빨리거러 무삼하리
    늘잡다 올길늦기로 탓할줄이잇스랴

　　　　　　　※
　골마다 기슭맏 쌕린듯한 붉은솟들
　제대로도 고흔뫼를 헤팔니도 꿈엿고야
　어느뉘 집에무치랴 집사를가하노라

　　　　　　　　　　　　　　　-변영로, 「고흔 산길」[134] 전문

　수주의 위 작품은 비 끝에 더 푸른빛을 띠는 산길의 풍광을 솜씨 있
게 자아냈다. 봄이고, 산길이다. 시 끝에는 '僧伽寺길에'라는 부제가 붙
어 있다. 나무들은 수줍은 듯하지만, 비 끝에 물기를 머금었다. 그것을
'얼부어 더을지튼채'라고 표현하였다. '더을지튼채'는 '더욱지튼채'의
오기로 보이나, 아직은 밝혀지지 않았다. 부천문화원 향토문화연구소에
서 엮은 『수주변영로詩전집』에서는 이 시의 몇 구절을 오기로 보았
다.[135] '비끄테 개인하늘 물들듯이 푸른비츨'로 시작되는데, 이 구절은
두 가지로 해석이 가능하다. 하나는 하늘빛에 나무가 물들 듯 하다는
의미이고, 다른 하나는 비 맞아 푸르러지는 나무의 색에 하늘이 물들
듯 하다는 의미이다. '골마다 기슭마다 뿌린 듯한 붉은 꽃들'은 골짜기
에 붉은 선을 그은 꽃의 이미지가 잘 살아있다.
　시가 모국어의 왕좌에 앉아 그 가치를 인정받는 방법은 무엇을 썼느
냐는 문제보다는 어떻게 성공했느냐는 데에 핵심이 있을 것이다. 다시
말하면 시로써 그 작품이 완성도가 어느 정도인지가 중요한 것이지, 얼
마나 많은 편수의 작품을 남겼는지, 어떤 기법을 썼는지, 시어 선택을

---

134) 변영로, 『시문학』 2호, 앞의 책, 12쪽.
135) 민충환 엮음, 『수주변영로詩전집』, 부천문화원향토문화연구소, 2010, 62쪽. 원전
　　과 다르게 오기로 본 몇 단어를 전집에서는 고쳐 놓았는데, 차이나는 몇 구절을
　　옮겨 놓는다. 앞이 원전 뒤가 전집. '나무님→나뭇잎', '얼부어→열 부어', '더을
　　지튼채→더욱 짙은 채', '집에무치랴'→'집에 묻히랴', '집사를가하노라'→'집 삼
　　을까 하노라' 등이다. 나머지는 그때 당시의 표기와 지금의 표기법상의 차이가
　　있을 뿐이다.

할 때 어떤 단어를 골라 썼는지는 별로 의미가 없다. 문제는 그것들이 기법을 통해 어느 정도 생동감을 얻었는지, 유기체로서 생명력이 얼마만큼 왕성한 지에 방점을 찍어야 한다.

　이를 『시문학』 동인들의 작품 분석을 하는 데에 세부적으로 적용을 한다면 다음과 같은 말이 될 것이다. 시문학파는 언어의 조탁에 심혈을 기울였고, 방언이나 신조어의 활발한 활용을 통해 모국어의 지평을 넓혔고, 모국어를 최고의 문학 언어로까지 승화시켰다는 분석이 아니라, 그 중 어느 시인이 그것에 성공 했는지에 대해 말해야 한다. 다시 말하면 『시문학』 동인들의 공통점 중 하나가 '신조어'를 만들어 썼다는 점에 있는데, 그것이 과연 성공 했는지를 따지는 것이 더 중요한 과제가 될 것이라는 말이다. 신조어라는 것이 시적 허용에 해당되는 것이지만, 그것이 성공 했을 경우에만 모국어에 보탬이 되지, 그것이 성공하지 않았을 때는 언어의 쓰레기가 되고, 오히려 좋은 언어를 망치는 오염 물질이 된다.

　본 연구에서는 영랑, 현구, 용아, 지용 등의 시를 살피면서 그들이 사용한 언어가 어떤 경우에는 모국어에 보탬이 되었고, 어떤 경우에는 작품으로의 형상화에 실패했다는 점을 살펴본 바 있다. 이제 나머지 시인들의 작품을 검토할 것인데, 앞에서 말한 바대로 여러 의문점이 있다. 이하윤의 작품을 먼저 분석해 보자.

　　으스름이 흐린 밤
　　눈 위를 기어서
　　높은 봉우리를 넘어서
　　등잔불 검으는
　　오막살이 지붕 밑으로…

　　　　　　　　　　　　－이하윤, 「除夜」[136] 부분

희푸른 밤
언 달은 하늘을 미끄럼치고
나는 눈을 밟고 갑니다

　　　　　　　　　　　　　-이하윤, 「눈을 밟고 갑니다」[137] 부분

저—개는
오! 늙은 저개는
평화한 山村에
騷亂을 다하든
어려서 바든
쓰린 기억이
사라도 지렬 째,
비통의 과거
애닯은 기억을
쓰러다 주어서.

　　　　　　　　　　　　　-이하윤, 「老狗의 回想曲」[138] 부분

　노랫말 작사가이자 번역가로 활동했던 이하윤의 작품 세계는 모더니
티한 작품과 전통적인 한의 정서를 노래한 작품으로 구분된다. 이러한
이하윤도 시를 쓸 때는 모국어의 조탁에 애쓴 흔적이 보인다. 그는 「물
레방아」라는 시에서 "나만흔 방아직이 머리는 흰데,/힘업는 視線은 무
엇을 찾는지!/확속에다 굉이소래 씨을적마다/요란히 소리내며 물은 흐
른다"고 했다. '나이 많은'을 '나만흔'이라 한 것은 방언형일 것이다. 경
상도 방언에 '나이 많은 사람'이라는 뜻을 지닌, '나만이'라는 말이 있
다. 그리고 이어지는 구절을 보면, 퍼스나의 힘없는 시선과 대조적으로
'확 속에다 굉이 소리 찧을 적마다 요란한 소리를 내며 흐르는 물'을 눈

---

136) 이하윤, 고봉준 편, 『이하윤시선』, 앞의 책, 25쪽. 강조점은 필자.
137) 이하윤, 고봉준 편, 위의 책, 20~21쪽. 강조점은 필자.
138) 이하윤, 『시문학』 2호, 앞의 책, 20~21. 강조점은 필자.

에 보이는 것처럼 생동감 있게 표현했다. 더군다나 '굉이'가 찢는 것이 아니라 '굉이 소리'가 찢는다고 했다.

그는 또한 신조어에도 관심을 보였다. 위에 인용한 시 구절들에 나오는 것들이 그것인데, '으스름이', '검으는', '희푸른', '사라도 지렬 때'와 같은 개인 시어를 창조해서 쓰기도 하였다.[139] 그러나 이것들 중 일부는 성공했지만, 평이한 문장들 사이에 낀 대부분의 신조어들은 그다지 생명력이 없다. 신조어는 시적 필연성에 의해 만들어지는 것이지, 멋을 내기 위한 치장의 수단은 아니다.

허보의 작품을 살펴보자. 허보의 등단작 「거문밤」은 관념어투가 큰 문제였는데, 평이한 수준에는 이르러 있었다. 그런데 다음 시는 어떤가.

> 안해여 그대가 아름다워 못잊는줄 아십니까
> 사실 「處女美」는 다음 세상에서나 즐길는지
>
> 어떤날 실없는 비롯 사나운 나의 손이
> 생각없이 그대를 건드리어
> 그대는 處女「美」를 그만 깨뜨리고 낙심하엿엇드니
>
> 「聖母」가 아니고 「仙女」가 아니어
> 어느듯 때뭇고 情드러 못 잊겟습니다.
>
> －허보, 「妻」[140] 전문

---

139) '으스름이'는 '으스름하게'로 '검으는'는 '검게 타는'이나 '검게 되는'으로, '희푸른'은 '희고 푸른'으로 해석하고, '사라도 지렬 때'는 '사라지기라도 할 것처럼 보일 때'라는 의미를 담고 있다고 본다. 고봉준은 '검으는'을 '참담하고 암담한'이라 해석해 놓았는데, 작품 외적인 시각이 반영된 풀이로 보이며, '사라도 지렬 때'를 '살아도 지속될 때'로 해석하였으나, 문맥상 '사라지기라도 할 때'로 해석하는 게 낫다고 본다. 즉 '사라지기라도 할 것처럼 보일 때'의 뜻이다.

140) 허보, 『문학』 2호, 시문학사, 1934.1, 18~19쪽.

이 작품에서도 지용의 시에서처럼 'ㄱ'표 같은 기호가 나온다. 그런데 과연 이것이 시 작품 내에서 어떤 효과를 발휘하는지는 살펴보면 알일이다. 리처즈는 「나쁜 시」라는 글에서 상투적이고 인습적인 태도의 성격과 그 근원에 대해 말하면서, "일반적인 사고가 전개됨에 따라 경험이 자유롭고 직접적으로 작용하던 자리는 없어진다. 의도적으로 조직화된 태도라는 졸렬하고 조잡한 대용물이 그 자리에 대신 들어선다, 흔히 "관념"이라고 부르는 것이 나타나는 것이다."[141]라고 하였다. '나쁜 시'를 나쁘다고 말하지 못하고, 성역으로 가둬두는 사회에서는 계속해서 훨씬 많은 양의 '나쁜 시'가 생산될 것이다.

3) 이중 언어 사용과 절제의 시학

정지용이 조선어로 창작한 시를 발표하기 전 다수의 작품을 일본어로 창작하고 발표한 사실은 주목을 요한다. 그 이유는 교토 유학 중 정지용은 조선어와 일본어라는 이중언어로 창작활동을 하였고 이들 작품 간에는 개작으로 간주될 정도로 유사한 작품들이 존재하기 때문에 정지용이 조선어 시 창작에 앞서 일본어로 작품 창작을 시도하고 이를 조선어로 바꿔 발표하였을 가능성이 내포되어 있기 때문이다. 1929년 정지용이 유학 생활을 끝마치고 귀국한 후 단 한 편의 일본어 창작시를 발표하지 않은 것도 이러한 추측에 신빙성을 높인다.[142]

김동희에 의하면 정지용이 일본어로 발표한 시는 65편에 이르고, 이중 약간의 개작을 통했거나 그렇지 않았거나 중복해서 발표한 것을 편

---

141) I.A리처즈, 앞의 책, 245쪽.
142) 김동희, 『정지용의 이중언어 의식과 개작 양상 연구』, 고려대학교대학원 박사학위논문, 2017, 77쪽. 이 논문에 따르면, 정지용의 일본어 작품은 65편이다.

수에서 빼더라도 47편에 이른다. 이는 정지용이 일본 유학 시절 일본 문단에서 충분히 활동을 하였으며, 일본어로 발표한 작품을 우리말로 바꾼 후 조선의 지면에 실은 것을 보면, 그가 이중언어를 사용했다는 것을 알 수 있다. 이러한 이중 언어 사용은 그의 시에 어떤 영향을 미쳤을까? 김동희는 결론 부분에서 "새로운 시를 창작하는 기표(signifiant)로서의 조선어의 가능성을 확인하는 작업, 그것이 정지용이 조선어 시와 일본어 시의 개작을 시도한 이유이자 성과이다. 정지용은 문학어로서의 조선어의 가능성을 확인한 후, 조선의 사상과 문화, 전통을 조선어로 빚어내는 데 몰두할 수 있었던 것이다."[143]고 긍정적 평가를 하였다.

> 어울리지 않는 기모노를 몸에 걸치고 서툰 일본어를 말하는 내가 참을 수 없이 쓸쓸하다. 스스로 느낄 정도로 격렬하게 침이 튀기며 거친 금속성의 이상한 발음이 튀어나온다. 독특한 무례함이나 발작적으로 손을 떤다든지 안면근육이 격렬하게 신축되는 등의 버릇이 나올 때는 친절한 친구의 악의적인 웃음과 당혹스러운 혐오가 엿보여 몸의 조립이 조가조각 부스러져 버릴 듯한 쓸쓸함에 하숙으로 돌아왔다. 이 하찮아 보이는 감격성 때문에 얼마나 많은 기분 나쁜 눈과 마주해야 하는가. 침상에 들어 생각해본다. 오늘은 하루 종일 흐린 날이다.
>
> 조선의 하늘은 언제나 쾌청하고 아름답다. 조선 아이의 마음도 쾌활하고 아름다울 것이다. 걸핏하면 흐려지는 이 마음이 원망스럽다. 추방민(追放民)의 종이기 때문에 잡초처럼 꿋꿋함을 지니지 않으면 안 된다. 어느 곳에 심겨지더라도 아름다운 조선풍의 꽃을 피우지 않으면 안 된다.[144]

『시문학』지에 발표한 작품도 일본어로 먼저 발표한 작품이 5편에 이른다. 창간호에 실린 「일은 본 아츰」,[145] 『시문학』 2호에 실린 「피리」,[146]

---

143) 김동희, 위의 논문, 188쪽.
144) 정지용, 「일본의 이불은 무겁다」, 『自由詩人』4호, 自由詩人社, 1926.4, 22쪽. (최동호 편, 『정지용 전집』 2, 서정시학, 2015, 316쪽.

「저녁 햇살」,[147] 「甲板 우」,[148] 「柘榴」가 그것인데, 일본어로 먼저 발표한 작품과 조선어로 이미 발표하였으나, 약간의 개작 후 다시 발표한 작품까지 합치면, 정지용이 『시문학』지에 재수록 한 작품 편수는 10편에 이른다. 지용이 『시문학』지에 발표한 작품 편수가 15편이니, 지용이 『시문학』지에 발표한 신작은 5편에 불과하다.

 "정지용은 일본어와 조선어를 횡단하는 과정에서 새로운 조선어 시형과 시어, 문체와 내용을 모색하였다."[149]는 서술에서 보면 지용이 근대 문학의 도입과 그것을 체화하는 한 방법으로써 일본어 시를 창작한 것으로 볼 수 있다. "근대 문학어의 학습을 통해 새로운 조선어 시를 창작하고자 하였던 정지용은 일본 유학 중 그 방법적 수단으로 일본어를 활용하였다. 하지만 조선어 시와 일본어 시의 개작을 통해 새로운 조선어 시의 형식과 어휘의 활용 방안을 학습한 정지용에게 일본 유학을 마친 이후 일본어는 더 이상 낯설고 새롭고 앞선 어휘로 감지되지 않았을 것이다."[150]고 하면서, 지용시 중 최초로 활자화 된 작품이 일본어 시 「新羅の柘榴」라고 하였다.

 김동희는 정지용의 "일본어 시 「新羅の柘榴」[151](신라의 석류)는 현재 확인되는 최초로 활자화된 정지용의 시 작품이다. 「新羅の柘榴」(신라의 석

---

145) 이 작품은 『新民』 22호(1927.2)에 「이른 봄 아츰」으로 발표하고, 다시 일본어로 『近代風景』 2권 4호(1927.4)에 발표하였던 작품이다.

146) 이 작품은 일본어로 두 번을 먼저 발표하였는데, 『自由詩人』 3호(1926.3)에 「笛」으로, 다시 『近代風景』 2권 9호(1927.10)에 「笛」으로 발표하였다.

147) 이 작품은 일본어로 『近代風景』 2권 9호(1927.10)에 발표하였다.

148) 이 작품은 『文藝時代』 2호(1927.1)에 「甲板우」라는 제목으로 발표한 후, 일본어로 바꾸어 『近代風景』 2권 5호(1927.6)에 「甲板の上」으로 발표하였다.

149) 김동희, 앞의 논문, 83쪽.

150) 김동희, 위의 논문, 183쪽.

151) 원문에도 '柘榴(자류)'로 되어 있어서 인용문에도 한자는 그대로 두고, 한글로 표기 할 때 '석류'라 붙인 것이다. 필자 주.

류)는 도시샤대학 동인지 『街』에 수록된 후, 『柘榴』로 제목이 바뀌어 『조선지광』, 『시문학』, 『정지용시집』에 조선어로 발표되었다. 『조선지광』에 실린 작품 말미에 '一九二四·二'라는 창작기일이 기재되어 있어 정지용이 교토로 유학 간 후 창작한 작품임을 알 수 있다."[152])면서 정지용의 일본어 시에 대해 세부적으로 고찰한 바 있다.

> 정지용이 일본어를 경유해 학습하고자 한 바는 근대시의 형식이나 시어뿐만이 아니라 새로운 문학을 구현하기 위해 필요한 모국어 감각이었다. 이를 위해 정지용은 일본어 시창작을 시도하였고, 조선어 시와 일본어 시를 횡단하며 문학어로서 조선어의 가능성을 타개해 보고, 조선의 새로운 문학을 건설하기 위해 적합한 문학어로서의 조선어를 정착시키고자 하였다.[153])

그러나 지용이 일본어로 시창작을 하였다고 해서 모국어에 대한 애정이 없었던 것은 아니다. 지용은 모국어에 대한 견해를 엿볼 수 있는 대담이 1938년 1월 1일자 조선일보 지면에 실렸다. 이른바 「詩文學에 대하야」[154])란 제목이었는데, 우리말은 문자가 풍부해서 시 창작을 하기에 적합하다는 지용의 말에 용아가 "一般的으로 詩 쓰는 사람들이 語彙의 不足을 말하는데"라면서 질문을 하자, 지용이 대답한다. "그것은 되지 안흔 말입니다. 만날 外國語를 먼저 알고서 그것을 翻譯하려니까 그러치, 다시 말하면 朝鮮말을 翻譯的 위치에 두니 그러치 그럴 리가 잇나요. 그리고 또 한 가지는 배우지 못한 탓일 것입니다."라고 대답한다. 지용의 모국어에 대한 자부심을 엿볼 수 있을 뿐만 아니라, 지용이 시를 쓰기 위해 보이지 않는 곳에서 얼마만큼이나 언어의 조탁에 힘썼는

---

152) 김동희, 앞의 논문, 166쪽.
153) 김동희, 앞의 논문, 188쪽.
154) 정지용, 「조선시의 반성」, 『산문』, 동지사, 1949, 87쪽.

지를 엿볼 수 있는 대목이다. 다음 인용문은 "現在 朝鮮詩를 어떻게 보십니까?"라는 질문에 대한 지용의 대답이다.

> 朝鮮에서는 詩로 드러가는 것이 넘우 빨럿고 또한 詩가 서는 것이 넘우 일직이엇습니다. 그러나 우리 詩가 이렇게 일즉이 섯스면서도 本質的으로 優秀한 點이 있는데, 그것은 우리 말이 優秀하다는 것인데, 첫째 聲響이 豊富하고 文字가 豊富해서 우리 말이란 詩에는 先天的으로 훌륭한 말입니다.[155)

즉 그의 언어감각은 탁월한 것이었지만, 그것이 모국어만을 향한 것이 아니었다는 점은 그가 일본 유학 시절에 일본어로 쓴 65편의 시를 발표 했다는 데서도 드러난다. 그는 거기에서 일본에는 이미 유입되어 정착된 현대시의 창작 방법을 익혔다.[156) 그것은 그가 일본에서 발표한 시들이 그 당시 유행했던 모더니즘 기법을 담고 있기 때문이고, 그 시들을 다시 우리말로 옮겼을 때도 그러한 특징은 도드라진다. 따라서 그는 서구의 새로운 사조에 목욕을 한 셈이다. 모더니즘의 가장 중요한 특징을 회화성으로 꼽는다면 그는 일본어로 발표한 시를 통해서 이미 그것을 익혔고, 그것을 우리말에 접목했다.

그렇다고 하여 그가 우리말을 가꾸는 데 소홀히 한 것은 아니었기에, 그의 문학적 업적이 조금이라도 깎일 수는 없다. 그러나 그가 주력했던 것은 언어 자체의 조탁이 아니라, 모국어의 운용을 통한 시의 직조였다. 덧붙여 말하면 그는 이중 언어 사용자였고, 모더니스트였다.[157) 시적

---

155) 정지용 「조선시의 반성」, 위의 글.
156) 김학동, 「시와 산문의 서지적 고찰」, 김학동 외 『정지용 연구』, 새문사, 1988, 257~271쪽 참조.
  한계전, 「지용의 시론의 변모」, 김학동 외 『정지용 연구』, 위의 책, 153~164쪽 참조.
  김동희, 위의 논문 참조.

언어 운용에 천재적이었던 그는 초기에는 일본어 시를 썼지만, 1930년
경부터는 일본어 시를 거의 쓰지 않았다. 이러한 시인으로써의 탁월한
재능을 바탕으로 우리말의 '넉넉한 어휘'와 '풍부한 음향'을 잘 활용하
여 한국시를 미적인 경지로 이끌었다. 거기다가 고전주의의 중요 덕목
인, 퍼스나의 감정 절제, 시의 언어 절제도 지용시에 와서 이루어졌다.

> 石壁에는
> 朱砂가 끽혀 잇소
> 이실가튼 물이 흐르오
> 나래붉은 새가
> 위태한데 안저 짜먹으오.
> 山葡萄 순이 지나갓소.
> 향그런 꼿뱀이
> 高原숨에 옴치고 잇소
> 巨大한 죽엄가튼 莊嚴한 이마
> 氣候鳥가 첫 번 도라오는 곳
> 上弦달이 사라지는 곳.
> 알에서 볼째 오리온 星座와 키가 나란하오
> 나는 이제 上上峰에 섯소
> 별만한 힌꼿이 하늘대오.
> 민들레 가튼 두 다리
> 간조롱 해지오.
> 해소사 오르는 東海—
> 바람에 향하는 먼 旗폭처럼
> 쌤에 나붓기오.
>
> —정지용, 「절정」[158) 전문

---

157) 정지용을 모더니스트로 분류한 연구자는 여럿이다. 이 중 몇 사람만 예를 든다면
다음과 같다. 김재홍, 『한국현대시사연구』, 시학, 2007. 고명수, 『한국모더니즘
시인론』, 문학아카데미, 1995. 서준섭, 『한국모더니즘 문학연구』, 일지사, 1988.
문혜원, 『한국 현대시와 모더니즘』, 신구문화사, 1996.

이 작품에서도 엿볼 수 있는 것은 지용시의 특징인 예기치 못한 이미지를 연출하는 것, 언어를 밀도 있고, 범상하지 않게 조립하여 모국어의 새로운 기능을 발견하는 것이 두드러지게 드러난다. 지용이 택한 모국어에 대한 애정 표현 방법은 조탁 보다는 언어와 언어 간의 세심한 접목법이다.

'石壁에는 朱砂/찍혀 잇소'로 시작되는데, 여기에서 '찍혀 잇소'라는 시어를 눈여겨 봐야 한다. 찍혔다는 것은 외부의 힘에 의해 무언가가 눌려서 남은 흔적을 뜻하기 때문이다. 이는 시의 마지막 부분의 나오는 일출의 강렬함과 연결된다. 일출의 붉은 빛이 석벽에도 찍혀 있는 것으로 해석되기 때문이다. 석벽에는 주사가 판화로 찍은 듯이 찍혀 있는데, 이 시에서 '朱砂'는 아침의 햇빛 알갱이를 강렬하게 표현한 것이고, 그 햇빛 알갱이들이 찍고 간 흔적으로 볼 수 있다. '나래 붉은 새가/위태한 데 싸먹으오' 바위벽의 주사도 붉고, 새의 나래도 붉다. 일출을 위해 붉은 색을 미리 깔았다. 붉은 새가 위태한데 앉아서 따먹는 것은 산포도 열매일 것이다. '산포도 순이 지나'갔다는 것은 주객전도, '향그런 쏨뱀이 고원 쏨을 옴치고 잇'다는 데서도 붉은 색 이미지는 깔린다. 이것 또한 아침 해의 이미지와 연결해 봐야 한다. 떠오르기 전의 해는 붉은 꽃뱀처럼 옴치고 있을 것만 같다. 퍼스나인 내가 산을 오르고 있는데 내가 한 행동이 아직까지는 직접 드러나지 않는다. 이미지만 산을 오른다. 우뚝 솟은 석벽은, '거대한 죽엄가튼 거대한 이마'이다. 높은 곳이니 기후조(氣候鳥)도 가장 먼저 올 것이다. 이런 사실을 바탕으로 하면서 경이로운 풍경을 만들어내는 게 지용의 솜씨다. '상현달이 사라지는 곳'이라 했으니, 이 산의 서쪽에 마을이 있겠다. '쌍무지개 다리 디디는 곳' 석벽과 석벽을 이을 수 있는 것은 무지개 밖에 없겠지만, '쌍무지개 다

---

158) 정지용, 「절정」, 『학생』 2권 9호, 1930.10, 22~23쪽.

리 디디는 곳'이란 표현은 세속의 풍경이 아니다. 더군다나 이 시에서 무지개는 색만 지닌 게 아니라, 어떤 생명체 혹은 신격이 되었다. 이제 거의 다 올랐다. 퍼스나가 선 곳은 '아래서 볼 때는 오리온성좌와 키가 나란한' 높이이다.

정상이다. '나는 이제 상상봉에 섯소'라고 말한다. '별만한 힌꽂이 하늘대'는 곳이다. '믿들레 가튼 두 다리 간조롱 해지오'라는 표현은 절정에 오른 느낌을 담고 있다. 두 가지 의미로 해석 가능하다. 먼저 산 높은 곳에서는 키 작은 풀 나무가 많기에 산 아래에서는 키가 작은 편에 들었던 내 다리가 상대적으로 길게 되었다는 의미이다. 두 번째는 너무 높은 곳에 있어서 심리적으로 가늘어진 것을 실제 다리가 가늘어진 것으로 표현한 것이다. 드디어 해가 뜬다. '해소사 오르는 동해—' 동해까지 말하고는 입을 닫았다. 그 광경이 인간의 언어가 닿지 못한 감동을 주었다고 봐야 한다. 이어지는 '바람에 향하는 먼 旗폭처럼/쌤에 나붓기오'로 비문이다. 서술어가 '나붓기오'이므로 여기에 대응하는 주어가 있어야 한다. '바람에 향하는 먼 旗폭'이라는 표현도 어색하다. 유추하여 산문으로 바꾸어 보면, 해 떠오르는 동해가 바람을 향해가며 펄럭이는 깃발 같고, 그 동해의 나붓김이 내 뺨에 닿았다'라는 의미가 될 것 같다. 떠오르는 해를 담아 붉게 펄럭이는 동해가 내 뺨에 나부꼈다. 비로소 석벽에 찍힌 주사도 이해가 된다.

이 시는 반복법도 없고, 기존의 율격으로 의미를 분석할 어떤 것도 없다. 다만 시어 선택이 탁월하고 정밀하다. 또한 시어들 간의 접합 솜씨는 천의무봉이다. 시어 하나하나가 지닌 밀도가 높고, 비유법도 뛰어나다. 붉은색 이미지 하나로 시상을 전개시키는 솜씨가 반짝인다. 시적 기교라 할 수 있는 요소는 언어의 절제와 빼어난 시각적 이미지 구현 능력이다. 이미지를 기본으로 했으니, 굳이 말한다면 모더니즘이나 이미지즘 기법이 사용되었다. 새삼 언어의 조탁이랄 것도 없다. 단지 시어 선택의 세심한 눈이 숨어 있다. 지용의 시에는 신조어도 거의 없다. 이미 있는 모국어에서 가장 적절한 시어를 찾아내는 것이다. 눌변이 달변을 능가하듯 언어의 절제야말로 언어를 가장 잘 운용하는 방법이라는 것을 지용시가 입증한다.

4. 전통 지향성과 모더니티의 조화 추구

서구나 일본에 비해 근대문화의 출발이 다소 늦었던 우리 문학사에서 외부적 충격은 자주 있었던 것이고, 새삼스러운 게 아니다. 그러다보니 한국의 초기 근대시는 외부 영향에서 자유롭지 못하였고, 외부의 것을 판박이 하듯이 옮겨 오거나, 유사 이미지를 창출하거나 기법을 얻어 쓰는 사례가 많았다. 한국현대시사에서 최초의 근대시라 평가받고 있는 최남선의 「해에게서 소년에게」(1908)가 바이런의 시 「Childe Harold's Pilgrimage」의 끝부분과 흡사하다는 것도 이미 밝혀진 사실이다.[159]

이후 김억과 황석우 등의 번역에 의해 소개된 프랑스 상징주의는 1910년대 말과 1920년대 초의 한국시에 쓰나미 같은 영향을 미쳤으며, 그 중 김억의 『오뇌의 무도』[160]가 준 충격은 한국시단을 완전히 흔들어 버렸다. 그 여파로 『장미촌』(1921.5), 『백조』(1922.1), 『금성』(1923.11) 등의 시전문지가 나타났으며, 1919년 만세운동의 실패와 함께 뒷골목으로 숨어든 이 땅의 시인들은 '퇴폐적 낭만주의'라는 오우버를 걸치게 된다. 이러한 서구 편향성에 가장 먼저 반성적 발언을 한 것은 김억이었다.

---

159) 조남익, 『한국현대시해설』, 미래문화사, 2008.
160) 김억, 『오뇌의 무도』, 앞의 책.

"시단의 시풍이 현재의 조선혼을 담지 못하고 남의 혼을 빌어다가 조선 것을 입히지 않았나 의심한다."[161] 그러나 김억의 이런 반성에도 서구 편향성은 수그러들지 않았고, 시인들은 서구의 상징주의자들을 흉내 내며, 이곳에는 없는 도시의 뒷골목을 배회하며, '마돈나'를 소리쳐 불렀다. 그렇지만 이러한 서구편향성이 부정적인 결과만을 낳는 것은 아니었다. 낭만주의 운동사에서 "독일은 그 후진성으로 말미암아 유럽 낭만주의 운동의 선구자로 되었고, 프랑스는 그 강력한 고전적 전통이 있었으므로 해서 오히려 그 운동에서 뒤지게 된 결과를 빚었다."[162]는 예에서 보듯이 늦었다고 문제가 될 건 없으며, 후발주자는 당연히 선발 주자를 모방하는 데서부터 시작하기 마련이다. 우리의 시사도 그러한 과정을 거쳤다. 그렇게 '없는 뒷골목'을 다니면서 우리의 시에서도 우리의 이미지가 발생하기 시작하였고, 받아들인 선진 사조를 육화한 시세계가 나오기 시작했다. 그 신호탄이 된 게 시문학파였다.

> 이미지스트들은 우리들에게 숱한 선물을 가져다 준 셈이다. 즉, 그들의 정확성, 시에 나타난 산문의 전통적 탐구, 그들의 견고함, 격렬함, 기교로 받아들인 '수사학─그놈의 목을 졸라 버려라!'[163]라고 하는 고함 소리에 이르기까지 여러 가지를 우리들에게 제공 해 주었다.[164]

1920년을 전후하여 들어온 낭만주의가 시문학파들에게도 영향을 미쳤고, 시문학파에 의해 우리 현대시가 비로소 시작되었다는 점을 감안한다면, 외부로부터의 수혈이 축복일 수도 있다. 그러나 이러한 외래적 충격은 여기에서 그치지 않았다. 사회주의 리얼리즘에 이어 모더니즘이

---

161) 김억, 「시단일년」, 《동아일보》, 1925.1.1.
162) Lilian R. Furst 저, 『浪漫主義』, 앞의 책, 33쪽.
163) Verlaine, 「Verlaine의 시법」, 『현대 영시의 배경』에서 재인용, 59쪽.
164) J.아이작스, 이경식 역, 『현대영시의 배경』, 학문사, 1986, 59쪽.

들어왔고, 그 이후에도 그러한 외부충격은 계속되었다. 그중 가장 오랜 기간에 걸쳐 유입되었고, 우리의 가장 깊숙한 내면까지 스민 것은 모더니즘이었다. 1920년대부터 우리 시사에 스며들기 시작했던 모더니즘은 카프파 시인들에게도 영향을 미칠 정도였다.

> 활동사진광고진가
> 엇던놈이 언제이런데다 씨워뒷서?
> 아―니 광고지는 아닌게야
> 그는 너덧동무가 머리를맛대고잇는 창고뒤로가서
> 폭켓트속 꾸겨너흔그것을 내여보앗다.

> 순언문으로 굵직굵직박힌글을
> 가만가만 다읽어보앗다.
>
> 히―ㅁ
> 히―ㅁ
> 히―ㅁ
> 그것을 씃가지 다읽기도전에
> 엇전지 가슴속이 씨르룻하엿다
>
> ―權煥, 「三十分間」 부분[165]

'모더니즘'이란 철학, 미술, 문학 등에서 과거의 모든 전통주의에 대립하여 급진적인 변화를 추구했던, 전복적인 사상이자, 예술사조이다. 근대적 인간이 이성에 눈을 떴으나 전쟁과 기아가 끊이지 않자, 이전의

---

165) 김성윤 편, 『카프詩全集2』, 시대평론, 1988, 164~165쪽.

이성 중심의 사고에 대한 회의가 들었고, 마침내는 그것을 완전히 뒤집어 보자는 생각이 모더니즘의 출발이었다. 이는 낭만주의의 퇴조와 맞물려 있다. "전통적인 미학의 권위가 붕괴됨과 동시에 현재에 대한 자의식, 시간 그리고 변화는 점차 가치의 원천이 되어 갔다."[166] 보들레르는 이렇게 썼다. "모더니티는 일시적인 것, 우발적인 것, 즉흥적인 것으로 예술의 절반이며, 나머지 절반은 영속적인 것과 불변적인 것이다."[167] 이 말에서 뜻하는 앞의 절반은 근대적이고 모더니티에 대한 것이며, 뒤의 절반, 즉 영속적이고 불변하는 것은 고대를 가리킨다. 고대에 기댄 근대라는 의미이다. 이것은 흔히 '고대라는 거인의 어깨 위에 올라앉은 근대라는 난장이'로 비유된다.

그러나 이런 모더니티의 이념은 아방가르드에 와서는 부정되는데, 아방가르드는 모든 구속적이고 형식적인 예술 전통을 부정하면서 자기의 성을 구축한다. 하지만 미적극단주의까지 나아갔던 아방가르드도 위기를 맞게 되며, 또 다른 사조가 등장한다. 부정에 부정을 거듭하는 이러한 예술 사조의 흐름 속에서 모더니즘은 폐기 처분되는 것이 아니라, 오히려 그 범주가 넓어진다.

따라서 모더니즘의 특성을 몇 개의 단어로 묶는다는 것은 불가능하다. 수많은 유파가 탄생하고 명멸해가는 게 모더니즘이기 때문이다. 그러나 모더니즘에서 중요시 된 몇 가지 개념은 신의 죽음, 고향 상실, 현재성, 부정 정신, 혁신성, 다름 등이다. 이런 낱말들이 모더니즘의 주변을 맴돌고 있다. 모더니스트들은 신의 죽음과 함께 고향 상실을 겪은 자들이라 규정되지만, 사실 그들은 고전과 전통으로부터 가출한 탕아들이라고 해야 한다. 그들의 자유는 예술의 죽음을 선언하고, 마침내는 자

---

166) M.칼리니스쿠, 『모더니티의 다섯 얼굴』 앞의 책, 11쪽.
167) M.칼리니스쿠, 위의 책, 12쪽.

기마저 해체시킨다.

모더니즘의 범주는 '근대'라는 개념과 밀접히 관련되고, 하나의 사조로 묶기에는 너무 광범위해서 묶을 끈을 구하기 어려울 정도이다. 모더니즘이라는 울타리 안에서 수많은 유파들이 생멸을 거듭했고, 지금도 그러한 현상이 계속되고 있기 때문이다. 그러나 대부분의 연구자들은 모더니즘을 다음 다섯 가지 유형으로 정리하고 있다. 그것은 모더니티, 아방가르드, 데카당스, 키치, 포스트모더니즘 등이다.[168] 하지만 그것도 너무 광범위하여, 다른 층위의 구분으로 이념적 모더니즘과 미적 모더니즘을 구별하는 것이 통상적이다. 따라서 문학에 대해 이야기 할 때는 미적 모더니즘을 근간에 두고 말하는 것이며, 이는 '현대성'이라는 말로 번역되는 '모더니티'를 지칭한다. 미적 범주로서의 모더니티는 낭만주의의 특성을 극복하면서 나타난 '반낭만주의적' 특성을 일컫는다.

이러한 모더니즘적 경향, 미적 개념으로서의 모더니티로 무장한 예술가들이 우리시사에 등장한 것은 1930년대이다. 이들은 『구인회』를 중심으로 한 일군의 문인들이었는데, "'구인회'의 문학 활동과 기타 신인들의 시·소설을 포함하는 모더니즘 문학은 30년대 초기 정치적 저기압과 정신적 불안의 시대의 소산이다."[169] 시에서는 정지용, 김기림, 이상, 김광균 등이 대표적이다. 이들은 "적어도 그 이념에 있어서는 병적인 징후를 제거하고 지성의 힘에 의해 문학적 혼란을 극복"[170]하고자 하였다. 주지주의의 입장을 표방한 것이다. 이들의 작품을 하나로 묶을 수는 없지만, 이들의 미학은 신의 죽음, 고향 상실, 도시성, 회화성, 전

---

168) M.칼리니스쿠, 위의 책, 김욱동, 『모더니즘과 포스트모더니즘』, 현암사, 1992. 이승훈, 『모더니즘 시론』, 문예출판사, 1995.
169) 서준섭, 『한국모더니즘문학연구』, 앞의 책, 17쪽.
170) 서준섭, 「한국문학에서의 모더니즘」, 김윤식·정호웅 편, 『한국문학의 리얼리즘과 모더니즘』, 민음사, 1989, 36쪽.

통 부정 등 모더니즘적 사고 혹은 미학적 견해를 바닥에 깔고 있다.

이렇게 거세게 들어온 모더니즘의 물결 앞에서『시문학』동인들 또한 그것의 수용 문제에 대해 각자가 대응할 수밖에 없었고, 따라서 1920년에 민요파나 국민문학파가 이루었던 성과에 새로운 외부 사조인 모더니즘을 어떻게 조화시키느냐가 그들에게 중요한 과제로 떠올랐다.

1) 전통 지향성과 극복

영랑은 전통성과 모더니티의 조화를 이론과 실제의 병행으로 본 게 아니라, 오로지 작품 자체 내에서 이를 구현해 내야 하는 것으로 보고 틀에 박힌 시조가 아닌 자유시적 서정시를 완성시키는 것을 그 이상으로 생각했던 것 같다.[171]

영랑시의 특장은 모더니즘의 영향을 거의 배제한 채, 전통서정시를 계승하여 현대적 서정시를 완성했다는 점이다. 그것은 드문 예로서 영랑시에 이르러 한국의 시가 한국적 현대성을 획득했다고 볼 수 있다.

김영랑이 모더니즘의 영향을 아예 받지 않았다고 말할 수는 없다. 그러나 직접적인 모더니즘의 수혜자는 아니다. 모더니즘을 몇 가지 내용으로 분류해서 본다면, 문명 비판적 의식·도시적 서정·감각적 이미지 등의 요소들이 포함될 수 있다. 이때 영랑의 시는 '감각적 이미지' 면에서는 맞아 떨어진다. 또한 정통성 거부의 측면에서도 모더니즘의 정신을 엿볼 수 있다.

> 피지도 안는 입김의 가는 실마리
> 새파란 하날 끗테 오름과가치

---

171) 김선태,「김현구 시 연구」,『김현구 시 전집』, 태학사, 2005, 271쪽.

　　대숲의 숨은마음 기혀 차즈려
　　삶은 오로지 바늘긋가치

　　　　　　　　　　　　　-김영랑, 「25」¹⁷²⁾ 전문

　　이 작품은 문법적으로 문장이 성립되지 않는다. 모두 부사절로 끝나
서 문장이 완결되지 않았다. 남은 것은 내면적 이미지일 뿐이다. 이런
식의 문장을 뒤트는 기교는 모더니즘에서 주로 사용하는 기법이다. 하
지만 낭만주의자들도 음악성의 극대화를 위해 문장을 문법에서 어긋나
게 하는 방법을 즐겨 사용하였다. 시는 늘 현재의 언어를 배반하여 완
전한 언어를 꿈꾸는 것이기에 영랑의 위 작품을 놓고 섣불리 모더니즘
적인 요소가 있다고 하기는 어렵다. 영랑은 시를 쓸 때, 시를 구사하는
데 걸림돌이 되는 것이라면, 그것이 문법이라 하더라도 넘어서는 방법
을 모색했다. 이러한 특색이 모더니즘적이라면 영랑도 기법으로서의 모
더니즘을 수용했다.

　　詩人은 언어에 대해서 散文家와는 정반대의 태도를 갖고 있다. 詩人이
　詩를 쓸 때, 그는 이미 정확히 알고 있는 事物·事態 또는 槪念을 갖고 있
　지 않다. 그는 막연히 느끼고 있으나 정확히 표현할 수 없는 事物·事態
　또는 槪念을 보다 잘 알기 위해서, 보다 정확히 진실되게 인식하고 파
　악하며 보기 위해서 이미 있는 언어를 매개로 해서 그것을 再組織함으
　로써 새로운 언어를 만들고자 하는 것이다.¹⁷³⁾

　　위의 인용문을 보면, '시인이 시를 쓸 때는 정확히 표현할 수 없는 사

---

172) 이 작품은 『시문학』 창간호에 발표할 때는 「四行小曲七首」라는 제목 아래 일곱
　　편의 사행시를 묶어서 발표한 것 중 그 첫수이나, 『영랑시집』에는 따로 제목이
　　없이 '25'번이라는 번호만 달려 있다. 그 숫자를 편의상 제목을 대신해 쓰기로
　　한다.
173) 박이문, 앞의 책, 123~124쪽.

물·사태 또는 개념' 등을 보다 자세히 알기 위해 이미 있는 언어를 재
조직하여 새로운 언어로 만들고자 한다. 이 말에 따르면 시인은 무언가
를 정확히 알고 있는 것을 전달하고자 하는 것이 아니라, 언어의 재조
직 과정에서 그것을 더 알게 되고, 보다 정확히 인식하고 파악한다는
말이 된다. 이 말은 시인이 시에 대해 사유하고, 그것을 머릿속에서 굴
리는 시간까지 '시를 쓰는 시간'으로 산정한 견해로 보인다. 이렇게 대
상에 대해 새롭게 해석한 사례는 김영랑의 시에서는 드문 예가 아니다.
영랑의 시는 그럴 때 빛나며, 경이로워진다.

> 구비진 돌담을 도라서 도라서
> 달이흐른다 놀이흐른다
> 하이얀 그림자
> 은실을 모라서 모라서
> 꿈밭에 봄마음 가고또간다
>
> —김영랑, 「꿈바테 봄마음」 전문[174]

위의 작품을 보면 시각적 이미지가 선명하다. 구비진 돌담의 둥근 모
습과 그것을 돌아 흐르는 달의 영상은 구체적이고 신비롭게까지 여겨
진다. 달을 따라 놀도 흐른다. 다정한 오누이의 모습 같다. 그런데 그림
자가 하얗다. 이 세상에 그림자가 하얀 존재는 달밖에 없다. 달은 자기
의 빛이 그림자이다. 퍼스나는 무엇을 하는가. 이 고요한 영상 속에 있
다. 달빛은 마치 은실 같다. 퍼스나는 달이 빛으로 뿌린 은실을 몰아서
꿈밭으로 간다. 봄마음을 안고 간다. 여전히 봄마음이 지향하는 세계는

---

174) 김영랑, 『시문학』 2호, 앞의 책, 14쪽. 『시문학』 3호, 앞의 책, 30쪽. 이 작품은 『시
문학』 2호에 「꿈바테 봄마음」이라는 제목으로 발표하였으나, 『시문학』 3호에 오
식이 있었다는 사고와 함께, 수정하여 제목 없이 시 내용만 실었다. 『영랑시집』에
는 제목 대신 숫자 「9」로만 표기되어 있다. 필자 주.

가시적인 세계가 아니다.

영랑이 모더니즘의 영향을 받았는지 받지 않았는지는 알 수가 없다. 그는 어떤 글에서도 모더니즘의 영향을 직접 받았다고 밝힌 바가 없고, 영랑의 시를 전부 분석해 보아도 모더니즘의 수혜 여부를 확인할 수 없다. 왜냐하면 위의 시에서 보이는 선명한 시각적 이미지 구현은 모더니스트들이 즐겨 그리는 회화적 세계이지만, 그것은 이미 이미지즘이나 낭만주의에서도 일반화 되었던 기법이기 때문이다. 영랑시의 이런 특성에 대해 김선태는 다음과 같이 기술하고 있다.

> 영랑은 전통성과 모더니티의 조화를 이론과 실제의 병행으로 본 게 아니라, 오로지 작품 자체 내에서 이를 구현해 내야 하는 것으로 보고 틀에 박힌 시조가 아닌 자유시적 서정시를 완성시키는 것을 그 이상으로 생각했던 것 같다.[175]

위의 인용문에 따르면 영랑은 '전통성과 모더니티의 조화'를 작품으로 구현했다. 다시 말하면 영랑은 자신이 실현하고자 하는 시의 완성을 위해 오직 시 작품 내에서 그것을 모색했다.

> 뻘은 가슴을 훤히 벗고
> 개풀 수지버 고개수기네
> 한낮에 배란놈이 저가슴 만젓고나
> 뻘건 맨발로는 나도 작고 간지럽고나
>
>   -김영랑, 「21」[176] 전문

김영랑의 시 중에서는 가장 에로틱한 시이다. 이 작품에서는 시적 대

---

175) 김선태, 『김현구시전집』, 앞의 책, 271쪽.
176) 김영랑, 「21」, 『시문학』 3호, 앞의 책. 이 작품은 원전에는 따로 제목이 없지만, 편의상 영랑시집에 제목 대신 실린 번호를 그대로 제목으로 삼았다. 필자 주.

상 전부가 의인화 되어 있다. 뻘은 훤히 벗은 채 가슴을 다 보여주고 있
다. 그것을 차마 바라보지 못하고 갯가의 풀은 수줍어 고개를 숙여 버
린다. 그런데 배란 놈은 뻔뻔하다. 드러난 뻘의 가슴을 함부로 만진다.
개풀의 태도와는 대조적이다. 퍼스나인 나는 겨우 맨발로 뻘의 가슴에
닿았는데, 그것만으로도 벌써 간지러움을 느낀다. 간지러움을 느끼는
부위와 성감대가 일치한다는 것은 익히 알려진 사실이다.

　뻘이라는 여성적 대상을 하나 두고, 개풀과 배와 내가 보이는 반응이
미소를 짓게 하는 작품이다. 더군다나 가슴을 드러내 보여주는 의인화
된 뻘의 모습은 실제 뻘의 속성을 그대로 보여준다. 여성의 가슴과 뻘
은 인접성이 약한 대상들이다. 비유에서는 원관념과 보조관념의 거리가
먼 대상끼리의 결합이 성공적일 때 시적 효과가 높다. 시각적 심상과
촉각적 심상이 잘 살아있다.

2) 전통성과 모더니티의 조화와 한계

　현구는 영랑의 전통적이면서 치밀한 언어 조탁 능력과 지용의 모더
니스트하면서도 감각적인 언어 표현 방법을 긍정적으로 수용했다. 즉
영랑은 모국어의 조탁 능력 및 토속어의 적극적 활용을 통해 시어의 예
술적 가치를 극대화 하였는데, 현구는 영랑의 이러한 언어관을 받아들
였다. 또한 호음조를 활용한 음악성 확보에도 관심을 가진 듯하다. 그가
4행시도 즐겨 쓴 것은 자유로우면서도 음악적 효과를 극대화 한 새로운
형식에 관심이 많았던 것과 관련된다. 뿐만 아니라 지용의 감각적이며
내포성 강한 시어 사용에서도 영향을 받았다. 특히 시각적 이미지의 신
선한 창출은 지용시가 이룬 성과를 발전시킨 것으로 볼 수 있다.

　김현구는 순수서정시를 추구하였다. 또한 이전에 어디에도 작품 발

표를 한 적이 없었는데, 시문학파동인들이 투고된 작품에서 뽑았다는 것으로 보아, 현구의 작품이 시문학파의 문학적 지향성과 같았기 때문이라 볼 수 있다.

> 한숨에도 불녀갈듯 보-하니 떠잇는
> 은ㅅ빗 아지랑이 깨여흐른 산ㅅ둘네
> 구비구비 노인길은 하얏케 빗남니다
> 님이여 강물이 몹시도 퍼럿습니다
> 헤여진 성ㅅ돌에 떨든 해ㅅ살도 사라지고
> 밤비치 어슴어슴 들우에 깔리여 감니다
> 홋홋달른 이얼골 식여줄 바람도 업는것을
> 님이여 가이업는 나의마음을 아르심니까
>   -김현구, 「님이여 강물이 몹시도 퍼럿습니다」177) 전문

'은ㅅ빗 아지랑이 깨여흐른 산ㅅ둘네/구비구비 노인길은 하얏케 빗남니다'에서 보이는 선명한 이미지는 영랑과 다른 현구만의 개성이다. '어슴어슴', '홋홋달른' 같은 음성상징어는 참신하고 생동감 있다. 언어 사용에서는 영랑과 비슷하게 모국어 조탁에 신경을 썼고, 시어를 통한 이미지 창출에서는 지용의 모던함을 수용했다.

김현구는 영랑의 시세계와 유사한 면이 많지만, 모더니즘의 수용 면에서는 영랑과 구분된다. 시각적 이미지가 영랑의 시에 비해 훨씬 많이 나타난다. 현구 시의 모더니즘적 요소는 주지주의가 아니다. 그의 시는 정서가 노출되고, 기법상 이미지즘이다. 현구는 빼어난 시각적 이미지 속에 개인의 정서를 과감하게 드러낸다. 그의 주된 정서는 '설움'이나 '슬픔'이다.178) 하지만 현실에서의 극복의지는 거의 보이지 않는다. 타

---

177) 김현구, 『시문학』 2호, 앞의 책, 25쪽.
178) 김선태, 『김현구시전집』, 앞의 책, 299~301쪽. 김선태에 따르면, 현구의 시에서

협도 없다. 이런 고독하고 내성적인 자아가 지향할 수밖에 없는 세계는 이상향이다. 현구의 시에서 이상향의 모습은 '섬'이나 '길'로 나타난다. 그곳은 이상향이기에 꿈꿀 수는 있지만, 갈 수는 없는 곳이다. 그런 세계 속에서 현구 시의 서정적 자아는 안온함과 평화를 느낀다. 하지만 그 세계 속에서도 자아는 고독하다.

특히 현구의 시에서 이미지가 유독 빛을 발하는 때가 바로 그런 이상향을 그릴 때이다. 시적 자아의 꿈이 이미지를 통해 드러난다. 유독 시각적 이미지가 많은 점도 바로 이런 이유 때문일 것이다. 꿈꾸는 세계는 현실에서는 볼 수 없지만, 내면에서는 그릴 수 있는 세계이다. 그것은 매우 구체적인 이미지로 드러난다. 이런 시각적 이미지에 자주 나오는 게 색채어이다. 현구의 초기시 60편중에서 색채어가 등장하는 횟수는 총 69회이다. 거의 모든 시에 색감을 나타내는 시어가 나온다는 의미이다.

〈표 2〉『시문학』 동인의 작품에 니디난 색체이[179]

구분	김영랑	김현구	박용철	정지용	신석정
白(흰색)	12	35	2	20	21
靑(푸른, 녹색)	11	16	14	18	51

는 비애의식과 죽음의식의 시어들이 압도적으로 많다. 그것은 비애의 정서와 대척점에 놓여 있다고 보이는 '꿈, 사랑, 기쁨'을 나타내는 시어가 상대적으로 적다는 것과의 대비에서 입증된다. 그가 조사한 비애의식과 관련된 시어가 나오는 횟수는 다음과 같다. (전체 현구 시 대상)
-비애 : 설움, 슬픔, 외로움, 눈물, 울음, 한숨, 그리움, 쓸쓸함, 혼자 = 192회
-죽음 : 무덤, 죽음, 허무, 목숨, 죄악, 무상 = 42회
-기타 : 꿈, 사랑, 기쁨 = 43회
179) 이 표는『시문학』 동인들이 그들의 문학적 지향성을 염두에 두고 창작했으리라 여겨지는 초기시만을 분석 대상으로 한 것이다. (유윤식, 앞의 논문, 78쪽 및 김선태, 앞의 책, 426쪽 참조)

赤(붉은, 빨간색)	5	8	2	18	10
黑(까만, 검정색)		4	1	10	3
黃(노란, 금색)		6	1	3	7
색채어 총수	28	69	20	69	92
대상 작품 편수	53	60	33	55	35

대상 작품 편수와 색채어 숫자를 단순 비교 하였을 때, 현구를 비롯하여 지용과 석정의 시에 유독 색채어가 많이 나온다는 것을 알 수 있다. 이로써 현구의 시가 시각적 이미지에 의존하는 이미지즘의 시를 지향했다는 것을 알 수 있다.

1920년대 시단을 '전통지향성'과 '모더니티 지향성'으로 구분하고, "이에 대한 반동으로 나타난 것이 1930년에 창간된 <시문학>이라는 시 전문지이다. 이것은 전통지향성과 모더니티 지향성의 융합으로 규정된다"[180]는 지적은 시문학파의 문학적 지향성의 일면을 정확하게 지적한 것이다. 이런 시문학파의 문학적 지향성에 대한 박용철의 입장을 보자.

> 제일호는 편집에 급한 탓으로 연구소개가 없이 되었다. 앞으로는 시론, 시조, 외국시인의 소개 등에도 있는 힘을 다하려 한다.[181]

위의 인용문에서 보는 바와 같이 용아 박용철은 편집후기를 통해 '시조'를 싣는 데도 문호를 개방하였으며, '외국시인' 소개에도 힘을 다하려는 목적을 분명히 밝혔다. 즉 영랑이나 지용 등 탁월한 순수 서정시인들의 작품만이 아니라, 보다 전통적인 '시조'를 수용하고, 상대적으로

---

180) 김윤식, 『한국현대시론비판』, 일지사, 1982, 244쪽.
181) 「후기」, 『시문학』창간호, 앞의 책, 39쪽.

모더니티 지향적인 '외국시인' 소개에도 적극적으로 나서고 있는 것이다. 이는 형식적으로 전통성과 외래성의 통합 혹은 조화를 꿈꾼 것으로 보인다. 용아 박용철은 다양한 문예사조나 다양한 시적 형식에 대해 개방적인 성향을 지닌다. 이는 『시문학』3호에 발표한 「仙女의 노래」에서 두드러진다.

> 눈물짓지마 눈물짓지마
> 꼿은 새해에 다시피러니—키—트 스
>
> 느릿한 나래질로 나는공중 떠다닌다.
> 끝업는 시냇물은 흘러흘러 나려간다.
>
> 절믄이야 가슴뛰여 하지마라.
> 저기파란 휘장드린 발근창이
> 반쯤만 열려젓슬 너를기달림이라고
> …느릿한 나래질로 나는 공중 써다닌다.
>
> 절믄이야 가슴죄여 하지마라
> 달을잠근 말근새암 가튼눈이
> 곤우슴 지어보냄 너를괴려함이라고
> …끝업는 시냇물은 흘러흘러 나려간다.
>
> 너로 해서가 아니란다 내 아이야
>
> 탐스러운 한송우리 모란꼿은
> 네눈김붜 하렴인줄 믿지마라
> 지나는 나비하나 어느결에 품에든다.
> …느릿한 나래질로 나는공중 써다닌다
>
> 솔닢사이 지저괴는 미영새를

네귀마춘 노래인줄 아지마라
둘(이)맛나 깃부듸(치)며 건넌골로 사라진다
…싯업는 시냇물은 흘러흘러 나려간다

아러라 내아이야 너로해서기 아니란다
…싯업는 시냇물은 흘러흘러 나려간다

아 그런줄 아랏거든 그러한줄 아랏거든
머리드러라! 눈물에 싯긴얼골
기픈물속 헤여나온 얼골가치
엄숙하게 전에업든 빛나려니
내아이야 외롬참고 사는줄을 배호아라

　　느릿한 나래질로 나는공중 떠다닌다.
　　끝업는 시냇물은 흘러흘러 나려간다.
　　　　　　　　　　　-박용철, 「선녀의 노래」[182) 전문

이 작품은 「시문학」 3호에 첫 작품으로 실려 있다. 「시문학」지의 편
집상, 가장 빼어난 작품이나, 가장 돋보이는 시인을 맨 첫 자리에 배치
하는 특성이 있다. 창간호에서는 영랑을 맨 앞자리에 놓았으며, 2호에
서는 지용을 맨 앞에 놓았다. 이는 창간호에서는 신작시를 내지 않았던
지용이 신작시를 내서 그렇게 배치한 것으로 보인다. 그런데 3호에서는
용아의 시가 첫 장을 차지했다. 이런 것이 작품성과 직결되는 것은 아
니겠지만, 용아가 이 작품에 대해 약간의 자부심은 가지고 있었으리라

---

182) 박용철, 『시문학』3호, 앞의 책, 4~6쪽. 인용한 작품에서 분명한 오기로 보이는
　　구절이 있는데, 표기의 문제에서 혼선을 빚고 있는 것으로 보이는 시어들이다.
　　원문에서는 '싯'과 '꼿', '끝업는'과 '끝업는'이 혼용되어 씌었으나, 뜻은 같지만
　　표기방식의 차이로 본다. 그 당시 「한글맞춤법통일안」이 제정되지 않았을 때라
　　이런 현상이 발생한 것으로 보인다.

고 생각된다.

용아가 지용에게서도 모더니즘적인 영향을 받았으리라는 짐작을 할 수 있는 것은 그가 남긴 편지글에서 지용에게 시를 보여 주며 시창작의 조언을 구했다는 이야기가 나오기 때문이다. 하지만 용아는 실력 있는 번역가로서 활동을 하였기 때문에 모더니즘에 대한 이론적 검토는 충분히 했을 것으로 보인다. 하지만 그가 주로 번역한 외국 이론이 '낭만주의'에 대한 것이었기에 자신이 관심 갖고 번역했던 시들과도 거리가 있다. 용아의 작품 중 이 작품은 형식상 이색적인 작품이다.

1연과 2연과 3연의 지면상 시작 지점이 다르다. 물론 시각적 효과를 노렸다. 총 10연의 시인데 2연과 10연의 내용은 같다. 일종의 변형된 수미상관이다.

느릿한 나래질로 나는공중 떠다닌다.
끝업는 시냇물은 흘러흘러 나려간다.

또한 이 연들은 글자 수를 의도적으로 맞추었다. 이것도 시각적 효과임과 아울러 운율에 신경을 쓴 것이다. 바로 위에 인용된 연에서 '느릿한 나래질로 나는 공중'이라는 대목의 유성음 효과도 주목해야 한다. 약간은 몽환적일 수 있는 반복법과 유성음들 사이에, '떠'와 '끝'이라는 경음이 삽입되어 나른함을 깬다.

나머지 시행에서 지속적으로 반복되는 것은, '…끗업는 시냇물은 흘러흘러 나려간다'라는 구절이다. 비로소 시행의 배치가 이해가 된다. '…끗업는 시냇물'의 흘러가는 모습을 위해 시행 배치마저도 새로운 시도이다. '다시피러니―키-ㅌ 스'라는 구절도 시각적 효과를 노렸다. 일종의 회화시이고, 상형시다.

솔닢사이 지저괴는 미영새를
네귀마춘 노래인줄 아지마라
둘(이)맛나 깃부듸(치)며 건넌골로 사라진다

이런 구절도 눈여겨보아야 한다. 민요로 보이는 이런 가사와 가락을
넣는 것은 매우 새로운 실험으로 보인다. 그래서 이 시는 전통과 서구
모더니즘을 합체 시키려는 시도로 보인다. 제목은 「선녀의 노래」이고
내용에는 선녀로 짐작되는 이와의 '키―트 스'가 있다. 견해의 차이일
지도 모르지만, 어색하고, 생뚱맞다. 용아의 한계다.

앞에서도 서술하였다시피, 용아는 모더니즘이나 다양한 서구 이론을
접했을 것이라는 점은 분명하다. 용아는 4개 국어를 했다고 알려져 있
으며, 수학과 어학에 천재적 재능을 보였다. 따라서 정황상으로는 모더
니즘 이론을 숙지했을 것으로 보인다. 하지만 문학작품에서 모더니티를
살린 작품은 찾기가 어려울 뿐만 아니라, 성공 했다고 보여지는 작품이
없다.

다만 그의 유작으로 보이는 다음의 시 「비」에서는 모더니즘의 기법
이 잘 살아있다.

비가 조록 조록 세염없이 나려와서 · · ·
쉬일줄도 모르고 일도없이 나려와서 · · ·
나무를 지붕을 고만이세워놓고 축여준다 · · ·
올라가는 기차소리도 가즉이 들리나니 · · ·
내 마음에서도 심상치 않은놈이 흔들려 나온다 · · ·

비가 조록 조록 세염없이 흘러나려서 · · ·
나는 비에 홈출젖은닭같이 네게로 달려가련다 · · ·
물 건너는 한줄기 배암같이 곧장 기여가련다 · · ·
감고붉은 제비는 매끄럼이 날려가는 것을 · · ·

나의마음은 반득이는 잎사귀보다 더 한들리여 ···
밝은불 혀놓은 그대의방을 무연히 싸고돈단다 ···

나는 누를향해쓰길래 이런하소를 하고잇단가 ···
이러한날엔 어느강물 큰애기하나 빠저도 자최도 아니남을라 ···
전에나 뒤에나 비스방울이 물낯을 튀길뿐이지 ···
누가 울어보낸 물 아니고 설기야 무어 설으리마는 ···
저기가는 나그내는 누구이길래 발자최에 물이 괸다니 ···
마음있는 듯 없는 듯 공연한비는 조록 조록 한결같이 나리네 ···

-박용철, 「비」183) 전문

시행의 끝마다 빗방울이 달렸다. 쉴 줄도 모르는 비가 계속 내려서 '나무를 지붕을 고만이세워놓고 축여준다···'고 한 표현은 예리한 관찰의 결과이다. 비가 내리자, '내 마음에서도 심상치 않은놈이 흔들려 나온다···' 내 마음에서 나온 그 심상치 않는 놈은 그리움이다. '나는 비에 흠출젖은닭같이 네게로 달려가련다···'고 했다. 비에 젖은 닭 모양이 되어도 괜찮다는 것이다. '물 건너는 한줄기 배안같이 곤장 기여가련다···' 뱀은 분명 기어가지만, 사실 이때의 뱀은 미끄러져 가기 때문에 속도가 매우 빠르다. 그만큼 마음이 급하다. '감고붉은 제비는 매끄럼이 날려가는 것을···'이라고 이번에는 제비와 견주어 본다. 하지만 비는 여전히 그치지 않는다. 오래도록 내리는 비는 관계와 관계를 차단한다. '이러한날엔 어느강물 큰애기하나 빠저도 자최도 아니남을라···'라는 진술은 비가 그만큼 많이 왔다는 것을 직접적으로 말하지 않고, 상황을 환기하는 말로 대신 했다. 누군가가 물에 빠져 죽어도 다른 사람이 모를만큼 많은 비가 내렸다는 말을 그렇게 한 것이다. 어쩌면 그런 투신은 퍼스나 자신의 내면 고백일지도 모른다. 그래 놓고는 '나그내'에게

---

183) 박용철, 전집1, 앞의 책, 18쪽.

시선을 돌린다. '저기가는 나그내는 누구이길래 발자최에 물이 괸다니…' 과연 나그내에 나그내일 뿐인 것은 아닐 것이다. 퍼스나의 내면의식이 투사된 대상이다. 하지만 이 작품도 모더니즘 기법을 써서 성공했다고 보기에는 어렵다. 특히 '마음있는 듯 없는 듯 공연한비는' 같은 긴장감이 풀어진 구절이 문제가 된다.

> 흙 속에서 어찌 풀이 나고 꽃이 자라며 버섯이 생기고? 무슨 솜씨가 피속에서 詩를, 詩의 꽃을 피어나게 하느뇨? 變種을 만들어 내는 園藝家, 하나님의 다음 가는 創造者, 그는 실로 교묘하게 配合하느니라. 그러나 몇 곱절이나 더 참을성 있게 기다리는 것이랴!184)

위의 인용문은 용아의 말이다. 하지만 용아의 시간은 어느 순간 멈추어 버렸다. 그래서인지 다음과 같은 소품은 그래도 격이 있다.

> 그는 병난 시계같이 휘둥그래지며 멈춧 섰다.
>
> —박용철, 「邂逅」185) 전문

십년 정도 문단 활동을 하면서 끊임없이 자기갱신을 한 이가 용아 박용철이다. 그가 존재했기에 시문학파가 있을 수 있었고, 시문학파가 있어서 우리의 시는 비로소 현대시의 용모를 갖추게 되었다.

신석정의 시에 대한 최초의 평가는 김기림에 의해 이루어졌다. 그는 신석정을 '목가 시인'이라고 칭하면서 목가 그 자체가 見地에 따라 現代文明 에 대한 간접적인 비판이 된다고 높이 평가 하였다.186) 김기림의

---

184) 박용철, 「시적변용에 대해서」, 『삼천리문학』 창간호, 1938.11.
   박용철, 전집2, 앞의 책, 4쪽.
185) 박용철, 전집 1, 앞의 책, 113쪽.

이 평가가 석정을 알리는 데 큰 도움을 주지는 못했지만, 그를 규정하
는 대명사로 평생 동안 지칭된다. 신석정에 대한 두 번째 평가도 김기
림에 의해 이루어졌는데, 그 두 번째 평가에서 신석정을 '모더니스트'
로 평가한다. 김기림의 아래와 같은 평가는 시문학파의 문학적 지향성
중 하나인 '전통지향성과 모더니티의 조화 추구'라는 항목과 밀접한 관
련이 있다.

> 辛夕汀은 幻想 속에서 形容詞와 名詞의 非論理的인 結合에 依하야 아름
> 다운 象徵的인 「이메지」들을 비저내고 있었다. 그들은 韻文的 리듬을
> 버리고 아름다운 會話를 썼다.[187]

위의 인용문에서 김기림이 말하는 '아름다운 회화를 썼다'는 말은 이
미지즘을 말한다. 물론 우리가 시를 논할 때, 현대시의 중요한 구분으로
삼는 모더니즘적 요소의 가장 중요한 특징도 '회화성'이다. 본 연구에
서 현대시의 특징 중 가장 중한 것이 '회화성'이라고 서술한 바 있다.

> 하눌ㅅ가에 불근빛 말업이 퍼지고
> 물결이 자개처럼 반자기는 날
> 저녁해 보내는이도 업시
> 초라히 바다를 너머갑니다
>
> 어슷 어슷 하면서도
> 그림자조차 뵈이지 안는 어둠이
> 부르는이 업시 찾어와선
> 아득한 섬을 싸고 돕니다

---

186) 김기림, 「1933년 詩壇의 回顧와 展望」, ≪조선일보≫, 조선일보사, 1933.12.12.
187) 김기림, 「모더니즘의 歷史的 位置」, 『인문평론』 5권 5호, 1935.12. 171쪽. 『문학
　　의 이론』, 학예사, 1940, 625쪽.

주검가치 말업는 바다에는
지금도 물쌀이 우슴처럼 남실거리는 흔적이 뵈임니다
그 언제 해가 너머갓는지 그도 모른체하고—

무심히 살고 쏘 지내는
해— 바다— 섬— 하고 나는 부르지즈면서
내몸도 거기에 선물하고 시펏슴니다

-신석정, 「선물」[188) 전문

이 시를 김기림이 분석한 눈에 최대한 의지해서 살펴보면, 상징이 분명 있기는 하다. 먼저 '섬'이라는 공간은 '자궁'이나 '감옥'을 상징한다. 이 작품에서도 그러한 상징성을 읽을 수 있다. 또한 '해'도 상징으로 읽을 수 있다. 퍼스나인 나는 '해'에게 어떤 바람이 있다는 것을 엿볼 수 있기 때문이다. 보내는 이도 없는데, '해'가 '초라히 바다를 너머감니다'라는 구절이 있기 때문이다. 이 말은 곧 퍼스나가 해를 보내지 않았다는 내면 의식을 고백한 것이다. '해'가 긍정적 대상이었다면, '어둠'과 '바다' 부정적 대상이다. '어둠'은 부르는 이도 없이 찾아와서 퍼스나가 있는 '아득한 섬을 싸고 돕니다'라고 하였기 때문이며, '바다'는 '주검가치 말업는 바다에는/지금도 물쌀이 우슴처럼 남실거리는' 것으로 보아, 바다는 침묵하는 자이고, 나를 비웃는 자이다. 그리고 '해가' 넘어간 것을 모른 체하는 방관자이다. 즉 이러한 상징들을 도식화 시켜서 설명할 수도 있다.

하지만 이렇게 쉽게 도식화 할 수 있다는 점이 오히려 신석정 시의 한계이다. 시는 이렇게 도식화 된 상징 속에 있는 것이 아니다. 인류는 수 천년간 시를 써왔으며, 그것은 인간에게 매우 가치 있는 일이었다.

---

188) 신석정, 『시문학』 3호, 앞의 책, 22~23쪽.

그런 시사에서 어떤 사조를 불문하고 좋은 시는 있었고, 그런 작품은 세월의 풍화에도 견딜 수 있었다. 새로운 사조라고 해서 무조건 평가될 필요는 없다. 석정 시의 약점은 산문으로 바꾸어도 신선함이 없을 뿐만 아니라, 시적으로 보면 더욱 그러하다. 언어와 언어가 만날 때 일어나는 스파크도 없고, 언어 간의 접목을 통한 우량종의 탄생도 없다. 언어의 조탁도 거의 보이지 않는다.

이것은 위의 작품을 회화성만을 놓고 분석해 보아도 크게 다르지 않다. '해는 붉고 어둠은 검다' 색체이미지로 본다면, 붉은 색과 검은 색의 대립이 있고, 그 사이에 퍼스나의 정서가 놓여 있다. '웃는 파도'의 색은 분명히 보이지 않지만, 검은색에 가까울 것이다. 거기에서 퍼스나가 기껏 선택한다는 것은 '자살'이다.

> 예술 작품의 개념은 성공의 개념을 내포한다. 실패한 작품은 예술 작품이 아니다. 예술에서는 근사치라는 말이 적절하지 못하며 어중간한 작품은 이미 나쁘다.[189]

위의 인용문은 아도르노의 주장이다. 이 말에 근거해서 말한다면, 신석정의 「선물」은 좋은 작품이 아니다. 아무리 모더니즘의 기법을 사용했다고 하더라도, 그것만으로 어떤 시가 현대성을 획득한 것은 아니다. 이는 석정의 한계이기도 하고 김기림의 한계이기도 하다.

그 당시 대중가요 작사가였던 이하윤도 모더니즘에 관심을 보였다. 가령 다음과 같은 작품이 그러하다.

城門 밧그로 해가 넘어가 버리자

---

189) T.W. 아도르노, 홍승용 역, 『美學理論』, 문학과지성사, 1984, 294쪽.

이 거리 電燈엔 불이 켜지고
國境을 向하려는 列車 客室은
벌써 멀니 달닐 밤길을 위한 차비

-이하윤, 「에트란제」[190) 부분

이 작품은 초기시에 속하는데, 제목부터가 나그네를 뜻하는 외래어 '에트랑제'여서 이국적인 정서를 엿볼 수 있다. 거기에 '城門, 電燈, 國境, 向, 列車客室 등의 명사들이 한자어로 표기되어 있어 국경 근처의 이국 적인 분위기를 환기시킨다. 순 우리말로 보이는 것은 몇 개의 조사와 '벌써', '멀리'와 같은 부사어, '달릴 밤길을 위한'이라는 관형어 정도가 있다. 또한 이 작품은 오직 시각적 심상에만 의지하고 있다. 모더니티한 작품이다.

그러나 이하윤은 시 창작에 있어서는 다소 고답적인 형식을 고수했 다. 노랫말과 유사한 동일 구절의 단순한 반복, 과도하게 음수를 맞추는 시행의 운용 등이 한계이다. 이와 별도로 이하윤 시의 특징 중 하나는 언어에 대한 개방성이다. 그는 모국어를 비롯해서 한자어 영어에 이르 기까지 시어로 선택하는데 주저함이 없었다. 그는 전통성을 계승하는 문제에 있어서도 모더니즘을 받아들이는 문제에 있어서도 열려 있었다. 그러나 작품에서 성공하지는 못하였다.

3) 한국적 모더니티

정지용은 『시문학』에 작품을 싣기 전부터 모더니스트였다. 또한 시 문학파에 가입하기 전에 이미 53편의 시를 발표하여, 문단의 중진으로

---

190) 이하윤, 고봉준 편, 『이하윤 시선』, 앞의 책, 66쪽.

분명한 자리를 잡고 있었고, 『시문학』이 폐간된 후에도 여러 지면에 시를 발표하는데, 모더니즘의 왕이라 부를 만큼 작품 수준이 높은 것이었다. 하지만 『시문학』지에 작품 발표를 하던 시기에도 시문학파의 문학적 지향성에 따르지 않는 것으로 보인다.

그가 『시문학』 창간호에 발표한 작품은 이미 발표하였던 작품의 개작에 지나지 않았으며, 일본어로도 발표한 적이 있는 작품도 있었다.

따라서 지용은 시문학파에 큰 관심은 없었던 것으로 보인다. 이미 문단 안팎에서 이름을 얻은 시인에게 등단도 하지 않고 있었던, 용아와 영랑 등이 어떻게 보였을까. 또한 지용은 영랑 등과는 잡지를 보는 시각도 달랐다. 지용은, 영랑이 대중적 잡지라 폄하하였던 『문예월간』에는 작품을 발표하지만, 정작 본격 문학 잡지라 할 수 있는 『문학』에는 작품발표를 하지 않는다.

이런 점들로 미루어 보아, 지용은 시문학파로서 자세를 분명히 하고, 『시문학』지에 원고를 발표한 것이 아니라, 수많은 잡지 중 하나로 여기고 작품을 내었을 것으로 보인다.

스피어즈는 모더니즘의 기본 이념을 '단절의 원리 principle of uncontinuity'라 지적한다. 그에 의하면 단절은 '형이상학적 단절', '미학적 단절', '수사학적 단절' '시간적 단절' 등으로 나누어진다. 그리하여 그는 이러한 단절을 기본 원리로 하는 모더니즘시의 중요한 특징을 '공간적 형식 spatial form' 즉 시간질서의 공간화라고 요약하였다. 모더니티로서의 이러한 기준과 이념은 퍼스나의 직접적 목소리에 의지하기보다는 객관적 사물을 통해 '보여주기' 수법에 의해서 더 효과적으로 구현될 수 있는 것이며, 이는 정지용 시에 있어서도 예외가 아니었다.[191]

---

191) 김동근, 「정지용 시의 공간기호에 대한 해석적 고찰」, 『시문학파의 표층과 심층』, 앞의 책, 103쪽.

가을 볏 째앵 하게
내려 쏘이는 잔디밧.

함쎅 픠여난 짜알리아
한나제 함쎅 퓐 짜알리아.

시약씨 야, 네 살빗 도
익을 째로 익엇 구나.

젓가슴 과 북그럼성 이
익을 째로 익엇 구나.

시약씨 야, 순하디 순하여 다오
암사심처럼 쒸여 다녀 보아라.

물오리 써 돌아다니는
흰 못물 가튼 한울 미테,

함박 픠여 나온 짜알리아.
픠다 못해 터져 나오는 짜알리아.

-정지용, 「Dahlia」[192) 전문

다알리아 꽃을 보며, 소녀의 티를 막 벗은 젊은 시악시의 싱그러운 육체미를 그리고 있다. '익을 대로 익은 살빗', '익을 대로 익은 젓가슴 과 북그럼성'이 눈에 보이는 듯하다. 더구나 그런 시악시더러 암사슴처럼 뛰어다녀보라고 요구를 한다. 에덴의 처녀가 싱그럽고 신선한 알몸 으로, 아직 순결한 몸으로 마구 뛰어다니는 모습이 떠오른다. 때 묻기

---

192) 정지용, 「Dahlia」, 『시문학』 창간호, 앞의 책, 15~16쪽. 강조점은 원문대로 표기한 것임.

전의 아름다움, 죄 짓기 이전의 순결함 같다. 그런 시악시의 원관념은 다알리아 꽃이다. '한낮에 가을볕이 째앵 하게 내려 쪼이는 잔디밭'이다. 잔디밭은 아무래도 다알리아가 피어 있는 것보다는 시악시가 있을 것 같은 풍경이다. 시악시는 다알리아의 의인화일 뿐이다. 풍경의 배면에는 '하늘'이 있는데, 그냥 하늘이 아니라, '물오리 떠다니는/흰 못물 같은 하늘'이다. 한가롭고 평화스런 광경이다. 어쩌면 고요하다시피 한 하늘과 잔디밭이 있는데, 거기서 다알리아로 지칭되는 시악시를 암사슴처럼 뛰어 다녀 보라고 한다. 생명력의 강렬함이 느껴지는 이미지다. 하늘의 고요가 아니었다면, '함박 피어 나온 따알리아/피다 못해 터져나오는 따알리아'의 함성이 들리지 않았을 것이다. 절묘한 대조를 통해 '따알리아' 꽃이 주는 생동감을 강렬하게 표현하였다.

　정지용 시의 특징은 감정이 시에 노출되는 것을 엄격히 절제한 언어 구사 방식인데 이는 동양적인 미학이다. 그러다보니 많은 연구자들이 정지용의 '산수시'에서 보여주는 고요의 공간을 동양사상적인 맥락에서 논의하였다.[193] 특히 일본 유학을 갔던 1920년대 후반부터 『시문학』 동인으로 활동하였던 1930년대 초반에는 바다에 대한 시만이 아니라, 물 이미지를 노래한 작품이 많다. 백록담으로 대표되는 지용의 후기시가 '산'을 노래한 작품이 많은 것에 비해 대조적이다. 1930년을 전후한 시기의 지용은 '바다'의 시인[194]으로 불릴 만큼 바다를 소재로 한 작품을 많이 썼다.[195] 『정지용 시집』 앞부분에 「바다1」과 「바다2」가 있는

---

193) 오탁번, 『현대문학산고』, 고려대 출판부, 1976, 120쪽.
　　권정우, 「정지용의 바다시편과 산시편의 연속성 연구」, 『비교한국학』 12, 2004, 98쪽.
194) 오탁번, 위의 책, 121쪽.
195) 백운복, 「정지용의 '바다' 시 연구」, 『서강어문』 5, 1985, 219쪽.
　　이길연, 「정지용의 바다 시편에 나타난 기하학적 상상력」, 『우리어문연구』 25집, 2005, 199쪽.

것으로 보아 '바다'에 대한 그의 관심도를 짐작할 수 있다. 또한 동일 시집에 같은 제목으로 내용이 다른 「바다1」, 「바다2」가 있고, 그 연작시는 「바다5」까지 이어진다. 『시문학』지에도 바다에 관한 시는 눈에 띌 정도로 많다. 「바다」라는 제목의 시와 「甲板우」, 「船醉」 등의 작품이 직접 바다를 노래한 작품이고, 「피리」라는 작품도 '人魚' 이야기를 하였기에 바다와 무관하지 않다. 특히 「시문학」 2호에 나란히 실린 「호수」라는 제목의 시 두 편까지 더하면, 지용이 『시문학』 동인으로 활동하던 시기에 유독 물과 관련된 작품이 많았다는 것이 입증된다. 이외에도 남은 바다 연작과 「갈매기」, 「겨울」, 「地圖」, 「해협」, 「다시해협」, 「말1」, 「말2」 등도 바다나 물을 소재로 하고 있다.

> 물은 전통적으로 인간생활의 하위의 존재영역, 즉 일상적인 죽음 또는 비유기적인 것으로의 환원에 이어 뒤따라 나오는 혼돈이나 소멸의 상태에 속해 있다. 그러므로 죽을 때의 영혼은 번번이 물을 가로지르기도 하고 물속으로 가라앉기도 한다. 묵시적인 상징에는 '생명수'가 있으며 이것은 신의 도시에 다시 나타나는 에덴동산에서 발원하여 거기서부터 갈라지 네 개의 강이며, 제의에서는 세례의 이미지가 나타난다. 「에스겔서」에 의하면 이 강의 환류(還流)가 바다를 새롭게 하는데, 이는 「계시록」의 저자가 종말에 와서는 바다도 다시 있지 않다라고 말한 이유인 것 같다. 따라서 묵시적으로 말하면 물은 한 인간의 체내를 혈액이 순환하듯 우주의 체내를 순환한다.196)

원형상징이론에서 주장하였던, 물은 재생과 죽음의 의미를 가지고 있다. 또한 물은 정화의 기능을 가지고 있고, 어머니의 모태, 즉 어머니

오탁번, 『현대문학산고』, 고려대출판부, 1976, 120쪽. 오탁번은 정지용 시의 소재를 바다, 산, 도회, 향촌, 신앙으로 나누고 다섯 가지 중에서 바다와 산이 가장 중요하다고 하였다.
196) 노스럽 프라이, 앞의 책, 289쪽.

의 요람과 같은 의미를 지닌다. 물의 다양한 속성에 대해서는 바슐라르가 『물과 꿈』197)이라는 저서에서 상세히 기술해 놓았다. 이 중에서 바다에 떠 있는 배가 요람에서와 같은 쾌감을 준다는 말은 의미가 있다.

> 한가로운 배는, 이와 똑같은 쾌락을 주며, 또 같은 몽상을 낳는다. 라마르틴이 주저함 없이 말한 바와 같이, 그것은 "자연의 가장 신비스런 관능 가운데 하나"인 것이다. 마법의 배나 로망파의 배는, 몇 가지 점에서, 다시 획득된 요람이라는 것을, 수많은 문학적 창조에 의해서 우리는 쉽사리 증명할 수 있으리라. 근심도 없이 평온한 긴 시간, 그리고 쓸쓸한 배의 밑바닥에 누워서 우리가 하늘을 응시하고 있는 긴 시간, 어떠한 추억을 만나는 것일까?198)

바슐라르는 또, "노발리스의 꿈에는, 조금 지적되어 있는 데 지나지 않으나, 활동적이기까지 한 특성이 있기 때문에 '물의 꿈(rêve hydrant)'의 완벽한 심리학을 갖기 위해서는 거기에 충분한 의미를 주지 않으면 안 된다. 노발리스의 꿈은 사실 '흔들리는 꿈(rêves bercés)'의 수많은 범주에 속해 있다. 경이로운 불에 들어갈 때 꿈꾸는 사람의 최초의 인상은 '구름 사이나 저녁노을 속에서 휴식한다'는 인상인 것이다. 조금 후에 그 사람은 부드러운 잔디밭 위에 드러누워 있는 듯한 느낌을 받게 되리라."고 말하였다. 즉 물은 4원소 중 유일하게 흔들 수 있는 것이고, 그 흔들림은 "꿈꾸는 사람에게는, 어떤 특수한 몽상, 즉 단조로워지면서 깊어져가는 몽상의 기회인 것이다."

백운복은 그의 논문에서 정지용의 '바다' 詩는 개개의 작품이 독립된 형태로서의 이미지도 있지만, '상호 조응으로 통합된 交響的 이미저리를 형상하고 있'다면서 지용시의 바다 연작에서 보이는 감각적 이상과

---

197) 가스통 바슐라르, 이가림 역, 『물과 꿈』, 문예출판사, 2004.
198) 가스통 바슐라르, 위의 책, 246~247쪽.

이미지를 표현하는 데 있어서의 빼어난 예술적 미감을 보인 점을 높이 사면서 지용의 "생의 경험에 대한 충실과 상상력의 창조적 활동으로 순수 직관으로의 바다에 형태를 부여하면서 서정과 조우한 바다의 속성을 생생하게 형상해 내고 있다."199)고 서술하면서 지용시에서의 바다는 '憧憬意識'과 '畏敬意識'으로 이원화 되어 나타난다고 간파하였다.

지용의 시적 감각성은 초기작에서도 잘 드러난다. 「카페 · 프란스」에서는 "밤비는 뱀눈처럼 가는데"라고 하였는데, 김용직은 이를 두고, 이 시행 하나만 놓고 볼 때, 이 구절에서는 "가늘다다든가 살아 움직이고 있다는 느낌과 함께 비릿한 냄새 같은 것"200)을 환기한다고 하였다. 깊이 있는 시 읽기가 아닐 수 없다. 이러 빼어난 구절은 지용의 시가 이룬 감각적 형상화의 성과라 볼 수 있다. 이를테면 「말」이라는 시에서의 "검정 콩 푸렁 콩을 주마" 같은 구절의 생동감과 음상이 주는 감각적 효과는 빼어나다. 이런 적절한 표현이나 뛰어난 감각어의 구사는 「시문학」지에 실린 바다라는 작품에서도 돋보인다.

> 고래가 이제 橫斷 한뒤
> 海峽이 天幕처럼 퍼덕이오
>
> ········흰 물결 피여오르는 알에로 바둑돌 작고작고 나려가고,
> 銀방울 날니듯 써오르난 바다종달새··············
>
> 한나잘 노려보오 움켜잡어 고 뻘간 살 빼스랴고,
>   ※
> 미억닙새 향기한 바위틈에

---

199) 백운복, 「다변적 이미지의 형상화」, 김학동 외, 『정지용 연구』, 새문사, 1988, 28
    ~33쪽.
200) 김용직, 「시문학파 연구」, 『한국현대시연구』, 일지사, 1979.

진달래꽃빛 조개가 해ㅅ살 쪼이고,
청제비 제날개에 밋그러저 도──네
유리판 가튼 한울에.
바다는── 속속디리 보이오.
청대ㅅ잎 처럼 푸른
바다
봄

                    ※

꽃봉오리 줄등 켜듯한
조그만 산으로── 하고 잇슬까요

솔나무 대나무
다옥한 수풀로── 하고 잇슬가요

노랑 검정 알롱달롱한
블랑키트 두르고 쪽으린 호랑이로── 하고 잇슬가요

당신은 「이러한 풍경」을 데리고
흰 연기 가튼
바다
멀리 멀리 航海합쇼.

                              ─정지용, 「바다」201) 전문

　생동감 있다. 이미지가 선명하다. 첫줄을 '고래가 이제 횡단한 뒤'로
시작하고는 바로 '해협이 천막처럼 퍼덕이오'라고 했다. 실제 해협에서
이런 풍경을 볼 수 있는지는 몰라도, 이미지는 선명하게 그려진다. 말하
자면 동화 속 그림 같다. 그리고 해협이 펄럭인다는 표현은 힘이 있다.

---

201) 정지용, 『시문학』2호, 앞의 책, 4~6쪽.

'흰 물결 피여 오르는 아래로 바둑돌 작고작고 내려간'다는 구절의 원 관념은 고래가 지나간 뒤에 발생한 포말일 것이다. 거품을 흰 바둑돌로 표현해 놓아서 거품이 쫘르르 쏟아지는 것 같은 느낌을 준다. 그러다 퍼스나의 시선은 세밀한 곳으로 향한다. 바위 틈에 있는 '진달래 꽃빛 조개'를 바라본다. 그런데 '바다'가, '유리판 같은 하늘에 바다가 속속들 이 보'인다고 하였다. 이 구절은 바다가 하늘에 비친 것이 아니라, 바다 에 비친 하늘에 다시 바다가 겹쳐 보이는 장면을 그렇게 포착한 듯하 다. 한 가지 눈 여겨 봐야 할 것은 이 작품에 쓰인 명사들이 매우 한국 적인 것이란 점이다. '은방울', '미역닙새', '진달래 꽃빗 조개', '청대ㅅ 닙' '꽃봉오리 줄등', '호랑이'의 단어는 전통적이며 토속적인 정서를 품고 있는 단어들이다.

8연에 이르러 '블랑키트'라는 외래어가 나오는데, 지용은 작품을 쓸 때, 모국어만을 고집하지는 않았던 것으로 보인다. 즉 영문학을 전공하 였고, 1920년대에는 일본어로 쓴 시가 다수 있는 것으로 보아 지용의 언어감각은 한국어에만 한정되지 않는다.

한편 김학동은 지용시에 있어서의 '바다'를 신비와 聖神의 세계로 보 고, 지용이 '神聖性과 <서늘오움>의 詩觀'을 가지고 있다고 피력한 바 있다. 이는 시에서의 감정 절제를 기본으로 하였던 지용의 생각과도 닿 아 있다.

> 안으로 열하고 겉으로 서늘옵기는 일종의 생리를 壓伏시키는 노릇이 기에 심히 어렵다. 그러나 시의 위의는 겉으로 서늘옵기를 바라서 말지 를 않는다.[202]

'안으로 열하고 밖으로는 서늘옵'다는 의미는 감정에 대한 말이다.

---

202) 정지용, 「시의 威儀」, 『문장』 10호, 1939.11, 142쪽.

인간의 인간으로서의 중요한 능력 중 하나가 '감정이입'의 능력이라고 보았을 때, 지용의 이런 '서늘오옴'은 차갑게 보일 수가 있다. 하지만 기쁜 일이거나 슬픈 일이거나 너무 드러나게 표현하면 다른 이의 동조를 받아내기 어렵다. 또한 남의 일에 대해서도 지나치게 공감한 듯 하는 것도 거짓으로 보인다. 이런 점에서 시에서 감정을 너무 직접적으로 드러내는 것은 삼가야 한다. 시는 스스로 울지 않고 울리며, 지금 울리지 않고 나중에 울린다. 일상 언어가 아니라 문학 언어의 힘이 그 나름대로 설 자리를 찾는 것은 바로 그 점이며, 일상 언어와 달리 문학 언어는 두고두고 다시 들을 수 있는 말이기 때문에 더 늦게 울리고도 더 오래도록 울릴 수 있다. 따라서 지용의 '서늘오옴'의 시관은 문학 언어의 특성을 명확히 알고 한 말일 뿐만 아니라, '주지주의적' 시관의 수용이라 봐야 한다. 이런 지용의 '서늘오옴'의 시관이 지용의 초기시인 바다 이미지, 물 이미지와도 맞아떨어진다는 분석이 있다. 이종욱은 지용의 바다 관련 시편이 지용의 '서늘오옴'의 시관과 관계가 있다고 본다. 동양의 오행 사상으로 분석해 보았을 때 일치한다는 것이다.

> 수(水)의 의미는 '안으로는 熱하되 밖으로 서늘하옵기'라는 정지용의 시론과도 일맥상통한다. 수(水)는 한글에서 자음인 ㅁ,ㅂ,ㅍ을 의미한다. 바다 연작시에서 자주 등장하는 모래, 바다, 파도, 밤, 비, 바독돌 등의 시어는 모두 ㅁ,ㅂ,ㅍ으로 시작된다. 수(水)는 사람에게도 적용된다. 수(水)는 내성적 성격을 가진 사람, 인내심을 가지고 기다리고, 참고 견디며 양보하지만 늘 탐구하는 지혜로운 사람을 의미한다. 이는 그간의 연구자들에 의해 밝혀진 정지용의 성격과 다르지 않다.[203]

위의 인용문은 음양오행을 바탕으로 한 성명학에서 나온 이야기인데,

---

203) 이종욱, 「정지용의 「바다」 연작시에 나타난 수(水)의 상상력」, 『韓國文學論叢(Thesises on Korean literature)』, 한국문학회, 2011.

문학연구 분야에서는 본격적인 연구가 이루어지지 않았다. 이러한 연구
에 성과가 있다면, 우리말의 성분 분석이 보다 면밀해질 것이다.

> 정지용씨는 현 시단의 경이적인 존재다. 나는 왕년 『시문학』에 발표
> 된 「이른 봄 아침」 이하 축호시편(축호시편)을 보고 예술적 수법과 감
> 각에 경도된 적이 있거니와 금년간 발표된 것으로도 『카톨릭 청년』 소
> 재 「해협 오전 2시」, 「임종」 등 어느 것이나 unique한 세계, unique한 감
> 각, unique한 수법이다. 아마 현 시단의 작품으로 불어나 영어로 번역하
> 여 저들의 초현실적 예술경향, 그 귀족적 수준에 병가(병가)하려면 이
> 시인을 제하고는 달리 없을 듯하다.204)

양주동의 말이다. 지용시는 1930년대 당시 가장 'unique한' 세계를 보
여주었다고 해도 과언이 아니다. 이는 본 연구에서도 충분히 밝힌 내용
이다.

> 바다는 뿔뿔이
> 달어 날라고 했다.
> 푸른 도마뱀떼 처럼
> 재재발랐다.
>
> 꼬리가 이루
> 잡히지 않었다.
>
> 흰발톱에 찍긴
> 珊瑚보다 붉고 슬픈 생채기!
>
> 각가스로 몰아다 붗이고
> 변죽을 둘러 손질하여 물기를 씻었다.

---

204) 양주동, 「1933년도 시단연평」, 『신동아』 1933년 12월호.

이 앨쓴 海圖에서
손을 씻고 떼었다.

찰찰 넘치도록
돌돌 굴르도록

회동그라니 바쳐들었다!
地球는 蓮닢인양 오무라들고……펴고……

-정지용, 「바다2」[205) 전문

지용의 이 작품은 생동감 있는 이미지가 경이로운 수준이다. '바다는
뿔뿔이/달아날라고 했다.//푸른 도마뱀떼처럼/재재발렀다.//꼬리가 이루/
잡히지 않았다.'라는 대목에서 바닷물을 도마뱀 떼로 보았다. 무생물인
바다가 살아서 움직이는 도마뱀 떼가 되었다. 이 작품을 두고는 여러
사람의 의견이 갈라진다. 그만큼 분석도 다르다. 송욱은 "바다가 주는
시각적 인상의 단편을 모아놓은 산문"[206)이라고 폄하하였고, 문덕수는
감각적 묘사를 통해 구체적 이미지만을 제시한 작품으로 상상 구조의
한계가 있다고 보았다. 반면 김춘수는 "한 cut 내에서의 변화라고 하기
보다는 영상의 시간적 체계이다"[207)라고 하였고, 김학동은 "바다와 합
일되어 융화의 경지에 이르지 않고서는 '도마뱀'도 '꼬리'도 '힌 발톱'

---

205) 정지용, 「바다2」, 『시원』 5호, 1935.12, 2~3쪽. 이 작품은 발표 당시에는 「바다」
라는 제목이었으나, 『정지용 시집』에 실릴 때는 「바다2」로 숫자를 붙였다. 논의
의 편의상 「바다2」로 하지만, 분석대상 작품은 발표 당시의 원작이다. 『정지용
시집에 실리면서 바뀐 대목은 다음과 같다. 도마뱀처럼→도마뱀 같이, 각가스로
→가까스루, 붗이고→부치고, 씻었다→시쳤다, 씻고→싯고, 떼였다→떼었다, 회
동그라니→회동그란히, 바쳐들었다!→바쳐 들었다!, 오무라들고→옴으라들고
206) 송욱, 「정지용, 즉 모더니즘의 자기 부정」, 『시학평전』, 일조각, 1963, 196쪽.
207) 김춘수, 『한국현대시형태론』, 해동문화사, 1958.

도 보이지 않고 다만 푸른 물결로만 보일 것이다."[208]라고 하였으며, 정 금철은 "'바다'로 지향한 시인의 主旨가 달아나려고 하는 바다의 속성 을 인식하면서 시의 서정은 열리고 있다."면서 "이것은 달아나려고 하 는 바다로 지향한 시인의 주지가 도마뱀떼의 움직임과 遭遇하여 표상해 낸 바다의 반복적 동태에 대한 구체적 인상이다."[209]라고 하였고, 유윤 식은 이 시를 '1~4연'과 '5~8연'으로 나눈 뒤, "전반부 1~4연은 바다 의 현미경적 묘사이고, 후반부 5~8연은 바다의 망원경적 묘사이다."라 고 하였다.

하지만 이 시에서 문제가 되는 것은 퍼스나나 초점자[210]의 위치이다. 정확히 말하면, 이 작품은 '퍼스나'의 위치가 어디냐를 문제로 삼을 것 이 아니라, '초점자'의 위치가 어디냐를 문제로 삼아야 한다. 대부분의 평자들은 퍼스나가 바닷가에서 밀려오고 밀려가는 파도를 바라보고 있 는 것으로 보고 있다. 그러나 이렇게 보았을 때는, '5~8연'의 해석에 한 계가 있을 수밖에 없다. '1~4'연의 초점자가 바닷가에 밀려오는 파도를 근접거리에서 보고 있다는 점은 분명하다. 하지만 '5~8'연의 초점자는 바닷가에 위치해 있지 않다. 그래서 유윤식의 시각은 일정 부분 타당하 다. 하지만 문제점은 남는다. 도대체 '망원경'을 어디에서 들이대고 있 단 말인가.

이 시의 독해에는 동화적, 신화적 상상력이 필요하다. 이 시의 초점 자는 '전능자'의 눈으로 들어가 있다. 처음으로 바다를 만든 자를 설정 하여, 연꽃잎 같은 바다를 만든 자의 눈으로 보면, 미세한 것과 전체적 인 것을 동시에 볼 수 있다. 따라서 이 작품은 1연부터 독해를 해들어 가는 것이 아니라, 마지막 연을 실마리로 잡고 분석을 해야 이해가 된

208) 김학동 외, 『정지용 연구』, 새문사, 앞의 책, 219쪽.
209) 정금철, 김학동 외 『정지용 연구』, 위의 책, 24~25쪽.
210) S.리몬 캐넌, 최상규 역, 『소설의 현대시학』, 예림기획, 2003, 129~151쪽.

다. 그(전능자)는 연꽃잎 같은 바다를 만들어 지구를 받쳐 들려 했다. 그
는 바다를 만들 소재로 도마뱀 떼를 썼다. '바다(도마뱀 떼)는 뿔뿔이 달
아나려 했다.' '재재발렀다' 연잎 모양을 만들려고 갖다 붙이면 달아나
는 바다(도마뱀). 오히려 바다는 그의 손에 '붉은 생채기!'를 내었다. 하지
만 그는 '가까스루 몰아다 부치고/변죽을 둘러 손질하여 물기를 시쳤
다.' 그것은 한 장의 커다란 종이, 한 장의 海圖와도 같은 것이었다. 그
는 '이 앨쓴 해도에 손을 싯고 떼었다.' '찰찰 넘치도록/돌돌 구르도록'
살아있게 하였다. 그리고 연꽃대처럼 긴 손으로 '휘둥그란히 바쳐 들었
다!' 드디어, '지구는 연잎인양 옴므라들고…펴고…' 살아났다. 이렇게
해석하였을 때, 비로소 모든 문제가 해결된다.

  이상에서 살펴본 정지용의 시의 특질은 감정과 언어의 절제를 바탕
으로 한 회화성에 있다. 1920년대부터 모더니즘 기법을 차용하였던 지
용은 우리보다 한발 앞서 서구의 모더니즘을 수용하였던 일본의 문단
에서 활동하면서 모더니즘 기법을 체화하였다. 더구나 영문학도이었기
에 원전을 통한 학습도 가능했다. 그런 점을 바탕으로 지용은 상형시에
가까운 기법까지도 육화시켜 한국어의 가장 정밀한 사용을 통한 한국
적 모더니즘의 세계를 구현했다.

제4장

시문학파의 문학사적 의의

앞의 제2장 2절에서 고찰한 동인 구성 과정에서 드러난 시문학파의 문학적 성격 및 제2장 3절에서 살핀 시문학 동인의 성분 및 시문학파의 문학직 지향싱, 제3장에서 민밀히 검토한 개별 시인들의 문학 세계 능을 통해 그들의 시적 위상이 명징하게 드러났다. 그러나 그들이 이룩한 문학 세계가 시사적으로 어떤 의미가 있는지는 시문학파의 시적 특질과 지향성을 전대의 그것과 비교 검토함으로써 보다 명확해진다.

> 나오라! 시인이여! 美術家— 音樂家
> 거리로나오라! 나와서소리치라!
> 언제까지나 塔 안의 올챙이쎄 되지 말고 ······
>
> 民衆—民衆—民衆
> 굳세게나가라! 앞흐로—앞흐로—
> 都市 의民衆—鄕村 의民衆

「모—터—」의 音響을 좀더擴大하라!
大地의 呼吸을 좀더 깁게하라!

—沫駒, 「街頭의 宣言」¹⁾ 부분

小부루조아지들아
못나고卑怯한 小부루조아지들아
어서가거라 너들나라로
幻滅의나라로 沒落의나라로

小부르조아지들아
부루조아의庶子息 푸로렛다리아의적인 小부루조아지들아
어서가거라 너갈데로가거라
紅燈이 달닌 「카퍼」로

쌋쯧한 너의집 안방구석으로
부드러운복음자리 녀편네무릅위로!

—權煥, 「가랴거든가거라」²⁾ 부분

위에 인용한 시들은 카프 계열 시인들의 작품이다. 적구 유완희의 「가
두의 선언」은 예술가들에게 가두로 나설 것을 권유하고 있다. 단순한
권유가 아니라, 가두로 나서지 않으면, '올챙이 떼' 된다고 협박하고 있
다. 구도는 단조롭고, '전언' 외에는 아무 것도 없다. 오직 투쟁만을 말
하여 오히려 투쟁의욕을 저하시킨다. 예술 작품으로서의 가치는 없다.
이 시가 전하고자 하는 전언도 그만의 것이 아니다. 이미 오래 전부터
구호로 외쳐진 내용이다.

권환의 「가랴거든가거라」도 이와 비슷하다. 청자를 '小부루조아지'로

---

1) 적구 유완희, 「가두의 선언」, 『朝鮮日報』, 1927.11.20.
2) 권환, 「가랴거든가거라」, 1929.2.13. 원전 미확인. 김성윤 편, 『카프詩全集2』, 시대
평론, 1988, 24쪽.

설정했다. 전언에 충실하였지만, 전언의 형식을 미적으로 갖추지는 못했다. 이러한 경향주의의 시는 1920년대 후반에 유행했던 것인데, '인생을 위한 예술'이라는 구호를 내세웠지만, 예술성을 획득한 경우는 많지 않다. 카프 계열에서는 수많은 시인들이 활동하였지만, 자기의 예술 세계를 독보적으로 구축한 것은 소수에 불과하다.

> 우리의 詩는 그들의 用語로 되어야 한다는 것이 또한 要件이다. 그런데 그들의 用語는 대개, 素朴하고 生硬하고 <된 그대로의 말>인 곳에 차라리 野性的 屈强美가 있으므로 詩人은 그들의 말에 主意해야 한다. 그리하여 <u>勞動者들의 朗讀에 편하도록 呼吸을 조절</u>해야 한다. 프롤레타리아의 리듬의 創造이어야만 할 것이라는 말이다.[3] (밑줄은 필자 주)

위의 인용문은 카프 계열의 대표적 이론가였던 김기진의 발언이며, 가프계열 시 이론으로는 명문으로 꼽히는 문장이다. 그런데 인용문에서 드러났듯이 '노동자들의 낭독에 편하도록 호흡을 조절'해야 한다고 주장한다. '낭독'은 구체적 청자를 설정하는 것이고, 대부분은 즉각적인 설득, 선동을 목적으로 한다. 따라서 시를 읽고 깊이 있게 생각한 후 감동을 얻을 수는 없다. 그것이 선동시의 태생적 한계이다. 시 자체의 미학은 우선시되지 않고, 전달해야 할 전언만이 중요시된다. 현대시의 주된 미적 요소인 이미지는 약화되고, 구호만 남는다. 시문학파는 이러한 경향시의 한계를 극복하고자 그것과 대립되는 지점에서 순수시의 길을 열었다. 그 결과 시문학파는 정치와 사상에 예속된 시를 '시 자체의 예술성'을 추구하는 세계로 되돌려 놓았고, 순수시의 미적 성취를 이루었다.

---

3) 김기진, 「短篇 敍事詩의 길로」, 『朝鮮文藝』 창간호, 1928.5. 정한모·김용직 공저, 『韓國現代詩要覽』, 博英社, 1987, 176쪽에서 재인용.

경향시와는 다르게 시문학파 이전의 중요한 문학 조류 중의 하나로 민요파를 들 수 있다. 그들은 1920년대 한꺼번에 밀려온 서구의 문예사조 앞에서 고군분투하면서 주체적 시학을 이루고, 그것을 시적으로 승화시키기 위해 노력하였다. 하지만 김소월을 비롯한 몇몇의 시적 성과에도 불구하고 현대시의 미적 경지에는 이르지 못했다.

① 詩歌란 결코 아름다운 말 속에 있는 것이외다.[4]

② 현대 사람은 쎈티멘탤이라 하면 가장 자미롭지 못한 감정의 하나로 생각하는 모양이나 쎈티멘탤한 감정에서처럼 사람이 맘이 純化되는 것도 업는 줄로 압니다. 그것이야말로 모든 맘을 高價로 깨끗케 해주는 原川이외다. 쎈티멘탤을 비웃는 무리들은 사람으로서의 순일성을 일허 버린 것이외다. 양심이나 무엇이니 하는 것을 죄다 전당잡혀 버린 무리외다..[5]

위의 인용문은 민요파의 대표적인 이론가인 김안서의 발언이다. 위의 글들이 발표된 시기가 1934년 5월과 1935년 4월의 일이므로, 『시문학』은 물론이고, 시문학파의 마지막 동인지인 『문학』 3호도 발행된 뒤의 일이다. 박용철이 1929년 『시문학』 발간을 계획하면서 "詩를 한낱 存在로 理解하고 거기 나와 있는 創作의 心態를 解得하는 데서 차츰 여기 이르렀다 말이야[6]"라고 했던 발언과는 대조적이다. 용아가 시를 한낱 존재로 봤다는 것은 시의 단독성을 의미하는 것이다. 그런데 김안서는 시를 '아름다운 말 속'에 있다고 인식하고 있으며, '쎈티멘탤한 감정'을 강조한다. ②의 인용문에 이어지는 구절에는 '쎈티멘탤'을 바탕으로 글

---

4) 金岸曙, 「四月의 詩歌」, 每日新報, 1935.4.10.
5) 金岸署, 「作品과 作者의 態度」, 『朝鮮日報』, 1934.5.22.
6) 띄어쓰기는 필자.

을 쓴다고 고백한다. "이런지라 나는 어디까지든지 나의 작문에 쎈티멘
탤리즘이 잇는 것을 혼자 깃버합니다.[7]"라고 말한다. 이 점으로 보아
김안서는 현대시의 미학에는 접근하지 못했다. 다음 시를 보면 그의 한
계가 보인다.

> 뒤설에는 바람의 하루밤을 시달린
> 明月이면 말나 업서질, 생각이 꼿의
> 썰면서 헤치는 적은 좁내를
> 곱게도 맛트며 바리운 맘이여 사랑하여라
> 　　　　　　　　　　　-김안서, 「읽어지는 記憶」[8] 부분

　인용한 시를 보면 아름다운 말을 찾아서, 덕지덕지 붙여 놓은 것 같
다. 시가 '한낱 존재'가 되지 못하고, 치장만 하였다. 한 문장인데, 아름
다운 낱말들이 시어가 되지 못하고 나열되었다. 장식적 수사일 뿐이다.
이러한 시와 비교해 보았을 때, 시문학파가 이룬 감각적 언어구조는 시
사적 의미가 크지 않을 수 없다.
　그러나 민요파의 공을 폄하해서는 안 된다. 민요파는 우리만의 시를
창조하기 위해 음악성에 관심을 두었고, 향토적 정서를 바탕으로 방언
을 찾아 쓰는 데도 노력하였다. 따라서 시문학파는 1920년대 민요파가
이룬 업적을 긍정적으로 계승하였다.

> ①피는꼿 절믄봄에 풂듣어맷고
> 지는꼿 저믄봄에 고름매즈며
> 언제나 변치말자 맹세햇건만

---

7) 金岸署, 위의 글.
8) 오세영, 「岸曙의 리듬의식과 美學」, 김용직 외, 『韓國現代詩史硏究』, 앞의 책, 92쪽.
　재인용.

　　마음은 아츰저녁 써도는구름

-김안서, 「고름맺기」 전문9)

　　②낫모를 싼세상의 네길쩌리에
　　애달퍼 날져무는 갓스물이요
　　캄캄한 어둠은밤 들에헤매도
　　당신은 니저버린 서름이외다

-김소월, 「님에게」10)

　　③허리띄 매는 시악시 마음실가치
　　쏫가지에 으ㄴㄴ한 그늘이 지면
　　흰날의 내가슴 아지랑이 낀다
　　흰날의 내가슴 아지랑이 낀다

-김영랑, 「11」11)

　　위에 인용한 시 3편은 모두 사행시이다. ①은 김안서의 작품이고, ②
는 김소월의 작품이며, ③은 김영랑의 시이다. 이 세 작품을 단순 비교
하는 것은 안서나 소월의 작품보다 영랑의 모든 시가 뛰어나다는 주장
을 하기 위한 것이 아니다. 다만 ①②의 시와 ③의 시가 차이점이 있다
는 것을 밝히기 위함이다. ①②는 율격이 맞아 떨어진다. 음수율이나 음
보율로 보아 프라이의 주장대로라면 맬로스다.12) 그러나 ③의 시는 외
재율에 갇히지 않았다. 이 점이 영랑시가 이룬 현대성이다.
　　또한 김안서의 경우, '岸曙의 민요시는 습관적 수사(stock figure)원용'13)

---

9) 오세영, 앞의 책, 92쪽 재인용.
10) 김소월, 『진달래꽃』, 18~19쪽. 권영민편, 『김소월시전집』, ㈜문학사상, 2007, 53쪽.
11) 김영랑, 「11」, 『시문학』 2호, 앞의 책, 14쪽. 이 작품은 『시문학』 창간호에 발표할
　　때는 「四行小曲五首」라는 제목 아래 다섯 편의 사행시를 묶어서 발표한 것 중 그
　　첫수이나, 『영랑시집』에는 따로 제목이 없이 '11'번이라는 번호만 달려 있다. 그
　　숫자를 편의상 제목을 대신해 쓰기로 한다.
12) 제3장 2절 참조.

에 머무르는데, 이러한 관습적 수사는 개인의 경험과 정서에 중심을 두지 못하기 때문에 시의 현대성에는 이르지 못하며, 이러한 수사는 순수 문학적 수사로는 부적합하다.

세부적으로 살펴보면, ①은 운율적 구조를 맞춘 격조시이고, 수사도 습관적인 것이라 규칙적인 운율을 배제한다면 산문적 서술에 가깝다. 긴장감 없는 대구도 느슨함을 도운다. ②의 시도 ①의 시와 유사하다. 단순한 대구는 생동감이 없다. 반면 ③의 시는 같은 사행시이면서도 시상 전개가 새롭다. 형식도 규격화 되어 있지 않다. 음악성을 따져 보아도 ①②의 지나친 규칙성에 비해 ③의 시는 규칙성에서 어긋남이 있다. 이러한 시행의 쓰임, 시의 구조만 보아도 영랑시가 이룬 현대적 감각은 높이 살만하다. 즉, 영랑의 시는 형식적인 보수성이 덜하다. 이는 영랑이 전통적 시행의 바탕에 외부적 영향을 자기화 했다는 증거이다. 이 또한 시문학파의 중요한 성과이다.

앞장 3절에서 충분히 고찰을 하였듯이 시문학파의 성과 중 중요한 것 중 하나가 모국어의 조탁이다. 이는 민족어의 완성을, 일상어에서 시어로의 승화로 보았던 용아의 이론과도 궤를 같이한다. 이는 애독자와 전문 문학인을 구분했다는 의미이다. 이는 한국시가 근대문학을 벗어나 현대문학으로 성장했다는 것을 뜻한다. 즉 한국시가 습작기를 벗어난 것이다. 이 또한 시문학파의 중요한 성과이다.

앞에서 서술한 시문학파의 문학사적 의의를 정리해 보면, 그들의 문학적 지향성과 일치한다.

첫째, 순수서정시를 추구하였고, 그것을 작품으로 형상화 했다. 이는 정치나 사회적 현상에 매몰되지 않았다는 것을 의미하고, 사상에 종속

---

13) 오세영, 「岸曙의 리듬의식과 美學」, 김용직 외, 『韓國現代詩史硏究』, 앞의 책, 87쪽.

되지도 않았다는 것을 뜻한다.

둘째, 시 자체의 예술성을 추구하였고, 현대시적 성과를 이뤘다. 음악성과 회화적 이미지를 바탕으로 현대시의 특징인 개인의 정서를 격조 있게 표출 했으며, 대상(자연)을 감정의 매체로 삼지 않고, 대상 자체의 세계로 인식하였다.

셋째, 모국어의 조탁을 통한 민족어의 완성을 추구하였고, 괄목할 만한 성과를 거뒀다. 언어의 조탁에 대한 관심은 선대의 문학 조류에서도 있었던 것이었지만, 시문학파에 이르러 민족어의 완성을 위한 모국어에 대한 자각이 있었다는 점은 중요하다. 따라서 시문학파에 이르러 모국어는 일상어나 관습어의 한계를 뛰어넘어 시어로써 미학적 경지에 닿게 되었다. 이 점은 시문학파가 다른 유파와 변별성이 있다는 증거이며, 하나의 독립된 유파로 인정받아야 할 충분한 사유가 된다.

넷째, 전통지향성과 모더니티의 조화를 추구하여 우리시의 수준을 고양시켰다. 전통성에 바탕을 두고 외래의 것을 주체적으로 수용하여 한국시사에 현대시의 한 모범을 보였다.

본 연구는 연구목적에서 몇 가지 질문을 던졌다. 이제 거기에 대답을 해야 한다. 이는 시문학파의 문학적 지향성과도 관련이 되며, 『시문학』 동인의 성분과도 관계가 있다. 먼저 첫 번째 질문인 '시문학파를 하나의 유파로 볼 수 있는가?'와 두 번째 질문인 '시문학파가 지향한 문학적 지향성은 무엇인가?'에 대해서는 본 4장에서 충분히 고찰되었다. 세 번째 '시문학파의 범주를 어디까지 할 것인가?'라는 문제는 제2장 시문학파의 성분 분석에서 어느 정도 해소 되었고, 제3장에서 시문학파 개별 동인의 작품 분석을 통해서도 밝힌 바 있다. 다시 정리하자면 다음과 같다.

제2장에서 『시문학』 동인의 성분분석을 한 바 있다. 『시문학』 동인에 대한 이러한 성분 분석은 시문학파의 업적을 폄하하기 위한 것이 아니다. 시문학파의 문학사적 위상이나 그 비중에 있어서는 재론의 여지가 없다. 『시문학』이 비록 통권 3호밖에 안 나왔지만 창작시 76편, 번역시 31편이 발표됨으로써 우리 문학사에 큰 족적을 남겼다. 그들에 의해 우리 시가 비로소 현대성을 보이게 된 것이다. 이들이 경향시의 대척점에 서서 문학 자체의 미학에 관심을 갖게 됨으로써 우리 모국어는 한결 수준 있는 문학 언어로 전회할 수 있었고, 또 꿈을 꿀 수 있게 되었다는 점도 그들이 이룬 성과요, 결과물이다.

이러한 시문학파가 이전의 다른 유파들에 비해 유독 시어에 관심을 가졌다는 것은 시를 하나의 독립된 유기체로 이해하였기 때문인 것으로 보인다. 시어는 시적구조를 이루는 근본적 요소이다. 모든 시는 시어 간의 조합을 통해 하나의 통일체로 구현되며, 이미지·상징·운율·수사법 등과 긴밀히 조화하면서 하나의 구조로 탄생한다. 이러한 시의 기본적인 구조에 대한 자가이 분명한 것이 시문학파였고, 그들의 문학적 지향성은 이러한 시의 구조에 대한 이해에서 비롯되었다.

본 연구는 시문학파의 성격을 규명하고, 성분 분석을 하기 위해 시문학파 구성원들이 그들의 문학적 지향성을 어느 정도 구현 했는지를 제3장에서 면밀히 검토하였다. 제2장과 제3장을 바탕으로 시문학파 개별 동인들의 문학적 지향성과 동인들의 성분에 대해 약술하자면 다음과 같다.

김영랑은 시문학파의 문학적 지향성을 거의 완벽하게 구현한 시인이다. 또한 그는 용아의 시론 정립을 위해서도 많은 도움을 준 것으로 보이며, 용아가 구체적인 시론을 성립해 가는 과정에서 그 시론에 합당한 문학 작품을 생산했다. 오히려 영랑의 시가 있은 후에 용아의 시론 성립이 가능했다고 할 만큼 영랑은 분명한 문학적 지향성과 그것을 구현한 시적 재능을 가지고 시문학파의 사제로 자리를 잡았다.

박용철은 영랑과의 관계를 통해 문학에 뛰어들었지만, 시문학파에 대한 애정도 많았고 시문학파의 문학적 지향성에 대해 어느 정도 확고한 인식이 있었다. 또한 그는 그러한 인식과 확신을 바탕으로 시문학파의 문학적 지향성을 잡는데 주도하였다. 하지만 그것은 본인 스스로 작품화 하는 데는 성공하지 못하였다. 그렇다고 하여 그가 '시문학파' 동인으로서 책무를 덜한 것은 아니다. 그는 동인 결성 단계에서부터 적극적으로 나섰고, 그것을 주도하였다. 또한 하나의 문학 유파로서 '시문학파'가 정립될 수 있었던 것은 그의 빼어난 평문과 시론에 의한 이론적 뒷받침이 있었기 때문이다. 따라서 박용철은 문학 유파로서의 '시문학파'의 중심 동인이다.

김현구는 창간호의 주역은 아니지만, 『시문학』 2호부터 동인으로 참여하여 적극적으로 작품 활동을 하였고, 문학적으로도 성공하였다. 또한 그는 시문학파와 관련되지 않는 문학 활동을 전혀 하지 않아서 시문학파로서의 순결성을 유지했다고 본다. 이러한 점은 그의 성격과도 관련이 되겠지만, 자신이 추구하는 문학적 지향성과 일치하는 '시문학파' 동인으로서의 활동 외에는 관심을 두지 않은 것으로도 해석할 수 있다. 결과적으로 본다면 그는 작품 세계에서나 삶의 태도에서나 '시문학파'의 핵심이다.

정지용은 시문학파에 가입하기 이전에 이미 탁월한 수준의 시작을 선보였던 시인으로써 『시문학』 동인으로 가입한 초기에는 일정 거리를 두고 관망하다가 2호부터는 상당히 적극성의 띤 것으로 보인다. 그러나 앞 장에서 살펴보았듯이 지용의 작품은 모더니티, 즉 언어의 회화성과 주지주의적인 견지가 핵심이고, 그것을 통해 미학적으로 높은 경지의 시를 썼다. 하지만 그것은 모더니즘적 기법 모더니즘적 사유체계로 얻은 결과물이다. 따라서 시문학파의 문학적 지향성과는 다르다. 그가 1920년대에 시조를 썼다고는 하지만 모더니즘과 전통성간의 조화를 꾀했다는 흔적도 찾을 수 없다. 지용이 『시문학』 동인이라는 것은 아무도 부정할 수 없다. 그러나 '시문학파'를 하나의 유파로 보았을 때, 지용은 '시문학파'라고 할 수가 없다.

변영로와 정인보는 이름만 올려놓았지 동인 활동을 했다고 보기에는 어렵다. 신석정도 동인 활동 시기에 빠져 있다가, 나중에 『문학』지에만 작품 발표를 활발히 한 것으로 보아 시문학파의 중심에서는 벗어나 있다. 이하윤은 작사가, 번역가, 편집자로서의 공은 인정해야 하지만, 그가 창작물을 통해 시문학파의 문학적 지향성을 구현했다고 볼 수는 없다.

허보는 상당히 많은 작품을 『시문학』지와 그 관련지에 발표하였고, 『시문학』지를 등단지로 봐도 좋을 만큼 『시문학』에 작품을 발표하기 전에는 활동이 미미했다. 또한 작품 활동 양상을 보았을 때 동인 활동에도 적극적이었던 것으로 보인다. 다만 그가 이룬 문학성이라는 게 다소 수준에 미치지 못한다. 또한 관념어의 나열이나 감상적인 신세 한탄 같은 것은 시문학파의 문학적 지향성과도 맞지 않다.

따라서 시문학파의 문학적 지향성을 제대로 구현한 시인은 영랑 한 사람이라고 봐도 좋을 것 같으며, 현구와 용아를 시문학파의 핵심으로 보는 게 타당하다고 본다. 이는 네 번째 질문, '시문학파의 문학적 지향성을 구현한 시인은 누구인가?'에 대한 고찰의 결과이다.

다섯 번째 『시문학』에 참여한 개별 시인들의 문학적 지향성은 무엇인가?에 대한 질문은 제3장에서 세밀하게 검토 하였다. 김영랑과 김현구는 시문학파의 문학적 지향성과 일치하고, 박용철의 동인의 문학적 지향성에 대한 이론을 구축하였으나, 그것을 작품화 하는 데는 다소 미흡했다. 정인보는 『시문학』동인일 뿐이지 시문학파로는 분류하기 어렵다. 신석정은 활동도 미비했지만, 작품의 성과도 시문학파의 문학적 지향성과 일치한다고 보기는 어렵다. 허보는 관념어의 남발로 고양된 시세계를 보여주지 못했다. 변영로는 한 편의 시를 발표하였기 때문에 시문학파로 분류하는 데는 무리가 있다. 정지용은 수준 높은 시세계를 보여주었으나, 시문학파 전후에 전개된 문학조류인 '모더니즘' 계열의 시인들과 구분할 근거가 없다. 따라서 유파로서의 시문학파라 칭하기는 어렵다.

여섯 번째 질문인 『시문학』 동인 모두를 아우르는 문학적 지향성은 있는가? 이 질문에 대한 답은 제2장에서 고찰한 시문학파의 구성 과정 및 성격, 시문학파의 문학적 지향성 항목에서 명확히 밝혔다. 다시 말하면 『시문학』 동인 모두를 아우르는 문학적 지향성은 없다. 다만 시문학파를 다른 문학 조류와 구분할 수 있는 문학적 지향성을 구현한 동인들이 있다. 따라서 엄밀한 의미의 시문학파의 문학적 지향성과 일치하는 '시문학 동인'은 김영랑, 김현구, 박용철이며, 그들을 묶어 ≪시문학파≫라 해야 한다.

그리고 위에서 말한 3명의 동인에 의해 시문학파의 문학적 지향성인 '순수서정시의 추구' '시 자체의 예술성 추구' '모국어의 조탁을 통한 민족어의 완성' '전통성과 모더니티의 조화'가 이론적으로나 시 작품으로도 현현되었다는 것이 ≪시문학파≫가 거둔 시사적 성과이다.

**

제5장

유파의 안과 밖

　본 연구는『시문학』동인의 성분분석을 위해, 시문학파의 문학적 지향성 구현 양상을 동인의 구성 과정, 실제작품에서의 문학적 지향성 구현 정도, 동인 활동의 적극도 등을 통해 알아본 후 시문학파의 유파적 성격을 분명히 하고자 하는 것을 목적으로 했다.

　그 결과 다음과 같은 결론에 도달할 수 있었다. 시문학파의 형성 배경을 통해 ≪시문학파≫는 출발할 때는 문학적 지향성을 표방하지 않았으며, 동인지 발행을 통해 문학적 지향성이 드러났다.

　문학적 지향성에 대해 동인간 합의는 핵심 동인 몇 사람끼리만 이루어졌으며, 그 외 동인들은 작품 발표를 통해 따라갔다.

　그들의 문학적 지향성은 연구 대상 잡지의 시론, 편집여언, 후기, 기고 규정, 개인의 일기 등을 고찰하는 과정에서 분명하게 드러났는데, 다음 네 가지로 정리할 수 있다. 첫째 순수서정시 추구, 둘째 시 자체의 예술성 추구, 셋째 모국어의 조탁을 통한 민족어의 완성 지향, 넷째 전통지향성과 모더니티의 조화 추구이다.

두 가지 기준을 놓고 동인들의 성분 분석을 한 결과 문단 경력이 없는 비등단동인(김영랑, 박용철, 김현구, 허보)이 문단 경력이 있었던 등단동인(정인보, 신석정, 변영로, 정지용, 이하윤)에 비해 시문학파의 문학적 지향성에 더 충실했고, 동인 활동에 보다 적극적이었다는 것을 알 수 있었다. 또 다른 기준은 작품 활동 정도에 따른 구분이었는데, 작품 활동이 활발한 구성원(김영랑, 김현구, 박용철)이 소극적인 동인(변영로, 정인보, 이하윤, 신석정)에 비해 시문학파의 문학적 지향성에 가깝다는 점이 분명해졌다.

적극적으로 작품 활동을 했다고 하더라도 작품 세계가 시문학파의 문학적 지향성과 다소 거리가 있는 시인으로 정지용과 이하윤이 있었고, 시문학파의 문학적 지향성과 일치하지만 시작품의 완성도는 다소 미흡한 경우로는 박용철, 신석정이 있었다. 허보의 경우에는 시문학파의 문학적 지향성에 부합하지 않고, 작품에서도 성과를 거두지 못했다.

동인의 문학적 지향성을 완전하다시피 구현한 동인으로는 김영랑이 있었고, 김현구도 문학적 지향성에 충실 했다. 박용철은 시문학파의 문학적 지향성을 제시한 이론적 토대를 갖춘 이론가로써 시문학파의 핵심이다. 즉 결과적으로 시문학파의 문학적 지향성을 충실히 구현하고자 한 시인은 김영랑, 김현구, 박용철임이 분명해졌다.

'시문학 동인'과 '시문학파'를 혼용하여 쓰는 것은 '시문학파'와 다른 유파와의 관계에서 변별성을 떨어뜨리므로, 용어의 구분 사용이 필요하다는 것을 알 수 있었다. 또한 모더니즘과 시문학파의 문학적 방향성 중 하나인 순수시는 상반되는 특성이 있으므로 엄격히 분리해서 봐야 한다는 결론을 얻게 되었다.

그러나 본 연구가 연구 대상 시인들의 전체 작품을 조망하지 못한 점, 『시문학』의 직접적 연장선상에 있는 『문학』이나 『문예월간』에 참여한 문인들을 연구 대상에 포함시키지 못한 점은 과제로 남는다. 또한 한국시사의 전개 상황이 서구의 그것과 태생적 차이가 있는데다가 낭만주의나 상징주의, 모더니즘의 유파적 성격이 겹치는 점이 많고, 실제 작품에서는 어느 사조의 영향이라고 분명히 말하기 어려운 요소가 많음에도 불구하고 이를 구분하여 논리를 전개한 점은 본 연구의 한계이다.

2부

김영랑 시의
음악성 연구

— 유성음 효과를 중심으로

제1장

김영랑을 보는 법

1. 문제 제기 및 연구 목적

이 연구는 김영랑[1] 시의 음악성, 특히 유성음 효과를 밝히는 데 목적이 있다. 이를 위해서 유성 자음과 유성 모음이 시어 선택에 어떻게 활용되었는지를 분석하고, 그것이 작품 속에서 어떤 기능을 하였는지를 살핀다. 즉 음절의 초성, 중성, 종성에 어떤 음소가 어느 정도 쓰였는지를 분석하고, 그것과 시의 미적 가치의 관계를 규명하고자 한다.

영랑의 시는 우리 현대시사상 언어의 조탁과 운율의 측면에서 뛰어나다는 평가를 받아왔다. 그의 시는 고어를 비롯한 신조어, 강진 방언, 의도적 음운 첨가 등을 통해 독특한 리듬감을 획득하고 있다. 특히 유성음을 적절하게 배치하고, 고어와 전남 방언을 사용하여 예스러우면서도 한국적 서정이 짙게 밴 작품을 창조했다.

---

1) 이후부터 '영랑'이라고 칭한다.

시는 언어예술로서 다른 산문 장르에 비해 그 밀도가 매우 높은 문학의 장르이다. 영랑은 언어의 조탁에 심혈을 기울인 시문학파의 중심시인이었다. 시문학파 동인들이 순수시를 표방한 공통점이 있지만, 특히 영랑 시의 경우 음성 구조에 대한 배려가 현저하다.[2] 따라서 영랑 시에 대한 연구는 보다 정밀한 분석 방법을 요구한다. 이를 위해서는 형식미나 그 구조를 제대로 밝히고, 음절 단위나 음소 단위에 대한 과학적 고찰이 필요하다. 또한 형식적 변모 양상에 따른 유성음의 쓰임에도 변화가 있었는지를 살필 필요가 있다.

지금까지 영랑의 시에 대한 연구는 다각도로 이루어졌다. 그 가운데 작가론과 작품론이 주류이고, 율격이나 시어, 내적 구조와 의미 분석, 시의식 변화, 유미주의적 측면에 대한 연구 등에 주목한 연구가 그 뒤를 잇고 있다. 하지만 음악적 측면과 관련하여 유성음이 갖는 역할에 대한 본격적인 연구는 미미하다. 따라서 영랑 시에서 유성음의 쓰임과 효과를 분석하고, 유성음이 형성하는 유포니에 대해 고찰하는 일은 그의 미의식을 탐구하는 데 중요한 의미가 있다. 게다가 유성음이 지닌 공명도까지 살펴본다면 그의 시가 지닌 형식적 특장을 확인할 수 있을 것이다.

2. 선행 연구 검토

영랑 시에 대한 평가는 그가 작품 발표를 시작한 1930년대부터 시작되었지만, 대부분 단평 수준이었다. 영랑에 대한 본격적인 연구가 시작된 것은 1950년대부터이고, 학위논문이 발표되기 시작한 것은 1960년대

---

2) 문윤희, 『김영랑 시어 연구』, 한국외국어대 대학원 석사학위 논문, 2005.

부터이다. 지금까지 그의 시에 대한 단평 및 문예지에 발표된 논문은 수 백편에 이르고, 1966년부터 제출되기 시작했던 영랑 관련 학위논문만도 현재까지 74편에 이른다.[3]

영랑이 시를 발표한 것은 1930년부터이지만 1935년『영랑시집』이 나오기 전까지 그의 시를 평가한 이는 용아 박용철뿐이었다.[4] 용아는 영랑의 시를 "天下一品"[5]이라고 하였지만, 다른 평자들은 무관심하였다. 이는 1930년대 초반 한국 시단의 헤게모니를 장악한 카프와 정지용, 김기림, 이상 등이 주도한 모더니즘 운동이 주류를 이루고 있었던 저간의 사정과 관련이 있다.

영랑의 시가 그나마 평가를 받기 시작한 것은 1935년부터인데, 용아의 긍정적인 평가와는 달리, 이원조,[6] 윤곤강[7] 등은 현실인식이 결핍된 정태적인 것이라고 평가하였다. 다만 정지용은『영랑시집』이 긍정적인 반응을 얻지 못한 것을 애석해하고 그 부당성을 역설하였다.[8]

1940년대에 들어서도 영랑 시에 대한 평가는 미미했다. 당대에 주류를 형성했던 청록파와 생명파 및『시인부락』동인들과 해방 이후 갑자기 각광 받기 시작한 이육사, 윤동주 등의 시에 가려 영랑의 시는 여전히 문단의 주변부에 놓여 있었다.

영랑 시에 대한 평가가 본격적으로 시작된 시기는 1950년대부터이다. 1949년 영랑의 부탁으로『영랑시선』을 묶은 바 있는 서정주는 시사

---

3) 영랑시에 대한 학위 논문은, '송영목, 「한국시 분석의 가능성–특히 김영랑 시 분석을 중심으로」, 경북대학교 대학원 석사학위논문,『현대문학』에 발표. 1966.2.'부터 '강민희, 「동인지 문학의 스토리텔링 방안 연구 : '시문학파'의 지역성을 중심으로」, 단국대 대학원 박사학위논문. 2013.'까지 74편이다.

4) 이후부터 '용아'로 칭한다.

5) 박용철, 「辛未詩壇의 回顧와 批判」,《중앙일보》, 1931.12.

6) 이원조, 「영랑시편」,《조선일보》, 1936.5.

7) 윤곤강, 「內子詩壇의 回顧와 展望」,『비판』6권 1·2 합병호, 1936.

8) 정지용, 「시와 감상–영랑과 그의 시」,『여성』3권 8·9호, 1938.9.

적 관점에서 그의 시가 당대에 갖는 문학적 의의를 강조하였다.[9] 그는 영랑을 "해방 전 시단의 모든 시 언어 시험자들 중의 제 일인자"[10]라 칭하면서 그동안 영랑의 시가 제대로 평가받지 못했다고 지적하였다. 또한 그는 영랑의 기름지고 밝은 시적 특성을 '촉기(燭氣)'라는 말로 표현하면서 이를 통해 "동양적인 哀而不傷하는 고결성"이 드러난다고 하였다.

하지만 김춘수와 정태용의 평가는 달랐다. 김춘수는 영랑 시의 정태적 형식을 비판하면서 그의 시가 "공간적으로 퍼져가는 형태를 가지지 못하고, 오히려 음률을 중심한 유동하는 정형시에 더 가까운 형태를 가졌다"고 했다.[11] 정태용은 영랑이 지나친 기교주의적 감성에만 몰두하여 감성이 예민한 젊은 시절에는 훌륭한 작품을 창작할 수 있었으나 후기에 이르면서 무감동의 경지로 추락하였다고 비판하였다.[12]

영랑 시에 대한 양적 평가가 늘어난 것은 1960년대에 이르러서다. 당시 국학 운동의 전개와 더불어 그의 시에 대한 관심이 증폭되었고, 그에 따라 다양한 접근 방법이 구사되었다.

김상일은 영랑의 시가 보여주는 비역사성을 현실도피로 보고, 그의 시를 '비굴의 형이상학'이라고 규정했다.[13] 반면 정한모는 시어, 리듬, 이미지 등을 분석하며 순수 서정시의 극치라고 평가하였다.[14] 정숙희와 양병호 등도 시어의 특징과 리듬의 특징을 밝히면서 시어·운율·이미지·상징을 중심으로 한 연구를 통해 언어미학적 측면을 부각하였다.[15][16] 송영목[17]은 시적 특성을 분석하면서 통계적 방법을 활용하였

9) 서정주, 「永郞의 敍情詩」, 『문예』 2권 3호, 1950.3.
10) 서정주, 「영랑의 일」, 『현대문학』, 1962.12.
11) 김춘수, 『한국현대시 형태론』, 해동문화사, 1958.
12) 정태용, 「김영랑론」, 『현대문학』 4권 6호, 1958.6.
13) 김상일, 「김영랑, 또는 비굴의 형이상학」, 『현대문학』, 1962.4.
14) 정한모, 「김영랑론:조밀한 서정의 탄주」, 『문학춘추』, 1964.12.

다. 그는 소재, 운율, 시어 등을 살피면서 한국어의 아름다움을 절정의 경지에 끌어올린 점이 영랑의 업적이라고 평가하였다.

1970년대 들어서 영랑 시에 대한 연구는 보다 본격화되었다.

정한모[18)는 한국의 시에 현대를 가져온 1930년대 머리의 한 사람으로 영랑을 꼽았다. 영랑이 4행시를 통해 짧은 시 형태를 다룬 점을 예로 들며 '외향적인 확산' 보다는 '내향적인 집약'을 꾀한 것으로 보았다. 김용직[19)은 신비평의 방법론을 통해 시어의 특성을 분석하고, 언어의 미적구조와 음악성이 차원 높게 구현되었다고 보았다.

박두진[20)은 "순개인적인 시의 주제를 추구하고 그 주제를 자기 자신으로 소재화한 시의 첫 번째 성공을 영랑에게서 본다"고 하면서, 1920년대의 민족적 감정이라는 공통의 글감을 뛰어넘은 영랑의 개인적 예술세계를 높이 평가했다. 김윤식[21)은 한국 시의 다양화를 저해하는 요인으로 서정시와 주지시, 혹은 전통시와 현대시로 구분하는 기존의 이분법적 분류 기준을 비판하고, 문예사조적인 측면을 고려하여 보다 다양한 분류 틀로 나누어 논의하면서 영랑의 시가 유미주의라기보다는 순수시라고 주장하였다.

오하근은 영랑의 「모란이 피기까지는」을 중심으로 한 작품 분석을 통해 유포니와 음성상징, 정형시적 요소, 구조와 의미 등으로 나누어 세부적인 고찰을 하면서, "「모란이 피기까지는」은 영랑시의 본질적인 요소를 다 구비하고 있는 詩"로써 "작자와 독자 사이에 일체감을 일으켜

15) 정숙희, 『김영랑문학 연구』, 인하대 대학원 박사학위논문, 1987.
16) 양병호, 『영랑시 연구』, 전북대 대학원 박사학위 논문, 1992.
17) 송영목, 「한국시 분석의 가능성-특히 김영랑 시 분석을 중심으로」, 『현대문학』
18) 정한모, 「김영랑론」, 『현대시론』, 민중서관, 1973.
19) 김용직, 「남도 가락의 순수열정-김영랑의 시어」, 『문학사상』, 1974.9.
20) 박두진, 「김영랑의 시」, 『한국 현대 시인론』, 일조각, 1974.
21) 김윤식, 『한국현대시론 비평』, 일지사, 1975.

美에의 영원한 향수의 정감을 조성하는 작품이라 할 수 있다."22)고 하였다.

1980년대부터 영랑 시 연구는 네 갈래로 유형화할 수 있다. 첫째는 총체적인 접근 방식, 둘째는 분석 방법을 세분화한 연구, 셋째는 비교문학적 분석 방법, 넷째는 문학 외 분야에 활용하는 방안 연구이다.

첫 번째, 영랑 시에 대한 그간의 연구를 종합하여 총체적으로 분석한 연구자로는 김현,23) 정숙희,24) 김학동,25) 양병호,26) 허형만,27) 한정석,28) 김숙,29) 김혜영30) 이숭원31) 등이 있다. 그 중 김현은 운율, 수사법, 이미지 등에 대한 섬세한 고찰을 통해 영랑 시의 미학적 구조를 규명하면서 사투리, 향토어, 조어 등으로 분류되는 영랑의 시적 언어가 "한글 시어의 확장"에 기여했다고 평가하였다.32) 양병호는 영랑 시에 대한 기존의 연구가 초기시에만 집중되어 있음을 주목하고 중기시와 후기시에 대한 연구의 필요성을 제기하였다. 또한 그는 영랑의 시가 후기에 들어 언어미학성이 약화되었다는 점을 지적하였다. 김학동은 영랑의 삶을 구체적으로 기술하여 그의 시의 변모가 삶과의 관계 속에 있다는 것을 밝혔고,33) 이숭원은 시 86편 전편을 해설하며 총체적인 이해를 시도하였

---

22) 오하근, 「金永郎의 「모란이 피기까지는」의 韻律과 構造와 意味分析 研究」, 전북대 대학원, 석사학위 논문, 1974.
23) 김현, 『한국시문학대계7-김영랑, 박용철, 김현구 시 해설』, 지식산업사, 1982.
24) 정숙희, 『김영랑문학 연구』, 인하대 대학원 박사학위논문, 1987.
25) 김학동, 『모란이 피기까지는』, 문학세계사, 1981.
26) 양병호, 앞의 논문.
27) 허형만, 『영랑 김윤식 연구』, 성신여대 대학원 박사학위논문, 1993.
28) 한정석, 「김영랑 시 연구」, 국민대 대학원 석사학위논문, 1996.
29) 김숙, 『김영랑 시 연구』, 카톨릭대 대학원 박사학위논문, 2003.
30) 김혜영, 『김영랑 시의 창작방법 연구』, 단국대 대학원 박사학위논문, 2011.
31) 이숭원, 『영랑을 만나다』, 태학사, 2009.
32) 김현, 앞의 해설.
33) 김학동, 앞의 책.

다.[34]

두 번째, 분석방법을 세분화하여 영랑 시에 접근한 연구로는 상징성 연구, 작가론적 접근 방법에 따른 연구, 특성을 밀도 있게 고찰한 연구, 시적 구조나 이미지 연구 등이 있다.

먼저 영랑 시의 상징성에 접근한 이는 최동호[35]와 서범석[36]이다. 최동호는 바슐라르의 물질적 상상력 이론을 토대로 영랑 시의 '물' 이미지 변모양상을 고찰함으로써 유미주의로 특징지어지는 의미구조를 밝혀내고 있다. 즉 영랑의 시에서는 팽창된 물과 찬란한 슬픔, 황홀한 물과 유미적 세계, 수축된 물과 허무적 세계를 찾을 수 있음을 규명하였다.

이성교는 영랑 시를 전기와 후기로 구분한 후, 전기시는 4행시가 주류를 이루고 아름다운 정서를 표출하였으나, 후기시는 시정신이 고갈되어 순수와 서정성이 결핍되어 있다고 하였다.[37] 김명인은 1930년대 시의 구조를 탐색하는 과정에서 영랑 시가 갖는 시어적 특성과 시행 구조의 특성 및 의미구조의 특성들을 포괄적으로 고찰하였다.[38]

김준오, 김종, 강희근[39] 등은 영랑 시를 시기별로 고찰하였다. 김준오는 영랑의 시에 대해 "식민지적 삶을 경험한 후 그 속에서 고립적 단일 자아상을 일관되게 보여주는 등 고통의 무게를 담아내고 있다"[40]고 분석하였고, 김종은 1938~1940년 사이의 영랑 시에 나타난 저항문학적 특징을 검토하면서 그의 저항시가 "서정성의 의기적(義氣的) 표출"이었을

---

34) 이숭원, 『영랑을 만나다』. 태학사, 2009.
35) 최동호, 『한국 현대시에 나타난 물의 심상과 의식 연구』, 고려대 대학원 박사학위 논문, 1981.
36) 서범석. 「김영랑 시에 나타난 '물'의 이미지:G.Bachelard의 상상력 이론에 의한 분석」, 건국대 대학원 석사학위논문, 1983.
37) 이성교, 「김영랑론」, 『현대시의 모색』, 맥밀란, 1982.
38) 김명인, 『1930년대 시의 구조 연구』, 고려대 대학원 박사학위논문, 1985.
39) 강희근, 「김영랑 시 연구」, 『우리 시문학 연구』, 예지각, 1985.
40) 김준오, 「김영랑과 순수, 유미의 자아」, 『한국현대시사연구』, 일지사, 1983.

뿐이라면서 현실 상황에 대한 무기력함을 지적하였다.[41] 그러나 영랑
이 단 한 편의 친일문학 작품이나 친일과 연관될 만한 글을 남기지 않
았다는 점은 높이 평가하였다.

영랑 시의 특정 요소에 대해 깊이 있게 접근한 연구자로는 조성문,
문윤희,[42] 허형만, 조창환, 이승철,[43] 조영복, 진순애,[44] 장철환,[45] 윤흥
렬,[46] 강학구[47] 등이 있다. 조성문은 음운론적 특성과 공명도를 분석하
였고,[48] 조창환,[49] 강학구 등은 초기시의 율격과 형태를 세밀하게 분
석하였다. 허형만과 조영복은 영랑 시에 구사된 방언의 의미를 살폈다.
허형만은 방언으로 알려진 몇몇 시어가 표준말의 변형임을 주장하였
고,[50] 조영복은 방언의 의미가 대지의 언어와 모어라는 점을 강조하며
영랑 시에서 방언은 "토정(土精)의 공감각적 공명감과 태고인적 멋의 원
형성"을 지닌다고 보았다.[51]

세 번째, 영랑 시에 대한 비교문학적 연구로는 주로 베를레느 시와의
비교, 백석 시와의 비교, 정지용 시와의 비교, 박용철 시와의 비교, 김현
구 시와의 비교가 있다. 서준섭[52]은 영랑과 베를레느의 시를 비교하였
고, 서정주는 영랑과 지용의 시를, 김명인[53]은 영랑·백석·지용의 시

41) 김종, 「영랑시의 저항문학적 위상」, 『식민지 시대의 시인 연구』, 시인사, 1984.
42) 문윤희, 앞의 논문.
43) 이승철, 「김영랑 시의 이미지 연구」, 전북대 대학원 석사학위논문, 2004.
44) 진순애, 「시문학파 연구」, 『한국시학연구』 제8집, 한국시학회, 2003.
45) 장철환, 「김영랑 시의 공명도 분석」, 『국어국문학』, 국어국문학회, 2013.
46) 윤흥렬, 「영랑시 연구」, 경남대 대학원 석사학위논문, 1987.
47) 강학구, 「김영랑의 사행시 연구」, 한국교원대 대학원 석사학위논문, 1997.
48) 조성문, 「김영랑 시의 음운론적 특성 분석」, 『동아시아문화연구』 제47집, 2010.
49) 조창환, 「김영랑 초기시의 율격과 형태」, 『한국시학연구』 10집, 한국시학회, 2004.
50) 허형만, 「김영랑 시와 남도방언」, 『한국시학연구』 10집, 한국시학회, 2004.
51) 조영복, 「김영랑 방언 의식의 근원」, 『한국시학연구』 제25집, 한국시학회, 2009.
52) 서준섭, 『1930년대 한국 모더니즘 연구』, 서울대 대학원 박사학위논문, 1977.
53) 김명인, 『한국 근대시의 구조 연구』, 한샘, 1988.

를 비교 연구하였다.[54] 영랑과 용철 시의 비교·연구는 여러 연구자에 의해 이루어졌다. 일찍이 김현이 두 사람의 시를 비교하였고,[55] 김용직은 인간관계 및 두 사람의 작품 세계를 논하였다.[56] 영랑과 김현구 시의 비교는 김학동,[57] 김현 등에 의해 부분적으로 시작되었는데, 영랑과 김현구의 시세계 전반을 본격적으로 비교 연구한 이는 김선태이다. 그는 영랑과 현구의 삶에 대한 풍부한 자료 수집을 바탕으로 두 시인의 인간관계와 작품을 비교·분석한 후 서로가 "운명적인 문학의 동반자[58]였다"고 평했다.[59]

네 번째, 영랑 시를 문학 외 분야에 활용하는 방안 연구인데, 주로 영랑 시를 이용한 교육 방법과 영랑 시를 관광자원화하려는 두 분야의 연구가 주를 이룬다. 그 중 김혜영[60]은 영랑 시의 창작 방법에 대해 고찰하였고, 윤진하는 영랑 시를 모형으로 한 시 창작 교육 방법을 검토하였다.[61] 그리고 최근에 와서는 영랑 시를 이용하여 영랑과 관련된 특정 지역을 스토리텔링하는 방안[62]까지 연구가 진행되고 있다.

지금까지 검토한 바대로, 영랑의 시에 대한 연구는 이미 상당 부분

54) 서정주, 『永郎의 敍情詩』, 『문예』 2권 3호, 1950.3.
55) 김현, 앞의 글.
56) 김용직, 「순수시의 상호작용」, 『한국시학연구』 제10집, 한국시학회, 2004.
57) 김학동, 『모란이 피기까지는』, 문학세계사, 1981.
58) 김영랑과 김현구는 둘 다 1903년 전남 강진에서 태어났고, 1950년 같은 해에 사망했다(영랑은 1950년 9월 29일, 현구는 동년 10월 3일).
59) 김선태, 『김현구 시 연구-김영랑 시와의 비교를 중심으로』, 원광대 대학원 박사학위논문, 1996.
60) 김혜영, 『김영랑 시의 창작 방법 연구』, 단국대 대학원 박사학위논문, 2012.
61) 윤진하, 「김영랑 시를 모형으로 한 시 창작 교육 방법」, 전남대 교육대학원 석사학위논문, 2008.
62) 김선기, 『강진 시문학 공간의 문화 콘텐츠화 연구 : 김영랑 김현구의 시를 중심으로』, 전남대 대학원 박사학위논문, 2012.
강민희, 『동인지 문학의 스토리텔링 방안 연구』, 단국대 대학원 박사학위논문, 2012.

진척이 이루어졌다고 할 수 있다. 그러나 그의 시의 음악적 자질과 관련한 연구는 조성문의 「김영랑 시의 음운론적 특성」과 장철환의 「김영랑 시의 공명도 분석」 등 2편뿐이다. 특히 시어에서 유성음이 갖는 효과를 분석한 경우는 거의 없다. 따라서 본 연구에서는 음절과 공명도 분석, 유포니 현상에 의한 음악적 효과를 살피고, 영랑 시에서 사용된 다양한 조어와 지역어의 활용 양상까지 분석하여 영랑시의 유성음 효과를 파악해 보고자 한다.

3. 연구 대상과 방법

영랑은 1930년 작품 활동을 시작한 이래 1950년 작고하기까지 두 번의 휴지기를 가졌다. 1930년 『시문학』에 「동백닢에 빗나는 마음」 등 13편의 시를 발표한 후 1935년 ≪시문학사≫에서 『영랑시집』을 발간할 때까지 왕성하게 활동을 하다가 시집 출간 이후 3년여 동안 작품 활동을 중단한 것이 그 첫 번째요, 1939년 『조광』 1월호에 「거문고」와 「가야금」을 발표하고 1940년 8월 『인문평론』 11호에 「집」을 발표한 다음 다시 작품 활동을 중단한 것이 그 두 번째이다. 그 후로 발표를 재개한 것은 1946년 12월 10일 ≪동아일보≫의 「북」에 이르러서이다.

일반적으로 영랑 시의 시기 구분은 『영랑시집』이 나오기까지를 전기로 보고 그 이후를 후기로 보는 방식과 휴지기를 기준으로 초기와 중기와 후기로 나누는 방식이 있다. 이 연구에서는 크게 전기와 후기로 나눈 다음, 후기에서 상당한 휴지기가 있었으므로 이를 다시 후기(1)과 후기(2)로 나누고자 한다.

전기 : 1930년 『시문학』 창간호 「동백닙에 빗나는 마음」부터 1935년
　　　『영랑시집』 출간까지 54편
후기(1) : 1939년 1월 『조광』 5권 1호 「거문고」부터 1940년 8월 『인문
　　　평론』 11호 「집」까지 14편
후기(2) : 1946년 12월 ≪동아일보≫ 「북」부터 1950년 6월 『신천지』 5
　　　권 6호의 「5월한」까지 21편

　이렇게 시기를 구분하면, 영랑의 시작품은 총 89편이 되는데, 이 중
한 작품은 시기를 달리해 개작하여 발표하였으므로, 실제 편수는 88편
이 된다. 이는 이전의 연구자들이 밝힌 작품의 편수와 차이가 있고, 지
금까지 연구물 중에서 가장 많은 작품을 실었다는 허인회의 『원본 김영
랑 시집』[63]에 실린 시의 편수와도 차이가 있다. 그 이유는 최근에 발견
된 「애국」[64]과 「장! 제패」[65]라는 시 2편을 추가하였기 때문이다. 따라
서 이 연구는 허인회 주해의 시 86편과[66] 이후 발굴된 자료 2편을 더해
영랑 시 88편을 최종 연구 대상으로 한다.
　그리고 이 연구는 다음과 같은 순서와 방법으로 진행하고자 한다.
　먼저, 영랑의 전기시와 후기시에서 유성음의 쓰임이 어떻게 달라졌
으며, 유성음 사용 정도에 따른 시세계의 변화는 어떠했는지를 살펴보
겠다. 다음으로, 공명도 분석을 통해 유성음이 미친 효과가 어떻게 나타
나고 있는지를 알아본다. 그리고 전기시에서 형식의 정형화와 유성음의
역할을 분석한 후, 후기시에서 정형의 이완에 따른 유성음 효과의 감소
등을 차례로 살핀다. 그리고 보다 정밀한 연구를 위해 음성인식 시스템

---

63) 허인회, 『원본 김영랑 시집』, 깊은샘, 2007.
64) 김영랑, 「애국」, 『연인』, 2013년 겨울호 발굴자료(1949년 발표작).
65) 김영랑, 「장! 제패」, 『월간조선』, 2012년 7월호 516쪽~523쪽에 실린 발굴자료.『週
　　刊서울』(1949.4.24. 발표작).
66) 허인회는 영랑이 1949년에 발표한 「行軍」을 1939년에 발표하였던 「가야금」과 별
　　도의 작품으로 보았지만, 본 연구에서는 개작으로 보고, 따로 편수에 넣지는 않았다.

을 이용한 과학적 데이터를 참조하고자 한다.

이를 위해서『영랑시집』,『영랑시선』,[67] 에 실린 영랑 시 전편 및 이후의 발굴 자료를 그 분석 대상으로 한다. 그러나 여러 시집들의 표기 체계와 제목이 상이할 뿐만 아니라, 분석 대상 자료를 직접 구하기 힘들었던 관계로, 1964년에 발행된 정음사 판『영랑시선』[68]과 비교적 출처를 분명히 한 허인회의『원본 김영랑 시집』[69]을 기본으로 한다. 그리고 이전 연구자들의 논문에서 오류로 보이는 영랑의 시『금호강』의 출전을 1972년에 발행한 김남석의 저서『시정신론』[70]으로 바로 잡는다. 여기에 김학동의『모란이 피기까지는』,[71] 이숭원의『영랑을 만나다』,[72] 홍용희의『김영랑 시선』[73]을 참고 자료로 삼는다.

또한 작품과 작가와의 관계라든지 작품이 쓰인 시기의 역사적 상황 등에 대한 고려를 가급적 배제하고 작품의 내적 의미에만 관심을 갖는 내재적 분석 방법, 즉 형식주의 비평 방법을 주로 적용한다. 다만 불가피할 경우에는 영랑의 전기적 사실과 시대적 배경 등을 참고하는 역사주의 비평 방법도 원용한다.

---

67) 서정주 편,『영랑시선』, 중앙문화사, 1949.

68) 김윤식,『영랑 시집』, 정음사, 1956.

69) 허인회, 앞의 책.

70) 이 작품의 출처에 대해서는 김학동의『모란이 피기까지는』에 기록되어 있는, 1974년의『시정신론』을 출처로 삼고 있으나, 필자가 확보한 자료는 '김남석,「목단에 꽃핀 원색의 비애」,『시정신론』, 현대문화사, 1972.'가 이 작품의 원전이다. 따라서 본 연구에서는 잡지나 신문이 아닌, 김남석의 평론에 실린 시를 원작으로 추정했다.

71) 김학동, 앞의 책.

72) 이숭원은 '앞의 책'에서 영랑의 시를 86편으로 정리하였는데,「가야금」과「행군」을 별도의 작품으로 보고, 편수를 계산하였다.

73) 홍용희 엮음,『김영랑 시선』, 지식을만드는지식, 2014.

제2장

시형의 변모와 유성음의 활용 양상

1. 전 · 후기 시형의 변모 양상

영랑의 시는 1935년 발행된 『영랑시집』까지를 전기시로, 그 이후 발표된 작품을 후기시로 구분하여 보았을 때 몇 가지 특징이 발견된다. 첫째, 시형식의 변화이다. 전기시에서 대다수 작품을 차지하였던 4행시가 후기시에서는 거의 없다. 둘째, 시어의 변화이다. 전기시에 비해 후기시에서는 유성음 사용이 현저하게 감소하였고, 경음이나 구개음 등 장애음 사용의 빈도가 늘었다. 뿐만 아니라 초기시에서는 거의 사용하지 않았던 한자어를 후기시에서는 과도하게 사용하고 있다. 셋째, 시적 퍼스나(화자)의 태도 변화이다. 초기시가 주로 화자 자신의 내면을 지향하면서 개인의 정서를 주로 작품화한 반면, 후기시는 화자의 시선이 밖을 향해 있다. 그런데 화자의 시선이 안으로 향해 있을 때는 세계가 더 넓고 환하지만, 화자의 시선이 밖으로 향해 있을 때는 직면한 세계가 더 좁고 시적 자아는 움츠러든다. 즉 전기에는 개인적 서정과 자아의 내면을 지향하는 '안으로-열림'의 세계를 보이는데, 후기에는 안팎의 현실적 조건들을 만나 '밖으로-닫힘'의 세계를 지향한다.

먼저, 영랑 시의 형식적 변화부터 살펴보자. 영랑이 처음으로 시를 쓴 것은 1921년 김현구, 차부진[1] 등과 함께 했다는 '청구(靑丘)'[2]의 동인 시절로 유추해 볼 수 있다. 하지만 안타깝게도 자료가 남아있지 않아서 1920년대의 영랑 시는 확인할 길이 없다. 따라서 영랑 시에 대한 연구는 그가 『시문학』에 발표한 「끝없는 강물이 흐르네」를 비롯한 13편의 시로부터 출발할 수밖에 없다. 그 후 영랑은 왕성한 활동을 펼치지만 평단으로부터 각광을 받지는 못한다. 전술한 바대로, 그에 대한 최초의 평가는 절친한 문우이자 『시문학』 발행인이기도 하였던 용아가 1931년 중앙일보에 "영랑의 시를 만나시랴거든 『시문학』誌를 들추십시오. 그의 四行曲은 天下一品"이라고 말하고 나서부터이다. 영랑 시에 대한 용아의 첫 평가가 4행시에 관한 것이었다는 점은 의미하는 바가 크다. 영랑 시 전체를 살펴볼 때 4행시가 차지하는 비중이 매우 크기 때문이다.

실제로 영랑 시 총 88편 중에서 4행시는 4행단연시 29편과 4행연시 10편 등을 포함하여 40편에 가깝다. 더구나 일정한 규칙성을 갖는 5행시나 8행시, 4행 변형시까지 포함하면, 형식적 틀을 지향하는 작품은 54편에 이른다. 이는 영랑의 전체 시 88편 중에서 비율로는 전체 시의 61%에 이른다. 따라서 영랑 시의 절반 이상이 4행시를 바탕에 둔 일정한 정형성을 지향한 것으로 볼 수가 있다.

---

1) 효암 차부진(1901~1993) : 서예가. 1920년대 초반 영랑, 현구와 더불어 강진에서 '청구' 문학 동인으로 활동했다. 저서로 『금릉유방』(1970), 『강진 3.1운동사』(1976) 가 있다.
2) 김선태, 『김현구 시 연구-김영랑 시와의 비교를 중심으로』, 원광대 대학원 박사학위논문, 1996.

〈표 1〉 전체 영랑 시의 4행시 비율

4행단연시	4행연시	4행변형시	기타	계
29	12	13	34	88
33%	13.6%	14.8%	38.6%	100%

특히 전기시에서는 그 비율이 더 높게 나타나는데, 이는 영랑이 시를 처음 발표할 때부터 4행시를 염두에 두고 시를 썼다는 추론이 가능하다. 영랑이 왜 4행시를 이상적인 시형으로 선택했는지는 기록이 남아있지 않다. 다만 용아가 영랑에게 보낸 편지에서 4행시나 8행시를 완결된 미시형(美詩形)으로 생각하고 있었음을 알 수 있다.

자네 옛적같은 4행이나 8행이 아니 나오나. 그런 美詩形을 完成한 사람이 朝鮮 안에서 岸曙, 자네 내놓고 누가 있나. 傾向을 달리하지 아니한 놈으로 詩集 한 卷쯤.[3]

이 편지 내용으로 보아 용아는 영랑의 4행시에 대해 큰 기대를 가지고 있었음이 분명하다. 또한 영랑도 4행시에 대해 긍정적인 생각을 가졌음을 첫 시집인 『영랑시집』에 실린 대다수의 시가 4행시의 틀을 유지하고 있다는 데서 알 수 있다.

다음은 『영랑시집』에서 4행시가 차지하는 편수 및 비율이다.

---

3) 박용철, 『박용철 전집』 2권, 현대사, 1982.

<표 2> 『영랑시집』의 4행시 비율[4]

4행단연시	4행연시	4행변형시	기타	계
28	9	9	7	53
53%	17%	17%	13%	100%

<표 2>를 볼 때 영랑이 남긴 4행시 중 대다수의 작품이 『영랑시집』에 실려 있으며, 4행연시와 4행변형시까지 합치면 전체 시집의 87%[5]의 시가 4행시 유형인 것을 알 수 있다. 이는 영랑 시를 전기와 후기로 나누었을 때 전기는 4행시 위주의 작품이 주를 이루었고, 후기에는 보다 자유로운 형식의 시를 썼다는 사실을 의미한다. 즉 전기의 영랑 시는 형식적 율격을 갖춘 작품이 주를 이루었고, 후기의 영랑 시는 그 틀이 이완되었다. 이는 영랑 시 전체의 율격을 분석해보면 보다 명확히 드러난다.

다음의 표는 영랑 시의 율격을 분석한 것이다.

<표 3> 영랑 시의 율격

구분		3음보	4음보	3음보, 4음보 혼합	기타	계
영랑 시집	4행시	21	14	10	4	46
	4행시 외		1	3	3	7

---

4) 『영랑시집』에 실린 시는 53편이다. 하지만 『시문학』 2호에 「4행소곡」 5수 중 1수로 발표되었던 「못오실 님이」라는 시는 『영랑시집』에 실려 있지 않다. 따라서 영랑의 전기시임이 분명하지만, 이 표에서는 분석대상에서 제외하였다.

5) 여기에 영랑의 초기시이지만, 『영랑시집』에는 실리지 않는 「못오실 님이」를 포함시키면, 사행시의 비율은 더 늘어난다.

『영랑 시집』 외	4행시	3	1	1		5
	4행시 외	3	2	3	20	28

위 표에서 보듯이, 영랑의 전기시에 비해 후기시에서는 4행시가 급격히 줄어들었고, 율격의 핵심이라고 할 수 있는 규칙적인 음보조차 거의 사라져 버렸다. 전기시에서는 전체 시 53편 중 35편의 시가 3음보 내지는 4음보를 이루고 있고, 혼합음보까지 포함하면 53편 중 7편을 제외한 44편이 일정한 틀을 유지하고 있다. 그에 반해, 후기시에서는 규칙적인 음보를 찾아볼 수 있는 시가 현저하게 줄어들었고, 규칙적인 음보를 찾기 어려운 자유시가 20편에 이른다.

영랑의 전기시와 후기시의 중요한 차이 중 하나는 시어 선택이 달라졌다는 점이다. 특히 유성음 사용 비율이 전기시에서 후기시로 갈수록 줄어든 반면, 구개음이나 경음 등의 장애음이 후기시에서는 눈에 띄게 늘어난다. 또한 후기시에서는 한자어 사용이 많아졌다. 이러한 점은 시형의 변화와 아울러 후기시에서 음악성이 현저히 줄어든 근거가 된다.

〈표 4〉 시문학파 동인의 한자와 외래어 사용 빈도6)

구분	김현구	김영랑	정지용	신석정
한자	64	37	335	310
외래어	12	3	48	

---

6) 김선태, 앞의 박사학위논문, 178쪽. 이는 시문학파 동인의 1930년대 초기작을 대상으로 한 것이다.

위의 표는 김선태의 논문에서 발췌한 것으로, 시문학파 동인들의 초기시를 분석한 것이다. 이 자료를 토대로 보면, 영랑의 초기시는 다른 시문학파 시인들의 시어와 비교해 보아도 한자나 외래어 사용이 거의 없다. 영랑은 우리 고유의 모국어를 갈고 닦아 시로 쓰고, 거기에 남도의 정서를 잘 살릴 수 있는 방언과 그만의 신조어를 바탕으로 시를 썼던 시인이었다. 그래서 그를 언어 조탁의 귀재, 시의 미학만을 추구했던 유미주의 시인이라고까지 칭했던 것이다. 하지만 후기시에서는 언어의 조탁보다는 의미 전달에 주력하게 된다.

다음 시는 영랑이 사망했던 1950년 4월에 발표된 것으로서 후기시에서도 시기적으로 거의 마지막에 해당하는 작품이다.

세기의 전반(前半) 마금 사월 스무 날 새벽 세 시 수줍고 맑은 이 땅 대기(大氣)를 접고 오는 거룩한 발짓소리 조국을 걸고 뛰는 수많은 발짓소리 나라와 나라가 민족과 민족이 인종과 인종이 그 받은 바탕과 삶의 모든 얼을 견주는 거룩한 발짓소리

먼 만리(萬里) 보스턴 올림피아를 닫는 발짓소리 초침(秒針)소리 네 시요 다섯 시라 조이는 이 가슴을 뛰는 발짓소리 초침소리

아! 귀에 익은 저 발짓 발짓 발짓 가슴 한복판 뚜렷한 태극장(太極章) 코리아 앞섰다 앞섰다

다섯 시 반이라 아! 골인 골인 골인 한민족(韓民族)의 챔피언 미스터 함(咸) 송(宋) 최(崔) 결코 새벽 선 꿈이 아니다

오십만 관중이 환호입체(歡呼立體)

이겼다 이겼다 이십억의 경주(競走)

오천년 만의 신기록

이겼다 이겼다 오! 한민족이다

뭇 나라와 뭇 겨레와 뭇 종족의 참된 절을 받는다

오! 우리의 챔피언 함군 송군 최군 형제자매의 삼천만 벗의 감사를 받으라

아! 성가(聖歌) 울려난다 동해물과 백두산이-우렁차게 울려난다
성가 울려나면 왜 아직도 눈물이 솟느냐 이 버릇을 왜 못 놓느냐
한민족 이겼는데 기뻐서만 우는 거냐
전날 손(孫-손기정) 남(南-남승룡) 서(徐-서윤복) 여러 대표 세계 제패
이루던 날도
온 겨레 남몰래 모두 다 울었더니라
허나 그는 차라리 뚜렷한 복수감(復讐感)
더 멀리 해아(海牙-네덜란드 헤이그) 할빈(중국 하얼빈) 미국 상해 동
경 서울
경(驚)ㅁ ㅁ사(士)의 ㅁ ㅁ명현(瞑懸) 서러운 복수(復讐) 조국광복의 막다
른 길
민족 투쟁정신의 발상
아! 그러나 서러운 복수 서러운 복수 눈물의 그 버릇이 쉽게 식으랴
이제 우리는 싸운다 싸워서 이긴다
오천만 인류사의 신기록
이 바탕이 모아진 열 이십억의 챔피언
이제 우리는 싸운다 싸워서 이긴다
세상이 더러 수선하여도 굶주려도
싸우고 있는 겨레 싸워서 이겨 가는 겨레 우리 불가사리
우렁차게 부르자 동해물과 백두산아!

－「장(裝)! 제패(制覇)」 전문7)

　위 시를 보면 4행시를 즐겨 썼고, 「끝없는 강물이 흐르네」와 「돌담에
소색이는 햇발」, 「모란이 피기까지는」이라는 시를 썼던 순수시의 선구
자는 어디로 가 버린 듯하다. 규칙적인 음보나 행 구분에도 질서가 없
다. 시의 외적 형식은 자유시이고 내용은 현실참여적이다. 한자어나 외
래어가 남발한다. 시적 화자는 매우 감정적이고 흥분에 차있다. 언어의
밀도도 별로 없고, 유성음이 반복되어 형성하는 유포니도 없다. 이 작품

7) 『週刊 서울』, 1950.4.24.

에서 운율감을 느낄 수 있는 것은, '발짓소리 초침소리', '발짓 발짓 발짓', '우리는 싸운다 싸워서 이긴다'가 주는 반복 효과뿐이다.

또, 영랑의 전기시와 후기시의 차이 중 하나는 시적 화자의 태도 변화이다. 영랑의 전기시는 죽음을 소재로 하였거나, 시적 자아의 내면을 들여다본 경우가 많았다. 즉 화자의 시선이 자기 내부로 향해 있었고, 사회 현실에 관련된 작품이 하나도 없었다. 역사적 소재를 바탕으로 쓴 작품을 찾아보아도 「불지암」과 「杜鵑」 정도가 있을 뿐이다.

하지만 후기시에서는 분명한 현실 인식을 바탕으로 한 민족주의자나 애국주의자가 시적 화자로 등장한다. 일제 강점기의 억압이 거세었던 1930년대 후반 그는 「독을 차고」라는 작품을 통해 현실극복의지를 드러냈고, 「거문고」, 「가야금」, 「연」에서 볼 수 있듯이 소재를 취하는 데도 민족적인 것을 찾았으며, 「춘향」에서는 일편단심 춘향을 통해 변하지 않는 화자의 심경을 토로하기도 했다(여기에서 일편단심은 망국, 즉 잃어버린 조국에 대한 영랑 자신의 일편단심으로 해석할 수 있다). 화자의 시선은 밖으로 향해 있지만, 화자의 정서는 닫혀 있다.

한 가지 주목해야 할 것은, 화자의 시선이 안으로 향해 있을 때 화자는 오히려 더 넓은 세계를 보고 있는 반면 화자의 시선이 밖으로 향할 때는 좁은 세계에 갇히고, 스스로를 닫는다는 점이다. 화자가 내면을 들여다보는 초기시에서는, 화자의 내면에 강물이 흐르고, 푸른 하늘이 펼쳐져 있다. 반면 화자의 시선이 밖으로 향해 있을 때 시적 화자의 정서는 답답해하고, 세계를 보는 시선이 단선적이다. 정리하자면 영랑의 전기시가 '안으로-열림'의 세계라면, 후기시는 '밖으로-닫힘'의 세계이다.

전기시에서 "내 마음의 어딘 듯 한편에 끝없는 강물이 흐르네"라고 노래했고, "내마음 고요히 고흔봄 길우에/오날하로 하날을 우러르고싶다"고 하였던 그의 순수하고 순결한 마음은 상처 입고 찢기어진다. 그래서 후기시에서의 시적 화자는 순결한 마음에 '독'을 차게 되고, 지쳐서 "본시 평탄 했을 마음 아니로다//구지 톱질하여 산산 찢어놓았다/風景이 눈을 홀리지 못하고/사랑이 생각을 흐리지 못한다//지쳐 원망도 않고 산다//대체 내노래는 어듸로 갔느냐"라며 탄식을 한다. 더 나아가 "어차피 몸도 피로워졌다/바삐 棺에 못을 다져라//아모려나 한줌 흙이 되는구나"라고 자포자기한다. 이른바 패배자의 허무의식이다.

다시 말해서 전기시에서는 맑고 깨끗한 내면을 지향했던 시적 화자의 시선이 후기시에서는 완전히 변하여 순결한 화자의 마음을 다치게하고 병들게 한 외부를 향하고 있다. 즉, 영랑의 전기시는 개인적 서정과 자아의 내면을 지향하는 '안으로-열림'의 세계이고, 그 형식면에서는 4행시의 틀을 견지하고 있었다. 반면 후기시는 구조에 있어서 산문시 형태를 취한 게 많고, 표면적인 형식은 자유로워졌지만, 내용상으로는 시적 화자가 안팎의 열악한 현실적 조건들을 만나 '밖으로-닫힘'의 세계를 보여준다.

2. 시형의 정형화와 유성음 활용의 극대화 – 전기시

영랑의 전기시의 특장으로 리듬감과 운율이 뛰어나다는 점을 들 수가 있다. 하지만 운율론에 있어서 리듬·운율·율동·율격·압운·음악성 등의 용어가 논자에 따라 뜻이 달리 쓰이기도 하고, 상호간에 의미가 넘나들기도 한다. 따라서 개념을 분명하게 하지 않으면, 논리 전개가 다소 모호할 수밖에 없다. 따라서 주로 거론되는 용어들에 대한 검토가 선행되어야 한다.

리듬은 영어의 'rhythm'에서 왔다. "리듬(rhythm)은 상이한 요소들이 재현하는 흐름이나 운동을 말한다. 춘하추동이나 생노병사 같은 것을 계절의 리듬이니 생의 리듬이니 하는 까닭이 여기 있다."8) 즉 리듬은 다소 상이한 요소들의 조직된 흐름이나 운동을 뜻한다. 유사한 말로 율동이 있지만, 율동과 리듬은 약간의 차이가 있다. 율동의 사전적 의미가 '일정한 규칙에 따라 하는 움직임이나 운동'을 뜻한다면, 리듬은 '일정한 간격을 두고 규칙적으로 반복되는 현상'을 뜻한다. 즉 리듬은 율동의 반복 혹은 율동의 지속적인 흐름의 성격이 짙다.

율격과 리듬도 같은 의미를 지니고 있지 않다. "律格meter은 律文verse을 이루고 있는 소리의 반복적이고 규칙적인 양식을 말한다. 다시 말해서 율격을 이야기할 때, ① 소리, ② 반복성, ③ 규칙성의 세 요소는 대단히 중요하다."9) 이는 형식주의적 관점이다. 이에 따르면, 모든 문장에는 리듬이 있을 수는 있으나, 모든 문장에 율격이 있을 수는 없다. 따라서 율격은 시와 산문을 구분 지을 수 있게 하는 시의 중요한 특질이다.

압운(rhyme)은 율격의 한 형태인 음위율과는 근본적으로 다르다. 또한 동음 반복이나 의미 구조의 반복과도 의미를 달리한다. 즉, 압운이 '동일한 음의 반복'을 뜻하지만, 어휘론·통사론적인 동일 요소의 반복은 압운론을 벗어나 문장 수사학적 반복에 속하는 것이다.'10) 따라서 압운(rhyme)은 음소 단위의 음의 반복을 뜻한다고 볼 수 있다.

형태소보다 작은 단위의 일정 음의 반복을 압운이라 할 수 있는데, 압운의 기능은 수사적 기능과 구조적 기능으로 대별된다.11) 그 중 수사적 기능은 시의 의미에 기여하는 기능을 말하는데, 시행의 정서에 부합할 수 있는 음의 반복으로써 음 상징으로써의 기능을 수반할 때 효과가

---

8) 김대행, 「운율론의 문제와 시각」, 『운율』, 문학과지성사, 1984, 12쪽.
9) 김대행, 위의 책, 12쪽.
10) 김대행, 「압운론」, 『운율』, 문학과지성사, 1984, 24쪽.
11) 김대행, 위의 책, 32쪽.

두드러진다. 또한 특정 음소가 반복되리라는 기대와 충족에 의한 주목을 가져오는 강세 효과가 있다.

이런 관점에서 보면, 일부의 평자들이 압운의 예로 든 영랑의 시 「청명」은 압운론의 논의 대상에서 벗어난 작품이다. 즉, '호르 호르르 호르르르 가을 아침 / 취여진 청명을 마시며 거닐면 / 수풀이 호르르 버레가 호르르'(「청명」 부분)에서 보이는 '르'음이나, 'ㄹ'의 반복이 압운 효과를 거두었다고 할 수가 없다. 이 시에서 '르'음이나, 'ㄹ'음은 단순한 음절의 반복이나 형태소의 반복으로 보아야 한다. 왜냐하면 이러한 음의 반복이 어휘적 동일성에서 나온 것이지, 형태가 다른 음성군에서 같은 음이 나온 것이 아니기 때문이다. 따라서 엄격한 규준으로 보아 압운이라 할 수는 없지만, 다만 압운 현상의 가능성은 지니고 있기에 '유사압운'[12]으로 보는 것이 마땅할 것이다.

압운(rhyme)의 구조적 기능은 "시의 각 행에 단위성을 두드러지게 하는 동시에 시행을 상호 연결시키는 기능을 말한다."[13] 이는 두운이나 줄가운으로써 시행의 단위성을 두드러지게 하거나, 압운이 시의 형식을 이루는 장치(scheme)로써 구성자(organizer) 역할을 한다는 의미이다.

결국 시의 운율이라 함은 운과 율의 복합개념이고, '운'은 압운을 뜻하고, '율'은 율격을 의미하기에, 압운과 율격을 합쳐서 운율이라 한다.

즉, 시의 운율은 율격과 압운으로 구성된다. 이 중 율격은 시행 속에 내재하는 격조(measure)를 의미하는데, 말하자면 그 격조의 단위가 음보

12) 이승복, 『정지용 시의 운율체계 연구-1930년대 시창작 방법의 모형화 구축을 중심으로』, 홍익대 대학원 박사학위논문, 1993, 67쪽. 이승복은 이 논문에서 정지용의 시에 대해 논하면서, 특정 음소의 반복으로 나타나는 유사 두운, 유사 각운 현상 등을 분석하면서, 정지용의 시에서의 압운 현상은 규칙적 순환에 의거한 체계를 이루고 있지 않기에, 엄밀한 의미에서의 압운은 아니지만, '유사압운'이라고 보는 것이 타당하다고 하였다.
13) 김대행, 위의 책, 35쪽.

다. 음보는 음절이 모여 이룬 것으로, 음보에 음의 고저, 강약, 장단 등
이 포함된다. 즉 한국시가의 경우 대개 3음절이나 4음절이 보통 1음보
를 이루며, 휴지(休止)의 한 주기가 구분점이 된다. 음절이 모여 음보를
이루고, 음보가 모여 행을 이루며, 행이 모여 연을 이루는 일반적인 시
의 구성으로 볼 때, 음보는 시가의 운율을 이루는 기저단위이다.

한국시가의 전통적인 율격에서 찾아볼 수 있는 음보율은 2음보격, 3
음보격, 4음보격이 대표적이다. 2음보격은 주로 노동요에서 찾을 수 있
는데, 2개의 음보가 한 행을 이루기에 시가문학에서는 거의 차용되지
않았고, 3음보격이나 4음보격은 민요는 물론이고, 시조나 고려가요 등
전통시가나 현대시에서도 쉽게 찾아볼 수 있는 양식이다.

전통 시가문학에서 3음보격으로는 고려시가 중에서 「청산별곡」이나
「가시리」 등이 있고, 민요에서는 「아리랑」이나 「도라지 타령」 등이 있
다. 4음보격은 시조, 가사, 악장, 판소리는 물론이요, 「시집살이 노래」를
비롯한 민요에서도 가장 많이 나타나는 유형이다.

한국에서 현대시가 태동하기 전 유행하였던 창가나 사설시조 등은 4
음보격이었고, 현대시가 태동하면서 김억이나 김소월 등에 의해 3음보
격의 시가 창작되었다. 따라서 3음보격이나 4음보격은 모두 전통적인
율격이라고 할 수 있는데, 3음보격은 율격의 휴지를 경계로 균등하게
양분되지 못하므로 불안정적이지만 오히려 풍부한 율동미를 느낄 수
있고, 4음보격은 균등한 쉼에 의해 안정된 느낌을 주며 여유로운 점이
있지만 다소 보수적인 느낌이 강하다.

김준오는 3음보격와 4음보격에 대해 조동일의 견해에 따라 다음과
같이 정리한 바 있다.14)

---

14) 김준오, 『시론』, 삼지원, 1995.

〈표 5〉 전통시가의 율격-음보를 구분으로

3음보	4음보
서민 계층의 리듬	사대부 계층의 리듬
자연적 리듬	인위적 리듬
서정적 리듬	교술적 리듬
경쾌한 맛	장중한 맛
가창에 적합	음송에 적합
동적 변화감과 사회 변동기 대변	안정과 질서 대변

영랑의 전기시에 해당하는 『영랑시집』을 살펴보면, 그 대부분이 3음보와 4음보 내지는 3·4음보의 혼합형임을 알 수 있는데, 7편을 제외한 46편(약 86%)이 3음보 내지는 4음보로 이루어져 있음을 알 수 있다. 이는 그가 시의 음악성을 위해 음보에 대해서도 면밀히 검토했다는 근거이다.

영랑의 등단작인 『끝없는 강물이 흐르네』만 살펴보아도 영랑이 음보를 의식하고 시를 썼다는 것을 알 수 있다. 이 작품을 3음보 변형으로 보는 것은 일반적이지만, 몇 가지 점에서 눈여겨 볼 대목이 있다. 먼저 영랑 시에서 띄어쓰기는 음보를 묶는 방식을 택한 것으로 보인다. (예: 내마음의, 숨어있는곳, 빛나는보람과, 어둔슬픔은, 즐대업는마음만 등)[15] 즉 영랑은 자기만의 띄어쓰기를 통해 음보의식을 강하게 드러냈다. 또 한 가지 영랑 시에서 첫 행을 들여쓰기 한 작품이 몇 편 있는데, 이는 음악에서의 후렴 형식을 본뜬 것으로 보인다.[16] 영랑의 이러한 운율의

---

15) 영랑이 「시문학」에 작품 발표를 시작한 것이 1930년이므로 1933년에 발표된 한글 맞춤법 통일안의 적용을 받지는 않는다. 하지만 첫 시집을 발행하였을 때는 조선 어학회의 「한글맞춤법통일안」의 적용을 받는 시기인데, 유독 띄어쓰기만은 그 원칙에 따르지 않았다. 이러한 특징은 초기시 뿐만 아니라, 후기시에도 나타난다. (예 : 사흘불어피江물은, 정치의이름아래, 높흔가지끝테, 오직보람으로 등)

식은 「끝없는 강물이 흐르네」[17)의 발표 시기별 작품 형태를 보면 알 수 있다.

　　(가) 동백닙에 빗나는 마음[18)
　　내마음의 어뎐 듯 한편에 끗업는 강물이 흐르내
　　도처오르는 아침날빗이 빤질한 은결을 도도내
　　　가슴엔듯 눈엔듯 또피ㅅ줄엔듯
　　　마음이 도른도른 숨어잇는곳
　　내마음의 어뎐 듯 한편에 끗업는 강물이 흐르내

　　(나) 1[19)
　　내마음의 어뒨듯 한편에 끗업는
　　　강물이 흐르네
　　도처오르는 아츰날빗이 빤질한
　　　은결을 도도네
　　가슴엔듯 눈엔듯 또 피ㅅ줄엔듯
　　마음이 도른도른 숨어잇는곳
　　내마음의 어뒨 듯 한편에 끗업는
　　　강물이 흐르네

　　(다) 끝없는 강물이 흐르네[20)

---

16) 첫 행을 들여쓰기 한 작품에는 「동백닙에 빗나는 마음」, 「쓸쓸한 뫼앞에」, 「수풀 아래 작은샘」 등이 있다.

17) 이 작품은 시문학에 발표할 당시에는 「동백닙에 빗나는 마음」이라는 제목을 달고 있으나, 『영랑시집』에 실을 때는 「1」로 『영랑시선』에는 「끝없는 강물이 흐르네」로 수록되어 있다. 작품 수록 지면에 따라 내용이 다르므로, 본 연구에서는 각각의 제목을 붙여 구분한다.

18) 시문학 창간호에 『동백닙에 빗나는 마음』으로 발표된 작품. 본문 표기는 발표 당시의 표기를 따르되, 경음만 현대어 표기로 고쳤다. (예: 끗업는 → 끗업는, 빤질한 → 빤질한)

19) 『영랑시집』에 번호만 달아 '1'번으로 발표된 작품. 표기는 허윤회 주해, 『원본 김영랑시집』, 깊은샘, 2007.

내마음의 어린듯 한편에 끝없는
　강물이 흐르네
도처오르는 아츰날빛이 쀔질한
　은결을 도도네
가슴엔듯 눈엔듯 또 피ㅅ줄엔듯
마음이 도른도른 숨어있는곳
내마음의 어린 듯 한편에 끝없는
　강물이 흐르네

　같은 작품이지만, 이 작품은 발표할 때마다 작품의 형태가 다소 변했
다. (가)의 「동백닙에 빗나는 마음」은 1930년 『시문학 1호』에 발표한 형
태의 작품이다. 작품을 행별로 분석해 보면, 1행은 6음보, 2행은 6음보,
3행은 3음보, 4행은 3음보, 5행은 6음보로 구성되어 있다. 즉 1, 2, 5행
은 6음보이고, 3, 4행은 3음보로 읽힌다. 또한 6음보는 3음보씩 나눠서
읽을 수 있으므로 3음보 변형의 작품으로 볼 수 있다.

　하지만 (나)와 (다)는 부분적인 시어 표기의 차이만 있을 뿐, 시행의
형식은 같으므로, (나)의 시를 기준으로 본다면, (가)의 「동백닙에 빗나
는 마음」과 (나)의 「1」은 분명한 형식적 차이가 몇 가지 발견된다.

　(가)의 작품은 5행인데, (나)의 작품은 8행이다. 또 (가)의 작품은 6, 6,
3, 3, 6음보로 구성되어 있는데, (나)의 작품은 4, 2, 4, 2, 3, 3, 4, 2음보로
구성되어 있다. 그리고 (가)의 작품이 3, 4행 ‘가슴엔듯 눈엔듯 또피ㅅ줄
엔 듯 / 마음이 도른도른 숨어잇는곳’이라는 행을 들여쓰기 한 반면,
(나)의 작품은 2, 4, 8행의 ‘강물이 흐르네’, ‘은결을 도도네’, ‘강물이 흐
르네’를 들여쓰기 하였다.

　먼저 (가) 「동백닙에 빗나는 마음」을 중심으로 분석해 보면, 6음보가

---

20) 『영랑시선』에 「끝없는 강물이 흐르네」라는 제목으로 발표한 작품. 김윤식, 『영랑
　시선』, 정음사, 1956.

3행이고, 3음보가 2행이다. 1행과 5행이 수미상관을 이루고 있고, 3,4행은 들여쓰기 형태로 되어 있다. 따라서 3음보로 된 4, 5행을 한 덩어리로 본다면, 이 작품은 전형적인 a-a-b-a 구조다.

1행과 5행은 유성음과 양성모음의 결합 형태인 '내'로 시작하여 '내'로 끝나는 형태이다. 밝고 명랑한 어감으로 시작하고 끝맺음을 함으로써, 시행 전체가 경쾌하다. 또한 1, 2, 5행의 마지막을 '내'로 끝냄으로써 유사 압운의 형태를 취하고 있다.

이 작품을 3음보로 읽었을 때 된소리의 위치도 눈여겨 볼만하다. 이 작품에 나오는 된소리 음운은 '끗', '빤', '끗', '또'가 있는데, 그 위치는 리듬 의식의 반영으로 보인다. 구조적으로 이해를 돕기 위해 3행과 4행을 한 행으로 보고, 된소리가 없는 음보를 'O'로 표시하고, 된소리가 들어간 음보를 '●'로 표시 한다면, (가)의 시는 형태상 다음과 같은 구조로 되어 있다.

```
○○○ ●○○
○○○ ●○○
○○● ○○○
○○○ ●○○
```

하지만 이 작품을 실제로 읽어 보았을 때는 약간의 변화가 생긴다. 즉, '은결'이 '은껼'로 발음이 되고, '피ㅅ줄'이 '피쭐'로 발음이 되므로, 그 구조는 다음과 같은데, 형식적으로 보아도 리듬이 느껴진다.

```
○○○ ●○○
○○○ ●●○
○○● ○○○
○○○ ●○○
```

여기에 순음이면서 장애음인 'ㅂ', 'ㅍ'의 초성 위치도 운율을 배려한 것으로 보인다. 장애음 초성 'ㅂ', 'ㅍ'을 '△'으로 표시하고, 장애음 'ㅂ', 'ㅍ'이 된소리화 된 음절이 들어있는 음보를 '▲'으로 표시를 하면 아래와 같이 도식화 할 수 있다.

○○△ ●○○
○○△ ●●○
○○▲ ○○○
○○△ ●○○

이렇게 보았을 때, '▲'의 부분은 경음 두 음절이 들어있고, 장애음 'ㅍ'까지 들어 있는데다가 다른 음보에 비해 다소 긴 5음절로 이루어져 있어서, 전체 시를 낭독한다고 가정 하였을 때, 유독 도드라질 수밖에 없다. 전체적으로 부드러운 음상을 지닌 시어들이 연결되다가 경음이 든 음보에서 리듬이 불거진다. 이를 3음보 단위씩 강약으로 구분한다면, '약(a), 강(A), 약(a), 강(A), 강(A), 약(a), 약(a), 강(A)'이 된다. 이를 4개의 단위로 나누어 도식화하면, 'aA-aA-Aa-aA' 형식으로 설정해 볼 수 있을 것이다. 형식적으로 'a-a-b-a' 구조를 이루고 있음이 명확히 드러나고, 특히 'b' 부분의 시행 끝이 다른 행과는 달리 '곳'으로 끝남으로써 발음상 '곧'이 되므로 장애음으로 갑자기 닫히는 형태를 띤다. 즉 '내-내-곧-내'가 되므로 다른 시행이 밝고 경쾌하게 열리는 종결어미인데 반해, '곧'은 시행을 가두는 효과가 있다. 이를 다른 말로 하면, '열림-열림-닫힘-열림'의 구조로 이루어졌다고 볼 수 있는데, 이는 앞서 말했던 경음과 장애음 'ㅂ, ㅍ'의 의도적 배치와 더불어 시의 음악성을 높이기 위한 치밀하게 계산된 파격으로 보인다.

그리고 유성음과 양성모음을 통해 유포니 효과를 노린 점도 주목해야 한다. '내'음절의 반복과 유음 'ㄹ'이 시행 곳곳에 깔려 경쾌하고 부드럽게 읽힌다. 거기에 의미의 경계가 모호한 '듯'이 반복되면서 마음의 경계에 한계가 사라지고, 마음이 아득한 곳에까지 이르렀음을 암시한다. 또한 종성에 즐겨 사용된 'ㅅ'도 눈여겨봐야 한다. 'ㅅ'은 음소의 형태가 새싹이 솟는 모양을 닮았으며, 그 음상 또한 무언가를 밀어 올린다. 그러한 'ㅅ'음을 10번이나 사용하여 시 전체에 생기를 불어 넣는다. 이것들은 유사압운의 형태로 볼 수 있다.

또 한 가지 주목해야 할 점은 (가) 「동백닙에 빗나는 마음」에서 3,4행을 들여쓰기 하였다는 것이다. 『영랑시집』에서 시행의 첫구절을 들여쓰기 한 작품은, 이 작품과 제목 대신 숫자 「8」을 달고 실은 「쓸쓸한 뫼앞에」 뿐이다. 즉 영랑은 이 두 작품의 일부 시행을 들여쓰기로 하여 어떤 효과를 노린 것으로 보인다.

그런데 『시문학』에 발표할 때는 5행시에 3,4행을 들여쓰기 한 데 반해, 『영랑시집』에서는 8행시로 고치고, 2, 4, 8행의 첫구절을 들여쓰기 하였다. 따라서 이 작품은 형태가 다른 두 가지 형식의 시가 남았다.[21] 그런데 들여쓰기를 한 시행이 다르다는 게 문제가 된다. 처음 시를 발표할 때는 '가슴엔듯 눈엔듯 또피ㅅ줄엔듯'과 '마음이 도른도른 숨어잇는곳'의 두 행을 들여쓰기 하였는데, 시집에 묶을 때는 '강물이 흐르네', '은결을 도도네', '강물이 흐르네'의 3개 행을 들여쓰기 하였다.

이것은 시 전체에서 어긋나는 시행을 들여쓰기로 처리하여 다른 시행과는 다르게 읽히기를 기도한 것으로 보인다. 이 점은 들여쓰기를 한

---

21) 이 작품은 두 가지 형태의 원본이 있으므로, 『시문학』지에 실린 작품 「동백닙에 빗나는 마음」과 구분하기 위해 『영랑시집』에 제목 없이 숫자 '1'이 붙은 작품에 『영랑시선』의 제목을 따서 「끝없는 강물이 흐르네」를 붙이고, 시 내용은 『영랑시집』에 실린 것을 분석 대상으로 한다. 이는 『영랑시선』에 실린 작품보다 『영랑시집』에 실린 작품이 시적으로 더 우수하다고 판단했기 때문이다.

다른 한 편의 시 「쓸쓸한 뫼앞에」를 살펴보았을 때 더 분명해진다.

　　쓸쓸한 뫼아페 후젓이 안즈면
　　마음은 갈안즌 양금줄 가치
　　무덤의 잔디에 얼골을 부비면
　　넉시는 향맑은 구슬손 가치
　　　산골로 가노라 산골로 가노라
　　　무덤이 그리워 산골로 가노라

–「쓸쓸한 뫼앞에」[22] 전문

「쓸쓸한 뫼앞에」를 읽어보면, 2행과 4행 뒤에 각각 5,6행을 붙여 읽을 수 있다. 즉 노래로 말하면 '후렴구' 형태가 된다.

따라서 시인이 들여쓰기를 한 의도를 생각해 보았을 때, (가)「동백닙에 빛나는 마음」의 '가슴엔듯 눈엔듯 또피ㅅ줄엔듯'과 '마음이 도른도른 숨어잇는곳' 나, 「끝없는 강물이 흐르네」의 '강물이 흐르네', '은결을 도도네', '강물이 흐르네'도 후렴구 형태로 분석할 수 있는데, 운율상 어긋난 구절을 다른 시행과 구별하여 쓴 것으로 보인다. 즉, 처음 발표할 때와 시 형태가 달라진 이유는 시를 낭송 하였을 때, 음보에서 어긋나는 부분을 후렴구 형태로 장치한 것이다.

한 가지 더 짚고 넘어가야 할 점은 시 형식의 변화에 따라 음보도 달라졌다는 점이다. 애초의 작품, 「동백닙에 빛나는 마음」은 6음보, 6음

---

22) 이 작품은 『영랑시집』에는 따로 제목이 없이 숫자 '8'만 붙어 있다. 하지만 『영랑시선』에서는 「쓸쓸한 뫼앞에」라는 제목을 붙였다. 표기와 형태도 약간의 차이가 있다. 『영랑시집』에는 5, 6행을 들여쓰기 한 형태로 실렸는데, 『영랑시선』에는 들여쓰기를 하지 않았다. 표기도 조금 다른데, 『영랑시집』은 연철 표기를 하였고, 『영랑시선』은 분철 표기를 하였다. 또한 『영랑시선』에서는 '산골'의 '산'과 '골' 사이에 사이시옷을 첨가하였다. 본 논문에서는 『영랑시집』에 실린 원고를 분석 대상으로 하고, 편의상 『영랑시선』에 나온 제목을 붙인다.

보, 3음보, 6음보의 형식이었으므로 3음보의 변형으로 보는 것이 타당
할 것이지만, 『영랑시집』이나 『영랑시선』에 실린, 「1」과 「끝없는 강물
이 흐르네」는 다른 음보로 읽을 수도 있다. 즉 의미의 완결성을 따져 3
음보의 변형으로 분석할 수도 있지만,23) 시인이 행의 배열을 의도적으
로 했다는 점을 고려한다면, 4음보의 변형으로 읽을 수 있는 여지가 있
다. 성기옥에 의하면, 우리 시가에서 음보를 구성하는 음절의 수는 3, 4,
5음절이 보통이고, 특히 3음절과 4음절이 대다수를 차지한다.24) 그래서
성기옥은 음절차를 보완할 수 있는 보상적 자질이 필요하다고 보고,
'장음(長音)'과 '휴음(停音)' 개념을 도입하였다.

이러한 견해를 바탕으로 영랑의 시 『끝없는 강물이 흐르네』를 소리
내어 읽어보면, 4음보를 중심으로 읽어도 큰 문제가 없어 보인다.

> 내마음의 / 어딘 듯- / 한편에- / 끝없는-
> 강물이- / 흐르네∨
> 도처오르는 / 아침-∨ / 날빛이- / 빤질한-
> 은결을- / 도도네∨
> 가슴엔듯 / 눈엔듯- / 또 피ㅅ줄엔듯
> 마음이- / 도른도른 / 숨어있는 곳
> 내마음의 / 어딘 듯- / 한편에- / 끝없는-
> 강물이- / 흐르네∨25)

이렇게 하면 각 행이 4음보, 2음보, 4음보, 2음보, 3음보, 3음보, 4음
보, 2음보가 되는데, 이는 시인이 행의 구분을 하였을 때의 호흡에 최대

---

23) 조동일, 『현대시에 나타난, 전통적 율격의 계승』, 김대행 편 『운율』, 문학과 지성
사, 1984, 139쪽.
24) 성기옥, 「한국시가율격의 기층체계」, 김대행 편 『운율』, 문학과 지성사, 1984, 90
~99쪽.
25) 장음 및 휴음 표시는 필자.

한 맞추게 된다. 그런데 2, 4, 8행을 후렴으로 본다면, 조금 다른 율격으로도 분석이 가능하다. 즉, 4음보격으로 읽는 것도 시의 새로운 맛을 느끼게 한다. 3행의 '또'와 4행의 '곳'이 1음절이기는 하지만, 그 뒤에 장음과 휴음이 뒤따른다면, 4음보격으로 읽을 수 있을 것으로 보인다.

시적 의미의 완결은 각 행의 끝에 '강물이 흐르네'나 '은결을 도도네'가 들어가도 되고, 제목이 '끝없는 강물이 흐르네'이기 때문에 시를 읽을 때, 행의 끝에 제목을 갖다 붙여 읽어도 된다. 즉, 괄호 안의 구절을 각 행의 끝에 붙여 읽는다면 시행의 완결성을 얻을 수 있다.

> 내마음의 / 어딘 듯- / 한편에- / 끝없는-　　( )
> 도처오르는 / 아침-∨ / 날빛이- / 빤질한-　　( )
> 가슴엔듯 / 눈엔듯- / 또-∨∨ / 피ㅅ줄엔 듯 ( )
> 마음이- / 도른도른 / 숨어있는 / 곳-∨∨　　( )
> 내마음의 / 어딘 듯- / 한편에- / 끝없는-　　( )

> (강물이 흐르네)
> (은결을 도도네)
> (끝없는 강물이 흐르네)[26]

영랑의 이 작품은 주지하다시피 '설명을 배제한 느낌으로 이루어져 있고, 말을 하면서도 말하지 않으려 하는 시이다. 이런 시를 쓰고자 하는 경우에는 음성 상징적인 효과와 함께 율격이 시의 핵심으로 등장한다.'[27] 따라서 부사어 '또'와 명사어 '곳' 뒤에 휴음을 한 번 더 준다면, 이와 같은 구조로 분석이 가능하다.

더구나 이 작품은 '끝없이 강물이 흐른다'는 것을 형상화 하고자 한

---

26) 장음 및 휴음 표시와 괄호는 필자.
27) 조동일, 앞의 논문, 139쪽.

작품이다. 영랑은 '끝없는', '빤질한', '피ㅅ줄엔 듯', '곳', '끝없는' 등의 불완전한 시어를 선택하여, 뒤에 무언가 이어붙이지 않고는 견딜 수 없게 만들어, '끝없는' 강물의 흐름을 읽는 이로 하여금 느끼게 하고 싶었던 것으로 보인다. 즉 단절이 주는 효과가 있다. 이어져야만 할 때 끊음으로써 그 여백의 효과는 두드러지고, 그 단절점이 마무리가 되지 않음으로써 이어질 수밖에 없다는 것을 나타낸다. 이러한 관점에서 보면 '강물이 흐르네'와 '은결이 도도네'는 의미의 완결을 위한 구절이지 시 전체의 운율에서는 벗어난 시행이 된다. 즉 4음보격의 변형 구절로 볼 수 있다.

또한 이 작품에서 눈여겨보아야 할 것은, '네', '네', '네'와 '는', '한', '는' 및 '듯', '곳'을 통하여 유사 각운 효과를 노렸다는 점이다. 영랑은 영시의 압운 효과를 고려하여, 우리말에도 그와 같은 효과가 가능할 지를 실험한 것으로 보인다. 이러한 유사 압운 효과는 시에 운율감을 형성하고, 양성모음과 'ㄴ', 'ㄹ'음의 반복은 유포니 효과를 얻는 데 기여하고 있다.

영랑은 일정한 음보율을 바탕에 두고, 병렬과 대구의 기법을 사용하거나 유성음의 적절한 배치를 통해 시의 음악성을 확보하였다.

병렬과 대구에 있어서도 영랑 시의 음악적 성취도는 매우 높다. 김대행[28]에 의하면, 우리의 시가에서 병렬구조는 대개 의미론적인 병렬이 주를 이루어왔다.

> 노랫말을 노랫말이게 하는 자질 중에서 가장 중요한 것이 병렬(parallelism)이다. 병렬이란 의미론적 지향이 동일한 두 가지 이상의 동사 형식이 나란히 놓이는 방식을 말하는데, 음운론적 율격의 질서가 별로 뚜렷하지 못한 우리의 시가에서는 의미론적 병렬이 매우 중요한 시

---

28) 김대행, 『詩歌詩學硏究』, 이화여자대학교출판부, 1991, 393~396쪽.

적 자질이 되어 왔다. 잘 알려진 바와 같이 율격이란 대립적 요소의 교체가 규칙적으로 반복됨으로써 형성되는 것인데, 우리말의 고저, 장단, 강약 등의 음성적 요소가 언어의 변별적 자질이 되지 못하고 있으며 특히 歌唱을 전제로 하여 형성된 장르인 경우는 이러한 음운론적인 요소가 강력하게 인식되지도 못하였음이 사실이다. 따라서 음운론적인 율격 대신 의미의 율격이 노랫말이 질서를 이루는 데 중요한 기여를 해왔던 것이다.[29]

하지만 영랑 시에 이르러서는 '의미론적 병렬'을 넘어 '음운론적 병렬'로 음악성을 확보하기에 이른다. 즉, 영랑은 언어의 엄격하고 밀도 높은 조직을 통해, 언어 자체가 주는 리듬감을 살려 시로 썼다.

다음 시를 보자.

> 바람에 나붓기는 깔닢
> 여을에 희롱하는 깔닢
> 알만 모를만 숨쉬고 눈물 맺은
> 내 청춘의 어느날 서러운 손ㅅ짓이여
>
> ―「바람에 나붓기는」 전문

앞의 두 행은 운율을 위해 유사한 통사구조를 병렬로 썼다. 하지만 같은 것은 아니다. 1행의 시작은 양성모음으로 하였고, 2행은 음성모음으로 시작하였다. 그리고 동일한 위치에 음성모음 '에'가 놓였고, 유성어 'ㄴ-ㅡ-ㄴ'을 대구를 이루게 한 뒤 두 행 모두 '깔닢'으로 마무리하였다. 즉, '~에 ~는 깔닢'이 병렬과 대구를 이루고 있다. 거기다가 반복되는 음절은 모두 유성어이다. 만약 동일한 모음을 나열했다면 음악적인 효과가 현저히 줄어들었을 것이다. 하지만 영랑은 양성모음으로

---

29) 위의 책.

이루어진 시어 '바람'과 음성모음으로 이루어진 시어 '여을'을 마주보게 놓았다. 의도적으로 변화를 준 것이다. 거기에 '나붓기는'과 '희롱하는'도 음상이 다른 시어이다. '나붓기는'을 발음해보면, '나붇끼는'이 되기에 장애음 'ㄷ'과 경음 'ㄲ'은 강한 톤으로 발음되는데, 거기에 대응하는 '희롱하는'은 양성모음과 유성음을 사용하여 밝고 부드러운 음감을 준다. 적절한 대비효과라 할 수 있다. 그리고 '깔'이라는 음절은 경음으로 시작하여 유성음으로 끝난다. 분명히 강조가 되면서 여운이 남는다. 반면 '닢'은 유성음으로 시작하여 장애음으로 끝나는 음절이다. 두 음절의 구조는 서로 상반되지만 뒤집으면 같은 구조다. 그리고 두 음절이 만나 이룬 시어 '깔닢'은 까칠까칠한 음감으로 시작되어 부드럽게 흘러가다가 장애음 'ㅂ'으로 마무리가 된다. 만약 '깔닢'이라는 시어가 놓인 위치에 유성음만으로 이루어진 시어가 들어갔거나 경음이나 장애음으로만 이루어진 시어가 들어갔다면 원본이 주는 맛과 전혀 다른 느낌을 주었을 것이다. 정확한 병렬 구조와 유성음의 적절한 사용으로 시어들이 읊조릴수록 더 생동감 있게 살아난다. '깔닢'[30]이라는 시어 하나만 보더라도 겉은 거칠지만 초식동물이 씹어 먹기에 좋은 부드러움을 지닌 깔닢의 촉감까지 느껴지는 듯하다. 이런 시어 하나 골라 쓰는 데에 있어서도 영랑은 무척 고심하고, 고르고, 다듬었다. 이런 언어 감각이 그의 전기시에서 두드러진다.

한 가지 더 살펴보아야 할 것이 병렬 구조이다. 영랑의 4행시에서는 음악성을 높이는 병렬구조가 빈번하게 사용되었다. 즉 전기시는 어느 한 가지 점 때문에 음악성이 높게 보이는 것이 아니라 병렬구조, 대구, 유성음의 반복, 양성모음과 음성모음의 의도적 배치 등으로 인해 높은

---

30) 전라도 방언에서 '깔'은 '꼴'을 뜻한다. 그러므로 '깔닢'은 꼴로 쓰기 위해 밴 풀잎을 뜻하는 것으로 볼 수 있다. 이숭원은 '깔닢'을 '갈잎'이라고 보았으나, '여을에 희롱하는 깔닢'이라는 구절이 있는 것으로 보아 '깔'은 '꼴'의 방언일 가능성이 높다.

음악성을 확보한다.

용아는 영랑의 사행시에 대해 천하일품이라고까지 극찬하면서, "美란 우리의 가슴에 저릿저릿한 기쁨을 일으키는 것(A thing of beauty is a joy for ever)이 美의 가장 협의적이요 적확한 정의라면 그의 시는 한 개의 표준으로 우리 앞에 설 것입니다."[31]라고 하였다. 즉 영랑의 시는 아름다움의 표본이고, 그 아름다움은 우리의 가슴에 저릿저릿한 기쁨을 일으키는 것이라는 의미이다.

용아의 지적을 바탕으로 보면, 영랑의 시는 유미주의적인 요소가 강하다. 특히 전기시에서는 그것이 두드러진다. 전기시 53편을 분석해보았을 때, 정형성을 지닌 작품이 44편으로서 무려 83%에 이른다. 이는 그가 우리의 전통시를 바탕으로 가장 음악성이 뛰어나다고 여긴 율격을 찾아냈고, 거기에 서구 낭만주의 시의 영향[32]을 받아 '운'에 대한 감각을 익힌 것으로 보인다.[33]

또한 영랑의 전기시의 특징 중 하나는 유독 유성음이 많다는 점이다. 영랑 4행시의 자음 분포표를 보면, 4행시에 쓰인 자음은 'ㄴ>ㅇ>ㄹ>ㄱ'순으로 쓰였다는 것을 알 수 있다. 이 중 'ㄱ'을 제외한 나머지가 유성음임을 감안할 때 그의 4행시에는 주로 유성음이 사용되었음을 알 수 있다.

31) 박용철, 「辛未詩壇의 回顧와 批判」, 《중앙일보》, 1931.12.1.
32) 남종현, 「영랑시 연구-영랑시에 미친 P. Verlaine의 영향」, 동국대 대학원 석사학위논문, 1984.
33) 강학구, 앞의 논문 참조.

〈표 6〉『영랑시집』에 실린 4행시의 자음 분포표

구분	ㄱ	ㄴ	ㄷ	ㄹ	ㅁ	ㅂ	ㅅ	ㅇ	ㅈ	ㅊ
초성	179	152	67	135	91	68	132	282	71	20
비율	13	11	5	10	6.5	5	9.5	20.5	5	1.5
종성	39	165	2	164	84	28	30	28	3	4
비율	7	30	0.5	29.5	15	5	5.5	5	0.5	0.5
전체	218	317	69	299	175	96	162	310	74	24
비율	11.5	16.5	3.5	15.5	9	5	8.5	16	4	1

구분	ㅋ	ㅌ	ㅍ	ㅎ	ㄲ	ㄸ	ㅃ	ㅆ	ㅉ	합
초성	7	5	17	79	26	15	5	10	12	1373
비율	0.5	0.3	1.2	5.7	1.8	1	0.3	0.7	0.8	
종성	–	4	1	–	–	–	–	–	–	553
비율	–	0.7	0.1	–	–	–	–	–	–	
전체	7	9	18	79	26	15	5	10	12	1926
비율	0.3	0.4	0.9	4.1	1.3	0.7	0.2	0.5	0.6	

영랑의 4행시에서 유성음 'ㄴ'이 차지하는 비율은 전체의 약 16.5%이고, 다른 유성음인 ㄹ, ㅁ, ㅇ을 합치면 전체 사용 자음 중 유성음이 차지하는 비율이 무려 57%에 이른다. 이는 그가 공명도가 높은 유성음을 의도적으로 즐겨 사용했음을 뜻한다.

여기에서 초성에 쓰인 유성음의 비율을 따져보면, 음절 초성에 쓰인 유성음의 비율이 48%를 차지하는데, 이는 음운론적으로 볼 때 음절 초성에는 폐쇄음과 같은 장애음이 오는 것이 일반적이라고 한 것과는 상반된다. 즉 영랑은 의도적으로 음절 초성으로 유성음을 선택하였다는 것을 알 수 있다.

영랑의 전기시에서 볼 수 있는 또 하나의 특징은 '청각어' 사용이 많았다는 점이다. 이는 시문학파 동인들과의 비교에서도 분명히 드러난다.

〈표 7〉 시문학파 동인의 감각어 사용 빈도 비교[34)]

구분	정지용	김영랑	신석정
시각어	73	31	92
청각어	45	61	28
취각어	7	12	3
미각어	6	3	2
촉각어	13	6	5

위의 도표를 보면 정지용과 신석정은 주로 시각어를 사용하였고, 영랑은 청각어를 훨씬 더 많이 사용하였다는 것을 알 수 있다. 이는 정지용과 신석정이 이미지 위주의 작품을 썼다면, 영랑은 음악성을 우선하는 작품을 창작하였음을 뜻한다.

따라서 영랑의 전기시에서는 유성음을 사용한 유포니 효과, 병렬 구조 및 청각어 사용을 사용한 음악성 확보 등으로 특히 4행시에서 시의 내용과 가락, 형태의 자연스러움이 완벽에 가깝게 이루어져 수준 높은

---

34) 유승우, 『시문학파 연구』, 민족문화사, 1992, 142~143쪽.

언어감각과 아울러 탁월한 리듬감을 확보하였다고 할 수 있다.

3. 유성음 활용의 감소에 따른 정형의 이완-후기시

영랑 시를 전기시와 후기시로 나누었을 때, 다소 급변했다는 표현을 써야할 정도로 시 세계가 판이하게 다르다. 전기시에서 보이는 뛰어난 언어감각과 유성음을 주로 한 시어의 세련된 조합이 주는 음악성은 현저히 떨어지고, 시적 형식은 주로 자유시를 택했으며, 시어는 거칠어진다. 1939년 영랑이 만 3년 이상의 침묵을 깨고 발표한 작품이 「거문고」인데, 성인이 나올 때 나타난다는 상서로운 동물 '기린(麒麟)[35]'에 비유하여, 현실의 암담함을 이야기한다.

검은벽에 기대선채로
해가 수무번 박귀였는듸
내 麒麟은 영영 울지를 못한다

그가슴을 퉁 흔들고간 老人의손
지금 어느 끝없는 饗宴에 높이앉었으려니
땅우의 외론 기린이야 하마 이저졌을나

박갈은 거친들 이리떼만 몰려다니고
사람인양 꾸민 잣나비떼들 쏘다다니여

---

35) 기린(麒麟) : 상서로운 동물로 털은 오색이고, 이마에 뿔이 하나 돋아 있으며, 사슴의 몸에 소의 꼬리, 말과 같은 발굽과 갈기를 가지고 있는 상상의 동물. 용, 거북, 봉황과 함께 사령(四靈) 중 하나. 흔히 부귀를 상징하고, 밝은 임금이 나타나 행동 거지를 똑바로 하였을 때 나타난다고 한다. 아프리카에서 온 '기린(giraffe)'과는 전혀 관계가 없다.(필자 주)

내 기린은 맘둘곳 몸둘곳 없어지다

문 아조 굳이닫고 벽에기대선채
해가 또한번 박귀거늘
이밤도 내 기린은 맘놓고 울들못한다

-「거문고」 전문

위 시를 보면, 전기시에서 볼 수 있었던 언어의 조탁을 거의 볼 수 없다. 4행시, 3음보, 4음보, 유성음의 유포니 효과, 양성모음의 조화 같은 말도 붙일 수가 없다. 행이나 음보에 있어서 어떤 규칙성도 없다. 형식은 완전히 자유시이고, 시 내용도 전기시와는 전혀 다르다. 전기시에서 순결한 '마음'이나 자연의 풍광에 눈을 돌렸던 화자가 갑자기 세속의 삶에 눈을 뜬 듯하다.

초기시가 '성스러운 세계'였다면, 후기시는 '세속적인 세계'를 그리고 있다. 동양의 고전에서 흔히 나오는 '기린'을 빌려 화자의 생각을 반영하였다. 부귀를 상징하고, 성인이 나올 때에만 나타난다는 기린, 그 기린이 '맘 놓고 울들 못한' 채, 맘 둘 곳도 몸 둘 곳도 없다. 검은 벽에 기대선 채, 20년 정도를 영영 울지 못하고 있는 '내 기린'. 바깥은 거친 들이고, 사람인양 꾸민 잔나비 떼들이 쏘다닌다. 문을 닫아걸고, 검은 벽에 기대선 채, 나의 기린인 나의 거문고는 맘 놓고 울지도 못하고 침묵을 지키고 있다.

전기적 사실에 비추어보면, 이 시에서 말한 기린은 영랑의 마음일 것이고, 그는 벽에 세워진 채 켜보지 않은 거문고처럼, 아름다운 곡조를 노래할 수 없는 처지이다. 여기에서 20년 전이라 함은 1919년을 말한다. 영랑이 휘문의숙에 재학 중이었을 때였는데, 그 당시 그는 고향인 강진에 내려와 만세운동을 주도하다가 일경에 체포되어 몇 달 동안 옥고를

치른 바 있다.[36)]

그리고 20년이 흘렀는데, 현실은 더욱 암담해졌다. 그리고 영랑은 만 3년 이상의 휴지기를 거쳐 1939년 1월에 다시 시를 발표한다. 이른바 영랑의 후기시가 그때부터 나온다. 발표한 첫 시가 이 작품이다. 내면을 바라보았던 시적 자아가 외부로 시선을 돌렸다. 하지만 시적 자아의 시선이 외부로 향했는데, 시적 자아의 눈에 포착된 세계는 오히려 좁고 닫혀 있다. 다시 말하면 내부의 열림을 지향했던 영랑의 시가 외면의 닫힘을 말하고 있다. 시어를 다루는 것도 상당히 거칠다. '거문고, 기린, 검은 벽, 노인의 손, 잣나비 떼, 이리 떼'와 같은 비유도 매끄럽지 않다. 언어 자체가 주는 음악성은 거의 없고 형식은 풀어져 있다.

하지만 영랑의 후기시가 갑자기 변화된 모습으로 드러난 것은 아니다. 전기시에서 비교적 늦은 시기에 창작된 것으로 보이는 「杜鵑」이나 「淸明」 등을 살펴보면, 후기 자유시로의 이행이 어느 정도는 예고되었다.

> 호르 호르르 호르르르 가을아침
> 취여진 청명을 마시며 거닐면
> 수풀이 호르르 버레가 호르르
> 청명은 내머리속 가슴속을 저져들어
> 발끝 손끝으로 새여나가나니
>
> 온살결 터럭끗은 모다 눈이요 입이라
> 나는 수풀의 정을 알수있고
> 버레의 예지를 알수있다
> 그리하여 나도 이아침 청명의
> 가장 고읍지못한 노래ㅅ군이 된다
> 수풀과 버레는 자고깨인 어린애

---

36) 이숭원, 앞의 책, 236쪽.

밤새여 빨고도 이슬은 남었다
남었거니 나를 주라
나는 이청명에도 주리라니
방에 문을달고 벽을향해 숨쉬지않었느뇨

해ㅅ발을 처음 쏘다오아
청명은 감작히 으리으리한 冠을 쓴다
그때에 토록 하고 동백한알은 빠지나니
오! 그빛남 그고요함
간밤에 하날을 쫏긴 별살의흐름이 저러했다

왼소리의 앞소리오
왼빛갈의 비롯이라
이청명에 포근 취여진 내마음
감각의 낯닉은 고향을 차젓노라
평생 못떠날 내집을 드럿노라

-「청명」 전문

이 시는 『영랑시집』의 마지막에 놓인 작품이다. 게다가 보기 드물게 5행 5연의 작품이다. 4행시 위주의 작품을 써왔던 영랑이 5행시를 썼다는 것이 의미 없게 보일 수도 있으나, 5연에 이르는 작품의 매 연마다 5행의 구조를 이루었다는 것은 의도적으로 보인다. 영랑의 전기 작품 중 다소 늦은 시기에 쓰인 것으로 보이는 「杜鵑」이 8행 4연의 시인 것을 상기해 보면, 전기시 중 다소 나중에 쓴 작품들은 그가 4행시에서 벗어나 새로운 시형을 시도를 해본 것으로 추정할 수 있다.

이 시는 모든 연을 5행으로 마무리한 규칙성이나 '호르 호르르 호르르'와 같은 유성음을 사용하여, 그만의 독특한 음성효과 및 운율미를 추구한 것으로 보인다. 그러나 이 시는 관념적인 의미전달에 주력한 나머지, 감동을 주기에는 다소 미흡한 점이 있다. 만약 『시문학』 초기였다면, 그는 다음 3행 아래에 한 줄 정도를 더하는 방식의 4행시를 썼을지도 모른다.

> 호르 호르르 호르르르 가을아침
> 취여진 청명을 마시며 거닐면
> 수풀이 호르르 버레가 호르르

만약 '밤새여 빨고도 이슬은 남었다'를 붙였거나, '간밤에 하날을 좇긴 별살의 흐름'이나 '감각의 낯닉은 고향을 차젓노라'로 마지막 행을 더하고 끝냈다면 유성음 효과에 힘입어 음악성은 건질 수 있었을 것이다. 하지만 원작은 시상 전개가 불필요하게 느린데다가, 일정한 운율을 찾을 수도 없기에 음악성은 느껴지지 않는다.

더구나 '새여나가나니', '주리라니', '안엇느뇨', '드럿노라'와 같은 옛말 투의 종결도 음악성에 기여하지 못한다. 시적 화자는 청명 날 아침에 이슬이 서린 숲길을 걸으며 자연과 혼연일체가 되는 상태를 말하지만, 그 과정이 논리적으로 서술되어 있어 독자를 그 세계로 끌어들이지는 못한다. '이청명에 포근 취여진 내마음/감각의 낯닉은 고향을 차젓노라/평생 못떠날 내집을 드럿노라'와 같은 관념의 서술로 인해 화자의 말이 감각적이지 않다.

그뿐만 아니라, 후기시에서는 화자의 정서와 태도도 완전히 달라진다. 영랑의 후기시에서 화자의 정서는 격정적이며, 그에 따라 언어의 밀도도 높지 못하다.

> 玉川 긴언덕에 쓰러진 죽엄 때죽엄
> 생혈은 쏫고 흘러 十里江물이 붉었나이다

싸늘한 가을바람 사흘불어피江물은 얼었나이다
이무슨 악착한 죽엄이오니까
이무슨 前世에업든 慘變이오니까
祖國을 지켜주리라 믿은 우리軍兵의槍 끝에
太極旗는 갈갈히 찢기고 불타고있습니다
별같은 靑春의 그총총한 눈들은
惡의毒酒에 가득醉한 軍兵의칼 끝에
모조리 도려빼이고 불타죽었나이다

(중략)

아! 내 不純한핏줄 咀呪바들 핏줄
산고랑이나 개천가에 버려둔채 깜앗케 鉛毒한 죽엄의 하나하나
탄환이 쉰방 일흔방 여든방 구멍이 뚫고 나갔습니다
아우가 형을 죽였는대 이럿소이다
조카가 아재를 죽였는대 이럿소이다
무슨 뼈에사모친원수였기에
무슨 政治의말을썻기에
이래도 이民族에 希望을 붓쳐 볼수있사오리까
생각은끈기고 눈물만흐름니다

                                              -「절망」 부분

　이 시의 창작 배경이 '여순사건'이고, 당시 영랑이 남한정부의 입장
을 대변하는 애국시를 쓴 것임에는 분명하다. 하지만 여기서 짚어보아
야 할 것은 영랑시의 언어감각이 심각하게 떨어졌다는 점이다. 이 시를
비롯하여 「새벽의 처형장」, 「장(裝)! 제패(制霸)」, 「感激八·一五」 등 후기
시에서도 그의 생애 말기에 쓴 작품들은 그 특유의 '촉기'도 거의 찾아
볼 수 없다. 이 작품들을 후기시의 대표작이라고 할 수는 없겠지만, 전
기시에서 후기시로 시적 변모 양상을 살펴보는 데는 중요한 표본이 된다.

  인용한 「절망」이란 작품을 보면, 먼저 특정한 정형성이 없다. 둘째로
는 한자어 사용이 많고, 셋째로는 유성음의 반복 효과나 통사구조의 반
복 등을 통한 음악성을 찾을 수 없다. 넷째로 시적 화자의 정서와 태도
도 변했다. 자기의 내면을 들여다볼 때의 차분하고 안정된 태도는 사라
지고, 지나치게 분노하거나 지나치게 감격스러워 한다.

  영랑의 후기시에 드러난 또 한 가지 특성은 시행의 끝이나 연의 끝에
서술형 종결어미 '-다'의 사용이 늘었다는 점이다. 전기시에서는 시행
의 끝이나 시를 마무리 할 때 주로 '흐르네', '도도네'처럼 '네'로 끝내
거나 '너무도 아슬하야', '서름도 붓그려워 노래가 노래가', '생각을 끊
으며 눈물 고이며' 하는 식으로 여운을 주고 끝내는 방식이었는데, 후
기시에서는 '-다' 형식으로 서술형 종결어미를 분명히 한 작품이 많다.
주지하다시피 서술형 종결어미 '다'는 문장의 완결성을 갖추는 데 필요
하고, 화자의 생각을 보다 객관화할 수 있다. 그래서 특히 시어에서는
화자의 정서가 보다 분명히 정리된 느낌을 준다. 즉 영랑의 후기시에서
서술형 종결어미 '다'의 사용이 늘었다는 것은 전기시가 분위기나 이미
지로 주제를 전달하는 방식을 선택했다면, 후기시는 '말하기' 방식을
통해 의미를 전달하려 한 의도가 들어있다고 하겠다.

  이상에서 살펴본 바와 같이 영랑의 후기시는 전기시와는 전혀 다른
세계를 보여 주고 있다. 이를 정리해 보면 다음과 같은 결론을 얻을 수
있다.

  전기시가 노래였다면, 후기시는 연설이다. 전기시가 '보여주기 방식'
에 의한 것이었다면, 후기시는 '말하기 방식'에 해당된다. 이러한 태도
변화는 시어의 쓰임에서도 분명히 드러난다. 따라서 영랑의 후기시에서
는 첫째 유성음 사용이 감소했다는 점. 둘째 한자어, 외래어 사용이 늘
었다는 점. 셋째 4행시에서 자유시로 이행했다는 점. 넷째 서술형 종결

어미 '-다'의 사용이 늘었다는 점. 다섯째 설명어 투의 문장이 많다는 점. 여섯째 음악성이 떨어진다는 점으로 요약할 수 있다.

제3장

다양한 유성음의 구사와 효과 분석

　　많은 평자들이 한국 현대시사상 음악성이 가장 뛰어난 시를 쓴 시인
으로 영랑을 꼽는다. 그의 시 가운데 대중적으로 알려진 작품들은 하나
같이 리듬감이 뛰어나다. 즉 그의 시는 그림으로 그려지는 이미지라기
보다는 부드러운 음악이 흐르는 분위기로 다가온다. 이러한 영랑시에
대한 인상은 그의 시가 유독 청각적 이미지를 많이 구사한 데에 기인한
다. '도른도른', '소색이는', '마음은 갈앉은 앙금줄 같이', '황금 쟁반에
구슬이 굴렀다', '향미론 소리야' 등에서처럼 청각어는 쉽게 발견된다.
이는 그가 시를 쓰면서 의도적으로 청각적 이미지를 염두에 두고 썼음
을 의미한다. 따라서 영랑 시의 음악성을 이루는 데 중요한 기능을 하
고 있는 유성음에 대한 고찰은 그의 시가 지니고 있는 음악성을 밝히는
데 분명한 근거가 될 수 있다.

1. 음절 분석을 통해 본 유성음 효과

영랑은 자신이 쓴 시를 암송하고 다녔으며, 반복하여 읊어본 후 걸리는 부분이 있으면 고치곤 했다는 사실이 가족들의 증언에 의해 밝혀진 바 있다.[1] 이런 시작 태도로 미루어 보았을 때, 그는 시어를 입으로 굴려보고 실제 발음이 되었을 때 문제가 있다고 판단되면 다른 시어로 바꾸었을 것으로 보인다. 따라서 그의 시의 음악적 특징을 분석하기 위해서는 문자화된 시어도 중요하겠지만, 실제 음송하였을 때의 언어를 살피는 것도 필요하다고 볼 수 있다. 특히 한국어는 다양한 음소들의 결합으로 이루어져 있고, 그런 음소들이 결합할 때 음운적으로 많은 변화를 수반한다. 그의 시어를 분석함에 있어서 음운론적인 고찰과 아울러 음절 단위의 분석이 반드시 필요한 것은 이 때문이다. 이는 그의 시의 유성음 효과를 밝히는 데에도 매우 유효하고 정밀한 분석 방법이라고 할 수 있다. 그의 시어들이 실제로 어떻게 발음되느냐의 문제가 음악성과 직결되기 때문이다.

하지만 영랑 시는 전기시와 후기시가 분명한 차이를 보이고 있고, 유성음 효과도 다르기 때문에 전기시와 후기시를 비교·분석해야 마땅하다. 이를 위해선 그의 시 전편을 음절 단위로 분석해야 하겠지만 워낙 방대한 작업이라 차후로 미루고 여기에서는 대표작 몇 편을 분석하는 것으로 대신하고자 한다.

다음 인용한 2편의 시는 영랑의 전기시와 후기시를 대표하는 작품으로 널리 알려져 있다. 이 두 작품을 음절 단위로 분석하여 그의 시에서 유성음이 어떤 효과를 발휘하고 있으며, 또 전기시와 후기시에서는 그 효과가 어떻게 달라졌는지 등을 살펴보기로 한다.

---

1) 김선태, 앞의 석사학위논문.

(가)

돌담에 소색이는 햇발같이
풀아래 웃음짓는 샘물같이
내마음 고요히 고흔봄 길우에
오날하로 하날을 우러르고싶다

새악시 볼에 떠오는 부끄럼같이
詩의가슴에 살프시 젖는 물결같이
보드레한 에메랄드 얕게 흐르는
실비단 하날을 바라보고 싶다

(나)

내 가슴에 독을 찬지 오래로다
아직 아무도 해한 일 없는 새로 뽑은 독
벗은 그 무서운 독 그만 흩어버리라 한다
나는 그 독이 선뜻 벗을 해할지 모른다 위협하고
독 안 차고 살어도 머지 않어 너 나 마주 가버리면
누억천만 세대가 그 뒤로 잠잣고 흘러가고
나중에 땅떵이 모지라져 모래알이 될것임을
「허무한듸!」 독은 차서 무엇 하느냐고?

아! 내 세상에 태어났음을 원망 않고 보낸
어느 하루가 있었던가 「허무한듸!」 허나
앞뒤로 덤비는 이리 승냥이 바야흐로 내 마음을 노리매
내 산체 짐승의 밥이되어 찢기우고 할퀴우라 네맡긴 신세임을

나는 독을 차고 선선히 가리라
마금날 내 외로운 혼 건지기 위하여

위 두 편의 시가 영랑 시의 전기와 후기를 대표하는 작품이냐에 대해
서는 이론의 여지가 있을 것이다. 그러나 이 두 작품이 영랑 시의 전기

시와 후기시의 특색을 잘 드러내고 있다는 점만은 분명하다. 먼저 (가)의 경우는 2연 4행시로서 그 형식이나 유성음 사용 빈도 등에서 그의 4행시의 특성을 잘 반영하고 있다. (나)의 경우도 그의 후기시의 표본으로 삼아도 좋을 만큼 형식이나 내용에 있어서 대표성을 지니고 있다.

영랑의 전기시는 4행시를 기초로 하고 있으며, 시적 화자가 내면을 지향하고 있는 작품이 압도적으로 많다. 따라서 그의 전기시는 내용면에서 개인적 서정과 자아의 내면을 지향하는 '안으로-열림'의 세계를 담고 있고, 형식면에서는 4행시의 틀을 견지하고 있다.

반면 후기시는 구조에 있어서 자유시 형태를 취한 작품이 많고, 시적 화자는 안팎의 현실적 조건들을 만나 '밖으로-닫힘'의 세계를 지향한다. 또한 전기시에 비해 유성 자음의 빈도가 줄어든다.

〈표 8〉 가-「돌담에 소색이는 햇발」 자음 분포표

구분	ㄱ	ㄴ	ㄷ	ㄹ	ㅁ	ㅂ	ㅅ	ㅇ	ㅈ	ㅊ
횟수	14	17	7	25	10	8	17	21	2	–
비율	10	12	5	18	7	6	12	15	1.5	

구분	ㅋ	ㅌ	ㅍ	ㅎ	ㄲ	ㄸ	ㅃ	ㅆ	ㅉ	합
횟수	5	2	2	8	1	–	–	–	–	139
비율	3.5	1.5	1.5	6	1					100%

〈표 9〉 나-「독을 차고」 자음 분포표

구분	ㄱ	ㄴ	ㄷ	ㄹ	ㅁ	ㅂ	ㅅ	ㅇ	ㅈ	ㅊ
횟수	34	35	23	34	30	12	25	60	12	6
비율	10.5	16.8	7	10.5	9	3.5	7.5	18.5	3.5	2

구분	ㅋ	ㅌ	ㅍ	ㅎ	ㄲ	ㄸ	ㅃ	ㅆ	ㅉ	합
횟수	1	3	2	21	2	2	1	2	1	326
비율	0.3	0.9	0.6	6.4	0.6	0.6	0.3	0.6	0.3	100%

<표 8>과 <표 9>의 「돌담에 소색이는 햇발」과 「독을 차고」의 자음 분포표를 보면, (가)의 자음 사용 빈도는 'ㄹ>ㅇ>ㄴ>ㅅ'의 순으로 많이 쓰였고, (나)는 'ㅇ>ㄴ>ㄹ>ㄱ' 순의 분포도를 보인다. 두 작품 모두 유성음 'ㄹ>ㅇ>ㄴ', 'ㅇ>ㄴ>ㄹ' 순으로 유성음 사용이 많다는 사실을 알 수 있다.

산술적인 계산에 따르면, 「돌담에 소색이는 햇발」에 쓰인 전체 자음의 수는 139개이다. 그 중 유성음 'ㄹ,ㅇ,ㄴ,ㅁ'이 73개로서 전체의 52%를 차지할 만큼 많다. 절반 이상의 자음을 유성음으로 사용했다. 이는 영랑의 전기시가 지니고 있는 뛰어난 음악성의 밑바탕에 바로 이 유성음 효과가 자리하고 있다고 볼 수 있다.

하지만 다소 음악성이 떨어진다는 후기시 「독을 차고」를 분석해 보면, 무조건 유성음 사용이 많다고 해서 시의 음악성이 보장되지는 않음을 알 수 있다. <표 9> 자음 분포표에서 보듯이, 후기시인 「독을 차고」에서도 상당히 많은 유성 자음이 동원되고 있다. 전체 자음 중 유성 자음이 차지하는 비율이 54.8%로 오히려 초기시 「돌담에 소색이는 햇발」

보다 높다. 만약 유성 자음의 숫자만으로 음악성을 판단한다면, 「돌담에 소색이는 햇발」보다 「독을 차고」가 더 음악성이 뛰어나야 한다.[2]

하지만 그렇지 않다. 음악성은 유성음이 주는 유포니 효과만으로 형성되는 것이 아니기 때문이다. 아주 거친 단어도 반복을 통해 리듬을 형성할 수 있다. 실제 음악에서도 특정 음운만 사용되어야 한다는 원칙은 없다.

따라서 보다 실제적인 분석을 위해 두 편의 시를 음절 단위로 분석해 볼 필요가 있다. 문자화 된 시보다는 음절 단위로 살펴보는 것이 실제 낭송에 가까울 것이고, 시의 음악성은 발음이 되어 나오는 음성을 통해 더 분명하게 감지할 수 있다.

(가)-1
돌다메 소새기는 해빨가치
푸라래 우슴진는 샘물가치
내마음 고요히 고흔봄 기루에
오날하로 하나를 우러르고 십다

새악시 보레 떠오는 부끄럼가치
시의가스메 살프시 전는 물결가치
보드레한 에메랄드 얄게 흐르는
실비단 하나를 바라보고 싶다

(나)-1
내 가스메 도글 찬지 오래로다
아직 아무도 해한 일 업는 새로 뽀븐 독

---

2) 시의 음악성을 유성 자음의 비율만으로 따질 수는 없다. 시의 음악적 효과를 꾀하는 요소로는 일정 음수의 반복, 음보, 동일 자음의 반복적 배치, 동일 모음의 반복, 운, 병렬, 대구, 통사구조의 반복 등 수많은 방법이 있다.

버슨 그 무서운 독 그만 흐터버리라 한다
나는 그 도기 선뜩 버슬 해할찌 모른다 위혀파고

독 안 차고 사러도 머지 아녀 너 나 마주 가버리면
누억천만 세대가 그 뒤로 잠자꼬 흘러가고
나중에 땅떵이 모지라져 모래아리 될거시믈
아! 내 세상에 태어나쓰믈 원망안코 보낸
어느 하루가 이쎤던가 「허무한듸!」 허나
앞뒤로 덤비는 이리 승냥이 바야흐로 내 마으믈 노리매
내 산체 짐승의 바비되어 찓기우고 할퀴우라 네맏긴 신세이믈

나는 도글 차고 선선히 가리라
마금날 내 외로운 혼 건지기 위하여

〈표 10〉 가-「돌담에 소색이는 햇발」 음절 단위로 본 자음 분포표

구분	ㄱ	ㄴ	ㄷ	ㄹ	ㅁ	ㅂ	ㅅ	ㅇ	ㅈ	ㅊ
초성	9	9	3	14	4	7	13	10	2	4
비율	10.2	10.2	3.4	16	4.6	7.9	14.7	11.4	2.3	4.6
종성	–	8	–	11	4	–	–	–	–	–
비율		34.8		47.8	17.4					
전체	9	17	3	25	8	7	13	10	2	4
비율	8.9	16.8	3	24.5	8	7	12.9	9.9	2	4

구분	ㅋ	ㅌ	ㅍ	ㅎ	ㄲ	ㄸ	ㅃ	ㅆ	ㅉ	합
초성	-	-	2	7	3	-	1	-	-	88
비율			2.3	7.9	3.4		1.1			100
종성	-	-	-	-	-	-	-	-	-	23
비율										100
전체	-	-	2	7	3		1			101
비율			2	7	3		1			100

〈표 11〉 나─「독을 차고」 음절 단위로 본 자음 분포표

구분	ㄱ	ㄴ	ㄷ	ㄹ	ㅁ	ㅂ	ㅅ	ㅇ	ㅈ	ㅊ
초성	15	24	15	22	23	10	16	34	10	6
비율	7.2	11.5	7.2	11	11.1	4.8	7.8	16	4.8	2.8
종성	3	31	4	14	3	2	-	6	-	-
비율	4.7	49.2	6.3	22.2	4.8	1.6		9.6		
전체	18	55	19	36	26	11	16	40	10	6
비율	6.6	20.4	7.	13.3	9.6	4.	5.9	14.8	3.7	2.2

구분	ㅋ	ㅌ	ㅍ	ㅎ	ㄲ	ㄸ	ㅃ	ㅆ	ㅉ	합
초성	2	2	1	16	3	4	1	2	2	207
비율	1	1	0.5	7.7	1.5	2	0.5	1	1	100
종성	–	–	–	–	–	–	–	–	–	63
비율										100
전체	2	2	1	16	3	4	1	2	2	270
비율	0.8	0.8	0.4	5.9	1.1	1.5	0.4	0.8	0.8	100

유성음 사용이 많은 작품이 그렇지 않은 작품에 비해 음악성이 뛰어 날 것이라는 견해는 일반화되어 있다. 하지만 단순히 유성음 숫자만으로 음악성을 따지기는 어려울 것으로 보인다. 시의 음악성은 유성음 사용의 빈도도 중요하지만, 그러한 유성음이 어느 위치에서 다른 유성음과 어떤 규칙을 가지고 배치되느냐가 고려되어야 한다고 본다. 거기에 유성음 중에서도 공명도가 가장 큰 'ㄹ'의 역할이 크다고 볼 수 있다.

위의 시 <표 10>과 <표 11>의 유성음 빈도를 보았을 때, 비음과 유음을 합한 비율은 두 시에서 큰 차이가 없다. 그런데 유성음을 음소 단위로 구분해 보면, 분명한 차이가 드러난다. <표 10>의 시에서는 유성음 'ㄹ'이 25번 사용되었고, 전체 자음의 '24.5%'를 차지한다. 반면 <표 11>의 시에서는 유성음 'ㄹ'이 36번 사용되었지만, 전체 자음에서 차지하는 비율은 13.3%밖에 되지 않는다. 유성음 'ㄹ'은 자음 중에서 공명도가 가장 크며, 그 음상이 가장 부드럽다.[3]

---

3) 정원국, 앞의 논문, 우리말의 공명도는, 저모음, 중모음, 고모음>유음>비음>마찰

또 한 가지는 종성에서의 유성음 역할이다. <표 10>의 시는 모든 종성이 유성음으로 매듭지어졌지만, <표 11>의 시는 그렇지 않다는 점이다. 종성에서의 유성음은 소리를 낮고 길게 끄는 작용을 하며 음감을 부드럽게 한다. 이러한 점을 고려하였을 때, <표 10>의 시가 <표 11>에 비해 훨씬 부드럽게 읽히리라는 추측이 가능하다.

장애음인 경음은 음악성을 저해 하는 요소로 보인다. 위의 표에서 보다시피, <표 10>의 시는 경음이 단 1회밖에 사용되지 않았다. 반면 <표 11>의 시에서는 12회나 사용되었다. 결과적으로 시어 중간에 끼어 있는 경음이 음악성을 떨어뜨렸다.

그리고 주목해야 할 점이 중성의 분포도이다. 한국어는 주로 자음과 모음이 결합한 형태인 CV음절이나 자음+모음+자음 형태인 CVC음절로 이루어진다. 여기에서 중성을 이루는 모음은 대부분 공명음이라서 시어에서 모음의 역할은 매우 중요하다.

다음은 위의 두 시를 음절 단위로 분석한 중성 수와 비율이다.

〈표 12〉 가 「돌담에 소색이는 햇발」과 나 「독을 차고」의 중성 수와 비율

구분		ㅣ	ㅔ	ㅐ	ㅡ	ㅓ	ㅏ	ㅜ	ㅗ	ㅟ	ㅚ	ㅕ
(가)	수	15	8	6	18	4	24	7	13			1
	비율	15.2	8	6	18.2	4	24.5	7	13.1			1
(나)	수	29	8	14	31	31	58	13	31	5	3	3
	비율	12.5	3.4	6	13.2	13.2	24.8	5.6	13.2	2.1	1.3	1.3

음/파찰음>파열음 순이다.

구분		ㅕ	ㅑ	ㅠ	ㅛ	ㅓ	ㅘ	ㅖ	ㅐ	ㅖ	ㅙ
(가)	수	1	1		1						99
	비율	1	1		1						
(나)	수	4	3			1					234
	비율	1.7	1.3			0.4					

두 편의 시에서 중성 수를 비교해 보았을 때, 두 작품 간의 큰 차이는 없어 보인다. 다만 'ㅏ'를 비롯한 양성모음의 비율이 음성모음의 비율보다 높다. 영랑이 음성모음보다는 양성모음을 더 선호했다는 것은 다른 연구 결과에도 나와 있다.[4] 그것은 영랑의 전기시에 해당하는 『영랑시집』만이 아니라, 영랑의 시 전체에서도 두드러진 특징이다. 그의 시에서 양성모음 'ㅏ'가 차지하는 비율은 1,103개로 무려 전체의 22.6%에 달한다. 이로 볼 때 영랑이 의도적으로 양성모음 'ㅏ'를 즐겨 썼다는 사실을 알 수 있다. 양성모음 'ㅏ'는 저모음으로 공명도가 매우 높다. 따라서 양성모음 'ㅏ'를 유독 선호한 것도 음악적 특성을 고려한 것으로 볼 수 있다.

따라서 영랑의 전기시 중 하나인 「돌담에 소색이는 햇발」이, 후기시인 「독을 차고」 보다 음악성이 더 뛰어나게 느껴지는 이유는 유성음 사용의 차이, 그 중 유음 'ㄹ'이 어느 정도 쓰였으며, 어느 위치에서 쓰였느냐에 따라 음악적 효과가 달라진다는 점을 알 수 있다. 게다가 초기시인 (가)의 「돌담에 소색이는 햇발」은 유사한 통사구조의 병치와 반복되는 유성음 'ㄹ'의 리듬 효과까지 곁들여져 높은 음악성을 확보하고

---

4) 조성문, 앞의 논문.

있으며, 양성모음 'ㅏ'를 통해 음악적 효과를 최대화하였다.

2. 공명도 분석을 통해 본 유성음 효과

영랑의 시에서 부정할 수 없는 사실 중 하나는 그가 우리말 사용에 있어서 매우 정밀한 세공을 하였다는 점이다. 그리고 그의 시에서 우리는 밀도 높은 언어 예술의 맛을 즐길 수 있고, 한국어가 주는 언어의 질감을 통해 그만의 영롱한 정서를 느낄 수 있는 것이다. "새로운 抒情을 위해 韓國語가 가지는 모든 기능을 발휘시키려 하였다. 音質의 선택, 音韻의 調和, 나아가서는 音相의 變革에 이르기까지 詩言語의 再構成을 위해 傾注된 永郞의 노력의 자취는 永郞詩의 到處에서 찾아볼 수 있다."는5) 진술에서 볼 수 있듯이 그의 시는 시어 하나를 쓸 때라도 소리의 최소단위인 음운(phoneme)의 배치와 구성에까지 이를 정도로 음악성을 위해 세공을 기울였음을 알 수 있다.

이에 대한 오하근과 조성문의 연구를 주목해 보자. 오하근은 영랑 시에 나타난 음운의 다양한 양상을 실증적인 방법으로 분석하고 있다. 하지만 「모란이 피기까지는」에만 한정된 연구라서 그것을 영랑 시 전체로 확장하기에는 무리가 따른다.6) 조성문의 연구는 영랑 시를 문학적 측면이 아닌 언어학적 측면에서 접근하여 분석하였다. 특히 시어의 음절 구성을 중심으로 한 음운론적 특성을 고찰하였는데, 그러한 분석을 통해 영랑 시의 음절 구성 요소들이 어떻게 작용하여 음악성을 담보해 냈는지를 밝히지 못했고, 자음과 모음의 사용 빈도와 양상이 시 자체의

---

5) 정한모, 『현대시론』, 민중서관, 1973.
6) 오하근, 앞의 논문.

어조와 의미 분석에 연계되지 못한 점이 아쉽다고 하겠다.[7]

따라서 앞장에서 고찰한 음절 단위의 시어 분석은 마땅히 필요하다. 그러한 분석을 통해 영랑의 시어에서 각 음소들이 어떤 연관 아래 조직되며, 유기적으로 살아있는가에 대해 다소나마 구명이 된 셈이다. 즉 영랑 시에서 몇 가지 음운론적인 요소들이 발견되었는데, 그 중 유음 '='의 사용이 많았다는 것과 양성모음 'ㅏ'의 사용 빈도가 높았다는 점, 종성에서 유성음을 주로 사용하였다는 점이 밝혀졌다.

이런 세 가지 특징은 사실 공명도(共鳴度)와 관련된 것으로서 한국어 자음 중 공명도가 가장 높은 것이 '='이고, 양성모음 'ㅏ' 또한 저모음으로서 공명도가 매우 높다는 점을 주목해야 할 것이다. 또한 한국어 모음은 대부분 유성음이고, 그 중 'ㅏ' 모음은 공명도가 가장 높은 유성음임을 감안할 때, 위에서 제시한 영랑 시의 특징 세 가지는 모두 유성음 역할에 대한 것이고, 그것들이 공명도와 밀접한 관련이 있음을 알 수 있다.

공명도, 특히 유성음의 공명도는 시적 리듬의 유력한 지표가 될 수 있다. 무성음이나 묵음과는 달리 유성음은 실제로 발음되며, 그 파장이 멀리 가고, 여운이 긴 음이기 때문이다. 따라서 특정 음운의 공명도 차이는 음색(音色)과 음상(音相), 어조(語調) 등의 뉘앙스 차이를 유발하는 실제적인 원인이라고 보아야 한다.

> 音聲은 各其 들을이(hearer)의 귀에 到達하는 그 에너지의 量이 다른데, 이것은 「소너리티(sonority)」라 한다. 쏘노리티는 各 音聲의 音質(quality) 自體에 의해서 결정되는 것이며 그 소리의 길이나 强勢에서 오는 소리의 크기와는 區別해야 한다.[8]

----

7) 조성문, 앞의 논문.
8) 허웅, 『국어음운학』, 정음사, 1965, 99쪽.

여기에서의 '쏘노리티(sonority)'는 '울림도'라는 말로 바꿀 수 있는데, 같은 세기, 같은 높이, 같은 길이로 내는 소리의 잘 들리는 정도를 뜻하는 '공명도'이다. 즉 공명도는 소리에 부과되는 외적 자질이라기보다는 "각 음성의 본디 바탕에 의해 결정되는" 고유한 자질임을 뜻한다. 공명도가 지닌 이러한 특질은 소리가 발화되는 조건과 상관없이 해당 음운의 질적 자질을 살펴볼 수 있는 기준이 될 수 있고, 이러한 공명도의 차이에 의해 특정 시어의 활음조(euphony)와 악음조(cacophony), 소리의 결(texture)이 지닌 미세한 차이에 대해 설명이 가능하다.

그렇다면 지금부터 공명도 분석을 통해 영랑 시의 유성음 효과를 알아보자. 이를 위해 이 연구는 셀커크(Selkirk)의 공명도 위계 분류9)에 따른 한국어의 공명도 위계를 바탕으로 논의를 전개하고자 한다. 제스퍼슨(Jespersen)의 공명도 위계를 한국어에 적용하기에는 다소 무리가 있다. 한국어에서는 파열음과 마찰음의 유/무성음 구분이 모호하고, 파찰음과 마찰음의 유성음화가 조음 위치에 따라 발생하는데, 제스퍼슨의 공명도 위계로 한국어의 그러한 현상을 설명하려면 얼마간 변형이 필요하기 때문이다.

다음은 셀커크의 공명도 위계 분류이다.

1단계 : 파열음 /p, t, k, b, d, g/
2단계 : 마찰음/파찰음 /v, ð, z, ʧ/
3단계 : 비음 /m, n, ŋ/
4단계 : 유음 /r, l/
5단계 : 활음 /j, w/
6단계 : 모음 /a, ɔ, er, I, u/

---

9) 김원희, 「불가리어 발달에서 공명도(sonority)의 역할과 위상」, 『슬라브어 연구』 10권 27호, 2005, 28쪽 재인용.

이에 따른 한국어의 자음과 모음을 공명도 위계에 따라 설정하면 다음과 같다.

1단계 : 파열음 /ㅂ, ㅃ, ㅍ, ㄷ, ㄸ, ㅌ, ㄱ, ㄲ, ㅋ/
2단계 : 마찰음/파찰음 /ㅅ, ㅆ, ㅎ, ㅈ, ㅉ, ㅊ/
3단계 : 비음 /ㅁ, ㄴ, ㅇ/
4단계 : 유음 /ㄹ/
5단계 : 고모음 /ㅣ, ㅟ, ㅡ, ㅜ/
　　　　중모음 /ㅔ, ㅚ, ㅓ, ㅗ/
　　　　저모음 /ㅐ, ㅏ/

위의 공명도 위계에 따르면, 소리의 공명도는 각각 다르며 모음이 자음보다 공명도가 크다는 것을 알 수 있다. 즉 같은 모음이라도 입이 많이 벌어지는 저모음일수록 공명도는 크다. 또한 자음 중에서는 유음의 공명도가 가장 크며, 그 다음이 비음으로 유성음의 공명도가 크고, 무성음에서는 마찰음이 파열음보다 공명도가 크다.

이와 같은 공명도 위계에 따라 앞장에서 논의를 하였던 <표 10>, <표 11>, <표 12>를 다시 분석해 보면, 영랑의 초기시에서 많이 쓰인 유음 'ㄹ'의 영향과 양성모음 'ㅏ'의 영향으로 인해 전기시가 후기시보다 공명도가 크다는 사실을 알 수 있다. 이로 미루어 영랑이 언어의 세밀한 부분까지 신경을 써서 시작에 몰두하였음을 짐작할 수 있고, 특히 전기시 중 4행시 위주의 작품들은 다른 시에 비해 공명도가 크다는 것을 알 수 있다.

하지만 문자 표기상 공명도가 높게 드러났다고 하여도 실제 발화자에 따라 공명도 차이가 달라질 수는 있다. 공명도라는 것이 동일한 조건에서 동일한 크기, 세기, 높이의 음이 발음되는 것을 전제로 한 것이기 때문이다. 따라서 공명도 분석을 통해 공명도가 높게 판단되는 작품이더라도 개별 발화자에 따라 효과는 감소될 수 있다.

정원국의 「VECTOR QUANTIZATION과 HIDDEN MARKOV MODELING 을 이용한 한국어 유성음 음소 인식에 관한 연구」[10)를 보면, 한국어 유성음의 음소 인식은 사람(발화자와 청취자)이나 조건에 따라 분명하게 전달되지 못할 수도 있음을 알 수 있다. 그는 이 연구를 통해 "인식률은 음소 분리 단계에서의 오류(missing)에 의해 크게 영향을 받으며, 다음과 같은 상황에서 missing이 일어난다."[11)고 하였다.

1) "우" 모음이나 "으"모음의 경우에는 그들 모음 뒤에 비음 특히 "ㅇ"이 올 때는 거의 대부분의 경우에 그들의 위치를 찾기 어려웠다. 그 이유는 이러한 경우 그들의 길이가 짧아지거나, 뒤의 비음의 영향으로 비음과 비슷한 성질을 나타내기 때문이라고 생각된다. 이러한 경우의 예를 들면 "국민", "숙명", "중앙대" 등과 같은 경우에는 "우" 모음이 거의 발견되지 않았으며, "으" 모음의 경우에는 "조흥", "영등포" 등에서 그들을 분리하기가 어려웠다.

2) "이" 모음의 경우에도 위와 비슷해서 비음이나 유음의 유성자음이 오면 많은 경우에 missing이 일어났다. (예 : "성신", "숭실", "대립" 등)

3) "ㄴ"과 "ㅁ"의 경우에는 이들이 초성에 위치할 때 이들의 signal level이 낮아지고 길이도 짧아지므로 이들을 놓치는 경우가 가끔 발생했다.

4) "ㅇ"을 포함한 비음이 종성에 올 때는 이들의 signal level이 대체로 낮고 모음의 trailing edge와 비슷한 성질을 가지는 경우가 있어, 이들을 찾지 못하는 경우가 가끔 발생함을 볼 수 있었다.

5) "ㄹ"은 모음과 모음사이에 위치하면 그 signal level이 급격히 낮아져 이러한 경우 유성음/무성음/묵음의 분리 단계에서 오류가 발생할 수 있으므로 missing이 일어나게 된다.

---

10) 정원국, 「VECTOR QUANTIZATION과 HIDDEN MARKOV MODELING을 이용한 한국어 유성음 음소 인식에 관한 연구」, 한국과학기술원 석사학위논문, 1987.
11) 위의 논문, 56쪽~57쪽.

6) "숙명", "국민", "종로" 등의 경우와 같이 비음과 비음이 연접하면 그들의 위치를 찾기가 어려웠다. 마찬가지로 "서울" 등에서와 같이 서로 비슷한 성질을 보이는 모음끼리 연접하면 이러한 경우에도 이들을 분리하기가 어려웠다.

위의 연구에 따르면, 잘못 인식된 모음은 모음사각도에서 인접한 모음으로 인식되는 경우가 많으며, 비음이 잘못 인식될 경우에는 다른 비음으로 인식되었다. 유음의 경우에는 음소분리 단계에서의 오류가 인식률의 저하로 직결되었고, 중모음의 경우에는 그 중모음을 이루고 있다고 판단되는 두 개의 단모음으로 인식되는 경우가 있었다고 한다.[12]

이러한 연구를 바탕으로, 영랑 시에서 공명도 저하를 초래할 만한 요소가 있는지를 살펴보는 일은 그의 시가 지닌 공명도를 보다 정밀하게 분석하기 위한 하나의 방법이 될 수 있다. 따라서 유성음을 많이 사용하였고, 특히 종성에서 유성음의 빈도가 높은 영랑의 전기시는 음소 분리 단계에서 오류가 발생할 가능성이 높다. 이는 의미 전달의 약점을 지니지만, 음악적 효과는 보다 뛰어나게 된다.

이는 음성의 안정도[13]와도 관련이 있다. 조동욱·김봉현[14]의 연구에

---

12) 위의 논문, 57쪽.

13) 안정도는 Degree of voice breaks로 어떤 음성신호에 있어 전체적 유성음과 무성음의 비율이 어느 정도인지를 나타내는 분석요소이다. 이것은 음성신호 전체 시간에서 신호의 표현 부분 사이의 쉬는 시간(무성음, 묵음, 무음의 시간)이 차지하는 비율을 계산한 것으로, 단위는 %를 사용하며, 대개의 경우 안정도가 '30~40%'사이의 수치일 때 전달도가 가장 높다. 통상 방송 진행자의 안정도 수치가 '30~40%'이며, 전달력이 뛰어난 수치대이고, 안정도가 이 수치대에 있을 때 전달력이 가장 뛰어나서 사람들이 가장 편하게 듣는다. 안정도 수치가 작을수록 쉼 없이 말을 하고, 유성음을 길게 발음하고 있다는 뜻이다. 말의 빠르기와는 다른 것으로 전체 말하는 시간 중 무성음 시간이 차지하는 비율을 뜻한다. 안정도와 초당 성대 떨림을 분석하여 사람의 심리 상태를 파악하기도 한다.

14) 조동욱·김봉현, 「음향 신호 분석 기술을 적용한 한국가요의 시대별 선호도 분석」, 『정보처리학회논문집』 제19-D권 제3호, 한국정보처리학회, 2012. 6.

따르면, 무성음의 비율이 30~40% 사이로 측정되는 노래가 사람 귀에
가장 전달력이 좋은 수치에 해당되는 특징이 있다.[15] 시대별 한국의 가
요에서 가사 전달력이 가장 높은 노래는 안정도가 30~40%에 위치한
'트로트'이고, 서정성이 짙은 포크송은 다소 전달력이 떨어지지만, 유성
음을 길게 발음하거나 숨 쉬는 시간이 상대적으로 부족해서 안정도가
낮지만 음악성은 더 짙게 느껴진다. 또한 K-POP의 후크송들은 안정도
(무성음 비율)가 높게(50~70%) 나타난다.[16]

　이런 관점에서 보면 영랑의 전기시, 그 중에서 4행시 위주로 살펴보
면 몇 가지 결과를 추론할 수 있다. 첫째, 음보가 규칙적이어서 호흡이
일정하게 끊어질 것이므로 트로트 가요처럼 가사 전달도가 높고 심리
적으로 안정감을 줄 수 있을 것이라는 점. 둘째, 유성음의 비율이 높은
데다가 중성의 모음으로 음절이 끝나는 경우가 많고, 종성이 유성음으

---

15) 위의 논문은 60년대 인기가요부터 최근의 K-POP에 이르기까지, 우리나라 가요의
시대별 선호 이유를 음향분석기술을 적용하여 분석하였다. 이에 따르면, 어니언스
의 '편지'는 악보 상으로 전체 4박만 쉬도록 되어 있지만 실제 숨 쉴 수 있는 범
위는 전체 악보 상 원곡을 분석했을 시 안정도가 16.251%로 분석되고 있다. 또한
초당 성대 떨림인 피치값의 변이폭은 최대 피치값이 451.319Hz, 최소 피치값이
70.56Hz로 측정되어 380.758Hz의 편차를 나타내고 있다. 마찬가지로 패티김의
'가을을 남기고 떠난 사랑'의 경우 전체 악보상 쉼표나 숨표는 7.5박이지만 실제
음원을 분석한 경우 안정도는 23.237%에 해당하며 피치값의 변화폭은 75.152Hz
~520.729Hz로 측정된다.
　또한 소위 트로트라 불리는 단순반복형 가요는 곡의 빠르기가 4분음표 한 박당
100이거나 이보다 큰 수치를 갖게 된다. 예를 들면 장윤정의 '어머나'는 한 박이
122에 해당하며 이런 부류의 곡들도 가사전달에 의한 표현에 문제만 없다면 '어
머나'는 원곡을 분석했을 때 무성음의 비율이 30~40% 사이로 측정되어 사람 귀
에 가장 전달력이 좋은 수치에 해당되는 특징이 있다.
16) 이 연구에 따르면, 가사 전달력이 떨어지는 K-POP이 인기를 끄는 이유를 반복되
는 엇박자가 60~70번 정도인 데서 찾고 있다. 이는 심장의 박동수와 유사하다.
따라서 생체신호 관점에서 보면, 외부자극과 생체신호가 동조하는 즉, 일종의 동
조현상에 의한 것이라 한다. 이와 같은 분석 방법은 현대시를 분석하는 유용한 방
법이 될 수도 있다.

로 끝나는 비율이 높기 때문에 안정도가 낮을 것이라는 점. 유음과 비음, 모음 중에서 '우', '으', '이' 등의 모음과 비음이 연속되는 경우가 많아 음소 분리 단계에서의 오류가 많이 발생할 것이라는 점 등이 그것이다.

따라서 영랑 시를 낭송하였을 때(주위 여건이 같은 상황을 설정하고, 음의 크기나 높이 등이 상이하지 않는 상황에서) 4행시는 다른 시작품에 비해 다소 내용 전달이 떨어질 수 있고, 음악성이 풍부하게 느껴질 것이며, 서정적 분위기가 발생할 것이다. 또한 듣는 이에게 심리적인 안정감을 주고, 부드럽고 유쾌한 기분이 들게 할 것이다.

3. 유포니 현상을 통해 본 음악적 효과

영랑의 전기시는 유음, 비음, 모음 등 유포니(euphony)를 형성하는 음운이 많이 들어 있다. 유포니는 '활음조' 또는 '쾌음조'라고도 하는데, 듣기 좋은 소리나 부드러운 음감, 거칠거나 딱딱하거나 거슬리지 않고, 심리적 부담을 주지 않는 일련의 소리군을 뜻한다. 모음조화, 자음동화, 모음 충돌 회피를 위한 매개 자음 개입 현상, 유음화, 활음조 현상 등이 모두 유포니를 형성하는 음운 현상들이다.

이런 유포니 현상은 현대시에서만 발견되는 것이 아니라, 고려 속요를 비롯한 전통 시가, 아리랑을 비롯한 민요에서도 흔하게 발견된다. 「청산별곡」의 "얄리얄리 얄라셩 얄라리 얄라"나, 「가시리」의 "가시리 가시리잇고 바리고 가시리잇고 날러는 엇디 살라고 바리고 가시리잇고"나, 「진도아리랑」의 "아리아리랑 쓰리쓰리랑 아라리가 났네 아리랑 응응응 아라리가 났네"도 유포니 현상으로 볼 수 있다.

국어에 있어서의 유포니 현상을 이희승은 다음과 같이 정리하였다.[17]

　　1. 모음조화 현상 (예) 살랑살랑, 설렁설렁
　　2. 자음접변 현상 (예) 문란 -> 물란
　　3. 모음 충돌 회피를 위한 매개 자음의 개입 현상
　　　(예) 하- + -어 -> 하- + (j) + -어 -> 하여
　　4. 어중에 3자음 연속이 불가능한 일 (예) 짧고 -> 짤고
　　5. 어중에 유음 ㄹ이 흔히 쓰이는 일 (예) 더러둥셩, 다리러디러, 다로
　러디러, 다로러, 거디러, 다로러, 모단 -> 모란, 재녕-> 재령

　이러한 유포니 현상은 전통 시가에서도 어렵지 않게 볼 수 있고, 현대시에서도 계승되었는데, 김억이나 김소월에 의해 시작되어 영랑에 이르러 완전히 꽃을 피웠다.

　김억의 「봄은 간다」의 내용을 살피면, "밤이도다 / 봄이다 // 밤만도 애달픈데 / 봄만도 생각인데 // 날은 빠르다 / 봄은 간다"라는 구절이 나온다. '밤', '도', '봄', '다'의 양성 모음의 반복, '밤'과 '봄'에서 보이는 유성음 종성의 반복으로 부드럽고, 온화한 느낌이 든다. 유포니 효과다.

　김소월의 「접동새」에서도 유사한 예를 찾아볼 수 있다. "접동 접동 아우래비 접동"을 보면 '접동'이라는 시어의 반복을 통해 리듬감이 형성되고, '접동'의 '동'을 반복하여 유포니 효과를 꾀하고 있다. 거기에 '아홉오라비'라는 뜻의 '아우래비'나 '불쌍하고 서럽다'라는 뜻을 지닌 '불설워' 등은 유포니 효과를 고려한 표현이다.

　이러한 유포니 현상은 영랑의 전기시인 4행시에서는 일반화된 시작법이 된다. 영랑이 『시문학』 2호에 발표하였던 「끝없는 강물이 흐르네」만 보아도 두드러진 유포니 현상을 볼 수 있다.

---

17) 이희승, 『국어국문학 사전』, 서울대학교 동아문화연구소 편, 신구문화사, 1994.

내마음의 어된 듯 한편에 끝없는 강물이 흐르네
도처오르는 아침날빛이 빤질한 은결을 도도네
가슴엔 듯 눈엔 듯 또 피ㅅ줄엔 듯
마음이 도른도른 숨어있는곳
내마음의 어된 듯 한편에 끝없는 강물이 흐르네
-「끝없는 강물이 흐르네」 전문

이 시는 유성음 'ㄹ'이 반복되어 쓰임으로써 유포니 효과에 기여하고 있다. '돋네'에 양성모음 'ㅗ'를 첨가하여 모음조화를 꾀했고, 음감을 부드럽게 하였다. 또한 '도른도른'이라는 유성음도 유포니를 형성한다. 몇 편의 시를 더 살펴보면 영랑 시에서의 유포니 현상이 상당히 일반화되어 있음을 알 수 있다.

뉘 눈결에 쏘이었오
왼통 수집어진 저 하늘빛
담안에 복숭아 꽃이 붉고
박게 봄은 벌서 재앙스럽소

꾀꼬리 단두리 단두리 로다
빈 골ㅅ작도 부끄러워
홀란스런 노래로 힌구름 피여올리나
그속에 든 꿈이 더 재앙스럽소
-「뉘 눈길에 쏘이었오」 전문

구버진 돌담을 도라서 도라서
달이 흐른다 놀이 흐른다
하이얀 그림자
은실을 즈르르 모라서
꿈밭에 봄마음 가고가고 또간다
-「꿈밭에 봄마음」 전문

저 곡조만 마저 호동글 사라지면
목속의 구슬을 물속에 버리려니
해와같이 떴다지는 구름속 종달은
새날 또 새론섬 새구슬 먹음고오리

-「저 곡조만」 전문

붉은 저녁놀을 보고, '뉘 눈길에 쏘이었오'라고 하는 말은 낯설다. 독자의 마음을 톡 쏘고, 감동의 알레르기 반응이 일어난다. 시선을 끄집어 당긴다. 되새길수록 감동의 알레르기 으로 부푼다. 절묘한 구절이다. 2연으로 이어진 시어의 흐름은 입 안에서 미끄러지고 굴러가는 소리이다. '꾀꼬리 단두리 단두리 로다'를 발음해보면 절로 유쾌하다. "리리리 자로 끝나는 말은 ……"이라는 돌림노래가 생각나고, '리, 리, 리' 하다 보면 부드럽게 굽어진 'ㄹ'이 마치 강물처럼 흘러가는 것 같다. 유포니 효과다.

'홀란스런'도 표준어에는 맞지 않지만, 발음되는 유음을 의도적으로 표기함으로써, 훨씬 부드러운 느낌을 준다. 영랑은 이런 유음화 현상을 시어로 표기하여 시각적으로도 부드러운 느낌을 주게 했다. 예를 들어, '찬란한'을 '찰란한'으로 쓴다거나, '혼란스런'을 '홀란스런'으로, '혼란스럼'을 '홀란스럼'으로 쓰기도 하였다. 이외에도 '부르면'을 '불르면'이라는 방언으로 써서 'ㄹ'음이 첨가되는 유포니 현상을 자연스럽게 유도하였다.

「꿈밭에 봄마음」은 모음조화를 통해 양성모음의 밝은 느낌을 강조하였다. 특히 '돌담-도라-도라'의 유사 압운(rhyme)는 시의 리듬감과 아울러 유포니를 형성하고, '흐른다-흐른다-또간다'의 반복도 '-ㄴ다'의 라임을 이룬다. 또한 '은실을 즈르르 모라서'의 'ㄹ' 또한 음악성에 기여한다.

「저 곡조만」에 쓰인 시어 '호동글'은 그 의미가 '몽땅', '완전히'의 뜻을 지니고 있는데, 뒤이어 나오는 구슬의 이미지와 연관이 있다. 그리고 '새날 또 -새론섬 -새구슬'도 유사한 통사구조의 반복으로 운율을 형성한다. 유포니 효과로 설명될 수는 없다고 하더라도 이러한 유사 압운(rhyme)이 영랑 시의 음악성에 기여하는 바가 자못 크다.

이 밖에도 영랑 시에서 유포니를 형성하는 요소들은 더 있다. '하루'를 '하로'로, '자취'를 '자최'로, '오늘'을 '오날'로, '하늘'을 '하날'로, '자욱'을 '자옥'으로 표기하는 의도적인 양성모음화가 그것이다. 이 중에서 몇몇 시어는 전라도 방언이지만, 대부분은 시인 자신의 '개인방언'이다. 하지만 시인이 의도적으로 이렇게 표기한 것은 '유포니 효과'를 고려한 시어 선택이다.

영랑이 음악성을 고려한 시어를 선택했다는 점은 시어로 쓰인 외래어에서도 드러난다. 『영랑시집』에 실린 시 중에 한자를 제외한 외래어는 3단어가 발견되는데, 이는 함께 활동을 했던 시문학파 동인들과 비교해 보아도 무척 낮은 수치이다.[18] 그런데 그런 외래어를 쓸 때에도 영랑은 유포니 효과를 고려하였다.

> 빈 포케트에 손찌르고 폴베를레-느 찾는 날
> 왼몸은 흐렁흐렁 눈물도 찟끔 나누나
> 오! 비가 이리 쫄쫄쫄 나리는 날은
> 서른소리 한두마대 썻스면 시퍼라
>
> -사행시 「빈 포케트에」 전문[19]

---

18) 본 논문의 <표-3> 참조.
19) 이 작품은 따로 제목이 없다. 『영랑시집』에는 숫자 '30'만 붙어 있고, 『영랑시선』에는 '四行詩'라는 제목 아래 연달아 숫자만 붙여 놓았는데, '48'번에 해당하는 작품이다. 다른 작품과의 구분을 위해 시행의 첫머리를 따서 「빈 포케트에」를 제목으로 삼는다.

이 작품은 영랑의 사행시 연작 중에서도 특이성이 두드러진다. 영랑이 거의 쓰지 않은 외래어가 두 개 나오고, 영랑 사행시가 대부분 부드러운 음상을 지닌 유성음을 주로 사용했던 데 반해, 이 작품은 첫 행부터 상당히 거친 어감을 주는 장애음들을 배치하였다. 파열음 'ㅂ'을 첫머리에 쓰고, 연이어 파열음 'ㅍ, ㅋ, ㅌ'이 쓰였다. 그 뒤에 음가가 없는 초성 'ㅇ'이 있고, 이어지는 어두 자음도 마찰음 'ㅅ, ㅆ'이다. 한 행만 놓고 본다면,『영랑시집』전체에서 초성에 가장 많은 장애음이 사용된 시행일 것이다. 그것도 대부분 격음이다. 거칠고 이국적이고 낯설다.

'포케트'에 해당하는 우리말은 '호주머니'가 있고, 그에 대응하는 강진 방언으로는 '호랑'이 있다.[20] 두 단어 모두 '포케트'보다 부드러운 음색이고, 특히 강진 방언 '호랑'은 유포니 효과도 노릴 수 있는 시어이고, 방언사용에 능했던 영랑이 이 정도의 단어를 몰랐을 것 같지는 않다. 따라서 영랑은 의도적으로 외래어 '포케트'라는 시어를 선택하였고, 그것도 어두자음이 모두 격음인 단어를 선택한 것은 시적 효과를 극대화하기 위한 장치이다.

즉, 낯설고 격한 시어 '포케트'를 먼저 배치함으로써, 뒤에 이어지는 '폴·베를레-느'의 부드러운 음상이 더욱 부각된다. 음악으로 치면 아주 거친 타악기 연주가 한참 지속되다가 부드러운 관악기 연주가 이어지는 것과 같다. 고비를 넘어간 뒤 뾰쪽뾰쪽하고 비탈진 고개를 지나서 만나는 구릉지처럼, '폴 베를레-느'라는 고유명사의 그 부드러움이 부각된다.

또한 1연의 격음들과 대응을 이루는 것이 4연의 마찰음들이다. '서, 소, 썻, 스, 시'에 파찰음 '천, 펴'가 뒤섞이면서 4연 또한 거친 음상의 시어들이 주를 이루었다. 하지만 1연의 시어들이 거친 음상 뒤에 오는

---

20) 이기갑·고광모·기세관·정제문·송하진 공저,『전남방언사전』, 태학사, 1998.

'베를레-느'의 부드러운 음상을 강조하는 효과를 기대했다면, 4연의 'ㅅ'은 유사압운의 기능을 한다.

한편 이 작품에서 시행 끝을 양성모음인 '날, 나, 날(은), 라'로 끝낸 것, 유성음 'ㄴ'이나 'ㄹ'로 시행을 마무리 한 것도 유사 압운의 효과가 있다. 특히 '폴·베를레-느', '날', '흐렁흐렁', '쫄쫄쫄', '서른소리' 등에 쓰인 유성음 'ㄹ'은 유포니 효과를 가져 온다. 특히 '흐렁흐렁',21)과 '쫄쫄쫄'의 생동감 있는 음성 상징어는 '찟끔'22)이라는 부사어를 더욱 실감나는 표현으로 살려 놓았다.

즉, 몸과 마음은 한없이 느슨해지고 풀어져 흐렁흐렁하고, 하늘에서는 또 비가 쫄쫄쫄 내리는 날에 화자는, 안팎이 액체로 가득 차 있는 상태에서 눈물을 참고 참으려다, 요실금처럼 찟끔 나오는 눈물을 흘리고 말았다는 말이다. 다시 말하면, 알 수 없는 서러움이 쫄쫄쫄 내 안에서 흘러나올 것 같은데, 화자는 애써 참아 '찟끔' 눈물을 흘린다. 몸과 마음이 되직한 액체처럼 풀어져 있고, 애써 막지 않으면, 몸 안의 설움이 물줄기처럼 쫄쫄쫄 흘러나올 것만 같다. 참고 참다보니, ㄱ 몸의 설움이 터져버릴 듯하다. 그래서 말로라도 그것을 토해내고 싶은 심정인 것이다. '서른소리 한구마디쯤' 쓸 수라도 있다면, 그나마 설움을 달랠 수 있으련만, 화자는 그마저도 하지 못하고, 쫄쫄쫄 비 내리는 날에 몸의 껍질이 겨우 감싸고 있는 흐렁흐렁한 몸과 마음을 추스르고 있다.

영랑의 전기시에 쓰인 외래어는 위의 작품에 나오는 '포케트' '폴·베를레-느' 외에 「돌담에 소색이는 햇발」에 나오는 '애메랄드' 밖에 없다. 그 중 '폴·베를레-느', '애메랄드'라는 시어는 거의 유성음으로 이

---

21) 흐렁흐렁 : '건더기가 섞여 있는 되직한 액체의 상태.' 또는 '진흙이나 반죽 따위가 물기가 매우 많아 무른 상태.' 혹은 '사람의 몸이나 기질, 혹은 규율 등이 야무지지 못하고 무른 모양.'을 뜻하는 전라도 방언. 필자 주.

22) 찟끔 : '찔끔'의 방언. 필자 주.

루어져 있어서 유포니 효과를 기대할 수 있는 단어들이고, '포케트'라는 말도 위에서 살펴 보았듯이 가장 효과적인 시어를 고르다 선택한 단어임이 분명하다. 그만큼 영랑이 자신의 작품에 가장 적절한 시어를 고르고, 배치한 것으로 보인다.

영랑시에서 유포니 효과와 아울러 살펴야 할 것이 음성상징어이다. 영랑 시의 음성 상징어는 직접적인 유포니 효과를 거두기도 하지만, 유포니 효과를 기대할 수 없는 시어로 쓰이더라도 유포니 효과를 부각시키는 기능을 한다. 즉 '흐렁흐렁', '찌찌찌', '쫄쫄쫄', '찌르르' 등에서 보이는 음성상징어의 생동감이 돋보인다. 그것이 유포니 현상은 아니더라도 리듬감이나 음악성은 살아있는 표현임을 간과해서는 안 된다.

> 호르 호르르 호르르르 가을아참
> 취여진 청명을 마시며 거닐면
> 수풀이 호르르 버레가 호르르르
> 청명은 내머리속 가슴속을 저져들어
> 발끝 손끝으로 새여나가나니
>
> ―「청명」 부분

위의 시 「청명」에서는 무엇보다 음성상징어 '호르 호르르'가 주는 유포니 효과가 손끝에 이슬이 닿은 것처럼 탱글탱글하고 부드러운 음상을 형성한다. 거기에 '아참'이라는 고어, '버레'라는 방언 등은 시에 정적이고 유연한 음상을 형성한다.

> 돌담에 소색이는 햇발같이
> 풀아래 웃음짓는 샘물같이
> 내마음 고요히 고흔봄 길우에
> 오날하로 하날을 우러르고싶다

새악시 볼에 떠오는 부끄럼같이
詩의가슴에 살프시 젖는 물결같이
보드레한 에메랄드 얕게 흐르는
실비단 하날을 바라보고 싶다

-「돌담에 소색이는 햇발」 전문

위의 시를 음절 단위로 분석하면, 자음은 모두 118개이고, 모음은 99개이다. 이를 세분화하면, 전체적으로 발음되는 음 중에서 비음은 28음, 유음은 26음, 모음은 99음, 장애음은 64음이다. 이 중 모음이 유성음이기 때문에 쾌음조 음은, 전체 217음 중 153음이 된다. 따라서 이 시에서 쾌음조 음은 약 70.5%, 非쾌음조 음은 약 29.5%를 차지한다. 즉 시 전체의 대부분을 차지하고 있는 유성음이 시의 음악성에 기여함은 물론이고, 보드라운 감각의 유포니를 형성한다.

이 시에서 또 한 가지 살펴봐야 할 점은 유사 압운이다.

라임현상은 / 봄//마음//내음/의 聲終(ㅁ) 특히 '음'이다. 또한 /얼결에//
와//뻘우에/의 '에', 흐르는//허덕이는//니이는/의 '는', 거기에 /훗근한/의
'한'까지, 또/처얼석/과/얼킥/의 '얼'과 같은 同音類音들이 서로 어울려
미터와 더불어 영랑의 리듬을 형성, 음악성을 높이고 있는 것이다.[23]

영랑 시에서 유성음은 연결되고 어우러지는 과정에서 유포니를 형성한다. 또한 유사 압운은 시의 음악성을 보다 더 높은 차원으로 끌어올린다. 즉 다른 어떤 시인의 작품보다도 영랑 시는 부드러운 유포니를 형성하고 있으며, 규칙적이거나 다소 비규칙적인 유사 압운 효과가 곁들여지면서 그 음상이나 음질에서 음악적 효과를 담보한다. 따라서 영랑 시, 특히 영랑의 전기시는 후기시나 다른 시인의 시에 비해 청각적

---

23) 김선태, 앞의 박사학위논문.

효과가 매우 뛰어나다고 할 수 있다.

하지만 청각적 효과를 알아보기 위해서는 실제적인 임상 실험이 동반되어야 한다. 왜냐하면 한국어는 음장언어인 데다가 유성음과 무성음의 대립이 없기 때문에 발음을 하는 이도 정확한 발음을 하지 못할 때가 많고, 청자 또한 명확하게 듣지 못할 수 있기 때문이다.

한국어에서는 유성음과 무성음의 대립이 없다. 즉 파열음의 경우 영어에는 유성음과 무성음의 대립이 있는데 국어에는 유기음과 무기음의 대립, 즉 예사소리, 된소리, 거센소리의 대립이 있다. 예를 들어, 영어는 g:k, b:p, d:t의 대립이 있고, 국어에는 ㄱ:ㄲ:ㅋ, ㅂ:ㅃ:ㅍ, ㄷ:ㄸ:ㅌ 대립이 있다.

한국어에서는 유성음이냐 무성음이냐의 차이가 의미를 분화시키는 자질이 아니다. 그래서인지 한국인들에게는 영어에 비해 한국어의 유성음, 무성음 식별이 더 어렵다.[24] 이는 한국어와 영어에서 유성음과 무성음의 차이가 의미를 분화시킬 수 있느냐에 따라 청취도가 다르다는 것을 의미한다. 한국어에서 성대의 진동(voicing)은 변별자질(distinctive feature)로 음소(phoneme)를 결정하는 요소가 아니며, 나타나는 환경에 따라 소리의 차이를 보이는 이음(allophone)을 만드는 요소이다.

따라서 한국어의 유성 자음은 발화자에 따라서 유성음으로 발음이 되지 않거나, 유성음으로 발음이 되더라도 청자가 유성음으로 인식하지 못하는 경우가 많다. 아래의 연구 결과는 영랑 시에서 유성음이 실제로 발음되었을 때 명확하게 전달되지 않을 수도 있음을 짐작하게 한다.

---

24) 고연희, 「한국 학생들의 유성음과 무성음의 청취에 대한 조사」, 이화여자대학교 학술발표자료집, 1990.

〈표 13〉 한국어의 유성음, 무성음 식별 분석표25)

제시한 단어	정답	정답을 기표한 학생 수(%)
도둑	무성음	14명(15.9%)
도둑	유성음	44명(50.0%)
빛을지다	유성음	64명(72.7%)
자연	무성음	17명(19.3%)
아버지	유성음	70명(79.5%)
밥	무성음	27명(30.6%)
빵	무성음	19명(21.6%)
과자	무성음	18명(20.5%)
학원	유성음	53명(60.2%)
독수리	무성음	55명(62.5%)
정답률		38.1명(43.2%)

<표 13>에서 보듯이 학생들은 영어에서의 유/무성음 식별(정답률 67. 27%)보다 한국어에서 유/무성음 식별(정답률 43.2%)에 더 어려움을 느낀다는 사실이 입증되었다. 이와 같은 연구 결과를 영랑 시에 그대로 적용할 수는 없다. 하지만 그의 시를 실제로 낭송하였을 때도 듣는 이가 개별적 시어의 유/무성음 여부를 분간하기는 어려울 것이며, 그런 구분이 시낭송이나 청자에게 꼭 필요한 것도 아니다. 다만 유성음이 형성하는 유포니 효과는 청자에게 분명하게 전달될 수 있다. 즉 시어의 의미나

25) 이 도표는 고연희의 논문에서 인용한 것으로서, 연구자가 서울동구여자상업고등학교 2학년 여학생 88명을 대상으로 조사한 것이다. 조사방법으로는 한국어 10개 단어를 미리 녹음한 테이프를 틀어주며 하였고, '1번은 첫 번째 음절의 첫소리를 듣고 써라.' '2번은 두 번째 음절의 첫소리를 듣고 써라.'라는 지시를 일일이 한 후 실험을 하였다. 고연희, 「한국 학생들의 유성음과 무성음의 청취에 대한 조사」, 이화여자대학교 학술발표자료집, 1990, 124쪽.

뜻을 전달하기에 다소 어렵더라도 유포니가 형성하는 부드럽고 매끄러운 음상은 충분히 전달될 수 있고, 시가 그런 음악적 분위기를 전달하는 기능에 더 충실한 상황에서는 영랑 시의 유성음이 주는 유포니 효과는 십분 발휘될 수 있다.

4. 조어와 지역어를 통해 본 유성음의 효과

영랑의 시에는 빈번하게 조어와 향토어가 나온다. 그는 의미가 동일한 단어를 고를 때에도 지극히 섬세한 언어 감각으로 유포니를 살리고자 하였다. 또한 색채와 리듬에 대한 천착으로 이미지와 음악성을 살리기 위한 조어들이 나타남을 볼 수 있다. 때에 따라서는 공식적인 표현과 다른 언어 표현도 볼 수 있고, 의미를 명확하게 알 수 없는 시어도 있다. 하지만 영랑의 조어들은 자신의 시정신을 표현하기 위한 노력의 산물이고, 그런 시어의 선택은 의식적이다. 말하자면 그가 시에서 추구하고자 하는 美의 극점을 지향하고 있다.

영랑의 시에서 지배적으로 드러나는 조어 방식은 음성모음의 양성모음화, 음의 생략과 첨가, 유성음 활용, 복합어와 파생어, 보조사어의 첨가, 의고체, 의성어와 의태어 등이다. 이러한 조어 방식이 영랑 시의 독창적인 음악성에 기여하고 있음은 주지의 사실이다.

영랑 시에서는 다음과 같이 음성모음(ㅜ, ㅟ, ㅣ)을 양성모음(ㅗ, ㅚ, ㅏ)으로 바꾼 예를 쉽게 찾아볼 수 있다.

하루>하로	하늘>하날	모두>모다
그만>고만	조그만>조고만	간지럽구나>간지럽고나
나중>나종	사무치고>사모치고	자욱>자옥

오늘>오날   자취>자최

　이 중 '하로, 모다, 자옥'은 방언을 차용한 것인데, 방언을 사용하였건 고어를 썼건 모두 유포니 효과를 위해 의도적으로 양성모음화 한 것임을 알 수 있다.
　다음의 작품은 영랑 시의 조어 사용이 유성음 효과와 유포니 형성에 어떻게 기여하고 있는가를 잘 보여준다.

　　밤ㅅ사람 그립고야
　　말업이 거러가는 밤ㅅ사람 그립고야
　　보름넘은 달그리매 마음아이 서어로아
　　오랜밤을 나도혼자 밤ㅅ사람 그립고야
　　　　　　　　　　　－「밤ㅅ사람 그립고야」 전문

　이 시는 먼저 '야, 야, 아, 야'로 끝나는 유사 압운(rhyme)이 두드러진다. 그것도 고어와 음운첨가를 통한 조어 사용 등으로 행간의 끝이 '그립고야(a)-그립고야(a)-서어로아(b)-그립고야(a)'로 끝난다. 한시의 칠언절구의 압운과도 같다. 또한 이는 "날 좀 보소/날 좀 보소/동지섣달 꽃 본 듯이/날 좀 보소"라고 노래하는 밀양아리랑과 같이 우리 전통의 미적 구조인 'a-a-b-a' 구조와도 같다. 더구나 각운의 초성이 모두 유성음 'ㅇ'으로 시작되어 부드러운 음상을 형성한다.
　또한 '밤', '밤', '름', '음', '밤', '밤', '람'이 환기하는 'ㅁ'음, 특히 '밤', '밤', '밤', '밤', '람'에서 보이는 양성모음 'ㅏ'뒤의 유성음 종성 'ㅁ'은, 부드럽고 따뜻한 분위기를 자아낸다.
　또 (가)에서 (나)와 같이 괄호 부분을 빼고 나면, a-a-b-a 구조는 보다 분명해진다.

(가)
밤ㅅ사람 그립고야
(말업이 거러가는) 밤ㅅ사람 그립고야
보름넘은 달그리매 마음아이 서어로아
(오랜밤을 나도혼자) 밤ㅅ사람 그립고야

(나)
밤ㅅ사람 그립고야
밤ㅅ사람 그립고야
보름넘은 달그리매 마음아이 서어로아
밤ㅅ사람 그립고야

(다)
날 좀 보소
날 좀 보소
동지섣달 꽃 본 듯이
날 좀 보소

　　(나), (다)와 같은 구조는 우리 전통 시가의 구조이다. "노세/노세/젊어서/노세"라는 민요나, "가시리/가시리 (잇고) (나난)/바리고/가시리 (잇고)"로 시작하는 고려 속요「가시리」에도 그 맥락이 닿는다.「가시리」에서 여음구를 빼고 읽으면, "가시리/가시리/바리고/가시리"가 된다. "살어리/살어리 (랏다)/청산에/살어리 (랏다)"라고 노래했던 고려속요「청산별곡」도 같은 구조이다.

　　현대시에서도 이러한 a-a-b-a 구조는 계승·발전되었다. 홍사용의「나는 왕이로소이다」에서 보이는 "나는 왕이로소이다/나는 왕이로소이다/어머님의 가장 어여쁜 아들/나는 왕이로소이다" 같은 구절과 김소월의「산유화」에서 "산에는 꽃 피네/꽃이 피네/갈 봄 여름 없이/꽃이 피네"라는 구절도 약간은 변형된 것처럼 보이지만, a-a-b-a구조로 짜여져 있다.

따라서 영랑 시 「밤ㅅ사람 그립고야」는 전통의 시형 구조 a-a-b-a를 발전시킨 형태로 보아야 한다. 거기에 영랑은 유사 압운(rhyme) 효과와 유포니(euphony) 효과를 위해 적절한 유성음과 그만의 조어를 사용하였다.

'보름넘은 달그리매 마음아이 서어로아'에서 보이는 '마음아이'나 '서어로아'는 표준말 사전은 물론 방언사전을 통해서도 그것의 분명한 의미를 찾아내기가 어렵다. 이들 시어에 대해서는 몇 가지 이견이 있다. '마음아이 서어로아'를 '마음 아니 서러워'(즉, '마음이 서럽지 않아'의 뜻)로 보는 경우가 있고,[26] '서어로아'를 '서럽다'로 풀이하거나, '아쉽다' 혹은 '서먹하다'로 보기도 한다. 이숭원[27]은 '마음아이'를 '마음에' 또는 '마음이'로, '서어로아'를 '서먹하고 아쉽다'로 보고 있다. 즉 '보름넘은 달그리매 마음아이 서어로아'를 '보름이 지나 이지러져 가는 달의 모습이 마음에 서먹하고 아쉽게 느껴져'로 해석한다.

하지만 영랑이 다른 시에서 조어를 사용하는 예를 보면, '마음 아이'를 '미음 안이'나 '마음 아니'에서 'ㄴ'이 탈락된 형태[28]로 생각해 볼 수도 있다. 그런데 부정형을 뜻하는 '마음 아니'에서 'ㄴ'이 탈락된 것으로 보면 해석이 어색해진다. 하지만 '마음 안이'에서 'ㄴ'이 탈락된 형태로 보았을 때, 시 해석은 오히려 풍요로워진다. 즉, '마음아이'를 해석하면, '마음의 안(속, 안쪽)'이라는 뜻이 되기에, '마음 안이 서어로아'로 풀이가 가능하며, '서어로아'를 '서럽다'의 활용형에 음운이 첨가된 형태[29]로 본다면, '마음 안이 서러워'로 풀이할 수 있다.

---

26) 문윤희, 앞의 논문.

27) 이숭원, 앞의 책.

28) 영랑의 시에서는 음운 탈락 현상이 다른 작품에서도 발견된다. 예) 속삭이는:소색이는, 언덕:어덕, 빗방울 듣듯:빗방울 드듯 등.

29) 음운 첨가 시어는 영랑 시에서 쉽게 찾아볼 수 있다. 예) 날러오아, 치어다보며, 자지어서, 쏠리우고 등.

또한 영랑 시에서 간과해서는 안 되는 것이 남도의 가락이다. 시가 문자예술로 머물러 있을 때 가지게 되는 한계가 바로 가락을 타지 못한다는 점이다. 이 점에 있어서는 김선태[30]의 주장이 타당해 보인다. 그는 영랑의 시에서 "그 음악성은 언어의 표피구조상으로 보자면 대부분의 전라도 독자에게는 생경한 전라도 사투리에 의해 얻어지고 있다. 전라도 사투리는 전라도 출신의 독자에게는 다정함을, 전라도 이외의 독자에게는 낯선 느낌을 주게 되는데 그 다정함과 낯섦이 시적 리듬의 변주에 큰 역할을 맡고 있다."면서 다음의 예를 들었다.

　　　내소리는 꿰벗어 봄철이 실타리
　　　호젓한 소리 가다가는 씁쓸한 소리
　　　　　　　　　　　　　　　　　　－「내 호젓한 노래」 부분

를 전라도 외의 사람들이 읽을 때에는,

　　　내 소리는 꿰벗어
　　　봄철이 실타리
　　　호젓한 소리
　　　가다가는
　　　씁쓸한 소리

라고 읽을 것이지만 전라도 사람들이 읽을 때에는,

　　　내 소리는 꿰벗어
　　　봄철이 실타ー하ー리
　　　호젓한 소리
　　　가다가는

---

30) 김선태, 앞의 박사학위논문.

　　씁쓸한 소리

라고 읽을 것이다.[31]

　　영랑 시에 대한 이러한 주장은 판소리를 좋아하고, 남도의 육자배기 가락을 듣기 위해 논 팔아서 진도로 한 달가량 여행을 하기도 했다던 영랑의 전기적 사실에 비춰볼 때 의미가 있어 보인다. 가히 전라도의 말과 가락을 잘 아는 연구자만이 발견할 수 있는 통찰이 아닐 수 없다.

　　우리말은 음장언어이고, 특히 말에 가락이 실리면 음절에 따라 그 길이가 아주 달라진다. 그리고 방언의 경우에는 그 말을 사용하는 언중이 정확히 어떻게 사용하고 있는지를 알아야만 온전한 시 이해가 가능할 것이다. 위의 시에서만 보더라도 '꿰벗어'는 '벌거벗다'의 뜻과 동일한데, 말하는 이에 따라 '꿰벗다'와 '깰탕벗다'를 혼용해서 사용한다. 문제는 '꿰벗어'의 '꿰'음을 발음할 때 전라도 사람들은 매우 빠르게 발음을 한다.

　　그리고 '씁쓸한'만 분석해 보아도, '씁'이라는 말에서 스산한 분위기를 주는 'ㅆ' 뒤를 그릇에 무언가를 담아놓은 것처럼 답답한 느낌의 폐쇄음 'ㅂ'이 받히고 있는 '씁'은 쓸쓸한 분위기를 가두고 있는 느낌을 주고, 그 뒤의 '쓸'이라는 말은, 'ㅆ' 음소의 쓸쓸하고 스산한 것을, 물 흐르는 것 같은 느낌을 주는 유성음 'ㄹ'이 풀어놓은 느낌이 든다. 뒤따른 '한'의 'ㅎ'은 가볍고 경쾌한 느낌을 주는 무성마찰음으로서 봄날에 우수수 날리는 벚꽃 잎 같은 음소이다. 그 뒤를 이은 양성모음 'ㅏ'도 밖으로 완전히 열려 있고, 거기에 풀밭 위를 미끄러지는 것 같은 자음 'ㄴ'이 이어져서, '씁쓸한'이라는 한 어절만 읽어보아도 쓸쓸하고 스산한 기운이 뭉쳤다가 풀어지는 느낌이 든다.

---

31) 김선태, 앞의 논문.

거기에 '리', '이', '리', '리'라는 유성음의 반복을 통한 유포니 형성도 음악성을 확보하는데 일조하고 있다. 'ㅣ' 모음으로 끝나는 시어를 두 음절 단위로 읽어보면 '소리-처리-타리-소리-소리'가 되는데, 고려 속요 「청산별곡」의 후렴구인 "얄리 얄리 얄라셩"처럼 경쾌한 쾌활조의 음감을 느낄 수 있다.

그러므로 영랑 시에서 방언의 쓰임은 유성음으로 발음되는 방언을 사용하여 유포니 효과를 강화시키는 데도 사용되었지만, 위 시에서 보는 것처럼 오히려 짧은 경음을 사용하여 다른 시어들과의 장단을 달리하는 데서 가락이 생기게 하는 데도 기여를 하고 있다.

> 이몸이 서러운줄 어덕이야 아시련만
> 마음의 가는우슴 한때라도 업드라냐
>
> ―「어덕에 바로누어」 부분

위 시에서 볼 수 있는 것은 방언의 효과이다. 표준말 '언덕'에 대응하는 방언 '어덕'을 사용함으로써 화자가 처한 서러움, 즉 심리적 상실감이 보다 강화되었다. '언덕'에서 'ㄴ'이 탈락한 '어덕'은 단어 자체의 불균형(CV/CVC)으로 인해, 기댈 곳 없이 서러워하는 화자의 심상이 잘 드러난다.

이 밖에도 영랑 시에서는 많은 방언이 쓰였는데, 때로는 개인 방언이라고 해야 할 신조어까지 꽤 등장한다. 그런데 이런 시어들은 경우에 따라서는 유성음 효과를 극대화시키기도 하고, 유성음이 어우러지는 유포니 효과를 반감시키기도 한다. 다음은 그의 시에 나타난 방언들이다.

> 오날하로, 재앙스럽소, 오메, 귀를 종금이, 모라서, 아즈랑이, 커난 시
> 악시, 동우, 깔닢, 가부엽게, 하잔한, 너룬, 어덕우에, 나래, 기둘리고, 눈

물에 안껴, 출렁거린듸, 싫다리, 따우에, 아퍼, 쓸쓸하이, 아조, 아모, 새
암, 어덕, 시악시, 끄득, 어이면, 천마대, 뼈근치야, 하였지아, 마조, 죽었
을다듸야, 가는거지야, 엽태, 세오다가, 고만, 업드라냐, 질기운, 감기였
대, 후젓이, 소색이는, 슬리는, 여휜, 훗근한, 가지오고, 무덤ㅅ정, 썼으
면시퍼라, 조매로운, 마금날, 아심찬이, 나른갑드니, 치제, 꼭 마저사만,
건아한, 다순, 한잔한, 터럭, 알만 모를만, 말삼, 포실거리며, 썰릴지라
도, 실낫이, 그때버텀, 시든상 싶어

이러한 방언 내지는 조어들이 영랑 시의 음악성 효과를 증대시키고,
나아가 유포니 현상을 일으키는 데도 주요한 작용을 한 것은 분명하다.
하지만 다음의 예에서 보이듯이, 유성음이 아니더라도 시 속에서 어떤
분위기를 조성하는 음운 묶음이 있는 것이고, 장애음이라고 하더라도
반복적으로 쓰면 자연스럽게 리듬이 형성되는 것은 당연한 일이다.

五月어느날 그하로 무덥든 날
떠러져 누은 꽃닢마져 시들러버리고는
천지에 모란은 자최도 없어지고
뻐쳐오르든 내보람 서운케 문허졌느니
　　　　　　　　　　　　　　－「모란이 피기까지는」 부분

영랑의 대표작이라고 많은 이들이 꼽는 「모란이 피기까지는」의 일부
이다. 물론 이 작품도 전체적으로는 유성음이 많이 쓰였고, 여성적 어조
나 '하로', '자최'에서 보이는 것처럼 의도적인 양성모음 사용으로 인한
유포니 효과 등을 볼 수 있다. 하지만 예를 든 부분에서 보이는 '행간초
두자음(떠, 천, 뻐)'의 경음, 격음, 경음의 반복이 리듬을 형성하고, 유포니
와는 전혀 다른 거칠고 딱딱한 분위기를 형성한다는 것을 알 수 있다.
이 시에서 이런 장애음들이 주는 거칠고 딱딱한 분위기는 전체 시의 전
개상 '꽃이 떨어지는 대목'과 일치하면서 상실감을 더욱 증대시킨다.

이런 점에서 보면 한 편의 빼어난 작품은 유성음의 효과만 강조하는 분석으로는 그 특장을 제대로 밝힐 수 없다.

제4장

'안으로-열림'에서 '밖으로-닫힘'의 세계로

지금까지 영랑의 시 총 88편을 대상으로 그의 시에서 나타나는 유성음 효과를 다각도로 살펴보았다. 이제껏 영랑의 시는 문학사적인 평가가 엇갈려 왔고, 그에 대한 연구도 시사적 위상에 비해 다소 부족했다. 특히 그와 그의 시에 대한 연구는 작가론적 관점에서 종합이나 이미지 및 시어 연구에 치중해왔던 것이 사실이다. 그의 시에 대한 분석도 인상주의적 비평이 많았고, 막연히 음악성이 뛰어난 시로 평가를 하였을 뿐 그에 대한 과학적인 접근이나 유성음 효과를 중심으로 한 세부적인 연구는 거의 없었다.

따라서 이 연구는 영랑 시를 분석하는 데 있어서 유성음의 효과를 중심에 놓았다. 다시 말해서 영랑 시의 음악성은 어디에서 기인하는지, 그 특유의 부드러운 음상은 어떻게 발생하는지에 대한 과학적 근거를 제시한 것은 그의 시 연구뿐만 아니라 한국의 시 연구사에 있어서도 매우 의미가 있다고 할 수 있다. 지금까지 살펴본 바를 몇 가지로 요약하면 다음과 같다.

먼저 영랑 시의 전·후기 시형의 변화에 따라 유성분음의 활용 양상이 어떻게 달라지는지를 살펴보았다. 그 결과 첫째, 전기시는 4행시를 비롯한 정형시 위주의 시가 주를 이룬데 반해 후기시는 자유시 형식이 많았다. 둘째, 전기시가 '안으로-열림'의 세계를 보여주었다면, 후기시는 '밖으로-닫힘'의 세계를 드러냄으로써 화자의 태도도 판이했다. 셋째, 전기시에서는 유성음이 다소 많이 쓰였는데, 후기시로 갈수록 유성음 사용 정도가 줄어드는 것을 알 수 있었다. 이는 영랑 시의 음악성과도 직결되며, 음악적 효과의 측면에서 전기시가 후기시에 비해 두드러졌다고 하겠다.

다음으로, 영랑 시의 유성음 효과를 다양한 각도에서 분석해보았다. 첫째, 영랑의 시어를 낭송한다고 가정하고 음절 분석을 한 결과 눈으로 읽는 것보다 실제 발음을 하였을 때 유성음 효과가 증대됨을 알 수 있었다. 둘째, 공명도를 통한 유성음 효과를 분석한 결과 공명도가 매우 높은 영랑의 전기시는 저음으로 멀리 갈 것이라는 결론을 얻었다. 셋째, 유포니(euphony) 효과에 따른 음악성을 살펴본 결과 영랑 시는 등단작부터 유포니 효과를 높이기 위한 시어를 선택하였으며, 첫 시집을 묶을 때까지 그러한 시어 선택의 자세가 유지된 것으로 보였다. 따라서 그의 후기시나 다른 시인의 작품에 비해 전기시는 음악성이 더 높다는 것이 증명되었다. 또한 그의 전기시는 장애음의 비율이 낮아서 안정도(Degree of voice breaks)가 낮아 의미 전달에는 약점이 있을 수 있으나, 음악성에는 보탬이 된 것으로 밝혀졌다. 넷째, 방언과 조어 등에 나타난 유성음의 효과를 살펴본 결과 그가 시의 음악적 효과를 위해 유성음만을 고집한 것이 아니라, 시상 전개에 꼭 필요한 경우나 시적 화자가 처한 상황을 보다 적절하게 나타내기 위해 非유성음을 의도적으로 선택하기도 했음을 알 수 있었다. 하지만 非유성음을 선택할 때도 리듬을 고려하여 시어로 썼다는 점은 그의 시가 지닌 음악성이 유포니 효과만으로는 설명하기 어려운 다른 요소도 있음을 말해준다고 볼 수 있다. 따라서 이 점은 이 연구가 해결하지 못한 한계이자 차후의 과제이다.

참고문헌

-1부-

1. 기본자료

〈1-1 시집 및 저서〉

고봉준 편, 『이하윤시선』, 지식을만드는지식, 2012.
권영민 편, 『정지용 시 126편 다시 읽기』, 민음사, 2004.
권선영 편, 『신석정시선』, 지식을만드는지식, 2013.
김선태 편, 『김현구시전집』, 태학사, 2005.
김윤식, 『영랑시선』, 정음사, 1956.
김학동, 『모란이 피기까지는』, 문학세계사, 1981.
민충환 편, 『수주변영로시전집』, 부천문화원, 2010.
박용철 외, 『시문학-박용철 발행 잡지 총서1』, 깊은샘, 2004.
박용철 외, 『문예월간-발행 잡지 총서2』, 깊은샘, 2004.
박용철 외, 『문학-발행 잡지 총서 3』, 깊은샘, 2004.
박용철, 『박용철전집·1』 시집, 깊은샘, 2004.
박용철, 『박용철전집·2』 평론집, 깊은샘, 2004.
변영로, 『수주 변영로 시전집』, 부천문화원향토문화연구소, 2010.
서정주 편, 『영랑시선』, 중앙문화사, 1949.
신석정, 『신석정시선』, 지식을만드는지식, 2013.
_____, 『촛불』, 인문사, 1939.
이숭원, 『영랑을 만나다』, 태학사, 2009.
이하윤, 『물레방아』, 청색지사, 1939.
정지용, 『정지용전집·1』, 민음사, 1988.
_____, 『산문』, 동지사, 1949.
최동호 편, 『정지용 전집·2』, 서정시학, 2015.
홍용희, 『김영랑 시선』, 지식을만드는지식, 2014.
허인회 편, 『원본 김영랑 시집』, 깊은샘, 2007.

⟨1-2 잡지⟩

김기림, 「모더니즘의 歷史的 位置」, 『인문평론』 5권 5호, 1935.12. 『문학의 이론』, 학예사, 1940.

김기진, 「短篇 敍事詩의 길로」, 『朝鮮文藝』 창간호, 조선문예사, 1928.5.

김 억, 「쯔랑스詩壇」, ≪태서문예신보≫, 11집, 1918.12.24.

김영랑, 「인간 박용철」, 『조광』 5권 12호, 1939.12.

김용직, 「남도 가락의 순수열정-김영랑의 시어」, 『문학사상』, 1974.9.

서정주, 「永郞의 敍情詩」, 『문예』 2권 3호, 1950.3.

_____, 「영랑의 일」, 『현대문학』, 1962.12.

이하윤, 「박용철의 면모」, 『현대문학』, 1962.12.

정지용, 「시의 威儀」, 『문장』 10호, 1939.11.

조지훈, 「현대시의 계보」, 『월간문학』 창간호, 1968.11.

최남선, 「조선국민문학으로서의 시조」, 『조선문단』 16호, 1926.5.

2. 학위논문

강민희, 『동인지 문학의 스토리텔링 방안 연구』, 단국대학교 대학원 박사학위논문, 2012.

강학구, 「김영랑의 사행시 연구」, 한국교원대학교 대학원 석사학위논문, 1997.

김동근, 『1930년대 시의 담론체계 연구-지용시와 영랑시에 대한 기호학적 담본 분석』, 전남대학교 대학원 국어국문학과, 1996.

김동희, 『정지용의 이중언어 의식과 개작 양상 연구』, 고려대학교대학원 박사학위논문, 2017.

김선기, 『강진 시문학 공간의 문화 콘텐츠화 연구-김영랑·김현구의 시를 중심으로』, 전남대학교 대학원 박사학위논문, 2012.

김 숙, 『김영랑 시 연구』, 카톨릭대학교 대학원 박사학위논문, 2003.

김명인, 『1930년대 시의 구조 연구』, 고려대학교 대학원 박사학위논문, 1985.

김선태, 「영랑시에 나타난 남도적 특성 연구」, 중앙대학교 대학원 석사학위논문, 1986.

_____, 『김현구 시 연구-김영랑 시와의 대비를 중심으로』, 원광대학교 대학원 박사학위 논문, 1996.

김혜영, 『김영랑 시의 창작방법 연구』, 단국대학교 대학원 박사학위논문, 2011.

남종현, 「영랑시 연구-영랑시에 미친 P. Verlaine의 영향」, 동국대학교 대학원, 석사학위논문, 1984.

문윤희, 「김영랑 시어 연구」, 한국외국어대학교 대학원 석사학위 논문, 2005.

박슬기,『한국 근대시의 형성과 율(律)의 이념』, 서울대학교대학원, 박사학위논문, 2011.
서준섭,『1930년 한국 모더니즘 연구』, 서울대학교 대학원 박사학위논문, 1977.
양병호,『영랑시 연구』, 전북대학교 대학원 박사학위논문. 1992.
오하근, 「金永郎의「모란이 피기까지는」의 韻律과 構造와 意味分析研究」, 전북대학교 대학원 석사학위논문, 1974.
유윤식,『시문학파연구』, 한양대학교대학원, 박사학위논문, 1990.
윤진하, 「김영랑 시를 모형으로 한 시 창작 교육 방법」, 전남대학교교육대학원, 석사학위논문, 2008.
윤홍렬, 「영랑시 연구」, 경남대학교대학원, 석사학위논문, 1987.
이대흠, 「김영랑 시의 음악성 연구」, 목포대학교대학원, 석사학위논문, 2015.
이승복,『정지용 시의 운율 체계 연구-1930년대 시창작 모형화 구축을 중심으로』, 홍익대대학원, 박사학위논문, 1993.
이승철, 「김영랑 시의 이미지 연구」, 전북대학교대학원 석사학위논문, 2004.
정숙희,『김영랑 문학 연구』, 인하대학교대학원 박사학위논문, 1987.
정원국, 「VECTOR QUANTIZATION과 HIDDEN MARKOV MODELING을 이용한 한국어 유성음 음소 인식에 관한 연구」, 한국과학기술원 석사학위논문, 1987.
진찬영,『시문학파연구』, 동아대학교대학원, 박사학위논문, 1993
최동호,『한국 현대시에 나타난 물의 심상과 의식 연구』, 고려대학교대학원 박사학위논문, 1981.
한정석, 「김영랑 시 연구」, 국민대학교대학원 석사학위논문, 1996.
허형만,『영랑 김윤식 연구』, 성신여자대학교대학원 박사학위논문, 1993.

3. 일반논문 및 단평류

〈3-1 일반 논문〉

강희근, 「김영랑 시 연구」,『우리 시문학 연구』, 예지각, 1985.
고연희, 「한국 학생들의 유성음과 무성음의 청취에 대한 조사」, 이화여자대학교 학술발표자료, 1990.
권정우, 「정지용의 바다시편과 산시편의 연속성 연구」,『비교한국학』12, 2004.
김남석, 「목단에 꽃핀 원색의 비애」, 「시정신론」, 현대문화사, 1972.
김대행, 「운율론의 문제와 시각」,『운율』, 문학과 지성사, 1984.
_____, 「압운론」,『운율』, 문학과 지성사, 1984.
김동근, 「정지용 시의 공간기호에 대한 해석적 고찰」,『시문학파의 표층과 심층』, 강진군시문학파기념관, 2012.

김선태, 「玄鳩詩 연구1-永郎詩와의 비교를 중심으로」, 『한국언어문학』, 한국언어문학회, 1995.

_____, 「중기시의 현실인식과 저항성-김영랑론」, 『진정성의 시학』, 태학사, 2012.

김용직, 「순수시의 상호작용」, 『한국시학연구』 10집, 한국시학회, 2004.

_____, 「용아의 순수시와 시문학파, 그리고 문화전략」, 『순수와 변용』, 심미안, 2015.

김원희, 「불가리어 발달에서 공명도(sonority)의 역할과 위상」, 『슬라브어 연구』10권 27호, 2005.

김 종, 「영랑시, 저항문학적 위상」, 『식민지 시대의 시인 연구』, 시인사, 1984.

김준오, 「김영랑과 순수, 유미의 자아」, 『한국현대시사연구』, 일지사, 1983.

김학동, 「玄鳩 金炫耈論」, 『한국현대시인연구』, 민음사, 1977.

김 현, 「찬란한 슬픔의 봄」, 『한국현대시문학대계·7』, 지식산업사, 1981.

남진숙, 「'박용철 시전집'에 대한 재검토」, 『한국문학이론과비평』, 한국문학이론과비평학회, 2009.12

박두진, 「김영랑의 시」, 『한국현대시인론』, 일조각, 1974.

백운복, 「정지용의 '바다' 시 연구」, 『서강어문』 5, 1985.

_____, 「다변적 이미지의 형상화」, 김학동 외, 『정지용 연구』, 새문사, 1988.

성기옥, 「한국시가의 기층체계」, 김대행편, 『운율』, 문학과 지성사, 1984.

송욱, 「정지용, 즉 모더니즘의 자기 부정」, 『시학평전』, 일조각, 1963.

송영목, 「한국시 분석의 가능성-특히 김영랑 시 분석을 중심으로」, 『현대문학』, 1962.2.

신덕룡, 「연포 이하윤의 생애와 문학」, 『풍경과 시선』, 문학들, 2017.

신석정, 「난초」, 『조선분학』, 조선문학사, 1937.2

안동주, 「시문학파의 시어고찰」, 『논문집』5, 호남대학교, 1985.5.

안삼환, 「박용철 시인의 독문학 수용」, 『비교문학』, 한국비교문학회, 2006.

오세영, 「왜 시문학파인가?」, 『시문학파의 표층과 심층』, 강진군시문학파기념관, 2012.

이길연, 「정지용의 바다 시편에 나타난 기하학적 상상력」, 『우리어문연구』 25집, 2005.

이성교, 「김영랑론」, 『현대시의 모색』, 맥밀란, 1982.

이승복, 「정지용 시의 운율 연구」, 『인문과학논문집』, 대전대학교인문과학연구소, 2001.

이종옥, 「정지용의 「바다」 연작시에 나타난 수(水)의 상상력」, 『韓國文學論叢(Thesises on Korean literature)』, 한국문학회, 2011.

장철환, 「김영랑 시의 공명도 분석」, 『국어국문학』, 국어국문학회, 2013.

정인섭, 「조선문단에 호소함」, ≪조선일보≫ 19311.1~15.

정태용, 「김영랑론」, 『현대문학』 4권 6호, 1958. 6.

정한모, 「김영랑론-조밀한 서정의 탄주」, 『문학춘추』, 1964.12.

_____, 「김영랑론」, 『현대시론』, 민중서관, 1973.

_____, 「한국현대시개관」, 『한국현대시요람』, 전영사, 1974.

조동욱·김봉현,「음향 신호 분석 기술을 적용한 한국가요의 시대별 선호도 분석」,『정
    보처리학회 논문집』제19-D권 제3호, 한국정보처리학회, 2012.6.
조동일,「현대시에 나타난, 전통적 율격의 계승」, 김대행 편,『운율』, 문학과 지성사,
    1984.
조성문,「김영랑 시의 음운론적 특성 분석」,『동아시아문화연구』47집, 2010.
조영복,「김영랑 방언 의식의 근원」,『한국시학연구』25집, 한국시학회, 2009.
조창환,「김영랑 초기시의 율격과 형태」,『한국시학연구』10집, 한국시학회, 2004.
진순애,「시문학파 연구」,『한국시학연구』8집, 한국시학회, 2003.
진창영,「시문학파의 문학적 성향 고찰」,『국어국문학』13, 동아대학교국어국문학과,
    1994.12.
허형만,「김영랑 시와 남도방언」,『한국시학연구』10집, 한국시학회, 2004.

〈3-2 단평류〉

고은,「시가 있는 아침」, ≪중앙일보≫, 1999.5.11.
김기림,「1933년 詩壇의 回顧와 展望」, ≪조선일보≫, 조선일보사,1933.12.12.
金岸署,「作品과 作者의 態度」,『朝鮮日報』, 1934.5.22.
김 억,「시단일년」, ≪동아일보≫, 1925.1.1
김윤식,「이하윤은 저항시인」, ≪동아일보≫, 1982.11.16,
박영희,「최근 문예이론의 신전개와 그 경향(3)-사회사적 급(及) 문학사적 고찰」, ≪동
    아일보≫, 1934.1.4.
박용철,「辛未詩壇의 回顧와 批判」, ≪중앙일보≫, 1931.12.
_____,「시문학 창간에 대하야」, ≪조선일보≫, 1930.3.2.
유완희,「가두의 선언」,『朝鮮日報』, 1927.11.20.
이원조,「영랑시편」, ≪조선일보≫, 1936.5.
정지용,「시와 감상-영랑과 그의 시」,『여성』3권 8·9호, 1938.9.
양주동,「1933년도 시단연평」,『신동아』, 1933.12.
윤곤강,「丙子詩壇의 回顧와 展望」,『비판』6권 1·2 합병호, 1936.

4. 단행본

강만길,『한국현대사』, 창작과비평사, 1984.
강진군시문학파기념관 편,『시문학파의 표층과 심층』, 강진군시문학파기념관, 2012.
고명수,『한국모더나즘 시인론』, 문학아카데미, 1995.
권영민 편,『김소월시전집』, ㈜문학사상, 2007.

김대행,『운율』, 문학과 지성사, 1984.
_____,『詩歌詩學研究』, 이화여자대학교출판부, 1991.
김남석,「시정신론」, 현대문화사, 1972.
김명인,『한국 근대시의 구조 연구』, 한샘, 1988.
김선태,『진정성의 시학』, 태학사, 2012.
김성윤 편,『카프詩全集2』, 시대평론, 1988.
金岸曙,『岸曙詩集』, 한성도서주식회사, 1929.
김용직 외,『한국현대시사연구』, 일지사, 1983.
김욱동,『모더니즘과 포스트모더니즘』, 현암사, 1992.
김윤식,『한국현대시론 비평』, 일지사, 1975.
_____,『한국문예비평사연구』, 일지사, 1976.
_____,『한국현대시론비판』, 일지사, 1999.
김윤식・김재홍 외『한국현대시사연구』, 시학, 2007.
김윤식・정호웅 편,『한국문학의 리얼리즘과 모더니즘』, 민음사, 1989.
김준오,『시론』, 삼지원, 1982.
김춘수,『한국현대시 형태론』, 해동문화사, 1958.
김학동,『정지용 연구』, 민음사, 1987.
_____,『한국현대시인연구』, 민음사, 1977.
김학동 외,『정지용 연구』, 새문사, 1988.
김 현,「김영랑, 박용철 외」,『한국시문학대계7』, 지식산업사, 1982.
문혜원,『한국 현대시와 모더니즘』, 신구문화사, 1996.
박용철,『박용철 전집』2권, 현대사, 1982.
박이문,『시와 과학』, 일조각, 1988.
박철석,『한국현대문학사론』, 민지사, 1990.
백 철,『신문학사조사』, 신구문화사, 1986.
서정주,『현대조선명시선』, 온문사, 1950.
서준섭,『한국모더니즘 문학연구』, 일지사, 1988.
신덕룡,『풍경과 시선』, 문학들, 2017.
오세영,『한국현대시연구』, 새문사, 1990.
_____,『韓國浪漫主義詩硏究』, 일지사, 1980.
오탁번,『현대문학산고』, 고려대 출판부, 1976.
용아기념사업회 편,『순수와 변용』, 심미안, 2015.
유승우,『시문학파 연구』, 민족문화사, 1992.
_____,『한국현대시인연구』, 국학자료원, 1998.
이기갑・고광모・기세관・정제문・송하진 공저,『전남방언사전』, 태학사, 1998.

이기문 외, 『문학과 방언』, 도서출판영락, 2001.

이승훈, 『모더니즘 시론』, 문예출판사, 1995.

이어령·김윤식·김우창 외, 『評論』, 삼성출판사, 1993.

이희승, 『국어국문학사전』, 서울대학교 동아문화연구소 편, 신구문화사, 1994.

장도준, 『정지용시연구』, 태학사, 1994.

정한모, 『한국현대시요람』, 박영사, 1974.

_____, 『현대시론』, 민중서관, 1973.

조남익, 『한국현대시해설』, 미래문화사, 2008.

조동일, 『문학연구방법』, 지식산업사, 1980.

_____, 『문학통사 5』, 지식산업사, 1998.

조병춘, 『한국현대시평설』, 태학사, 1995.

조연현, 『한국현대문학사』, 성문각, 1985.

池明烈, 『獨逸浪漫主義研究』, 一志社, 1975.

최유찬, 『문예사조의 이해』, 실천문학사, 1995.

崔鶴根, 『國語方言學序說』, 精研社, 1954.

_____, 『全羅南道方言研究』, 財團法人韓國研究院, 1962.

허 웅, 『국어음운학』, 정음사 1965.

Charles Chadwick 저, 朴熙鎭 역, 『象徵主義』, 서울대학교출판부, 1979.

J. 아이작스, 이경식 역, 『현대영시의 배경』, 학문사, 1986.

L.A. 리처즈, 이선주 역, 『문학비평의 원리』, 동인, 2005.

Lilian R. Furst 저, 이상옥 역, 『浪漫主義』, 서울대학교출판부, 1983,

M. 칼리니스쿠 지음/ 이영욱·백한울·오무석·백지숙 옮김, 『모더니티의 다섯 얼굴』,
    시각과 언어, 1994.

S.리몬 캐넌, 최상규 역, 『소설의 현대시학』, 예림기획, 2003.

T.W. 아도르노, 홍승용역, 『美學理論』, 문학과지성사, 1984.

가라타니 고진, 이경훈 역, 『유머로서의 유물론』, 문화과학사, 2002.

가스통 바슐라르, 이가림 역, 『물과 꿈』, 문예출판사, 2004.

노스럽 프라이, 임철규 역, 『비평의 해부』, 한길사, 2000.

데이비드 로비, 『현대문학이론』, 한신문화사, 1995.

아지자·올리비에리·스크릭스 공저, 장영수 역, 『문학의 상징 주제 사전』, 청하,
    1989.

앤 제퍼슨·데이비드 론비 공저, 송창섭·임옥희 역, 『현대문학이론』, 한신문화사, 1995.

-2부-

1. 기본자료

〈1-1 시집〉
김영랑, 『영랑시집』, 시문학사, 1935.
김학동, 『모란이 피기까지는』, 문학세계사, 1981.
서정주 편, 『영랑시선』, 중앙문화사, 1949.
이숭원, 『영랑을 만나다』, 태학사, 2009.
홍용희, 『김영랑 시선』, 지식을만드는지식, 2014.
허인회, 『원본 김영랑 시집』, 깊은샘, 2007.

〈1-2 잡지〉
김상일, 「김영랑, 또는 비굴의 형이상학」, 『현대문학』, 1962.4.
김용직, 「남도 가락의 순수열정-김영랑의 시어」, 『문학사상』, 1974.9.

〈1-3 신문 및 기타〉
김영랑, 「애국」, 『연인』, 2013년 겨울호 발굴자료(1949년 발표작).
_____, 「장! 재패」, 『월간조선』, 2012년 7월호 발굴자료(1949.4.24. 『週刊 서울』 발표작).
박용철, 「辛未詩壇의 回顧와 批判」, 《중앙일보》, 1931.12.
이원조, 「엉랑시편」, 《조선일보》, 1936.5.

2. 학위논문

강민희, 「동인지 문학의 스토리텔링 방안 연구」, 단국대학교 대학원 박사학위논문, 2012.
강학구, 「김영랑의 사행시 연구」, 한국교원대학교 대학원 석사학위논문, 1997.
김 숙, 「김영랑 시 연구」, 카톨릭대학교 대학원 박사학위논문, 2003.
김명인, 「1930년대 시의 구조 연구」, 고려대학교 대학원 박사학위논문, 1985.
김선기, 「강진 시문학 공간의 문화 콘텐츠화 연구: 김영랑·김현구의 시를 중심으로」, 전남대학교 대학원 박사학위논문, 2012.
김선태, 「영랑시에 나타난 남도적 특성 연구」, 중앙대학교 대학원 석사학위 논문, 1986.
_____, 「김현구 시 연구-김영랑 시와의 대비를 중심으로」, 원광대학교 대학원 박사학위논문, 1996.
김혜영, 「김영랑 시의 창작방법 연구」, 단국대학교 대학원 박사학위논문, 2011.

남종현, 「영랑시 연구-영랑시에 미친 P. Verlaine의 영향」, 동국대학교 대학원 석사학위논문. 1984.

문윤희, 「김영랑 시어 연구」, 한국외국어대학교 대학원 석사학위 논문, 2005.

서준섭, 「1930년 한국 모더니즘 연구」, 서울대학교 대학원 박사학위논문, 1977.

양병호, 「영랑시 연구」, 전북대학교 대학원 박사학위논문, 1992.

오하근, 「金永郎의 「모란이 피기까지는」의 韻律과 構造와 意味分析研究」, 전북대학교 대학원 석사학위논문, 1974.

윤진하, 「김영랑 시를 모형으로 한 시 창작 교육 방법」, 전남대학교 교육대학원 석사학위논문, 2008.

윤홍렬, 「영랑시 연구」, 경남대학교 대학원 석사학위논문. 1987.

이승철, 「김영랑 시의 이미지 연구」, 전북대학교 대학원 석사학위논문, 2004.

정숙희, 「김영랑문학 연구」, 인하대학교 대학원 박사학위논문, 1987.

정원국, 「VECTOR QUANTIZATION과 HIDDEN MARKOV MODELING을 이용한 한국어 유성음 음소 인식에 관한 연구」, 한국과학기술원 석사학위논문, 1987.

최동호, 「한국 현대시에 나타난 물의 심상과 의식 연구」, 고려대학교 대학원 박사학위논문. 1981.

한정석, 「김영랑 시 연구」, 국민대학교 대학원 석사학위논문, 1996.

허형만, 「영랑 김윤식 연구」, 성신여자대학교 대학원 박사학위논문, 1993.

3. 일반논문 및 단편류

〈3-1 일반 논문〉

강희근, 「김영랑 시 연구」, 『우리 시문학 연구』, 예지각, 1985.

고연희, 「한국 학생들의 유성음과 무성음의 청취에 대한 조사」, 이화여자대학교 학술발표자료, 1990.

김남석, 「목단에 꽃핀 원색의 비애」, 「시정신론」, 현대문화사, 1972.

김대행, 「운율론의 문제와 시각」, 『운율』, 문학과 지성사. 1984.

_____, 「압운론」, 『운율』, 문학과 지성사. 1984.

김선태, 「玄鳩詩 연구1-永郎詩와의 비교를 중심으로」, 『한국언어문학』, 한국 언어문학회, 1995.

김용직, 「순수시의 상호작용」, 『한국시학연구』 10집, 한국시학회, 2004.

김원희, 「불가리어 발달에서 공명도(sonority)의 역할과 위상」, 『슬라브어 연구』10권 27호, 2005.

김 종, 「영랑시, 저항문학적 위상」, 『식민지 시대의 시인 연구』, 시인사, 1984.

김준오, 「김영랑과 순수, 유미의 자아」, 『한국현대시사연구』, 일지사, 1983.

박두진, 「김영랑의 시」, 『한국 현대 시인론』, 일조각, 1974.

성기옥, 「한국시가의 기층체계」, 김대행 편, 『운율』, 문학과 지성사, 1984.

송영목, 「한국시 분석의 가능성-특히 김영랑 시 분석을 중심으로」, 『현대문학』, 1962.2.

이성교, 「김영랑론」, 『현대시의 모색』, 맥밀란, 1982.

이승복, 「정지용 시의 운율 체계 연구-1930년대 시창작 모형화 구축을 중심으로」, 홍익대 대학원 박사 학위 논문, 1993.

장철환, 「김영랑 시의 공명도 분석」, 『국어국문학』, 국어국문학회, 2013.

정태용, 「김영랑론」, 『현대문학』 4권 6호, 1958.6.

정한모, 「김영랑론 : 조밀한 서정의 탄주」, 『문학춘추』, 1964.12.

정한모, 「김영랑론」, 『현대시론』, 민중서관, 1973.

조동욱·김봉현, 「음향 신호 분석 기술을 적용한 한국가요의 시대별 선호도 분석」, 『정보처리학회 논문집』 제19-D권 제3호, 한국정보처리학회, 2012.6.

조동일, 「현대시에 나타난, 전통적 율격의 계승」, 김대행 편, 『운율』, 문학과 지성사, 1984.

조성문, 「김영랑 시의 음운론적 특성 분석」, 『동아시아문화연구』 47집, 2010.

조영복, 「김영랑 방언 의식의 근원」, 『한국시학연구』 25집, 한국시학회, 2009.

조창환, 「김영랑 초기시의 율격과 형태」, 『한국시학연구』 10집, 한국시학회, 2004.

진순애, 「시문학과 연구」, 『한국시학연구』 8집, 한국시학회, 2003.

허형만, 「김영랑 시와 남도방언」, 『한국시학연구』 10집, 한국시학회, 2004.

⟨3-2 단평류⟩

김 현, 「김영랑, 박용철 외」, 『한국시문학대계7』, 지식산업사, 1982.

윤곤강, 「丙子詩壇의 回顧와 展望」, 『비판』 6권 1·2 합병호, 1936.

정지용, 「시와 감상-영랑과 그의 시」, 『여성』 3권 8·9호, 1938.9.

서정주, 「永郞의 敍情詩」, 『문예』 2권 3호, 1950.3.

_____, 「영랑의 일」, 『현대문학』, 1962.12.

4. 단행본

김대행, 『운율』, 문학과 지성사, 1984.

김남석, 「시정신론」, 현대문화사, 1972.

김명인, 『한국 근대시의 구조 연구』, 한샘, 1988.

김윤식, 『한국현대시론 비평』, 일지사, 1975.

김준오, 『시론』, 삼지원, 1982.

김춘수, 『한국현대시 형태론』, 해동문화사, 1958.

박용철, 『박용철 전집』 2권, 현대사, 1982.
유승우, 『시문학파 연구』, 민족문화사, 1992.
이기갑·고광모·기세관·정제문·송하진 공저, 『전남방언사전』, 태학사, 1998.
이희승, 『국어국문학사전』, 서울대학교 동아문화연구소 편, 신구문화사, 1994.
정한모, 『현대시론』, 민중서관, 1973.
허 웅, 『국어음운학』, 정음사 1965.